Les Secrets de Woodhills

Tome 1 : L'Aube

S.L Borowski

Cherry Publishing

Je te souhaite un merveilleux anniversaire !! 18 ans ce n'est pas rien, maintenant tu es une grande !! :)

Tu es ma plus belle rencontre de cette année et tu le sais. J'espère continuer mon chemin en ta présence le plus longtemps possible ♡

Tu es une magnifique personne avec un très grand cœur ne change jamais pour les autres !

Je t'aime très très fort mon binôme ♡

PS : j'espère que le livre te plaira !! :)

Cléo

Première édition juin 2021
Dépôt légal juillet 2021

71-75 Shelton Street, Covent Garden, Londres, UK.

ISBN 9781801161145

Prologue

C'est une histoire qui commence de la façon la plus simple qui soit.

Une fille et un garçon se rencontrent, chacun a été blessé par la vie, et sans comprendre comment, ils tombent amoureux l'un de l'autre.

Comme dans toutes les histoires d'amour, il y a des hauts et des bas. Sauf que celle-ci n'est pas comme les autres. C'est la mienne.

Jamais je n'aurais cru que ma vie prendrait un tournant aussi sec, aussi direct, mais si j'ai appris quelque chose durant ces trois derniers mois passés ici, c'est qu'on ne peut jamais prévoir ce que l'avenir nous réserve.

Et jamais, au grand jamais, je n'aurais pu prévoir *ça*.

J'ai beau y réfléchir, retourner ça de mille façons différentes dans ma tête, je n'arrive pas à savoir à quel moment précis tout a bien pu déraper. Tout est parti en vrille en un claquement de doigts, et je n'ai rien vu venir. L'histoire se résume à ça. Je suis tombée amoureuse, vite, fort, jusqu'à ne plus pouvoir respirer sans sa présence à mes côtés. J'ai renié celle que j'étais, celle que j'étais en train de devenir, pour être avec lui. Pour me nourrir de son amour, de sa bonté, de sa détermination. J'ai attrapé chaque regard, chaque mot, chaque baiser pour les déposer délicatement sur mon cœur brisé. Il a pris soin de panser mes blessures, d'apaiser mes maux, de me remettre sur pied… Au moment où je pensais que l'univers me faisait une fleur, qu'une quelconque force supérieure m'avait enfin pardonné mes frasques et mes erreurs en me laissant entrevoir la possibilité d'une vie heureuse et épanouie, tout m'a été arraché à nouveau. Toutes mes perspectives d'avenir, tout ce qui tournait autour d'un « nous » a été sali, balayé en une seconde.

Et aujourd'hui, je n'ai plus que ça. Plus que les bras de ma sœur, qui me berce comme une enfant qui viendrait de faire le plus affreux des cauchemars, et cette voix dans ma tête qui me hurle que je ne suis plus rien. Que je suis morte.

Morte et enterrée.

Chapitre 1
La fille prodigue

Situations – Escape the Fate

Trois mois plus tôt

La première chose qui me frappe à ma descente de l'avion, c'est le froid. Je connais le froid, bien sûr, New York n'est pas le genre de ville où il fait beau tout au long de l'année. Mais je ne connais pas *ce genre de froid.* Piquant, agressif. Il m'attaque les joues, passe au travers de mes vêtements supposés chauds. On est en janvier, l'hiver est bel et bien installé par ici. Je marque une pause sur le tarmac. Comme pour appuyer mes pensées, une bourrasque vient me fouetter le visage. Je frissonne de plus belle. Comment le temps peut-il être aussi glacial ? Je marmonne des injures entre mes dents – du moins, j'essaie, puisqu'elles se mettent à claquer entre elles comme si j'étais un personnage de dessin animé. Je serre un peu plus la bretelle de mon sac contre mon épaule, et j'avance.

Le *Seattle-Tacoma International Airport* et son air surchauffé me tendent les bras derrière les portes coulissantes. Je m'autorise un soupir en sentant le tourbillon polaire quitter ma peau. Je déteste l'hiver. Ce n'est clairement pas ma saison préférée. L'humidité, la neige, la glace… Disons que je l'aime, mais de très loin. Derrière une fenêtre à double vitrage. Avec un plaid et un chocolat chaud, au coin du feu. Oui, voilà. J'aime cet aspect-là de l'hiver, avec ses lumières, ses fêtes de famille, sa dinde rôtie au four et ses marrons cuits.

Bien que je n'aie plus le plaisir de jouir de ce genre d'ambiance depuis un moment.

Arrivée dans le hall, je scanne la foule des yeux et pose mon sac au sol en me massant l'épaule. Je ne sais même pas vraiment qui je cherche. OK, je sais très bien qui est censé venir me chercher, mais je ne l'ai plus vue depuis… au moins trois ans. Elle aurait très bien pu changer de couleur de cheveux, entre-temps.

Rien qu'à contempler les gens qui m'entourent, je sais que je ne vais pas aimer vivre ici. Nous sommes censés être dans une grande ville et déjà, je croise toutes sortes d'énergumènes friands de nature et de grand air, avec des cannes à pêche, des bottes, des chaussures de marche et de gros manteaux de ski. Il est clair qu'avec ma veste en cuir, mes Dr. Martens défoncées, mon short déchiré et mes bas résille, je fais un peu tache. Je grimace en détaillant une vieille dame en train de se démener avec une paire de skis et amorce un mouvement de repli quand elle passe non loin de moi, telle une catastrophe ambulante. Elle me rentre presque dedans malgré tout.

— Oh ! Excusez-moi, ma chère ! lance-t-elle. Vous n'avez rien ?

— Non, mais si tu ne dégages pas vite fait, c'est pour toi qu'il faudra s'inquiéter, je marmonne.

— Plaît-il ?

— Je n'ai rien, ne vous en faites pas, prononcé-je plus haut.

Je m'efforce de lui sourire poliment pour qu'elle déguerpisse. Faire la conversation aux vieux, ce n'est vraiment pas mon truc.

Bordel, Iris, ramène tes fesses ici avant que je commette un meurtre !

Au moment où je m'apprête à trouver de nouveaux petits noms affectueux pour ma chère sœur, j'aperçois une silhouette élancée, des cheveux châtains coupés à la garçonne et un long manteau d'hiver rouge courir vers moi. Je soupire presque de soulagement en la voyant et ajuste mon bonnet noir sur ma tête.

— Violet ! Je suis vraiment, vraiment désolée ! s'écrie-t-elle en arrivant à ma hauteur. Il y avait un trafic de dingue, puis j'ai galéré à trouver une place de parking !

— Ce n'est rien, assuré-je d'un ton morne en haussant les épaules.

— Hum… c'est tout ce que tu as pris avec toi ?

Elle désigne le sac de voyage à mes pieds, pas plus grand que l'espèce de sac à main informe qu'elle trimballe. Sérieusement, on dirait un sac à patates, son truc noir et brillant.

— Bien sûr, argué-je. C'est évident, ma vie entière tient dans cette chose, je suis très minimaliste après tout.

Elle lève les yeux au ciel. En trois ans, ma grande sœur chérie ne semble pas avoir oublié mon amour inébranlable pour le sarcasme. Je la plante là pour rejoindre les tapis roulants, où arrivent les bagages. Je tente de repérer mon énorme valise parmi les autres. Évidemment, elle est déjà enfouie parmi les bagages des retardataires. Je n'ai pas l'habitude de traîner dans les aéroports, après tout. La dernière fois que j'ai pris l'avion, j'avais huit ans. Quand enfin je récupère mon bien, je rejoins Iris qui me sourit, visiblement tout aussi satisfaite que moi de pouvoir quitter cet endroit bondé. J'ai beau avoir grandi à New York, je n'ai jamais vraiment aimé rester dans la foule plus longtemps que nécessaire. D'autant plus que, dans un aéroport, les gens ont tendance à communiquer leur stress partout autour d'eux.

J'emboîte le pas à ma sœur et nous retrouvons le gel à l'extérieur. Sur l'immense parking, je m'amuserais presque en voyant Iris tourner sur elle-même avec sa clé de voiture pointée au-dessus de sa tête, cherchant désespérément à se rappeler où elle a bien pu garer son 4x4. Ce serait le cas si je n'étais pas déjà trop occupée à broyer du noir. Je sais bien que ce n'est pas sa faute si mon père a décidé qu'il ne pouvait plus nous gérer, moi et mes conneries. Ce n'est pas sa faute non plus s'il a décidé de me mettre de force dans cet avion pour m'envoyer à l'autre bout du pays. Mais je n'ai jamais promis à personne que je serais de bonne compagnie. Ni même que j'accepterais la situation, comme une brave petite fille obéissante. C'est sans doute ce que mon père aurait souhaité, que je me comporte bien, que je m'applique en cours et que je ne traîne pas avec les mauvaises personnes. Il aurait sûrement préféré que je ne me fasse pas arrêter, aussi.

Bon, j'avoue que sur ce coup-là, je n'ai pas été très maligne, mais il est hors de question que je l'admette. Ne dit-on pas qu'il faut que jeunesse se passe ? Je pense qu'en fin de compte, j'ai peut-être accumulé trop de frasques, ces trois dernières années, et qu'il en a tout simplement eu assez d'avoir à se répéter. Les convocations dans le bureau du principal, semaine après semaine, auraient dû lui mettre la puce à l'oreille. Mais il était trop occupé à faire son deuil. Trop occupé à essayer de survivre, à se culpabiliser, à déprimer, pour s'occuper de sa fille. Peut-être que finalement, Iris a bien fait de rester ici. Elle n'a pas eu à assister à sa descente aux enfers. Ni à la mienne.

Ma sœur pousse soudain un cri de joie qui me fait sursauter et me tire ainsi de mes sombres pensées. Elle m'entraîne vers sa voiture et m'aide à hisser ma valise dans le coffre. Je m'empresse de monter à l'avant en me frottant les bras. J'aurais dû enfiler une veste plus chaude. Iris remarque mes gestes et sourit d'un air attendri. Je la fusille du regard, l'intimant de ne rien ajouter. Je remercie le ciel quand je la vois allumer la radio, ce qui coupe court à toute tentative de conversation. Je ne suis vraiment pas d'humeur à lui parler, surtout que je n'ai rien de gentil à lui dire. Je suis là, c'est déjà trop pour moi. Je n'ai pas besoin qu'elle essaie de me mettre à l'aise ou de me donner l'impression que je suis la bienvenue ici. Je ne compte pas faire semblant.

Je savoure le souffle du chauffage poussé à fond sur mon visage et pose ma tête contre la vitre. Je regarde le paysage défiler devant mes yeux et je n'arrête pas de me dire que la grande ville me manque. Le bourdonnement sur les trottoirs, les gens, les stands à hot dog, le métro, Times Square, les disquaires dans les petites ruelles paumées du Queens. Même l'odeur de pisse et d'alcool dans les rues me manque. C'est chez moi. Enfin, c'était chez moi. Ensuite, j'ai pris un aller simple pour le pôle Nord – ou c'est tout comme. Je ne sais même pas quand je pourrai rentrer à la maison. Ai-je seulement encore une maison ?

L'heure qui nous sépare de notre destination me paraît interminable. Ma sœur reste silencieuse et garde les yeux rivés sur la route. Je l'observe en catimini, et je ne peux m'empêcher de noter tout ce qui nous différencie. Ses cheveux courts, châtain foncé, coiffés en brosse sur le sommet de sa tête, face à mes longs cheveux blond platine, presque blancs, lisses et raides comme des spaghettis. Son visage avenant, ses joues roses et ses lèvres pleines couvertes d'une couche de rouge vif, face à mon air constamment renfrogné, ma peau pâle et ma fine bouche que je ne maquille jamais. Je suis aussi petite qu'elle est grande, aussi maussade qu'elle est enjouée. La seule chose que nous partageons, ce sont nos yeux. De grands cercles pailletés d'or que nous avons hérité de notre mère.

Maman...

Je ferme fort les paupières et retourne à ma contemplation de l'extérieur, m'employant à chasser immédiatement ces pensées de mon crâne. Je remarque, après plusieurs minutes, que le paysage change. La voie rapide laisse soudain sa place à une route plus sinueuse. La neige devient plus envahissante, et les pins remplacent bientôt les bâtiments.

Je ne me souviens pas très bien de Woodhills. Quand on est partis, j'avais à peine huit ans. On a laissé Iris derrière nous, je n'ai jamais vraiment su pourquoi. Elle ne venait nous rendre visite que pendant les fêtes de fin d'année et ne restait que deux jours. Jamais plus. À mes yeux, ma sœur est comme une étrangère. Elle pourrait être une cousine éloignée que ça ne changerait pas grand-chose à notre relation. Je n'ai jamais vraiment compris ce qui la retenait là-bas. À vrai dire, je n'ai jamais posé la question non plus. Ça ne m'intéresse pas. Tout ce que je veux, c'est rentrer chez moi. Quitter cet endroit et retrouver ma vie d'avant.

Mais dans la vie, on ne peut pas toujours avoir ce qu'on veut.

Woodhills est une très petite ville. Le genre d'endroit où tout le monde se connaît, où tout le monde connaît les enfants de tout le monde. Il n'y a pas de place pour les secrets. Les rumeurs vont vite, et se transforment en un rien de temps en véritables nouvelles. Je ne serais donc pas surprise que la ville entière soit déjà au courant de mon arrivée. Ou plutôt, de *mon retour*.

Quand je vois le panneau souhaitant la bienvenue aux nouveaux arrivants, au bord de la route, je ne peux m'empêcher de grimacer. Ici, tout est vert, blanc et gris. La forêt entoure complètement la bourgade. La neige recouvre les trottoirs, les toits des maisons, et les quelques bâtiments officiels que nous passons en roulant à travers le centre – enfin, le malheureux carrefour à quatre bras qu'on considère comme le centre-ville – sont d'une tristesse à mourir. J'imagine que c'est à ça qu'on pense quand on parle du trou du cul du monde.

— Tu sais, le *diner* est toujours tenu par le vieux Milo, m'informe soudain Iris.

— Qui ?

— Tu sais bien, le vieux Milo ! Il te préparait ton fameux milkshake fraise chocolat, quand tu étais petite.

Elle me dit ça avec un air ahuri, comme s'il était complètement absurde que je ne me souvienne pas de ce « vieux Milo », ou du fameux milkshake, ou même du *diner*. Comme si j'allais sauter de joie sur mon siège à l'idée de retourner dans cet endroit dont je ne me rappelle absolument rien. Je ne réponds pas et me contente de soupirer.

— On peut y aller ce soir, si tu veux, propose-t-elle avec un sourire.

— Je suis fatiguée par le voyage, râlé-je. Je vais sûrement dormir tôt.

— Oui, bien sûr, répond-elle. Où avais-je la tête…

Elle se racle la gorge, certainement consciente du malaise qui vient d'envahir l'habitacle. Elle n'était pas obligée de se mettre à parler, tout allait bien avant qu'elle ne décide de se balader sur l'avenue des souvenirs. Et puis, je ne mens pas vraiment : le décalage horaire me rattrape et je bâille malgré moi.

Iris effectue un énième tournant et se gare devant la maison. Une flopée de détails me revient soudain en tête en voyant la bâtisse. Les briques rouges me font face, dures, stoïques. La porte en bois brun foncé, la poignée dorée, les grandes fenêtres de l'étage, les voilages blancs… Je suis née dans cette maison. Iris est née dans cette maison. Nous avons sûrement vécu de bons moments, ici.

Pourtant, rien ne me vient. C'est le trou noir.

Je ne connais pas cet endroit.

Chapitre 2
La coquille

Buried Alive - Avenged Sevenfold

Quand je passe le pas de la porte, une odeur de vanille agresse mes narines. Le vieux plancher grince sous le poids de mes bagages. L'entrée a été peinte en jaune canari. Pourtant, à mesure que j'avance, des flashs me reviennent par vagues, et je me souviens que ces mêmes murs étaient blancs, auparavant. Iris accroche son manteau sur un crochet, et je l'imite par automatisme avec ma veste en cuir. Elle ne prend pas la peine de me faire faire le tour du propriétaire ; après tout, je suis censée connaître cette maison, même si je n'y ai plus mis les pieds depuis près de dix ans. J'avance de quelques pas et découvre le salon à ma droite. Les murs, qui arboraient autrefois une douce teinte de caramel, sont recouverts d'une nuance de violet que je ne parviendrais pas à nommer. Le vieux canapé en cuir brun, lui, est toujours là, face à la télévision. La cuisine, à ma gauche, est toujours la même, avec ses armoires vert pomme, son carrelage blanc cassé sur les murs, sa petite table en bois et ses quatre chaises. La salle à manger a disparu. À la place, je retrouve une grande pièce remplie de tableaux, de pinceaux et de couleurs, d'où s'échappe une odeur de peinture assez forte.

— J'en ai fait un atelier, me précise Iris en me voyant observer la pièce. Tu dessines toujours, toi ?

Je hoche distraitement la tête, préférant ne pas m'étendre sur le sujet. Je ne sais pas pourquoi, l'idée que nous partagions une passion ne me plaît pas. Je n'ai pas envie qu'elle se mette en tête de renouer avec moi grâce à ça. Elle ne doit sûrement pas se leurrer au point de croire que le fait que je vienne vivre ici change quoi que ce soit nous concernant. Elle a été absente pendant une grande partie de ma vie, ce n'est pas maintenant que ça va changer.

Je me détourne des différents tableaux colorés et avise la cage d'escalier, dont les murs sont recouverts de photos en tout genre. Je revois de vieux clichés de famille, des gens que je ne connais pas – probablement des gens du coin – et en grimpant les marches, traînant ma lourde valise derrière moi, je ne peux m'empêcher de m'arrêter devant un portrait en particulier.

Face à moi, les yeux dorés de ma mère m'observent. Ses lèvres sont étirées en un sourire éclatant, ses joues sont rosies, et ses longs cheveux blond cendré tombent en cascade sur ses épaules. Son regard pétillant est rivé sur l'objectif, et je peux y lire sans mal un bonheur dont je n'ai qu'un vague souvenir. Il y a tant de vie, tant de joie sur ce visage, que mon cœur se serre malgré lui. Une boule se forme dans ma gorge et je n'arrive toujours pas à détacher mes yeux des siens. Tout le monde dit que je lui ressemble comme deux gouttes d'eau, mais moi, je ne le vois pas. Je n'ai jamais souri comme ça. Je n'ai jamais été *heureuse*, comme *ça*. Ou alors, je ne m'en souviens pas. Ça doit remonter à trop loin pour que je me rappelle cette sensation. J'ai toujours été une enfant à problèmes. Obéir n'était pas mon fort, mais ma mère avait un talent inné pour me comprendre. Elle disait que je testais mes limites, que j'étais une petite rebelle. Elle savait me capter.

Quand elle est morte, tout s'est écroulé autour de moi. Ma vie tout entière a perdu son sens. Je n'avais plus personne pour sonder mon âme comme elle le faisait si bien ; j'étais seule, paumée, sans aucun repère. J'ai sombré et je n'avais plus personne pour me ramener à la surface. Plus personne pour me tendre la main au bon moment.

— Elle me manque aussi, me souffle Iris, debout sur la marche précédant la mienne.

Je l'observe et fronce les sourcils. À cet instant, son sourire plein de compassion et son regard triste me tordent l'estomac. Une colère sourde, que je ne connais que trop bien à présent, monte en moi sans prévenir.

— Et tu étais où, toutes ces années, dans ce cas ? craché-je entre mes dents. Perdue ici, dans ton trou, à te cacher ? Tu étais où quand elle est tombée malade ? Quand elle a commencé à s'oublier ? À ne plus me reconnaître quand j'entrais dans la pièce ? J'étais avec elle, moi ! Tous les jours, je l'ai vue partir un peu plus, s'effacer de la réalité. Tu ne peux pas dire une chose pareille. Tu ne peux pas me dire, à moi, qu'elle te manque *autant* qu'à moi.

— C'était ma mère aussi, je te signale, réplique-t-elle.

— Tu l'as abandonnée, crié-je. Tu m'as abandonnée, moi, par la même occasion.

Elle ouvre la bouche, sans doute pour se défendre, mais étrangement, elle se retient. Ma sœur soupire et détourne le regard. Elle sait que j'ai raison. Quand notre mère est tombée malade, il y a six ans, elle n'était pas là. Elle se contentait de venir pendant les fêtes, comme avant. Elle n'a rien changé dans sa vie. C'est moi qui ai été témoin de tout ce que Lily Clayton, femme magnifique et naturellement heureuse il fut un temps, a enduré. C'est moi qui ai entendu le diagnostic sortir de la bouche du médecin : « Une forme rare de démence. » Tout ce que ces mots ont fait résonner en moi, c'était qu'elle allait changer. Elle ne serait bientôt plus la femme forte et souriante que j'avais toujours connue. Elle ne serait plus ma mère. Ça a été tellement rapide et en même temps, tellement long. C'était insupportable de voir la maladie la détruire, grignoter son esprit petit à petit, jour après jour.

Et Iris ? Elle était ici, à peindre ses tableaux et à faire je ne sais quoi. Et enfin, six ans après que la sentence est tombée, elle a débarqué à New York pour l'enterrement. Elle est restée deux jours.

Et elle était déjà repartie, avant même que mes larmes ne se soient taries.

— Je ne m'attends pas à ce que tu comprennes, dit-elle soudain.

— Tant mieux. Parce que je ne compte pas essayer.

Mon ton catégorique l'oblige à reculer d'un pas. Je profite de son hésitation pour détourner le regard et continuer mon ascension vers l'étage. Je retrouve le long couloir sombre, percé de plusieurs portes – trois chambres, une salle de bain. Je n'ai pas besoin d'un guide pour retrouver celle que j'occupais étant enfant. Je pousse la porte située tout au fond, et plonge à nouveau dans un passé que je préférerais effacer.

La pièce n'a pas beaucoup changé. Seul mon lit de petite fille aux draps bleu ciel a été remplacé par un grand lit deux places. Il trône au milieu, face à la porte, avec sa parure dorée. Je marque un temps d'arrêt et observe les moindres recoins de ce qui va à nouveau devenir ma chambre, après toutes ces années. Les murs blancs manquent de décoration, un bureau a été installé dans le coin où je me souviens avoir empilé une montagne de jouets dans le temps. Sur celui-ci trônent une chaîne hi-fi et un tourne-disque, et je ris jaune face à cette petite marque d'attention de la part d'Iris. Elle croit vraiment que tout sera oublié avec ce genre de truc ? Qu'elle se souvienne de ma passion pour la musique ne m'émeut pas le moins du monde.

Elle ne me connaît pas. Pas du tout.

Je ne perds pas davantage mon temps à réfléchir et je balance ma valise dans un coin en claquant avec rage la porte derrière moi, avant de me laisser tomber sur le matelas en soupirant. J'observe le plafond, blanc lui aussi, et m'imprègne de cette sensation que je ne connais désormais que trop bien. Cet immense vide qui envahit mon cœur, depuis trop longtemps déjà. J'ai l'impression que j'ai toujours été comme ça. Creuse. Comme une coquille stérile, superficielle, sans aucune profondeur. Je me redresse, attrape mon sac et en sors mon carnet à dessin. Ma seule échappatoire. La seule chose qui me donne un tant soit peu l'impression que je vaux quelque chose. Je laisse le crayon guider mes doigts, défilant sur le papier avec des gestes frénétiques. Je frotte, je trace, j'esquisse, je crée. Je me défoule comme si c'était un punching-ball. Peu à peu, les traits fins se définissent, les ombres apparaissent, le dessin prend forme. Je ne m'arrête pas. Je continue de noircir la feuille blanche comme si elle allait m'apporter des réponses, comme si elle pouvait me sauver de ma détresse, de moi-même. Comme si elle pouvait m'aider à retrouver mon chemin dans cet océan de désolation, dans lequel je me noie depuis trois ans.

Soudain, je cesse tout mouvement. Une goutte d'eau vient de s'échouer sur le papier. Troublée, je porte un doigt à mes joues. Des larmes se sont échappées de mes yeux sans que je m'en sois rendu compte.

Peut-être que je ne suis pas si vide que ça, après tout. Peut-être reste-t-il encore quelque chose à sauver, là-dedans.

Chapitre 3
Miss Haywood

Lifeline – Papa Roach

Bizarrement, ma nuit ne fut pas bien différente des autres. Elle était agitée, peuplée de cauchemars et, comme d'habitude, je n'ai pas beaucoup dormi. Je me suis levée aux aurores, j'ai squatté la salle de bain jusqu'à ce que ma sœur finisse par se lever à son tour une heure plus tard et frappe gentiment à la porte pour savoir si j'étais encore vivante.

— Je t'emmène au lycée, déclare-t-elle en me voyant sortir de la pièce.

— Génial, marmonné-je.

Je savais que je n'y échapperais pas, mais c'est le sourire enjoué qu'elle affiche qui me donne la nausée. Comment peut-elle être excitée à ce point, à l'idée de m'accompagner pour mon premier jour de cours dans ce coin pourri, en milieu d'année ? Je préférerais encore me terrer dans un trou et ne plus jamais en sortir.

Je retourne dans ma chambre et récupère mon sac à dos. Je marque un temps d'arrêt face au miroir et détaille quelques instants mon reflet. J'ai tressé mes cheveux, de sorte qu'ils atteignent à peine le dessus de mes fesses. Ma frange droite me chatouille les sourcils, l'or de mes yeux est soigneusement mis en valeur par le noir de mon eye-liner. Le regard malicieux de Billie Joe Armstrong, sur mon t-shirt gris, me nargue dans la glace. Je suis certaine de recevoir au moins une remarque quant à mon jean troué, mais je m'en fiche complètement. Peut-être que si je me fais virer d'ici aussi, mon père sera obligé de me ramener à New York ? Pourtant, je suis persuadée qu'à *Woodhills High School*, on ne vire jamais personne. Ce serait bien trop scandaleux. On en parlerait dans les rues pendant des semaines, voire des mois. Je ne pourrais sans doute plus sortir de la maison sans qu'on me désigne du doigt comme « la fille qui s'est fait virer du lycée ». Retour à la case départ. *Ô joie !*

J'enfile mes Dr. Martens et le manteau en polaire blanc que j'avais emmené dans ma valise. Mon bonnet noir vissé sur la tête, je dévale les escaliers et me rue dans la cuisine. Miracle ! Du café. Je ne prête pas attention à ma sœur, assise à table, qui beurre une tartine grillée en m'observant me verser une tasse du fameux breuvage.

— Tu veux manger quelque chose ? me demande-t-elle d'un ton léger.

Je secoue la tête et me contente de savourer la boisson chaude entre mes mains, les yeux rivés sur le paysage enneigé visible à travers la fenêtre. Je grimace encore à l'idée de devoir sortir par ce froid pour aller en cours, même si ce n'est sans doute rien comparé à l'accueil qui m'attend au lycée.

— Tu sais, je me suis dit qu'on pourrait jeter un œil au garage, ce weekend, pour te trouver une voiture, lance Iris en se levant.

— Je ne sais pas conduire, lâché-je.

Sans même la voir, je la sens qui se fige près de moi alors qu'elle s'apprêtait à déposer son assiette sale dans l'évier. Quand enfin, je daigne tourner la tête vers elle, je perçois son regard ahuri. Je pourrais presque rire tant la situation est comique.

— Tu ne sais pas conduire ? répète-t-elle.

— Une voiture à New York, ça ne sert à rien, rétorqué-je en haussant les épaules.

Je préférais de loin prendre le métro, de toute façon, pour les rares fois où je me décidais à aller en cours. C'était bien plus pratique, bien plus enrichissant. Je croisais tout un tas de gens différents tous les jours, tous plus fascinants les uns que les autres. C'était une véritable mine d'or pour mon imagination. Je ne compte plus les heures que j'ai passé dans les transports souterrains à dessiner tout et n'importe quoi, à écouter les musiciens qui jouaient dans le coin, à parler de la vie avec de vieux clochards, à fumer alors que c'était interdit. Enfin, tout ça, ça remonte à loin. Même si j'avais voulu apprendre à conduire, mon père n'aurait jamais eu le temps, le courage ou encore la volonté de me mettre derrière un volant. Je me montrais bien trop ingérable. J'aurais probablement été capable de nous envoyer dans un mur dès la première leçon, selon lui, juste pour le voir me hurler dessus.

— Il va falloir qu'on corrige ça, souffle-t-elle finalement. Je ne vais pas pouvoir t'y conduire tous les jours.

— Je n'ai pas besoin de toi.

Je pose ma tasse dans l'évier et me dirige vers l'entrée sans demander mon reste. Elle m'énerve à vouloir être là pour moi ! Je sais pourquoi elle fait ça. Elle cherche à réparer ses erreurs, à rattraper le temps perdu. Seulement, le temps ne se rattrape pas. Une fois qu'il est perdu, il n'y a plus moyen de revenir en arrière. Je ne le sais que trop bien. Sous le porche, je sors mon paquet de cigarettes de ma poche et m'en grille une en observant la rue devant moi. Quelques parents sortent des maisons voisines avec leurs enfants, prêts à les emmener à l'école comme de belles petites familles modèles. Des yeux se posent sur moi avant de se détourner presque immédiatement, comme si j'étais un poison pour le regard. J'ai l'habitude. Ça ne me fait ni chaud ni froid.

Je tire sur ma clope et laisse s'échapper un nuage de fumée du bout de mes lèvres. Je ne suis pas vraiment fumeuse. Je n'en ai pas besoin, je le fais simplement pour énerver mon monde. D'ailleurs, quand j'entends ma sœur sortir de la maison dans mon dos et que je vois le regard désapprobateur qu'elle pose sur moi en me voyant faire, je souris, provocatrice, m'attendant à ce qu'elle me fasse la morale sur les dents jaunes et l'haleine de chiotte. Elle se contente de soupirer et de se diriger vers sa voiture.

J'écrase mon mégot sur la rambarde en bois, et la suis à contrecœur pour m'engouffrer dans le véhicule. J'appréhende cette journée, mais en même temps, je sais pertinemment que tous les lycées se ressemblent. J'en ai traversé assez pour le savoir. Il y aura les mêmes cliques, les mêmes ados qui se cherchent, les mêmes stéréotypes, les mêmes profs qui ne savent plus quoi faire de leurs élèves turbulents. Celui-ci sera juste plus petit, plus étouffant encore.

Dix minutes à peine nous séparent du bâtiment en briques blanches. Une unique bâtisse pour l'unique lycée de la ville, où s'entassent tous les adolescents du coin. Leurs parents ont probablement foulé le même sol, plusieurs années auparavant, et leurs grands-parents aussi. Je suis la seule intruse. La première à débarquer d'ailleurs, le nouveau jouet dans la crèche pour enfants.

Iris tire le frein à main de son 4x4 près du trottoir, et j'observe les quelques élèves qui se dirigent déjà vers l'entrée. La plupart sont encore en train de glander sur le parking, retrouvant leurs amis après les congés de Noël. Certains se tournent vers moi, m'observent et chuchotent de loin en me voyant. Je grimace. J'ai l'impression que je ne fais que ça depuis que je suis arrivée. Je n'ai aucune envie d'être ici. Non pas que ça change quoi que ce soit.

— Tu veux que je vienne te chercher ? me demande Iris.

Je me tourne vers ma sœur avec un faux sourire.

— Pourquoi ? Tu t'attends à un pourboire ?

Je la vois prête à répliquer, mais je suis déjà dehors. Je claque la portière de sa voiture d'un geste vif et avance, la tête droite, le regard devant moi. J'ignore les conversations qui s'animent sur mon passage, je fais semblant de ne pas remarquer toutes les paires d'yeux rivées sur moi. Néanmoins, j'ai des yeux, et des oreilles, et les réactions me parviennent malgré moi.

— T'as vu ? C'est la petite sœur d'Iris Clayton !

— Il paraît qu'elle s'est fait virer d'au moins trois lycées en un an !

— Ce n'est pas elle qui s'est fait arrêter ?

— Normal que son père l'ait jetée ! Regarde-la !

Je serre les dents en m'accrochant un peu plus aux bretelles de mon sac à dos. Bientôt, la double porte à l'entrée du bâtiment me tend les bras. J'accélère le pas, tentant de contrôler la vague de colère qui menace de s'éveiller à l'intérieur de moi, et de ne rien faire de trop stupide. Rien ne me ferait plus plaisir que de leur clouer le bec à tous, mais je n'ai pas envie de faire de vagues pour mon premier jour. Mon arrestation aura eu pour effet positif de me calmer un peu. Je ne peux plus dévier du droit chemin. La juge me l'a bien fait comprendre. Au moindre écart, je serai envoyée en institution pour mineurs. J'ai cette énorme épée de Damoclès au-dessus de ma tête, en permanence, et même si j'essaie de rejeter la faute sur le monde entier, je ne peux vraiment m'en prendre qu'à moi-même. Je me suis retrouvée dans cette situation toute seule. Maintenant, je dois assumer.

Alors que j'avance dans ce qui ressemble au couloir principal, ma route est soudain coupée par une grande dame au chignon argenté si serré sur le sommet de son crâne qu'elle doit probablement avoir une migraine constante.

— Mademoiselle Clayton, c'est bien ça ? me salue-t-elle avec un énorme sourire.

— Violet, la corrigé-je.

— Eh bien, Violet ! Bienvenue à *Woodhills High School* ! Je suis la directrice de cet établissement, mais vous pouvez m'appeler miss Haywood. Voulez-vous bien me suivre dans mon bureau ?

— Je ne peux pas déjà être convoquée, je viens d'arriver, lâché-je en levant les yeux au ciel.

— Oh ! Non, rassurez-vous, vous n'avez rien fait de mal. Je veux simplement vous souhaiter la bienvenue dans notre établissement ! Le protocole, voyez-vous.

Je l'observe, mi-amusée, mi-contrariée. Les rides au coin de ses yeux, qui se creusent davantage lorsqu'elle me sourit, la font paraître plus douce et plus gentille. Son tailleur noir semble un peu trop serré. Elle a l'air d'une directrice comme une autre, en somme, comme toutes celles que j'ai pu croiser sur ma route. Mais son regard avenant et son sourire sincère me crient de la suivre, de lui faire confiance. Elle a l'air cool. Je décide donc de hocher la tête et de la suivre sans faire d'histoires. Il est rare que je croise des adultes en lesquels je parviens à avoir confiance si rapidement, mais je ne sais pas pourquoi, quelque chose m'inspire chez cette miss Haywood. C'est comme une sensation dans mes tripes, un instinct que je ne m'explique pas. J'ai toujours eu ce don de pouvoir cerner rapidement les gens. C'est sans doute ce qui m'a valu tous mes soucis, parce que je pouvais repérer à des kilomètres ceux qui m'entraîneraient dans les ennuis.

Je suis la vieille dame jusqu'à son bureau, une simple petite pièce vaguement décorée de photos de classes, de diplômes et d'autres babioles. Sur le meuble en chêne, un ordinateur qui date probablement du siècle dernier, une plante qui aurait besoin d'être arrosée et plusieurs cadres dont je ne décèle pas le contenu, enfermant sûrement des clichés plus personnels. Je l'observe contourner son bureau et s'asseoir sur le fauteuil pivotant en cuir noir, avant de remarquer son signe de tête m'autorisant à prendre place sur l'une des chaises en bois face à elle. Je m'exécute, tout de même un peu méfiante quant à ce qu'elle s'apprête à me dire. J'ai la vague impression qu'il ne s'agit pas là du protocole habituel quand un nouvel élève débarque dans ce lycée. En même temps, j'imagine que ça fait longtemps qu'ils n'ont pas accueilli de nouveaux élèves, par ici.

— Violet, commence-t-elle en croisant ses mains sur le bois. J'ai pris la liberté de parcourir votre dossier avant votre arrivée.

— Mon dossier ? l'interrogé-je.

— Eh bien oui, il m'a été transféré par votre dernier établissement, explique-t-elle en fouillant dans son tiroir.

Miss Haywood en sort une énorme farde, remplie de feuilles volantes. Je retiens un sourire en voyant cette pile de papiers attestant probablement de mes exploits scolaires. Sachant qu'il ne s'agit pas vraiment d'une liste de bonnes notes, mais plutôt de tout ce que j'ai pu faire endurer à mes professeurs au fil des années, avec mon comportement de « petite rebelle », comme me surnommait ma mère.

— Disons qu'il est… très divertissant, déclare la directrice en parcourant quelques pages au hasard.

Cette fois, je ne peux empêcher les commissures de mes lèvres de se soulever légèrement. Je m'attends déjà à ce qu'elle me rabâche les mêmes morales que ses confrères, qu'il faut que je fasse profil bas, que je devrais profiter de ce nouveau départ pour repartir sur de bonnes bases, et blablabla…

Alors, quand je la vois jeter le dossier à la poubelle, mon sourire se fige. Mes yeux s'écarquillent, ma bouche s'ouvre en une expression béate.

— Je veux que vous sachiez que tout cela m'importe peu, lâche-t-elle en posant à nouveau son regard bleu sur moi. Table rase ! On oublie. Ça ne m'intéresse pas de savoir qui vous étiez.

— Je ne comprends pas…

— Je veux savoir qui vous êtes, Violet, énonce-t-elle d'une voix posée. Je sais ce que vous avez enduré, ces dernières années. La perte d'un être cher n'est pas une chose à prendre à la légère. Croyez-moi, je sais de quoi je parle.

Je crois voir passer une étincelle de tristesse dans ses yeux, mais ça ne dure qu'une seconde. Pas assez longtemps pour que j'en sois sûre. Je décide de ne pas répliquer.

— Je vous encourage à faire de votre mieux, continue-t-elle. Faire en sorte que cette année soit votre meilleure, et surtout, qu'elle soit la dernière. J'ai connu votre mère et si vous lui ressemblez un tant soit peu, je sais que vous pourrez vous en sortir. Mais la vraie question, c'est : est-ce que vous pensez en être capable ?

Je déglutis. J'ai soudain une envie pressante de sortir d'ici, j'ai l'impression que les murs de ce minuscule bureau se referment déjà autour de moi, qu'ils se rapprochent inexorablement, de plus en plus. Le regard de la directrice posé sur moi, je ne peux rien faire d'autre qu'écouter ses derniers mots qui tournent dans mon esprit. En suis-je capable ? Elle a raison, après tout, je n'ai qu'à faire de mon mieux. Ne pas me mettre la pression, ne pas faire de vagues. Tout ira bien. Si j'y parviens, ce sera ma dernière année au lycée, et je pourrai décider seule de quitter cet endroit pour aller où je veux et faire ce que je veux de ma vie, sans que personne ne puisse le décider à ma place.

J'opine alors du chef. Miss Haywood me sourit, le regard plein d'assurance et d'une certitude sans faille que j'aimerais ressentir également. Soudain, une sorte d'interphone sur son bureau se met à grésiller, et une voix nasillarde s'en échappe.

— Miss Haywood, mademoiselle Anderson est là.

— Bien ! Nous arrivons, répond l'intéressée en appuyant sur un bouton.

Enfin, la vieille dame en tailleur se lève et me tend une main, que j'observe quelques secondes avant de la serrer entre mes doigts fins.

— Ce fut un plaisir, Violet ! Mademoiselle Anderson vous attend, à présent.

Je ne demande pas mon reste, lui offre un bref sourire poli et me tourne vers la porte.

Plus surprenant comme situation, tu meurs. Je ne m'attendais tellement pas à ça qu'en arrivant dans le couloir, je dois prendre quelques secondes pour me ressaisir.

Si tous les adultes ici sont comme elle, je ne suis certainement pas au bout de mes surprises.

Chapitre 4
On survit toujours mieux à deux

Paranoid – Black Sabbath

Après ma rencontre avec miss Haywood, je me prends à souhaiter ne plus rencontrer qui que ce soit aujourd'hui. Cette entrevue s'est déroulée sur quelques minutes seulement, mais la directrice s'est montrée si directe, franche et sincère avec moi que j'en suis toute déboussolée. Je n'ai pas l'habitude qu'on me traite ainsi. Généralement, les gens vont dans les extrêmes quand il s'agit de moi : soit ils essaient de me couver, de me prendre avec des pincettes, soit ils ont déjà un avis bien tranché – et la plupart du temps, négatif – rien qu'en posant les yeux sur moi. Il n'y a jamais eu de vérité, d'honnêteté… jusqu'à aujourd'hui. On ne m'a jamais accordé le bénéfice du doute et je dois dire que c'est plutôt… valorisant.

Néanmoins, mon vœu du jour ne sera pas exaucé. La « mademoiselle Anderson » m'attend de pied ferme près de la porte du secrétariat, qui fait face à celle du bureau de la directrice. La jeune fille en question doit avoir mon âge et la première chose qui me frappe, c'est son apparence plutôt atypique. Un immense sourire barre son visage de poupée de porcelaine, ses cheveux rose poudré coupés au carré effleurent à peine ses épaules et ses grands yeux verts me détaillent avec une curiosité non feinte. Elle porte une robe pull à col roulé de couleur crème, d'épais collants violets recouvrent ses jambes fines et ses Converse sont si gribouillées que je ne pourrais pas identifier leur couleur d'origine. Elle s'avance vers moi, ajuste la bretelle de son sac en bandoulière sur son épaule et me tend la main.

— Salut ! Tu dois être Violet ? Moi, c'est Luna ! Je serai ton guide pour la journée !

— Mon… mon guide ? je demande en lui serrant la main qu'elle me tend.

— Yep ! Je suis chargée de te faire visiter, de t'expliquer comment on fonctionne, en gros. Tu ne croyais quand même pas qu'on allait te lâcher dans ce merdier sans protection ?

Je fronce les sourcils en la voyant hausser les siens. En voilà une bien bonne, tiens ! Je vais devoir me coltiner cette fille toute la journée ? Je ne sais pas trop quoi penser de ça. J'espérais pouvoir me fondre dans la masse, ne parler à personne et ne pas attirer l'attention sur moi. Du moins, pas plus qu'elle ne l'est déjà. Je la regarde comme si elle était une extraterrestre venue m'enlever, et elle continue de me sourire comme si c'était le plus beau jour de sa vie.

Bordel, mais où j'ai atterri, moi…

— On va commencer par le début, tu veux bien ? reprend-elle, voyant que je ne réagis toujours pas.

Elle passe son bras sous le mien et m'entraîne à nouveau vers le hall. Son parfum à la lavande vient chatouiller mes narines. Je n'ai jamais été très tactile, mais je n'ai pas le temps de répliquer, car déjà, elle se lance dans une longue tirade à propos du couloir administratif que nous venons de quitter. Elle m'explique, de sa voix haut perchée, que nous avons une heure devant nous pour faire le tour du propriétaire, et que je ne devrais pas m'inquiéter pour mon premier cours. Je la suis en essayant de comprendre tout ce qu'elle me raconte.

— Par là, tu trouveras le gymnase qui fait aussi office de salle des fêtes. Et par ici, c'est la cafétéria. Le mardi, c'est le jour des tacos ! En revanche, je te déconseille de goûter leurs lasagnes, je crois qu'ils y mettent de la viande de cheval ou un truc du genre.

Dans ce couloir-ci, tu trouveras tous les labos de sciences, et là-bas, la salle de musique…

Elle continue de me faire traverser les quelques couloirs, qui ne sont pas bien nombreux. À l'étage, elle me montre la bibliothèque en s'égosillant sur ses rayonnages préférés pendant plusieurs minutes. Dans la cour intérieure, elle me permet de repérer le stade de football, les gradins et la piste d'athlétisme. Nous ne traînons pas longtemps dehors et retrouvons rapidement la chaleur des couloirs. Elle se tourne vers moi, son sourire toujours plaqué sur ses lèvres, et me demande ce que j'en pense.

— Je pense que j'aimerais rentrer chez moi, râlé-je.

— Je sais, ce n'est pas le Ritz, mais tu vas voir, tu vas t'y faire, affirme-t-elle. C'est quoi ton truc, à toi ?

— Mon truc ? l'interrogé-je.

— Tu sais, le truc qui fait que tu es toi. Personnellement, je suis à fond dans l'astrologie ! Je pourrais te tirer les cartes un de ces jours, si ça te tente. Je dois encore m'entraîner, mais…

— Écoute… Luna, c'est ça ? l'interromps-je en me tournant vers elle. Je ne sais pas ce que tu as entendu sur moi, mais je ne suis pas vraiment là pour me faire des potes. Je veux juste finir cette année et quitter ce trou perdu le plus rapidement possible.

— Je crois que tu as vraiment besoin de moi, au contraire, objecte-t-elle.

Je laisse échapper un rire cynique et la regarde sans comprendre. Mine de rien, son audace me plaît. Il y a quelque chose chez cette fille qui me paraît si inhabituel. Elle est… authentique. Elle me regarde, convaincue de ce qu'elle dit, sans faux-semblant, fidèle à elle-même. Contrairement aux autres lycéens lambda, elle ne semble pas porter de masque. Et comme pour miss Haywood, je ressens ce sentiment étrange, cette sensation que je devrais lui faire confiance. Je ne me l'explique pas, mais surtout, je ne peux pas m'empêcher de me fier à mon instinct. C'est juste… plus fort que moi.

— On survit toujours mieux à deux, tu ne crois pas ? me souffle-t-elle.

Je soupire. Ça fait longtemps que je n'ai pas eu une amie. Ou même quelqu'un vers qui me tourner dans les situations merdiques. À vrai dire, à la mort de ma mère, j'ai un peu rejeté tout le monde. J'ai effacé de mon existence tous ceux qui me retenaient à un passé que je voulais oublier. J'ai disparu. Et personne n'est venu me chercher, ça en dit long sur mes soi-disant « amis » de l'époque. Luna n'a rien d'ordinaire, c'est certain. Mais en même temps, je suppose que moi non plus.

— Si tu le dis, capitulé-je.

— Alors c'est une excellente chose que j'aie demandé qu'on ait tous nos cours en commun ! s'écrie-t-elle en tapant dans ses mains.

— Attends… quoi ?

Je n'ai pas le temps de la confronter sur le sujet. Elle s'avance dans le couloir en riant aux éclats, avant de se tourner finalement vers moi, ce sourire optimiste étirant ses lèvres pleines, et que j'ai soudain envie de lui faire ravaler.

— Allez, amène-toi, s'exclame-t-elle. On va être en retard en littérature !

***

Après ce duo d'individus surprenants, je retrouve un moment de répit une fois que les cours commencent. Ceux-là ne sont pas bien différents de ceux auxquels j'ai pu assister auparavant. Je suis assise au fond de la classe à chaque fois, Luna ne me quittant pas d'une semelle. Avant chaque cours, elle me fait un topo rapide sur le prof que nous sommes sur le point d'écouter. Ainsi, j'apprends que le prof de littérature est porté sur la bouteille et qu'il ne manque jamais une occasion de boire en douce, qu'il s'endort pendant chaque contrôle et qu'il ne voit jamais rien quand on triche. Elle me raconte aussi que notre prof de maths s'envoie en l'air avec le coach de football au moins trois fois par semaine dans le bureau de ce dernier, alors qu'ils sont tous les deux mariés. *Woodhills High School* est un vrai temple de la télé-réalité. Je suis même surprise qu'il n'y ait aucune caméra dans les couloirs.

Plus surprenant encore, Luna a réussi à me faire sourire. Chose que je pensais impossible en me levant ce matin. Elle m'a presque mise de bonne humeur, avec son enthousiasme contagieux. Je découvre, entre deux cours, que nous avons les mêmes goûts en matière de lecture et de musique. Ça faisait longtemps que je n'avais pas échangé aussi simplement avec une fille de mon âge, et contre toute attente, ça me fait du bien. Qui aurait cru que quelque chose de positif sortirait de cette journée ?

— Si tu veux, on peut sécher la cafét' ce midi et aller manger dans les gradins, me propose-t-elle en me guidant vers mon casier. On pourra sûrement surprendre le coach en plein délit de fumette de cannabis.

— Pourquoi pas, dis-je en riant.

J'ouvre le casier qu'elle me désigne en utilisant le code qu'elle a pensé à griffonner sur mon poignet droit il y a quelques minutes, et en profite pour décharger mes nouveaux livres de cours de la matinée. Je commence déjà à imaginer la façon dont je vais pouvoir agrémenter cette porte en métal bleue, avec quelques dessins, peut-être deux ou trois autocollants. Alors que j'écoute Luna me raconter sa dernière mésaventure en cours de chimie, que nous sommes censées avoir juste après l'heure du déjeuner, je suis soudain distraite par une drôle de sensation.

Une vague de chaleur m'envahit tout entière. Comme un gros coup de chaud, comme si quelqu'un avait soudainement augmenté le chauffage, mais juste… dans mon corps tout entier. Mon cœur s'accélère, et un instant, je crois même faire un malaise. Mon être dans sa totalité me hurle de me retourner. Mon instinct me crie que ce qui provoque ma réaction n'est pas loin. Je me retourne donc.

Et je me fige, prise au piège par mon propre cœur qui me lâche dans la seconde qui suit.

Chapitre 5
Les Folley

Duality – Slipknot

Quatre garçons s'avancent dans le couloir, et je ne suis visiblement pas la seule à les avoir remarqués. Toutes les têtes se tournent à leur passage, la scène semble même se dérouler au ralenti, comme dans les films. Mon regard passe méticuleusement sur chacun d'entre eux et je ne saurais dire ce qui m'arrive. Ils dégagent… quelque chose. Un truc que je ne réussis pas à identifier, mais c'est fort. Puissant. Bien trop pour que je parvienne à détourner les yeux.

Le premier garçon est vraiment très grand. Il a même l'air de guider le reste du groupe par son unique présence. Sa peau est aussi sombre que l'ébène. Il n'a pas un cheveu sur la tête, et seule une aveugle pourrait ne pas le trouver craquant, avec ses yeux chocolat et son immense sourire éclatant. Le plus impressionnant est sans doute sa carrure parfaitement mise en évidence par son t-shirt blanc, près du corps. Je n'ai jamais vu un adolescent aussi musclé. On pourrait presque le croire plus vieux de plusieurs années tant il est baraqué. Je serais curieuse de savoir qui gagnerait entre lui et Chewbacca. Il se met à rire à une blague que son voisin de droite vient visiblement de lui lancer. Celui-là est beaucoup plus petit, beaucoup plus frêle, et paraît beaucoup plus jeune. Il sautille presque quand il marche, ses boucles dorées se balançant sur son front. Il a les pommettes d'un enfant, le sourire insouciant et les yeux rieurs. Adorable, dans sa chemise à carreaux et son jean délavé visiblement trop grand.

Le troisième, lui, est presque aussi grand que le premier, mais sa musculature est moins brute, plus affinée. Clairement un athlète, d'autant plus qu'il porte un blouson aux couleurs du lycée. Sa peau basanée et ses yeux en amande suggèrent des origines amérindiennes. Il passe près d'un groupe de filles, non loin de moi, et leur adresse un clin d'œil et un sourire en coin dont il semble avoir le secret. Ses admiratrices se mettent à glousser. D'accord, nous avons affaire au séducteur de ses dames par excellence. Je dois admettre qu'il est vraiment beau, mais avec sa mèche de cheveux foncés qui lui tombe sur le front, j'ai presque l'impression qu'il en fait trop.

Un peu en retrait des trois autres, le quatrième avance, les mains dans les poches de son jean noir, troué aux genoux. Mon regard passe de ses Converse usées, à ses jambes fines, son ventre plat sous son t-shirt gris, ses bras finement sculptés, ses veines apparentes, ses épaules larges, sa mâchoire carrée… son visage… ses yeux.

Je pense n'avoir jamais vu des yeux aussi bleus de toute ma vie. Il doit s'agir d'une mutation génétique, d'un truc fabriqué en laboratoire, car ça ne peut pas être réel. Ses deux billes saphir entrent en contact avec les miennes quand il passe devant moi. Ses sourcils se froncent alors qu'il me détaille, et moi, je ne me rends compte que ma respiration s'était bloquée que lorsqu'il détourne le regard. Il secoue la tête, comme perturbé un bref instant, et passe une main nerveuse dans ses cheveux noirs en bataille. Son image est comme imprégnée dans mon esprit. Son nez aquilin, sa peau aussi pâle que la neige, ses lèvres pleines mais terriblement masculines, son regard si expressif et hypnotisant…

C'est la première fois que j'entends mon cœur battre aussi clairement dans ma poitrine.

— Hey ! Ferme la bouche, tu vas avaler une mouche.

Je cligne des yeux, ce qui me tire de ma contemplation des quatre paires de fesses qui s'éloignent dans le couloir, et reporte mon regard sur une Luna plus qu'amusée.

— Tu vas t'en remettre ? questionne-t-elle en gloussant.

— C'était… c'était qui ? ne puis-je m'empêcher de demander.

— Les frères Folley, lâche-t-elle.

— Ils sont frères ? Mais… ils sont tous si…

— Différents ? complète-t-elle. Yep, ils ont été adoptés. Enfin, c'est ce qu'on raconte. Mais tu devrais les éviter, il paraît qu'ils ne sont pas très fréquentables. On raconte qu'ils ont eu des ennuis avec les flics, une fois. Personne ne sait pourquoi. De toute manière, ils ne sont pas du genre à se mélanger avec le petit peuple.

Je m'attends presque à la voir afficher une mine dédaigneuse lorsqu'elle prononce ces mots, mais curieusement, elle a plutôt l'air détachée. Comme si elle se fichait pas mal d'obtenir l'attention de l'un d'entre eux, contrairement aux autres filles dans le couloir, qui semblent avoir du mal à se remettre de ces apparitions divines. D'ailleurs, j'éprouve moi-même des difficultés à chasser de mon esprit les images du dernier frère. Son visage est comme gravé dans ma tête, impossible de m'en défaire.

— Le premier, c'était Finn, continue-t-elle. C'est le plus âgé. D'après ce que je sais, il a dû redoubler sa dernière année, mais personne n'a jamais vraiment su pourquoi. C'est un peu le chef de la bande, il est toujours fourré avec le petit dernier, Tyler. Lui, c'était le bouclé, il n'a que quinze ans. Puis, il y avait Leo, c'est une véritable star qui brille par ses stéréotypes. C'est le *quarterback* de notre équipe de foot, et il fait tomber les meufs comme des mouches.

Je tente d'assimiler toutes les informations qu'elle me donne, lorgnant son sourire espiègle. Cette fille est vraiment étrange. Elle a l'air de prendre tout à la légère, comme si rien n'avait de réelle importance à ses yeux, mais elle le fait avec un tel… enthousiasme. C'est troublant.

— Et le dernier, c'était qui ?

— Oh, grimace-t-elle. C'était Ezra. Il est un peu bizarre.

— Qui parle ! la nargué-je.

Elle lève les yeux au ciel avant de me sourire. Je note le fait qu'elle n'ait pas mal pris ma remarque et lui rends son rictus malicieux.

— C'est un solitaire, murmure-t-elle. Il ne parle jamais à personne, personne ne sait rien de lui. Je crois même qu'il est puceau, je ne l'ai jamais vu avec une fille en tout cas.

Je médite ses paroles tout en fixant le bout du couloir, où les quatre frères ont désormais disparu. Ce premier jour ne ressemble en rien à ceux que j'ai pu vivre auparavant. Il est même très loin de ce à quoi je me suis habituée. Je remarque que la sensation de chaleur que j'ai ressentie quand ils ont débarqué dans le couloir, s'estompe petit à petit. Je ne m'attarde pas dessus, cependant. La vision que je viens d'avoir suffit à me perturber. Le plus troublant a sans doute été sa réaction quand son regard a croisé le mien. Il avait l'air… perdu. Bouleversé. Comme s'il ne s'attendait pas à me trouver là, alors que je suis certaine, à mille pour cent, de n'avoir jamais croisé sa route auparavant. Des yeux aussi bleus, je pense que je m'en souviendrais…

Je reprends mes esprits en secouant la tête et referme mon casier. Luna m'entraîne à la cafétéria, où nous nous ravitaillons en sandwichs, et me conduit vers les gradins, comme promis. Il ne fait plus aussi froid que ce matin, mais je suis heureuse d'avoir troqué ma veste en cuir contre mon manteau, aujourd'hui. Je croque dans mon pain garni de jambon et de fromage, et observe ma voisine pousser un soupir d'aise en avalant un morceau du sien.

— Je peux te poser une question ? demandé-je.

Elle hoche la tête, la bouche pleine, et tente de me sourire tant bien que mal.

— Tu passes la journée avec moi, tu ne me lâches pas d'une semelle et tu as sans doute remarqué que je ne suis pas la meilleure compagnie qu'on puisse avoir, constaté-je. Tu n'as pas… d'autres amis, à qui parler ? Je ne dis pas ça méchamment, c'est juste que… tu as l'air tellement…

— Heureuse ? continue-t-elle avec un clin d'œil.

— Bah, oui, lâché-je.

— Je trouve ça triste qu'une ado heureuse, ça surprenne autant, souffle-t-elle. Parce que je suis heureuse tout le temps, les gens me trouvent bizarre. Mais ce n'est pas ce qui va m'empêcher d'apprécier la vie !

— J'aimerais avoir ta force, admets-je en baissant les yeux.

— Je pense que tu l'as. Tu as juste peur de la laisser te guider.

Luna m'observe un instant avec de détourner les yeux vers le terrain de foot qui s'étend devant nous. Je regarde son visage si doux, son nez retroussé, semblable à celui d'un lutin, ses joues rosies par le froid et l'ombre de son sourire sur ses lèvres, qui ne semble jamais la quitter. Je réalise que j'envie son optimisme constant. Je pensais que son excentricité deviendrait fatigante à la fin de la journée, mais en fait, c'est plutôt rafraîchissant. Elle ne saute pas dans tous les sens toutes les cinq minutes non plus. Elle ressemble à un personnage de dessin animé, plein de couleurs et de drôles de mimiques, mais comme en cet instant, elle est aussi posée, sereine… apaisante.

— Tu as raison, finis-je par dire. C'est dommage que le bonheur surprenne autant.

Alors que ses grands yeux verts retombent dans les miens, et que ses lèvres s'étirent en un sourire franc, il émane d'elle un sentiment de gratitude que j'ai rarement eu l'occasion de savourer. Je lui rends son sourire, plus timide que le sien, mais bien réel. Je pense que je me suis fait une nouvelle amie et ça fait du bien à mon cœur meurtri.

Nous achevons notre repas en silence, et peu avant que la cloche annonçant la reprise des cours ne retentisse, nous surprenons effectivement le coach en train d'écraser un mégot, dans un nuage de fumée qui ne contient pas que du tabac. Je ris, et ça me fait du bien, ça aussi. Ça faisait longtemps.

Pendant toute l'après-midi, cependant, je ne cesse de penser à ce que m'a dit Luna au sujet des frères Folley. « Pas fréquentables ». C'est drôle comme ce genre de mot a toujours su m'attirer. J'ai parfois l'impression d'être un véritable aimant à conneries. Plus je me dis que je ne devrais pas, plus j'en ai envie. Et là, j'ai vraiment, *vraiment* envie de découvrir tous les secrets de ce quatuor.

Et ceux de l'un d'entre eux plus particulièrement.

Chapitre 6
Les traces du passé

Believer – Imagine Dragons

La nuit fut plutôt courte. J'ai beaucoup de mal à m'habituer à cette chambre, et surtout, au calme ambiant. Je voudrais retrouver les bruits de pots d'échappement, les cris nocturnes et les klaxons des rues de New York. Je voudrais retrouver ma chambre minuscule sur la mezzanine de l'appartement que je partageais avec mes parents, et le lit une place couvert de draps violets. Je voudrais sentir à nouveau le parfum de ma mère, le dimanche matin, quand elle se levait avant tout le monde pour préparer du pain perdu. Je voudrais retrouver cette vie simple, tranquille… je voudrais me sentir en paix.

Mais quand j'ouvre les yeux à présent, je ne suis plus à New York.

Je suis toujours à Woodhills, dans cette grande chambre pleine de souvenirs de l'enfant que je ne suis plus depuis longtemps. C'est comme si toutes ces traces matérielles de ma vie d'avant n'étaient plus les miennes, qu'elles ne m'appartenaient plus. Je suis une étrangère dans la maison où je suis née, où j'ai fait mes premiers pas et prononcé mes premiers mots.

Je me suis levée, douchée et habillée en vitesse, sans grande conviction mais bien décidée à m'éclipser avant que ma sœur ne se lève et ne se mette en tête de me conduire au lycée à nouveau. Hier soir, elle a tenté de m'amadouer en commandant une pizza, qui s'est avérée plutôt bonne en fin de compte, mais qui n'a tout de même pas réussi à me faire sourire. Mon humeur a certes été allégée par les mystérieux pouvoirs de Luna. J'ai apprécié l'intention, mais je pense que je vais avoir besoin d'un peu plus de temps pour faire vraiment face à la situation. Iris ne m'en a pas tenu rigueur. Je suppose qu'elle aussi, a besoin de réfléchir à tout ça, de trouver un équilibre. J'ai débarqué presque sans prévenir dans sa vie bien rangée et j'ai tout chamboulé. Et si ce n'était pas ma décision, ce n'était pas la sienne non plus. Puis, elle aurait pu refuser. Seulement, je n'arrive toujours pas à lui pardonner son absence pendant toutes ces années, absence qu'elle n'a pas pris la peine de véritablement m'expliquer, d'ailleurs.

Par chance, il est à peine sept heures quand je descends au rez-de-chaussée. La maison entière est plongée dans un calme plat. Je prends le temps de préparer du café, essayant de ne pas faire de bruit. Je savoure la sensation du liquide fumant coulant dans ma gorge tout en observant le paysage au-dehors. La lisière de la forêt est toute proche de la bâtisse. La neige est encore une fois tombée pendant la nuit, recouvrant le sol d'un manteau blanc tout neuf, immaculé. Il camoufle les traces de la veille, et ne semble pas encore avoir subi celles d'aujourd'hui.

C'est un nouveau jour qui commence.

Le soleil est déjà levé depuis longtemps quand je dépose ma tasse vide dans l'évier et que je m'éclipse hors de la maison. J'ai aisément retenu le chemin vers le lycée emprunté la veille, et même si une assez longue marche m'attend, je ne suis pas totalement répugnée par l'idée de traverser la ville entière à pied. Dehors, le froid me mord instantanément les joues et je resserre mon écharpe autour de mon cou. Mon bonnet noir bien en place sur ma tête, je m'avance prudemment sur le trottoir gelé. Les semelles de mes bottes crissent à chacun de mes pas et je suis subjuguée par le fait de n'entendre que ça aux alentours.

Il n'y a presque personne dans les rues à cette heure-ci, à part quelques voitures qui passent près de moi et deux ou trois lève-tôt qui me saluent poliment. Les mains dans les poches de mon manteau, je prends le temps de tout observer autour de moi. J'arrive bientôt dans le centre, où je crois reconnaître le fameux *diner* du « vieux Milo » dont ma sœur m'a parlé il y a deux jours. La devanture vitrée me laisse entrevoir les clients matinaux savourant leurs petits déjeuners, des sourires vissés sur leurs visages rougis par l'hiver. Je ralentis à hauteur de l'enseigne et hésite un instant. Après tout, un second café ne serait pas de refus, et j'ai visiblement surestimé le temps qu'il me faudrait pour me rendre au lycée.

Je soupire. Que peut-il m'arriver de mal, en fin de compte ? Que je tombe sous le charme de cette bourgade perdue au milieu de nulle part ?

Aucune chance.

Je pousse la porte et fais tinter la clochette qui annonce mon entrée. Immédiatement, une dizaine de têtes se tournent dans ma direction, ce qui me force à m'arrêter net sur le seuil. C'est drôle, mais je dois sans doute être l'unique cliente à ne pas être considérée comme une habituée, dans ce patelin. Je ne sais pas si c'est bien ou mal, mais en tout cas, ça choque. Personne ne détourne les yeux un seul instant : le couple de vieux dans le fond, la quadragénaire face à son MacBook à ma gauche, le mec grisonnant habillé comme un pêcheur à ma droite… Ils ont tous les yeux rivés sur moi et je commence à me sentir plutôt mal à l'aise. Quand je lâche la porte pour la laisser se refermer derrière moi, les regards deviennent fuyants et un concert de murmures accompagne mon chemin vers le comptoir. Je m'adresse à la jeune fille en tablier, qui m'observe avec des yeux ronds.

— Un café à emporter, s'il vous plaît.

Elle marque une pause, hoche la tête et s'en va préparer ma boisson. Je me contente d'ignorer les chuchotements qui m'entourent et regrette déjà mentalement d'avoir mis les pieds ici.

— Excusez-moi, jeune fille ? entends-je dans mon dos.

Je me retourne, méfiante, et hausse les sourcils face au vieux pêcheur qui s'est adressé à moi.

— Vous ne seriez pas la petite sœur d'Iris Clayton ?

Je pourrais presque rire face à son air paniqué.

Genre, il me pose la question, comme s'il n'était pas sûr de lui, alors que je suis probablement la seule nouvelle dans le coin depuis des décennies. Il est doué, lui.

— Oui, lâché-je.

— C'est dingue ! Vous êtes le portrait craché d'votre mère, ma parole !

Je fronce les sourcils, entrouvre les lèvres et amorce un mouvement de recul en entendant ces mots. J'ai déjà reçu le compliment auparavant, mais l'entendre de la bouche d'un habitant de Woodhills me fait bizarre. J'ai tendance à oublier que ma mère a grandi ici, qu'elle a foulé le sol de ces mêmes rues, qu'elle a probablement parcouru les couloirs du lycée que je m'apprête à rejoindre ce matin encore. Cette révélation s'impose à moi, comme un énorme boulet de canon à travers mon cœur. Je n'avais pas réalisé que je marchais dans ses pas…

— C'est vrai, tiens ! Je me disais bien que votre visage me disait quelque chose ! s'écrie la petite vieille du fond.

— C'est la copie conforme de Lily ! s'exclame son compagnon face à elle.

Je commence à avoir du mal à respirer. L'air se raréfie dans mes poumons et alors que les voix se mélangent dans ma tête, je n'arrête pas de me dire que j'ai manqué quelque chose. Tous ces gens, dont je n'ai jamais entendu parler de toute ma vie, connaissaient ma mère. Ils l'ont vue grandir, s'épanouir ; ils ont été témoins de ses moments de bonheur et de tristesse ; ils ont vu, en direct, tous les petits morceaux de sa vie dont je n'ai jamais rien su. Maman ne parlait jamais de sa vie à Woodhills, et quand j'ai été assez grande pour lui poser la question, elle était déjà malade. Et elle commençait à tout oublier… y compris mon prénom.

Comment ? Comment tous ces inconnus peuvent-ils en savoir plus que moi sur ma propre mère ? Comment moi, sa fille, puis-je n'être au courant de rien ?

— Votre café.

Je me retourne, observe la serveuse m'adresser un sourire amical que je balaie rapidement du regard, avant de prendre le gobelet chaud entre mes mains tremblantes. Je ne demande pas mon reste, balance un billet d'un dollar sur le comptoir, et je déguerpis le plus vite possible. Je ne supporte pas leurs regards curieux, leurs conversations menées avec cette pointe de tristesse et de nostalgie dans la voix, tandis qu'ils se remémorent la dernière fois qu'ils ont vu Lily Clayton en ville. Je ne supporte pas leurs souvenirs de moi, de la petite fille que j'étais alors, dont je ne me souviens pas moi-même.

À l'extérieur, le froid m'assaille à nouveau et je pourrais presque aimer ça, tant il me fait du bien en cet instant. Il remet mes idées en place, et quelques gorgées de café plus tard, je parviens à réfléchir clairement.

Je n'y ai même pas pensé. Dès que j'ai su que mon père m'envoyait ici, je n'ai pas réfléchi une seule seconde à toutes les occasions que j'allais pouvoir explorer pour apprendre à la connaître mieux. Le réaliser de façon aussi brutale m'a quelque peu chamboulée. Mais maintenant que je suis parvenue à calmer mon souffle court et les battements frénétiques de mon cœur, face à l'enthousiasme de tous ces gens qui l'ont reconnue en moi, je peux enfin savourer cette sensation d'être plus proche d'elle que je ne l'ai été depuis des années. Bien sûr, j'aurais aimé qu'elle m'emmène ici elle-même, qu'elle me prenne la main et m'entraîne dans les rues enneigées de la ville, qu'elle me raconte l'endroit où elle a échangé son premier baiser ou essuyé ses premières peines de cœur. J'aurais voulu qu'elle me montre elle-même son coin favori, qu'elle m'explique pourquoi l'emblème du lycée est un loup, qu'elle m'emmène au *diner* boire un café et manger une part de sa tarte préférée.

J'aurais aimé rencontrer tous ces gens avec elle à mes côtés, comme il faut. Mais ça ne se fera jamais. Il va bien falloir que je l'accepte.

J'arrive au lycée avec un quart d'heure d'avance. Je suis seule sur le parking désert et j'en profite pour m'asseoir sur un muret. Je sors mon carnet à dessin de mon sac et ajuste mes mitaines. Le visage de ma mère s'impose à moi tout naturellement après cette matinée déjà mouvementée. Je suis tellement absorbée par ses traits, qui prennent vie sous la pointe de mon crayon, que je n'entends même pas les voitures arriver au compte-goutte, ni les pas des élèves qui s'agglutinent devant les portes du lycée derrière moi en conversant joyeusement.

— C'est ta mère ?

Je sursaute et me tourne vers Luna, penchée au-dessus de mon épaule à observer mon dessin. Je reprends mon souffle et accueille son sourire avec soulagement.

— Oui, dis-je en refermant mon carnet.

— Tu lui ressembles !

J'acquiesce en silence, un sourire nostalgique retroussant mes lèvres.

Luna n'ajoute rien. J'aime qu'elle sache se montrer discrète et respectueuse des secrets que je ne veux pas partager. Du moins, pas maintenant. Je ne suis pas prête pour ça. Je me lève et la suis jusqu'à l'entrée du lycée, où quelques regards curieux se posent encore sur moi.

Elle m'entraîne en salle d'Histoire, il s'agit du cours que nous avons manqué la veille à cause de la petite visite guidée qui m'a été imposée. Le professeur m'accueille avec un sourire poli et me confie le manuel assigné à sa classe, tout en m'invitant à prendre place. Comme à mon habitude, je me dirige vers le fond de la pièce, lorgnant une chaise proche de la fenêtre. Luna se contente de s'asseoir à sa nouvelle place habituelle, juste devant moi. En temps normal, ce comportement m'aurait agacée, mais je suis heureuse qu'elle soit là. J'ai décidé de croire à cette sensation qui m'envahit quand je suis avec elle, cette impression que je devrais lui faire confiance et la laisser me guider.

Alors que j'explore la pièce des yeux tout en évitant les regards des éternels curieux, un drôle de sentiment m'assaille et je n'arrive pas à m'en défaire. Je l'ai déjà ressenti hier. Cette vague de chaleur qui m'emporte et me fait regarder de tous les côtés à la recherche du coupable. Mais il n'y a personne. Rien que des élèves lambda qui ne m'intéressent pas. Bon sang, mais d'où ça peut bien venir ?

Soudain, la cloche annonçant le début des cours retentit, et le prof achève d'écrire quelque chose sur le tableau.

— Bonjour à tous, lance-t-il une fois tout le monde assis. Nous allons reprendre où nous nous étions arrêtés hier, à la page…

Sa tirade est brusquement interrompue par la porte qui s'ouvre en grand. Mon cœur tombe en chute libre et vient se loger dans mes chaussettes.

— Monsieur Folley, lâche le prof. Quel plaisir de vous avoir parmi nous, aujourd'hui.

L'intéressé offre un faux sourire à l'homme vêtu de tweed, qui se contente de soupirer d'un air désapprobateur avant de reprendre où il en était. Moi, je n'entends plus rien. Le monde entier autour de moi semble s'être évaporé. Ezra Folley vient de faire son entrée. Il traverse la rangée de bancs, quelques élèves se retournent pour le regarder. D'un air nonchalant, presque désabusé, il s'installe au fond de la salle, à deux mètres de moi seulement. Je ne peux m'empêcher de le détailler : tout de noir vêtu, il a toujours ses cheveux sombres en bataille, cet air blasé sur le visage. Ses yeux sont toujours aussi bleus, je peux voir leur couleur d'ici. Je remarque le mouvement, presque imperceptible, de son menton vers moi. J'ai la vague impression qu'il se force à ne pas me regarder.

— Mademoiselle Clayton ?

Je m'arrache de ma contemplation et mon cœur rate un battement. Je n'ai évidemment pas entendu le prof s'adresser à moi, ou même si une question m'a été posée. J'ignore les quelques rictus moqueurs dans mon champ de vision et offre un regard interrogateur au professeur, qui me jauge, les mains calées sur ses hanches.

— Excusez-moi ? marmonné-je.

— La page vingt-et-un, s'il vous plaît, dit-il. Lisez.

Je secoue la tête pour reprendre mes esprits et me penche sur mon livre, cherchant la page demandée, et me mets à lire le premier paragraphe à voix haute. Mais je ne peux pas ignorer la fournaise qui a pris possession de ma poitrine.

Est-ce que ça vient de lui ? Pourquoi ? Comment ?

Pendant toute l'heure, je ressens ce profond malaise. Du coin de l'œil, j'observe mon voisin, qui semble lui aussi s'agiter sur sa chaise en permanence. Comme s'il ne supportait pas d'être là. Je le surprends à soupirer plusieurs fois d'un air las. Quand soudain, il lève la tête pour poser son regard sur moi, je détourne le mien, sachant pertinemment que j'ai été prise sur le fait. Ce petit jeu semble l'amuser, car lorsque je reporte mon attention sur lui, tout en tâchant d'être plus discrète, je remarque que la commissure de ses lèvres s'est légèrement soulevée. Si je devais le comparer à toute la flopée de mecs que j'ai pu croiser dans tous mes précédents lycées, je pourrais le ranger dans une toute nouvelle catégorie. Il ne ressemble à personne. Il est incroyablement beau, mais il ne cherche pas à s'en servir pour attirer l'attention de ces dames. Il a l'air blasé, mais terriblement insolent. Il n'a pas l'air d'être un geek intello ni d'un *stoner* paumé. Il est juste… lui. Un être unique que je ne saisis pas.

Ce n'est pas comme avec miss Haywood ou Luna, ou même tous les autres lycéens que j'ai fréquentés auparavant. Eux, je parviens à les cerner en un regard. Cette capacité dont je jouis, à percer les gens à jour, frôle presque le surnaturel. Je ne parviens pourtant pas à le lire, lui. Ezra est un mystère total, et je ne supporte pas cette sensation.

Quand la cloche sonne la fin du cours, il se lève, range ses affaires et se précipite vers la sortie. J'ignore le regard de Luna lorsqu'elle me voit faire de même à toute vitesse, afin de le rattraper dans le couloir. Je ne sais pas ce qui me prend ni ce que je compte faire, mais j'agis d'instinct.

— Hey, toi ! lancé-je.

Ezra se fige à quelques mètres de moi. Il me tourne le dos. Son corps tout entier se tend lorsqu'il se retourne lentement. Son visage impassible apparaît devant moi. Maintenant que j'ai son attention… je ne sais pas vraiment ce que je fabrique, en réalité.

— Qu'est-ce que tu veux ? demande-t-il face à mon silence.

Je tente de prendre un air désinvolte, celui que j'affiche toujours quand je me sens menacée. J'ai conscience que c'est complètement ridicule, mais je suis bien trop frustrée pour l'admettre. La montée en température dans ma poitrine me dérange, et je ne sais même pas d'où ça vient. Ou peut-être que je ne veux pas le savoir.

— C'était quoi, ce regard ? craché-je.

— De quoi tu parles ?

— Ce truc dans le couloir, continué-je, ne sachant pas vraiment où je veux en venir moi-même.

Il sourit et s'approche de quelques pas. J'ai déjà envie de lui faire avaler cette expression arrogante qu'il affiche. Ses grands yeux bleus se plantent dans les miens et j'ai du mal à retenir un mouvement de recul. Il est intimidant. Je déteste être impressionnée ; d'habitude, c'est moi la dure à cuire, dans l'histoire. Quand il arrive à ma hauteur, je remarque qu'il me dépasse d'au moins une tête. Je me sens minuscule.

— Qu'est-ce qui t'a dérangée, au juste ? demande-t-il en haussant les épaules.

— Tu m'as regardée bizarrement, riposté-je d'un ton cinglant. Je n'ai pas apprécié.

— Au cas où tu ne l'aurais pas remarqué, tout le monde te regarde bizarrement depuis hier. Tu vas tous aller les voir pour le leur dire ? Ça risque de te prendre la journée.

Je fronce les sourcils. Je me sens de plus en plus mal à l'aise, surtout que je ne sais vraiment pas pourquoi je perds mon temps à lui parler… de rien, en fait. Je ne sais même pas ce que je fais là ni ce qui m'a poussée à l'interpeller de cette façon. Je ne peux rien lui reprocher. Il a raison, tout le monde me regarde de travers depuis que j'ai débarqué. Seulement, les autres m'observent parce qu'ils sont curieux. Il y a quelque chose de différent dans son regard, à lui. C'est comme s'il se posait des questions sur moi qui n'ont pas lieu d'être. C'est le regard typique qu'on lance à quelqu'un quand on croit l'avoir déjà vu quelque part, sans jamais pouvoir se rappeler où.

Pourtant, je n'ai jamais vu Ezra de toute ma vie. J'en suis certaine. Il continue de me toiser de cet air suffisant et en temps normal, ce genre de réaction provoque chez moi une répartie implacable, le genre avec laquelle on ne peut pas rivaliser.

— Autre chose à ajouter ? demande-t-il en haussant les sourcils.

J'ouvre la bouche, prête à répliquer, mais rien ne me vient. Ce mec parvient à me couper le souffle et à me laisser sans voix en même temps. Frustrée, je serre les poings, continue à le défier du regard jusqu'à le voir sourire un peu plus. Cette situation l'amuse, apparemment. Enfin, il s'éloigne à reculons, sans me quitter des yeux, jusqu'à tourner les talons et disparaître derrière le coin au fond du couloir. Je reste là, pantelante, soufflée par cet affrontement complètement ridicule et vide de sens. Je secoue la tête. Pourquoi ai-je fait ça, au juste ? C'était totalement inutile et ça ne m'a rien apporté de bon. Mais je voulais lui parler. Tenter de comprendre pourquoi je ne peux pas lui attribuer une étiquette. En vain. Si j'ai pour habitude de lire les gens comme de véritables livres ouverts, lui reste hermétique à mon analyse.

Ce qui ne fait que me motiver davantage à savoir pourquoi.

Chapitre 7
Interdit

End of Me – Ashes Remain

Cette semaine était probablement la plus étrange de toute mon existence. Aussi loin que peuvent remonter mes souvenirs, je ne me rappelle pas avoir vécu pareille situation. Outre le fait que j'ai été catapultée dans le coin le plus froid et le plus humide du pays contre mon gré, j'ai surtout découvert un lot incroyable de nouvelles sensations que je ne pensais jamais ressentir un jour. À vrai dire, elles me paraissent même complètement inhumaines.

J'ai toujours été très douée pour percevoir la nature profonde des gens. Je suis perspicace, observatrice, et je ne parle pas beaucoup quand je suis en public, ce qui m'a toujours permis d'écouter plus attentivement. Avec Luna, par exemple, je n'ai eu aucun mal à lui faire confiance dès le premier regard. Mon instinct s'est mis en marche, je l'ai analysée en à peine quelques secondes et j'ai compris qu'elle et moi pourrions être de bonnes amies. J'ai apprécié la malice qui brillait dans son regard émeraude, j'ai souri face à son optimisme débordant, et j'ai admiré sa capacité à demeurer d'excellente humeur en toute circonstance. Elle est aussi entière que je suis brisée, aussi pure que je suis prisonnière de ma propre obscurité. Elle est tout mon contraire et pourtant, je n'aurais probablement pas survécu à cette première semaine de cours sans elle.

Iris aussi, j'ai réussi à la capter dès que je l'ai vue à l'aéroport, et pas seulement parce que nous sommes liées par le sang. J'ai tout de suite su que quelque chose clochait, avec elle. Elle conserve des secrets bien gardés. Mes soupçons se sont confirmés quand je l'ai surprise à sortir en douce, l'autre soir. Elle n'est pas revenue avant le petit matin. Elle est partie à pied, vers les bois, un énorme sac tout en longueur accroché à son épaule. J'ai scruté la lisière de la forêt jusqu'à m'endormir sur ma chaise quand, vers cinq heures du matin, alors que le soleil commençait tout juste à poindre à l'horizon, je l'ai vue revenir.

Ça s'est reproduit encore deux fois. Je ne l'ai pas interrogée sur ses sorties nocturnes, je ne suis pas stupide. Je sais très bien qu'elle ne me dira pas la vérité, que ce soit pour me protéger ou simplement pour se protéger elle-même.

Dès que je suis arrivée ici, j'ai su que cette ville n'était pas *normale*. Je l'ai senti dans mes tripes. Je suis parvenue à identifier quiconque croisait ma route en quelques minutes. La directrice de *Woodhills High School*, les pimbêches du lycée qui s'amusent à lancer des rumeurs étranges sur moi depuis quelques jours et que j'ignore avec brio, Luna, ma sœur, les profs, les habitués du *diner*… Ils sont passés à l'analyse. Je les ai percés à jour, tous, sans exception.

Mais pas *eux*.

Pour une raison qui m'échappe, les frères Folley me sont inaccessibles. Et c'est sans doute pour cette raison que ma curiosité s'accroît de jour en jour, quand je les croise dans les couloirs. Je n'arrive pas à les cerner, à savoir qui ils sont vraiment, ce qui se cache derrière ces masques d'adolescents à première vue normaux et sans histoire. Je ne sais pas si c'est parce qu'ils sont un peu à part ou si je suis tout simplement bien trop distraite par le feu qui brûle dans ma poitrine à chaque fois qu'ils sont à proximité. Ce n'est pas une chaleur désagréable en soi, c'est juste… inédit. Différent de tout ce que j'ai pu ressentir auparavant. Et c'est encore plus puissant quand je le croise, *lui*.

Ezra Folley. Toute la semaine, j'ai tenté de capter des informations le concernant, mais je n'ai rien récolté de concluant.

J'essaie de me la jouer discrète, car je ne veux pas que les gens croient que je suis complètement obsédée par lui, bien que ce ne soit pas loin de la vérité. Depuis que je l'ai croisé, la première fois, il hante la moindre de mes pensées. La nuit dernière, il s'est même glissé jusque dans mes rêves. Il se dégage de lui une présence imposante que personne ne peut ignorer. Tout ce que j'ai appris sur lui, ce sont des ouï-dire, et qui ne me paraissent pas suffisamment crédibles pour être ne serait-ce qu'en partie vrais. Certains disent qu'il aurait fait de la prison pour mineurs. D'autres pensent qu'il *deal* de la drogue. Mais moi, je suis convaincue qu'il s'agit d'autre chose.

Le pire, c'est que je ne m'explique pas pourquoi j'ai envie de tout savoir le concernant. Je veux juste chercher à comprendre pourquoi il provoque toutes ces nouvelles sensations en moi. Pourquoi j'ai le souffle court quand il me frôle dans les couloirs, pourquoi mon cœur s'arrête de battre à chaque fois qu'il pose malencontreusement les yeux sur moi à la cafétéria. Et pourquoi j'ai l'impression que ma seule présence, dans la même pièce que lui, le révulse. Comme s'il souffrait d'être proche de moi.

J'ai bien vu ses mouvements de recul, ses essais souvent infructueux pour m'ignorer ou ne pas me regarder en douce à travers ses longs cils noirs, quand nous sommes en cours d'Histoire. Je l'ai vu, discuter avec ses frères en me jetant des coups d'œil, se pensant discret.

Quelque chose se trame, dans le coin. Quelque chose de pas net. Je le sens.

J'arrive près de la maison quand j'aperçois ma sœur sortir du garage. Nous sommes vendredi et je suis heureuse que cette semaine soit terminée. Même si je suis persuadée que mon weekend va s'avérer plutôt ennuyeux, car il n'y a vraiment rien à faire dans le coin. J'ai assez de devoirs pour m'occuper, cependant.

Si Iris a fini par comprendre que je me levais toujours avant elle pour éviter qu'elle ne me conduise elle-même au lycée chaque jour, elle ne m'a fait aucune remarque. Ces derniers temps, nos dîners se sont déroulés dans un silence plutôt bienvenu, uniquement entrecoupé de quelques échanges basiques et nécessaires à notre cohabitation. Seulement, je me rends compte qu'elle doit se poser un tas de questions. Parfois, je la surprends à me regarder d'un air soucieux. En général, quand c'est le cas, je l'évite ou je quitte tout simplement la pièce pour ne pas avoir à la supporter. Je sens qu'elle s'en veut de la tournure qu'ont prise les choses entre nous, et à mon sens, elle ne peut s'en prendre qu'à elle-même. Mais je ne suis pas têtue au point de croire que mon comportement finira par améliorer la situation.

Iris est ma sœur et je ne peux rien changer à ce fait. Autant essayer de rendre cela agréable.

Quand elle me remarque, au bout de l'allée, un sourire fend son joli visage.

— Ah, tu tombes bien ! s'exclame-t-elle. Viens, j'ai quelque chose à te montrer.

Elle ne me laisse pas le temps de l'interroger que déjà, elle s'en retourne vers le garage, ce qui me laisse le loisir de la suivre. À l'intérieur, c'est un bordel sans nom. Des étagères en métal tapissent les murs et sont garnies d'objets et d'outils en tout genre. Je n'entre pas – pas de place entre ce bazar et son 4x4 – et la laisse ressortir avec… un vélo ?

— C'est pour toi ! s'enthousiasme-t-elle en me présentant l'engin. Je l'ai récupéré chez une amie qui ne l'utilisait plus. J'ai passé la journée à le remettre en état !

J'avance de quelques pas et observe avec attention la bicyclette noire. Je ne me souviens pas de la dernière fois que je suis montée sur un vélo. Je devais avoir neuf ou dix ans. Je fronce les sourcils et interroge ma sœur du regard.

— Comme ça, tu ne seras plus obligée de te lever aux aurores pour te rendre en cours, explique-t-elle. Et comme tu refuses toujours d'apprendre à conduire…

— Je n'ai pas dit que je refusais, rétorqué-je. Juste… ce n'est pas le moment.

Iris n'ajoute rien et se contente de me sourire. Je pose une main sur le guidon, sur le cadre en métal rutilant. Il est en parfait état, et si ma sœur a dû passer la journée dessus, je n'ose pas imaginer dans quelle condition elle l'a reçu. Je ne peux m'empêcher de sentir mon cœur se pincer à cette idée. Elle a fait ça pour moi. Pour *moi* ?

— Merci, soufflé-je.

Un silence plutôt léger s'installe entre nous, seulement perturbé par les voitures qui passent, les oiseaux qui s'envolent et le vent qui souffle dans les arbres. Je lève les yeux vers ma sœur et quand je perçois son sourire admiratif, ses yeux pétillant d'amour pour moi, j'ai presque un mouvement de recul.

— Tu ne vas pas pleurer, si ? rétorqué-je en grimaçant.

Elle éclate d'un rire nerveux et je ne peux m'empêcher de sourire. Finalement, je pense qu'on va s'en sortir, elle et moi. Après tout, autant faire en sorte que ça fonctionne, non ? Il me reste quoi ? Six mois avant de pouvoir dégager d'ici de mon plein gré ? Si je peux passer tout ce temps sans en vouloir constamment à Iris, ce serait plutôt une bonne chose. Je n'ai pas envie de me prendre le bec avec elle pour un rien à chaque seconde. C'est trop épuisant. Elle fait des efforts… à moi de lui rendre la pareille.

Quelle maturité, Violet !

Je lève les yeux au ciel face à ma conscience qui se moque légèrement de moi. Iris range le vélo dans le garage et me suit à l'intérieur de la maison quand je dépose mes affaires, avant de me proposer de sortir pour dîner, ce soir. J'accepte sans rechigner. Ça nous changera des soirées à manger des plats surgelés devant la télé. Je suppose que vivre seule pendant toutes ces années ne motive pas vraiment à apprendre à cuisiner. En tout cas, je sais qu'elle est reconnaissante que je ne fasse jamais la fine bouche face à ses assiettes réchauffées au micro-ondes.

Dans la voiture, je ne cherche pas à faire la conversation et me contente d'apprécier le paysage enneigé. Je dois avouer que mon carnet se remplit de plus en plus, ces derniers jours. J'aurais sans doute du mal à l'admettre à voix haute, car je déteste toujours autant l'idée d'être ici, mais cet endroit m'inspire. Il y a quelque chose d'inhabituel dans l'air, de presque magique. Et le matin, quand le silence se fait et que le monde autour de moi ne semble pas encore s'être mis en marche, c'est plutôt agréable. Paisible. Réconfortant.

Sans surprise, Iris se gare non loin du *diner*. Je la suis à l'intérieur et l'observe saluer quelques personnes avec ce sourire serein dont elle a le secret. C'est dans ces moments-là que je constate le plus nos différences. Sa bienveillance envers les gens, sa sincérité constante et son extraversion sont des qualités qui me sont totalement étrangères. Je suis une solitaire, une introvertie, je ne m'exprime pas beaucoup et quand je le fais, c'est souvent pour aboyer ou cracher des insultes à la figure de ceux que je ne peux pas blairer. Je suis impulsive et peu avenante, les gens m'évitent, et c'est très bien comme ça. À l'exception de Luna, visiblement.

— Iris ! s'exclame soudain un vieil homme bien en chair derrière le comptoir. Assieds-toi où tu veux, j'arrive tout de suite !

— Merci, Milo ! lance ma sœur.

Je la suis jusqu'au fond de la salle, où elle choisit une table près de la grande baie vitrée. Je n'ai jamais vraiment pris le temps de détailler l'endroit, pendant mes petits arrêts-café du matin, aussi je ne m'en prive pas, maintenant que je ne suis plus pressée de m'éloigner de tous les regards curieux posés sur moi. Ce soir, il y a un peu plus de monde, mais sans que je comprenne vraiment pourquoi, les gens ne me regardent pas avec insistance. Toute la semaine, j'ai dû supporter cette attention déplacée, cet intérêt gênant des gens à mon égard, tout ça parce que je suis la petite nouvelle du coin, ou la fille prodigue de retour au bercail, selon les avis. J'ai entendu tout un tas de choses à mon sujet. Les rumeurs, c'est toujours drôle : on apprend plein de trucs qu'on ignorait sur nous-même ! Par exemple, j'ai entendu dire que j'avais agressé une vieille dame dans le métro en la menaçant avec une lame de rasoir, et que j'avais été bannie de New York à cause de ça. Je ne savais pas que j'étais aussi effrayante !

Mais ce soir, les habitués du coin me laissent tranquille. Peut-être est-ce dû à la présence d'Iris à mes côtés. Soit. Je ne vais pas m'attarder davantage là-dessus, car après tout, ça fait du bien de ne pas me sentir épiée à chacun de mes mouvements.

Le *diner* est plutôt cosy, en fait. Les tables me rappellent celles qu'on voit dans ces films des années cinquante, en métal coloré, avec des chaises aux coussins de cuir assortis. Ici, tout est rouge et blanc, même le carrelage. Une chanson de rock classique fait office de bruit de fond derrière les conversations et les tintements des couverts. Une odeur de friture parvient à mes narines et mon ventre se met à gronder. Je reporte mon attention sur la table et le menu devant moi, garni d'un dessin d'une tasse de café et de grandes lettres décrivant « *Milo's Diner* ».

Original.

— Laisse-moi commander pour nous deux, me suggère ma sœur. Crois-moi, je connais la carte par cœur, je crois que je sais ce que tu vas aimer.

En temps normal, j'aurais affiché un regard plein de colère et j'aurais répliqué qu'elle ne me connaît pas, mais ce soir, je décide de la jouer cool. Elle essaie seulement de me faire plaisir, de renouer avec moi. Alors, fidèle à moi-même, je me contente de lever les yeux au ciel et de hausser les épaules.

Je parcours tout de même le menu. Tout a l'air très appétissant, des burgers aux assiettes de pâtes, des pancakes aux gaufres maison. Il y a même des frites au chili. Je pourrais vivre en mangeant uniquement des frites au chili pour le restant de mes jours !

— Alors les filles, lance Milo en arrivant près de nous. Qu'est-ce qui vous ferait plaisir ce soir ?

— On va prendre deux burgers, extra fromage et… une portion de frites au chili ? dit ma sœur en m'adressant un clin d'œil.

Je l'observe, abasourdie. Comment peut-elle savoir ce genre de choses ? Je ne lui ai jamais parlé de mon adoration pour les frites au chili. Elle n'a jamais su que c'était ce que Maman préférait manger quand on sortait avec mon père, le weekend. À moins que…

— Vous êtes bien les filles de votre mère, soupire Milo d'un air exaspéré. Je ne sais pas comment vous faites pour être encore en vie tout en mangeant ces saletés !

— Hey, c'est toi qui sers, fait remarquer ma sœur.

L'homme se met à rire tout en notant notre commande sur un calepin, avant de nous demander ce que nous désirons boire. J'opte pour un Coca à la cerise, et ma sœur choisit un thé glacé. Milo s'éloigne vers la cuisine et j'en profite pour l'observer. Il n'est pas très grand, mais il prend de la place. Son crâne dégarni et les rides sur son visage témoignent de son âge avancé, et pourtant, il ne se départ jamais de son sourire. Ses petits yeux noirs passent de table en table, brillants et pleins de gentillesse.

Bon, OK. Cet endroit n'est pas si mal, finalement.

Une serveuse nous apporte nos boissons quelques minutes plus tard et j'avale une gorgée de mon Coca, quand je remarque le regard de ma sœur rivé sur moi.

— Vas-y, soupiré-je en levant les yeux au ciel. Pose-les, tes questions. Je sais bien que tu t'es retenue toute la semaine.

— Je ne vois pas de quoi tu parles ! se défend-elle.

— Iris. Accouche.

Elle sourit et secoue la tête en tirant sur les manches de son pull bleu marine. Elle essaie de se composer une expression détachée, mais je vois bien l'étincelle de curiosité briller dans ses prunelles.

— Je me demandais juste si tout se passait bien pour toi, au lycée, dit-elle.

— Rien à signaler, rétorqué-je. C'est un lycée comme les autres.

— Tu t'es fait des amis ?

— Pas vraiment.

Je ris, et même si le visage de Luna s'impose à moi en entendant sa question, je ne peux m'empêcher d'apprécier cette situation plutôt risible. J'ai l'impression qu'elle me pose la question comme si j'étais en primaire. Comme si j'avais encore dix ans et que j'étais capable de me faire un tas d'amis rien qu'en leur offrant des bonbons ou en partageant ma collation. Pourtant, Iris n'est pas si vieille que ça. À 27 ans, elle doit sans doute se souvenir que le lycée n'a rien à voir avec un jardin d'enfants.

— Je dois choisir une activité extrascolaire, révélé-je en grimaçant.

— Tu as des idées ? demande-t-elle en posant son menton sur sa paume.

Mon expression dégoûtée parle d'elle-même. J'ai toujours détesté ce règlement, stipulant que tous les élèves devaient participer à au moins une activité en dehors de leurs cours, qu'elle soit sportive, culturelle ou académique. Dans mes anciens lycées, je m'attelais toujours à éviter ce genre de conneries, car je haïssais ce processus de socialisation forcée par notre société déjà mal foutue. Je trouve complètement idiot d'obliger quelqu'un à se fondre dans la masse, à rentrer dans le moule simplement parce que les gens se fient à cette croyance débile que réussir dans la vie s'apparente à être sociable. Et pour couronner le tout, ce n'est pas comme si j'avais un éventail de choix infini à *Woodhills High School*. Si on élimine les deux équipes de hockey et de basket féminines – parce que je ne suis pas du tout sportive – les seules activités culturelles qui pourraient un tant soit peu me plaire… ben, elles ne me plaisent pas vraiment, en fait. Art dramatique ? Très peu pour moi. Musique ? Je préfère l'écouter plutôt qu'en faire. Et ne parlons même pas du club d'échecs.

— Y a rien qui me tente, marmonné-je en haussant les épaules.

C'est ce moment-là que la serveuse choisit pour nous apporter nos plats. L'odeur de chili sur les frites titille mes narines et je pourrais presque me lécher les babines comme un chien affamé tant l'ensemble me paraît délicieux.

— Pourquoi tu ne lancerais pas un club d'arts ? suggère Iris. Je suis sûre qu'il y a d'autres adeptes de dessin et de peinture, dans ce bahut. Il faut juste que quelqu'un se lance.

— Sérieusement ? Tu me vois, moi, lancer un club dans ce repère de ploucs ?

— Sois gentille avec l'*alma mater* de Maman.

Je lève les yeux du burger duquel j'allais prendre ma première bouchée pour observer le regard insistant de ma sœur sur moi. Je ne l'ai jamais entendue employer un tel ton, fort et ferme, et je dois dire que je suis impressionnée. Si bien que je n'ose rien ajouter, sur le coup. Je reprends là où j'en étais quand elle détourne les yeux vers son assiette, et mords dans le pain garni.

Bon sang ! C'est une tuerie.

Je regarde la jeune femme en face de moi, qui me ressemble si peu, tout en appréciant le silence qui s'est installé entre nous. Il n'est ni lourd ni gênant, c'est presque naturel. Pour la première fois, j'ai l'impression qu'à nous deux, on forme à nouveau une famille à peu près normale. Et même si je ne suis toujours pas enchantée à l'idée d'être ici, je dois avouer que j'aurais pu bien plus mal tomber.

— Tu connais les Folley ? demandé-je soudain sans réfléchir.

Je vois Iris marquer une pause. Elle tique, grimace, puis tente de se recomposer un visage impassible, le tout en à peine quelques secondes. Je fronce les sourcils face à sa réaction, alors qu'elle avale sa nouvelle bouchée plus lentement que de coutume. Aurais-je touché une corde sensible ?

— Vaguement, répond-elle. Pourquoi cette question ?

— C'est juste… qu'ils semblent jouir d'une certaine réputation.

Iris hausse les sourcils, m'offre un sourire sans humour et secoue la tête.

— Disons simplement que tu devrais les éviter autant que possible, avertit-elle. Ce ne sont pas des gens fréquentables.

C'est ce que Luna a dit aussi. Presque mot pour mot.

Je comprends que la conversation est terminée quand Iris se venge de ma curiosité sur les frites au chili. Elle appelle la serveuse et commande même une seconde portion. On dirait qu'elle est nerveuse, tout à coup. Est-ce ma question qui la met dans un tel état ? Je sens qu'elle ne me dit pas tout, mais une chose est certaine, je n'en saurai pas plus ce soir. En tout cas, ça ne viendra pas d'elle. Je décide de me concentrer sur mon assiette tout en érigeant la liste de mes certitudes sur les frères Folley. Une liste qui n'est pas bien longue.

Premièrement, ils provoquent tous en moi une sensation que je qualifierais de non naturelle.

Deuxièmement, ils traînent une réputation dangereuse, mais personne ne sait vraiment pourquoi.

Et troisièmement… l'un d'entre eux a planté sa tente dans ma tête et j'aimerais pouvoir m'en débarrasser, avant qu'il ne soit trop tard.

Chapitre 8
La lune

Bad Girl – Avril Lavigne ft. Marilyn Manson

Le samedi, il n'y a rien à faire ici.

Je n'ai jamais été une grande adepte du shopping ou même du lèche-vitrine, mais là, tout de suite, j'aurais aimé trouver un centre commercial où flâner, où me moquer des gens en silence et où déguster un bretzel à la moutarde tout en rêvant de pouvoir me payer de nouvelles chaussures. À la place, j'ai passé la matinée à aider Iris à rapporter quelques affaires dans sa boutique d'art. Elle l'a ouverte il y a un an, et elle l'utilise à la fois comme point de vente pour les artistes amateurs du coin, et comme galerie où elle expose ses propres œuvres. Souvent, elle participe à des expos à Seattle, dont une est prévue la semaine prochaine. Elle m'a demandé si je voulais l'accompagner, mais j'ai refusé. Faut pas pousser, non plus. Je veux bien tenter de lui pardonner son absence et renouer avec elle, mais je préfère avancer doucement.

Me voici donc seule dans ma chambre, à noircir les pages de mon carnet avec tout ce qui me passe par la tête, Papa Roach poussé à fond sur ma chaîne hi-fi. Des journées comme ça, j'en ai passé des tonnes, quand j'étais à New York. Non pas qu'il n'y ait jamais rien à faire dans la grande ville, bien au contraire. Mais pour moi, c'était la meilleure punition. Être consignée dans ma chambre, avec ma musique et mon matériel à dessin. Ce n'était pas vraiment une punition, en fait, mais mon père préférait encore me savoir à créer quelque chose d'utile, pour nourrir mon âme, plutôt que me voir faire quelque chose de stupide à l'extérieur. Même si à bien y réfléchir, je n'avais plus touché à mes crayons depuis des mois avant d'être exilée à l'autre bout du pays.

Quand on parle du loup… mon téléphone se met à vibrer sur le matelas à côté de moi. Je lance un regard noir au mot « Papa » qu'affiche l'écran. Je soupire. Je ne quitte pas l'appareil des yeux, jusqu'à le voir s'éteindre à nouveau. Je ne lui ai pas parlé depuis que je suis arrivée. Je sais qu'Iris lui donne régulièrement des nouvelles, donc il sait que je vais bien – au sens où je ne me suis pas fait écraser par un bus et où je mange à ma faim, s'entend. Mais je me refuse à lui adresser la parole. Je le connais. Il va tenter de faire la conversation, de s'intéresser à ce que je fais de mes journées… mais il ne va pas vouloir parler de ce qui lui est essentiel, à savoir mon comportement inacceptable ou le fait que Maman lui manque.

Je pense qu'au final, je sortais faire mes conneries simplement pour l'éviter. Je ne voulais plus le voir s'enfoncer un peu plus dans les ténèbres, la dépression et l'alcool. Plusieurs fois, en rentrant des cours, je l'ai trouvé assis sur le canapé, les rideaux tirés et la pièce plongée dans le noir, à regarder droit devant lui, les yeux vides de toute émotion. La plupart du temps, il était accompagné de son amie *Vodka*. Ce n'était pas le genre de vision qui m'encourageait à rester sagement à la maison pour m'occuper de lui. Surtout que j'essayais de gérer mon propre deuil de mon côté. Je ne compte pas les journées que j'ai passé assise dans le noir, moi aussi, les semaines qui ont suivi le décès de ma mère. Si j'ai fini par sortir de mon trou, c'était pour ne plus avoir à supporter ça. Je pensais m'en sortir seule, faire face et recommencer ma vie là où je l'avais laissée, mais j'ai réalisé que je ne me souvenais même pas de qui j'étais, avant que ma mère ne tombe malade. Je me suis rendu compte que je ne me souvenais même pas de qui était Lily Clayton, avant que sa maladie ne l'emporte.

J'ai disjoncté. J'ai pété un câble et je ne suis pas parvenue à revenir en arrière. J'ai commencé à enchaîner les conneries, à fréquenter les mauvaises personnes. Je ne sais pas vraiment si c'est parce que je me cherchais, comme tous les ados, ou si c'est parce que j'avais besoin de me sentir… vivante, à nouveau. J'étais éteinte, je ne ressentais plus rien, et seuls le danger et l'adrénaline me permettaient d'avoir envie de continuer à vivre. Au grand dam de mon père, qui ne sortait de sa transe dépressive que lorsque j'étais vraiment dans le pétrin au point de ne pas pouvoir m'en sortir seule.

Puis un jour, il en a eu marre. Il n'a tout simplement plus su gérer, et il a préféré m'envoyer ailleurs pour ne pas assumer, alors qu'au fond, je crois que j'avais besoin de lui plus que jamais.

Et ça, je ne pense pas pouvoir le lui pardonner de sitôt.

Mon téléphone vibre encore deux fois avant que l'écran se décide à rester noir pour de bon. Je dois dire que j'admire sa persévérance, mais s'il tient vraiment à me parler, il n'a qu'à prendre un avion et venir me trouver lui-même.

Je n'arrive pas à croire que je sois ici depuis une semaine à peine. J'ai l'impression que ça fait déjà des mois, et pas dans le bon sens. Je détaille les dessins que je viens de réaliser, et l'évidence me saute aux yeux, même si j'ai du mal à l'admettre. À chaque page, des yeux d'un bleu intense me regardent. Je ne m'étais même pas rendu compte que je le dessinais, *lui*. Je secoue la tête et balance mon cahier à l'autre bout du matelas, tentant de me persuader que je ne deviens pas folle. Pourtant, je ne suis pas loin de l'être. Dehors, le soleil commence à se coucher et mon ventre crie famine. Je ne me suis même pas aperçue qu'autant de temps s'était écoulé. Je descends au rez-de-chaussée et pars farfouiller dans le frigo à la recherche de quelque chose de mangeable. Je réchauffe un plat de spaghettis à la bolognaise au micro-ondes, et me réfugie dans le salon, armée d'une fourchette, prête à passer ma soirée sur Netflix à savourer *Gilmore Girls*.

Mon assiette vide posée sur la table basse, mon corps affalé en travers du canapé, j'en suis à la moitié de la première saison quand je crois entendre des voix au-dehors. Je me redresse, diminue le volume de la télévision et tends l'oreille.

— Tu ne devrais pas faire ça ! Tu te rends compte d'où on est, là ?

— Ferme-la, Finn ! T'es pas mon père.

— Faut qu'on y aille. Tu prends trop de risques, Luke te l'a déjà dit.

Je me lève précipitamment et cours à la fenêtre. Très doucement, j'écarte d'un doigt le voilage blanc qui bloque ma vue pour observer la lisière de la forêt qui longe ce côté de la maison. Je distingue deux silhouettes disparaître entre les arbres. Il fait sombre, je ne vois pas très bien ce qu'il se passe, mais je suis persuadée d'avoir déjà entendu cette voix quelque part. J'en suis même certaine.

Ezra.

Je ne sais pas ce qui me prend. J'enfile mes bottines, mon manteau et mon bonnet, et je me retrouve sous le porche avant de comprendre ce que je suis en train de faire. Je n'arrive tout simplement pas à penser clairement. Je m'avance rapidement, la neige crissant sous mes pas, et m'engouffre dans les bois.

La lune est presque pleine, ce qui m'offre une visibilité assez bienvenue entre les arbres. Je ne sais pas où je vais, mais je laisse mon instinct me guider sans m'expliquer comment ni pourquoi. La lumière du porche de la maison derrière moi se fait de plus en plus lointaine, jusqu'à disparaître complètement. Le froid s'insinue à travers le tissu épais de mon manteau. Je respire difficilement à force d'avancer si vite. De la vapeur s'échappe de mes lèvres et je commence à grelotter.

Soudain, je m'arrête. Je réalise ce que je suis en train de faire. Bordel, mais qu'est-ce qui me prend ? Je viens vraiment de sortir de chez moi en pleine nuit, en pyjama qui plus est, pour suivre des inconnus dans les bois ?

Je crois que je suis officiellement folle. Woodhills m'a rendue dingue en à peine une semaine.

Je secoue la tête face à ma bêtise, et me retourne, prête à rentrer, quand je réalise que la forêt m'entoure à perte de vue. Je tourne sur moi-même. Il n'y a rien. Aucune lumière. Rien que des arbres, de l'obscurité et un léger brouillard plutôt inquiétant. Combien de temps ai-je marché, au juste ? Je n'ai pas pu m'éloigner autant… Je décide de rebrousser chemin. Évidemment, la cime des arbres est bien trop épaisse pour que la neige tienne au sol, ici. Je ne peux même pas retrouver mes empreintes pour retrouver le chemin de la maison.

Merde ! Merde ! Merde !

Je commence à paniquer. Il fait sombre, cet endroit ne me dit rien qui vaille. Soudain, un bruit se fait entendre dans mon dos et je fais volte-face. Le temps se retrouve comme suspendu au-dessus de ma tête. Mon cœur rate un battement quand le bruit se fait entendre à nouveau. On aurait dit un bruissement, comme si quelque chose était tapi dans un buisson, prêt à bondir. Ma respiration se fait désordonnée, et je sens mes mains trembler. Il faut que je me tire d'ici. Je me remets à marcher, encore plus vite cette fois. Une présence dans mon dos me pousse à courir. Mes poumons me brûlent, ma poitrine est en feu, et des larmes de peur lacèrent mes joues. Étrangement, tous mes sens sont en alerte. J'entends avec précision le bruit de mes bottes fouettant le sol, le souffle du vent sur mon visage, et le bruit des pas qui me suivent rapidement. Je n'ose même pas me retourner. Cette angoisse qui me prend à la gorge et aux tripes m'oblige à poursuivre ma course sans m'arrêter. Pantelante, je commence à apercevoir de la lumière devant moi. Je peux presque sentir le soulagement couler dans mes veines.

Jusqu'à ce que je trébuche. Je m'étale au sol, à plat ventre, et une vive douleur me déchire le poignet. Le bruit derrière moi se rapproche alors que je tente de me relever. Je me retourne et recule, toujours sur les fesses, tout en tentant de me relever le plus rapidement possible. Mes pieds glissent sur le sol mouillé. La chose se rapproche encore, très vite, trop vite…

Deux yeux jaunes, brillant dans la nuit, me toisent soudain. Un grognement résonne. Je hurle à pleins poumons quand je vois une mâchoire aux dents acérées s'emparer de ma jambe.

La douleur est insupportable. Je ne m'entends même plus hurler. Je tente de m'accrocher à quelque chose, n'importe quoi, alors que la bête me tire vers elle, ses canines plantées dans ma chair.

Je suppose qu'on ne sait jamais vraiment quand la mort nous attend au tournant.

Cette drôle de pensée me traverse en un éclair alors que ma vision commence à se troubler. Ma peau se déchire dans un bruit effrayant sous les dents de la bête. La douleur se fraye un chemin dans tout mon corps, et bientôt, je me sens tirée vers l'obscurité.

Un hurlement animal retentit au loin. Et moi, je plonge dans l'abysse.

Chapitre 9
La grange

Me and Mary Jane – Black Stone Cherry

J'ai l'impression de ressentir le poids de mon corps dans chacun de mes membres. Il me cloue au sol, un sol qui me semble dur, mais pas autant qu'un simple plancher. Cela n'a plus rien à voir avec le parterre humide et feuillu de la forêt. Tout est sec, rugueux, avec une odeur d'adoucissant à la lavande.

J'ouvre difficilement les yeux. La lumière du jour envahit la pièce où je suis visiblement allongée. Je plisse les paupières, porte une main à ma tête qui semble peser une tonne, et tente de me redresser. Les souvenirs ont du mal à refaire surface dans mon esprit embrumé. Tout ce qui me revient en tête, c'est la douleur, la sensation de dents acérées lacérant la peau de ma jambe et s'y accrochant comme si leur vie en dépendait. La dernière sensation dont je me souviens, c'est que j'allais servir de dîner à une créature non identifiée, et mourir au fond des bois, comme une énième inconnue victime de la cruauté de la nature et de sa propre inconscience. Je ne sais toujours pas ce qui m'a pris de sortir comme ça, en pleine nuit. J'ai probablement été rassurée par la lumière béante de la pleine lune, m'offrant un chemin parfaitement visible. Du moins, jusqu'à ce que je finisse par avancer bien trop profondément dans les bois, là où les arbres se rejoignent en leur cime, pour ne plus laisser passer aucune luminosité.

J'ai été stupide. Complètement stupide.

Quand mes yeux s'habituent enfin à la lueur du jour, je prends le temps de regarder autour de moi. Les quatre murs faits de planches de bois, le haut plafond aux poutres apparentes, le sol parsemé de paille séchée… je me trouve dans ce qui ressemble à une grange. Ça en a l'odeur, en tout cas. Il n'y a cependant aucun animal, aucun outil, aucune machine d'agriculture reconnaissable. À la place, je suis allongée sur ce qui m'apparaît comme un lit une personne, avec un matelas trop ferme et un oreiller difforme. Une couverture en laine camoufle la moitié de mon corps, encore vêtu du haut de pyjama que je portais la veille. Mes bottines sont soigneusement rangées à côté de moi, sur le sol, près d'un tabouret faisant apparemment office de table de chevet. Sur celui-ci trône un réveil digital, affichant l'heure : 9 h 01.

Je repousse la couverture, m'attendant à trouver ma jambe bandée ou peut-être même plâtrée… mais il n'y a rien. Mon bas de pyjama a été remplacé par un pantalon de jogging noir que je n'ai jamais vu. Quelqu'un m'a… déshabillée ?

Oh, bordel.

Mon cœur accélère sa course d'un seul coup. De mes doigts tremblants, j'attrape le bout de tissu qui recouvre ma cheville et le remonte jusqu'au genou.

Rien. Pas une seule égratignure. Ma peau laiteuse est immaculée, comme si rien ne s'était passé.

Je ne peux pas avoir rêvé. Le souvenir de cette souffrance est encore bien ancré dans mon esprit, je peux presque sentir la mâchoire de la bête féroce m'attraper par la cheville et me tirer en arrière, malgré mes vaines tentatives pour y échapper. J'essaie de calmer ma respiration à mesure que je réalise ce qui m'est arrivé et ferme les yeux. Il faut que je me souvienne. Je me vois encore marcher dans les bois à la recherche d'Ezra, qui rôdait devant chez moi. Je me souviens m'être perdue et avoir fait demi-tour, de cette sensation d'être suivie, de ma course effrénée pour échapper à mon poursuivant, de ma chute…

Et de ce regard jaune me toisant dans la nuit. Je me souviens de dents, d'un museau, d'un poil long et sombre, de grandes pattes imposantes…

C'était un loup. J'ai été attaquée par un loup !

Ma respiration devient saccadée sans que je puisse la contrôler. Je me souviens m'être évanouie à cause de la douleur… puis plus rien. Il n'y avait plus aucun bruit, si ce n'est des pas résonnant dans la nuit, sur le sol mouillé parsemé de feuilles mortes et de branches pourries. Je me souviens… d'une chaleur exquise, rassurante, tout contre mon corps meurtri.

Quelqu'un m'a sauvée… mais qui ?

Visiblement, on m'a amenée ici au lieu de me conduire chez moi, ou à l'hôpital. Mais je n'ai pas rêvé cette blessure… je devrais être couverte de sang, ne plus sentir ma jambe, être shootée à la morphine ou que sais-je encore.

Je ne comprends plus rien. Et la migraine qui me vrille le crâne ne m'aide pas à remettre de l'ordre dans mes pensées. Je n'arrive plus à réfléchir clairement.

Je sursaute quand un bruit de chaîne frappant contre le bois résonne sur les murs. La porte d'entrée, située à l'opposé du coin où je me trouve, vacille avant de s'ouvrir et de laisser pénétrer un rayon de lumière dans la pièce. Je recule jusqu'à sentir le bois dans mon dos, et ramène mes jambes contre moi. Je n'ai pas spécialement peur… enfin, rien qu'un peu. Mais surtout, je ne sais pas ce qui m'attend, et je n'ai rien pour me protéger ou me défendre, sans compter mon état de faiblesse évident.

Une immense silhouette apparaît dans l'encadrement, et je dois plisser des yeux à cause du soleil qui brille avec force dans son dos.

— Hey ! T'es réveillée, c'est cool. Comment tu te sens ?

La voix profonde du jeune homme parvient à mes oreilles et je dois cligner des yeux plusieurs fois avant de réaliser qui se trouve en face de moi, à quelques mètres seulement. Ça explique la sensation de chaleur qui ne m'a pas quittée depuis mon réveil.

Finn ! C'est Finn Folley, putain !

Le grand noir me fait face, tout en jambes et en muscles, mais reste à une distance respectable, certainement pour ne pas m'effrayer. Il affiche un sourire hésitant, qui se veut sans doute rassurant. Je détaille sa tenue : un simple jean sombre et un t-shirt gris perle qui met en valeur son impressionnante musculature. Comment peut-il supporter le froid vêtu comme ça ? Même avec cette couverture, je sens encore la fraîcheur de l'hiver qui passe à travers les lattes de bois.

— Que… qu'est-ce que je fais ici ? demandé-je d'une voix chevrotante.

— Ezra t'a trouvée dans les bois, cette nuit, dit-il doucement. Tu t'es salement cognée à la tête.

Cognée ? Mais de quoi est-ce qu'il parle ?

Pourtant, ce n'est pas le détail qui attire mon attention en premier. Entendre *son* nom, c'est comme une douce musique qui parvient à mes oreilles et m'apaise immédiatement, tout en faisant battre mon cœur plus vite, si c'était encore possible. C'était ça… ce parfum délicieusement boisé, cette chaleur incandescente contre ma peau. C'était lui. Ses mains étaient sur moi, son corps touchait le mien.

Il va falloir que je mette ces détails captivants et perturbants de côté pour l'instant. Il y va de ma santé mentale. Je dois d'abord comprendre ce que je fiche ici. Et surtout, pourquoi Finn est en train de me raconter des salades. Je sais pertinemment que je ne me suis pas *simplement* cognée à la tête. J'ai été attaquée par une bête sauvage et je m'en souviens parfaitement bien, à présent.

— Non, j'ai… Il y avait un loup, et…, articulé-je en fronçant les sourcils.

— Tu as dû rêver, me coupe-t-il avec un sourire. Il n'y a pas de loups, ici.

La précipitation avec laquelle il me lance ces mots me fait tiquer. Je plante mon regard dans le sien, plus sombre que tous ceux que j'ai pu croiser jusqu'à maintenant. Il se veut plein d'assurance et bienveillant. Moi, je n'y lis que du mensonge. Je sens que quoi que je dise, il trouvera le moyen de me contredire, et je commence à avoir un mauvais pressentiment quant à la réelle raison de ma présence dans cette grange. Finn se tient pile entre moi et la sortie, et il ne semble pas vouloir bouger d'un pouce. Il guette la moindre de mes réactions. Soudain, je me souviens d'un détail, non négligeable, si bien que je me demande comment ça ne m'est pas venu à l'esprit plus tôt.

— Où est mon téléphone ?

Je peux voir son visage se tendre, presque imperceptiblement. Ça ne dure qu'une seconde, une seconde qui suffit pourtant à me faire paniquer plus que de raison. S'il n'y avait pas cet affreux mal de crâne qui m'empêche de garder les yeux ouverts, je lui aurais probablement foncé dessus pour tenter de m'échapper. Je le vois entrouvrir les lèvres, ses yeux se perdent sur les murs autour de moi, comme s'il cherchait une solution miracle, une réponse toute faite à ma question. Enfin, il se racle la gorge, et recule d'un pas.

— Tu devrais te reposer, finit-il par dire.

Sur ces mots, il tourne rapidement les talons vers la sortie.

— Finn ! hurlé-je.

Mais Musclor ne se retourne pas. Il sort d'un pas précipité et claque la porte derrière lui.

— Finn !

J'entends un bruit de chaîne sur laquelle on tire, une serrure… et des pas qui s'éloignent dans la neige.

— Fiiinn ! hurlé-je encore à m'en déchirer les cordes vocales.

Aucune réponse. Je me lève, trop vite sans doute, car à peine ai-je fait un pas que mon crâne me lance. Mes jambes se dérobent sous moi à cause de la douleur, et je jure en hurlant, à qui veut bien l'entendre. À tâtons, je cherche quelque chose, n'importe quoi sur le sol qui pourrait m'aider à défoncer cette porte. Mais il n'y a rien. Pas de pelle, pas de hache, pas même un pied-de-biche, rien qu'on ne trouve habituellement dans un bâtiment tel que celui-ci. Juste ce fichu matelas, posé sur un sommier précaire, un tabouret et ce putain de réveil qui me nargue en faisant s'égrener les minutes le plus lentement possible.

Je suis prise au piège.

***

Les heures s'écoulent et je ne parviens toujours pas à me lever sans avoir l'impression que ma caboche va exploser. C'est la pire gueule de bois de toute ma vie. Sauf que je n'ai rien bu, rien fumé, et qu'en prime, je ne peux même pas regarder la télé pour me changer les idées. Je suis simplement avachie sur ce matelas trop dur, découragée après avoir passé des heures à tenter de me lever pour me tirer d'ici et appeler les flics. Mais surtout, je n'arrive pas à me sortir cette idée de la tête. Cette pensée qui m'obsède et me fait plus mal encore que tout le reste : Ezra Folley, ce garçon étrange auquel je ne cesse de penser depuis que je l'ai croisé dans ce fameux couloir au lycée pour une raison qui m'échappe, m'a visiblement sauvé la vie, mais son frère me tient enfermée ici à double tour, sans téléphone, ni aucun moyen de comprendre ce qui m'arrive.

Je suis perdue. En colère. Morte de peur. Je pense n'avoir jamais ressenti autant d'émotions différentes à la fois et ça me dépasse complètement. Ce trop-plein a déjà débordé plusieurs fois, sous la forme de sanglots incontrôlables que j'ai tenté d'étouffer dans cet oreiller qui pue le renfermé. D'un côté, heureusement que je suis seule. Je ne supporterais pas qu'on soit ainsi témoin de ma faiblesse. Je préfère de loin exploser de rage plutôt que chialer comme une gamine, mais j'imagine que quand mes nerfs lâchent, ce choix ne me revient plus.

Bizarrement, cette flamme dans ma poitrine n'a pas disparu. Elle me consume de l'intérieur et je commence à trouver ça de plus en plus étrange. Ce n'est même plus une métaphore, j'ai littéralement chaud. J'ai balancé la couverture en laine au sol et je me serais probablement déshabillée si je n'avais pas l'espoir de voir entrer quelqu'un d'une minute à l'autre, et ainsi entrevoir une minuscule occasion de pouvoir me sauver d'ici. La sueur perle sur mon front, je me sens fiévreuse. Malade.

— Violet ?

J'ouvre difficilement les yeux en entendant la douce voix qui résonne à mes oreilles. J'ai probablement dû m'assoupir. Cependant, rien n'a changé : je suis toujours dans cette grange, morte de chaud, avec la tête comme un seau et une fatigue inexpliquée. Un visage se matérialise devant moi. Des traits doux, mais masculins toutefois. Des boucles dorées, des yeux verts, un regard rieur…

Lui aussi, je le connais.

— Je t'apporte à manger, m'informe le garçon.

Je tourne doucement la tête, grimace à cause de la douleur, et observe l'assiette fumante de pâtes au fromage qu'il pose sur le tabouret à côté de moi. Il y a également une bouteille d'eau dégoulinante de condensation, que je saisis rapidement pour la plaquer sur mon front. Elle est froide ! Bon Dieu, ce que ça fait du bien !

Je parviens à lancer un regard noir au plus jeune des Folley, qui m'offre en retour un sourire d'excuse. La lueur de culpabilité dans son regard est clairement visible. Il est vêtu d'une épaisse chemise à carreaux, de type bucheron, et d'un jean délavé troué aux genoux. Il se gratte l'arrière du crâne et dégage une mèche rebelle de devant ses yeux.

— Laisse-moi m'en aller, lâché-je dans un souffle.

— Je suis désolé, dit-il simplement.

Je ne sais pas trop pour quelle raison il s'excuse. Parce qu'il ne peut pas me laisser partir ? Parce que je suis prisonnière ici ? Parce que lui et ses frères m'ont apparemment kidnappée après m'avoir vue attaquée par un loup, au beau milieu de la nuit ? Parce que mes blessures ont complètement disparu sans que je comprenne pourquoi, et que lui possède toutes les réponses à mes questions sans pouvoir me les donner ? Toutes ces interrogations me font d'autant plus mal au crâne. Je n'ai même plus assez d'énergie pour attraper ce gamin par le col et le forcer à me libérer. Le moindre mouvement me fait mal. Il n'a pas l'air bien grand, ni très musclé, je pourrais aisément le maîtriser si je n'étais pas clouée sur ce matelas par une dizaine d'éléphants perchés sur ma tête.

— Ezra est vraiment con, marmonne-t-il.

— Pardon ?

Je me redresse sur mes coudes, non sans difficulté, pour le regarder dans les yeux. Son regard s'affole, comme s'il savait qu'il venait de faire une boulette. Je le vois amorcer un mouvement vers la sortie.

— S'il te plaît… Tyler ! C'est ton nom, hein, Tyler ?

Il s'arrête, se tourne brièvement vers moi et m'observe d'un air méfiant. Je rêve ! C'est moi qu'on retient prisonnière et c'est lui qui a peur de moi ?

— Réponds-moi… pourquoi Finn m'a menti ? Pourquoi mes blessures ont disparu ? Et pourquoi vous ne me laissez pas rentrer chez moi ?

— Ezra va bientôt rentrer, élude-t-il. Tout ira bien, tu verras.

Il ne me laisse pas le temps d'ajouter quoi que ce soit que déjà, la porte en bois grince et se referme derrière lui. Des larmes de rage se remettent à couler sur mes joues. Alors, je hurle. Puisqu'il ne me reste que ça pour me faire entendre. Je hurle toute ma frustration, toute ma colère, toute mon incompréhension. Je hurle à pleins poumons, jusqu'à ce qu'un violent sanglot ne finisse par m'étrangler.

Chapitre 10
Ezra

Paradise City – Guns N'Roses

Cela fait des heures que je ne bouge plus. Mon crâne va exploser, ma peau est en flammes, la sueur a envahi chaque centimètre de mon corps. Je transpire à des endroits où je ne pensais pas cela possible. J'ai tenté de me rafraîchir avec la bouteille d'eau froide que Tyler m'a apportée, mais bien vite, il m'a semblé avoir absorbé toute sa fraîcheur. Je l'ai vidée d'une traite, et pendant un moment, la sensation de chaleur qui m'a enveloppée a diminué. Ça n'a pas duré, cela dit.

Je me rends compte que je sombre de temps à autre dans l'inconscience, tant ma souffrance est écrasante. Je ne me suis jamais sentie aussi mal. Un jour, quand je n'avais que dix ans, j'ai chopé un virus. Je suis restée clouée au lit avec la fièvre pendant trois jours. Même là, je ne pense pas avoir souffert autant qu'aujourd'hui. Quand je suis éveillée, j'observe le plafond tout en essayant de calmer ma respiration sifflante et de plus en plus difficile. J'hésite à ôter mon haut, mais je garde espoir que mes geôliers finiront par me libérer. C'est sans doute idiot de me préoccuper de ma décence dans l'état où je suis, sachant que l'un d'entre eux m'a apparemment déshabillée pour m'enfiler ce pantalon de jogging qui me gratte et me gêne plus qu'autre chose.

J'ai cessé de réfléchir à comment et pourquoi je me suis retrouvée ici, sans aucune blessure apparente alors que cette attaque dans les bois m'apparaît encore de façon très vive. J'ai même cessé de penser tout court, car la souffrance occupe une grande partie de mon cerveau. Je sais que la nuit est tombée, je vois l'obscurité envahir de plus en plus ma prison de bois. Je ferme les yeux, rien qu'un instant…

Ce sont des éclats de voix qui me réveillent.

Je tourne lentement la tête en grimaçant pour jeter un œil vers le réveil. Il affiche 22 h 08. Quand je me suis assoupie, il devait être un peu plus de dix-neuf heures… Je me concentre sur les voix au-dehors, reconnaissant celle de Finn.

— Qu'est-ce que tu voulais qu'on fasse ? On ne pouvait pas la laisser chez elle, elle risquait de parler ! dit-il sur un ton ferme. Tyler aurait…

— Et tu penses que l'amener ici était une bonne idée ? fait l'autre voix, que je reconnais immédiatement. Si Luke l'apprend…

— Tu sembles oublier que c'est de ta faute, si elle est ici, rétorque Musclor.

— Tu n'aurais pas dû l'amener ici, Finn !

Ezra a crié, suffisamment fort pour que je me rende compte qu'ils sont en réalité juste derrière la porte. D'ailleurs, celle-ci s'ouvre dans un bruit sourd l'instant d'après. Ma vision est trop trouble pour que je remarque qui entre le premier.

— Bordel, Finn ! jure-t-il.

Il s'avance vers moi d'un pas rapide. Je peine à garder les yeux ouverts, mais mon cœur s'accélère d'un seul coup quand je comprends qu'il s'assoit près de moi. Sa main fraîche se pose sur mon front et je tressaille en grimaçant. Que vont-ils me faire, à présent ? J'ai peur, mais je fais de mon mieux pour ne pas le montrer. J'amorce un mouvement de recul, et lève une main pour retirer la sienne. Je ne suis pas aussi vive et menaçante que je l'aurais voulu.

— Ne me… touche pas, murmuré-je.

— Il faut l'emmener ailleurs, elle ne peut pas rester ici, convient-il en m'ignorant complètement.

— On ne pouvait pas la ramener chez elle avant que tu ne reviennes, souffle Finn. On ne pensait pas qu'elle en souffrirait, elle n'est pas censée être comme sa sœur.

— Elle ne l'est pas. C'est peut-être juste… une mauvaise réaction au traitement.

— Luke va bientôt rentrer, Ezra, tu devrais faire ton truc, qu'on puisse la tirer d'ici.

Ezra.

Je cligne plusieurs fois des paupières et tente d'y voir plus clair en entendant ce prénom. Le visage qui se matérialise devant moi me coupe le souffle. Si j'ai reconnu sa voix, mon esprit n'a apparemment pas fait le lien directement. Un visage fin et masculin, un nez droit et des lèvres pleines, entrouvertes, me font face. Quand deux saphirs entrent en contact avec mes iris, mon cœur rate un battement. Son parfum boisé parvient à mes narines et, pendant une seconde, il me semble retrouver un peu de lucidité. Ses deux mains glacées encadrent mon visage et je frissonne légèrement à ce contact. Ma poitrine se soulève rapidement. Les yeux du garçon aux cheveux noirs me fixent intensément, et c'est sans aucune résistance que je m'y perds.

— Violet ?

Mon prénom roule sur sa langue, s'échappe du bout de ses lèvres et sonne comme une douce berceuse. La chaleur m'a sans doute conduite à la folie, mais l'entendre ainsi prononcer mon nom, avec sa voix suave et profonde, me force à soupirer d'aise. Sa voix résonne en moi, mais c'est sans doute parce que je ne suis pas dans mon état normal.

— Violet, est-ce que tu sais où tu es ?

Je ne sais pas pourquoi ni comment, mais les mots franchissent mes lèvres sans que je puisse me contrôler.

— Non, soufflé-je.

Une partie de moi, tapie au fond de mon esprit, la Violet rebelle qui ne se laisse jamais marcher sur les pieds, aimerait lui hurler au visage de me laisser partir. Le menacer de le faire enfermer, lui et ses frangins, pour m'avoir retenue prisonnière une journée entière et m'avoir fait souffrir le martyre – parce que je suis persuadée que tout est de leur faute. Il ne peut pas en être autrement. Comment expliquer cette lueur de culpabilité dans le regard de Tyler, un peu plus tôt ? Mais j'ai l'impression d'être à des kilomètres de mon corps. Je suis comme dans un état second, et tout ce que je vois, ce sont les yeux d'Ezra qui me scrutent. Ses pupilles sont minuscules, je ne les vois presque plus. Il n'y a que du bleu, plus profond que tous les bleus que j'ai connus.

— Est-ce que tu te souviens de ce qui t'est arrivé ? demande-t-il d'une voix douce.

— Je vous ai entendus, toi et Finn, près de la maison. Je vous ai suivis dans les bois. J'ai été attaquée par un loup… Tu m'as trouvée.

Je ne comprends toujours pas pourquoi je lui raconte tout ça, il sait très bien ce qu'il s'est passé. Bon sang ! Je devrais le gifler de toutes mes forces, je devrais sauter au visage de son frère et me venger de ce qu'ils m'ont fait. Pourquoi je ne réagis pas ? Mis à part cette chaleur insupportable et mon crâne qui me lance toujours autant… Je devrais répliquer, refuser de répondre à ses questions…

Bientôt, je vois les lèvres d'Ezra bouger, mais je ne l'entends plus. Même pas un murmure, un chuchotement… mon esprit se ferme complètement au moindre bruit. Ma vue se trouble à nouveau, et je me sens soudain extrêmement fatiguée. Mes dernières forces me quittent, s'échappant hors de moi en gouttes de sueur. Mes paupières se ferment. Elles sont lourdes. Je suis épuisée.

Je sombre rapidement dans le néant, deux yeux bleus me détaillant dans le noir. Mon cœur est apaisé, ma respiration se calme peu à peu. Je suis bien, enveloppée dans un nuage moelleux, le confort absolu…

***

Je me réveille en sursaut. Mes cheveux collent à ma nuque, mais je n'ai pas spécialement chaud. Peu à peu, ma respiration se calme, l'air entre et sort de mes poumons à un rythme plus posé. Je porte une main à mon front… tiède. Mes doigts courent jusqu'à ma poitrine… rien. Je baisse les yeux vers mon corps : je porte mon vieux pyjama en flanelle, à pois verts.

Quoi ?

Je regarde autour de moi et je prends conscience, comme après un mauvais rêve, que je suis bel et bien dans ma chambre d'enfant, à Woodhills. Les murs sont en pierre et le froid n'a aucun moyen d'y pénétrer. À travers la fenêtre, je remarque les flocons de neige qui tombent d'un ciel gris. C'est le matin. Je n'ai plus chaud. Mon mal de crâne a disparu.

On frappe à ma porte et par réflexe, je crie un « oui » bien audible.

— Ah, tu es levée, dit ma sœur en me souriant. Tu as bien dormi ? Je suis rentrée super tard ! Tu étais déjà couchée.

— Ah… euh, oui, balbutié-je. Mais… hum, vers quelle heure tu es rentrée ?

— Oh ! Il devait être… une, deux heures du matin ? Pourquoi ?

Je fronce les sourcils. Ma tête est soudain superbement vide. Quelques images très floues dansent derrière mes paupières, mais je ne parviens pas à identifier de quoi il s'agit. Est-ce que j'ai… rêvé ? Une étrange sensation m'envahit, comme si j'avais la nausée. Je ne me souviens pas de mon rêve. Pourtant, j'en sens encore les traces partout sur mon corps, comme s'il ne m'avait pas encore tout à fait quittée. Je me rends compte que je reste silencieuse, car Iris ouvre un peu plus la porte et fait quelques pas vers moi, une lueur inquiète dans les yeux.

— Tu es sûre que ça va ? demande-t-elle.

Je lève mon regard vers elle. Elle doit sans doute y lire l'incompréhension totale, car elle hausse un sourcil. Je m'efforce de me composer un visage serein et hoche la tête.

— Oui, ça va, articulé-je. Juste un mauvais rêve.

— Si tu le dis, souffle ma sœur. J'ai préparé des pancakes, tu en veux ?

— Oui, je… je descends dans une minute.

Iris m'observe encore quelques secondes. Je lui affiche un sourire plein de sarcasme, comme ceux que je lui sers souvent, pour l'encourager à sortir de ma chambre une bonne fois pour toutes. Quand elle tourne les talons et que la porte se referme derrière elle, je plonge mon visage dans mes paumes. Je me sens bizarre. Je suis parfaitement réveillée, comme si je venais de passer la meilleure nuit de toute ma vie et pourtant, mon esprit ne semble pas en accord avec le reste. J'ai l'impression qu'une partie de mon cerveau me gratte, il cherche à attirer mon attention sur un détail que je ne parviens pas à identifier. C'est comme quand on a un mot sur le bout de la langue et qu'on n'arrive pas à le retrouver.

Je passe mes mains dans mes cheveux et ferme les yeux en prenant une grande inspiration. Il faut que je me calme.

Ce n'était qu'un rêve. Juste un mauvais rêve.

Chapitre 11
Confrontation

Famous Last Words – My Chemical Romance

Je n'ai pas réussi à me débarrasser de cette étrange impression de toute la journée. J'ai passé mon dimanche à voguer entre le salon et ma chambre, mon carnet à dessin sous le bras. Iris a dormi toute l'après-midi pour rattraper ses heures de sommeil et moi, je n'ai pas arrêté de gamberger. Les feuilles blanches de mon carnet se sont rapidement remplies de lunes, d'arbres, de loups et d'yeux tantôt jaunes, tantôt d'un bleu intense. Peu à peu, j'ai fini par me rappeler quelques détails de mon rêve. La cabane, la chaleur, la souffrance… tout m'est revenu au fil des heures, par bribes. Ça m'a semblé si réel, mais quand je ferme les yeux, c'est comme si je regardais chaque scène à travers un voile blanc. Rien n'est complètement net, mis à part les sensations qui me parviennent, plus réelles que jamais. L'une d'elles, en particulier, a fini par m'interpeller. Deux grandes mains fortes, glacées par le froid, qui m'encadraient le visage. Rien qu'en y repensant, un sentiment d'apaisement puissant, que je ne parviens pas à réprimer, m'envahit tout entière.

Le lundi, au lycée, le souvenir de ce sentiment ne m'a pas quittée. Et en même temps, je suis de plus en plus convaincue de ne pas avoir rêvé. Sur le parking, j'accroche mon vélo à un poteau près de l'entrée, quand Luna me rejoint d'un pas sautillant.

— Salut toi ! Alors, c'était comment ton premier weekend ?

— Étrange, soufflé-je.

Je me relève après m'être assurée que la chaîne est bien attachée, et croise le regard interrogateur de mon amie.

— Je… j'ai fait un drôle de rêve, expliqué-je. Enfin, je crois que c'était un rêve… je n'en suis pas sûre.

— Ouh, un mystère ! s'écrie-t-elle. Raconte !

Elle passe son bras sous le mien d'un air enjoué et m'arrache un faible sourire tout en m'entraînant vers les portes du lycée. J'hésite quelque peu à lui raconter ce qui me passe par la tête. J'ai peur qu'elle me prenne pour une folle. Mais alors que je regarde son air curieux, ses cheveux roses et ses chaussettes dépareillées qui montent jusqu'aux genoux, je me dis que cette appréhension est complètement ridicule. Surtout que toute cette histoire m'obsède. Et que je n'arrive plus à penser à autre chose.

— J'étais dans les bois, dis-je. J'ai été attaquée par… un loup. Et quand je me suis réveillée, j'étais dans une cabane, mes blessures avaient disparu mais… j'avais chaud. Et terriblement mal au crâne… c'était vraiment la pire souffrance de toute ma vie !

— Étrange, confirme-t-elle en fronçant les sourcils. Je ne suis pas très douée pour traduire les rêves, mais ma grand-mère dit souvent qu'ils peuvent constituer une sorte de message, de la part de ton inconscient.

Je laisse échapper un rire sonore et lève les yeux au ciel en me dirigeant vers mon casier.

— Alors, quoi ? argué-je. Mon inconscient me met en garde contre les promenades nocturnes ?

— Possible, qui sait ? me dit Luna en haussant les épaules. De toute manière, tu ne peux qu'avoir rêvé. Les bois sont interdits aux civils après vingt heures.

Je me fige, interrompue dans mon mouvement alors que je m'apprêtais à ouvrir la porte en fer de mon casier. Je lui jette un regard plein d'interrogations. Je n'ai jamais entendu parler de ça… si ç'avait été vrai, ma sœur m'aurait prévenue. Non ?

— Comment ça ?

— C'est le maire de la ville qui l'a décidé, clarifie-t-elle en haussant les épaules. Ça fait quelques années déjà.

— Mais… pourquoi ? Il n'y a pas *vraiment* de loups, dans le coin ? Si ?

— Pas que je sache.

J'entrouvre les lèvres, prête à lui poser davantage de questions sur cette règle étrange, quand la cloche retentit, annonçant le début des cours. Luna me lance un sourire et je la suis jusqu'à la classe d'Histoire. Quelques élèves s'y trouvent déjà. Je rejoins ma place habituelle au fond de la salle et m'affale sur ma chaise. Il faut vraiment que je parvienne à me sortir tout ça de la tête. Luna a raison : ça ne pouvait être qu'un rêve. Comment expliquer que je n'aie aucune blessure à la jambe, sinon ? C'est complètement ridicule.

Je me redresse vivement quand cette sensation de chaleur, désormais familière, m'envahit la poitrine. Je fixe la porte avec insistance… et le regarde faire son entrée. Il est toujours aussi grand, toujours aussi beau, toujours aussi… sombre. Il avance d'une démarche presque féline jusqu'au mur du fond, là où se trouve son siège, et s'installe sans me jeter un regard. Pourtant, à la seconde où je l'ai vu entrer, ma respiration s'est retrouvée bloquée dans ma poitrine. Pas seulement parce que c'est lui… mais aussi parce qu'à présent, je me *souviens*.

Les voix près de la maison. *Sa* voix. Sa chaleur, partout sur moi, son parfum, ses mains, ses yeux et sa bouche si proche de la mienne… cet état second dans lequel je me suis retrouvée en plongeant dans ses prunelles. La lune, le loup, la cabane… la douleur. Tout me revient comme une seule vague immense, comme un tsunami de sensations qui rendent mon souffle court. Une colère indescriptible, sourde, profonde, monte petit à petit en moi. Je ne me contrôle plus. Alors qu'Ezra sort un bloc-notes de son sac, de cet air nonchalant qu'il semble afficher constamment, je me lève de mon siège en faisant racler les pieds de ma chaise sur le sol carrelé, ce qui attire toute l'attention de l'assemblée sur moi. Je me précipite sur le garçon et, mue par une rage foudroyante, je l'attrape par le col et bascule sa chaise en arrière. Ezra me regarde, abasourdi, trop surpris pour réagir.

— Qu'est-ce que tu m'as fait, bordel ?! hurlé-je.

— De... quoi... de..., commence-t-il.

— Dis-le-moi ! Qu'est-ce que toi et tes frères m'avez fait ?

— Mademoiselle Clayton !

Je serre les dents en entendant la voix du prof résonner dans mon dos. Son ton menaçant me dissuade de poursuivre mon interrogatoire. Lentement, l'un après l'autre, je détache mes doigts du t-shirt d'Ezra et m'écarte de lui. Mon impulsivité aura eu raison de moi. Son regard plongé dans le mien, j'y lis beaucoup plus d'incompréhension que de peur. Je fais de mon mieux pour ne pas me retrouver davantage perturbée par cette aura qu'il semble dégager, et qui a l'air de m'atteindre moi, plus que les autres. Je serre les poings, me redresse et me tourne vers mon professeur qui me regarde d'un air désapprobateur, les mains sur les hanches, comme un vieux qui gronde son gosse.

— Dans le bureau de la principale ! Immédiatement ! assène-t-il.

Je devais m'y attendre. Ça y est, c'est probablement la fin de mon séjour ici. Je devrais m'en réjouir, après tout, je n'ai jamais eu envie de venir vivre à Woodhills. Encore moins d'y suivre les cours. J'ai déjà été virée pour moins que ça, surtout quand le personnel de l'établissement connaissait ma réputation. À New York, je n'étais vraiment pas une enfant de chœur, et ça n'est pas près de changer. Je suppose qu'agresser un mec en plein milieu d'une salle de classe, au début des cours, est un bon motif de renvoi.

J'avance d'un pas rapide et passablement énervé vers la porte. Je croise les regards des élèves sur mon chemin vers la sortie. Ils ont tous l'air ébahi, comme si c'était le meilleur événement de l'année. Si je ne suis pas renvoyée, j'en entendrai probablement parler pendant des semaines. Il ne se passe jamais rien, dans le coin, alors une élève qui agresse un mec, sans compter qu'il s'agissait d'un des frères Folley, c'est probablement digne d'un fait divers. Je tombe sur la lueur inquiète dans les yeux de Luna en passant près d'elle, et tente de la rassurer d'un signe de tête. Le prof me tend un feuillet, que je lui arrache des mains. Avant de franchir le seuil, je tourne la tête vers le garçon aux cheveux noirs. Il fronce les sourcils. Il semble interpellé. Inquiet. Je peux presque voir les rouages tourner dans sa tête tant il semble réfléchir avec force.

J'avance dans le couloir, les images de mon soi-disant rêve défilant dans mon esprit. Je grimace en me remémorant cette douleur lancinante dans ma tête. Je n'ai pas pu rêver. C'est impossible. Je me souviens parfaitement de la sensation de son corps près du mien, de ses mains sur mes joues, de son regard sur moi et de sa voix prononçant mon prénom. Ce n'était pas un rêve… ce sont des souvenirs. Je ne m'explique toujours pas comment ça a pu arriver. Tout ce dont je suis certaine, c'est que c'était *réel*. Je ne me souviens plus parfaitement des bribes de conversations desquelles j'ai pu être témoin, mais qu'importe. Ce n'est pas ce qui m'inquiète le plus. Même si tout ça s'est vraiment produit, je ne sais pas *comment*… Par quel miracle ai-je pu me retrouver indemne dans cette cabane de bois, sans aucune égratignure, avec seulement une sorte de grippe éclair ? Tout ça n'a vraiment aucun sens, et pourtant, je n'arrive pas à me persuader que ça ne s'est pas produit.

J'attends devant le bureau de la principale, quand celle-ci apparaît dans le couloir. Elle s'arrête devant moi, affiche un air surpris pendant quelques secondes, avant de secouer la tête en soupirant.

— Que puis-je pour vous, Violet ? demande-t-elle en croisant les bras sur sa poitrine.

— Hum… pas grand-chose, je pense, marmonné-je en lui tendant le feuillet du prof.

***

Quand je sors enfin du bureau de miss Haywood, je ne sais pas si je suis soulagée ou déçue de ne pas être renvoyée. Elle a décidé de me laisser ma chance, m'a fait promettre de ne plus agir avant de réfléchir et d'apprendre à mieux contrôler mes émotions. J'ai hoché la tête tout le long. Je ne sais pas si je suis vraiment capable de faire ce qu'elle me demande. Je me dis que si ça avait été le cas, je l'aurais fait depuis longtemps. Je ne sais pas ce qui cloche chez moi, ce qui me rend si agressive, ce qui fait que j'ai l'impression d'être tout le temps en colère… j'aimerais pouvoir y remédier. Mais l'avouer… c'est admettre ma plus grande faiblesse. Et ça, c'est impossible.

Arrivée dans le couloir, je me fige en levant les yeux devant moi. Appuyé contre le mur, Ezra me regarde, sa main accrochant la bretelle de son sac à dos. Il se redresse en m'apercevant et sort son autre main de la poche de son jean. Deux mètres nous séparent et pourtant, je sens déjà tout ce qui semble nous lier sans que je puisse me l'expliquer. Son visage passe de l'étonnement à la méfiance. Ses traits se durcissent. Il s'approche d'un pas, je recule.

— C'était quoi, ça ? demande-t-il d'une voix forte.

Je me mets à rire nerveusement, véritablement mal à l'aise de le voir s'adresser à moi de la sorte alors qu'il sait très bien de quoi il retourne. Comment ose-t-il faire comme si rien ne s'était passé ? Je le vois bien dans ses yeux, il se pose un tas de questions.

Comme ça, on est deux.

— Tu te fous de moi ? Toi et tes frères, vous me kidnappez, vous me soignez je ne sais trop comment et vous me gardez prisonnière dans une cabane miteuse avant de…

Je m'interromps, réalisant que je ne me souviens pas vraiment de comment je me suis retrouvée chez moi le matin suivant. M'ont-ils ramenée ? Que s'est-il passé après que je me suis endormie ? Est-ce qu'ils m'ont droguée ? C'est possible. Après tout, je ne sais pas de quoi ils sont capables.

— Comment tu…

C'est à son tour de rester sans voix. Son regard se détourne du mien. Il semble réfléchir à toute vitesse, visiblement perdu. Mais pourquoi ? Soudain, il soupire, plonge à nouveau ses yeux envoûtants dans les miens et s'approche vivement. Je recule encore jusqu'à me retrouver dos au mur. Il s'approche, il est soudain si près de moi que je peux sentir son souffle sur ma peau. Immédiatement, l'air quitte mes poumons et mon cœur s'arrête. Je ne peux rien faire d'autre que me tendre, le toiser directement, sans me défaire de cette fierté qui me caractérise. Je lève le menton, refusant de le laisser me déstabiliser.

— De quoi te souviens-tu, exactement ? demande-t-il d'un ton grave.

— De tout, sifflé-je. Du loup, de la cabane, de la souffrance… de toi.

Chacun de mes mots semble l'atteindre en plein cœur. Il grimace, détourne le regard un instant avant de se pencher à nouveau vers moi. Il pose ses deux mains sur le mur derrière moi, de part et d'autre de mon visage, et m'emprisonne complètement. Je n'ai aucun moyen de m'échapper, pas une issue ne s'offre à moi. Il n'y a que lui, son corps près du mien, son visage penché vers moi, et cette tension qui nous lie inexplicablement.

— Tu n'es pas censée te souvenir, souffle-t-il.

Je fronce les sourcils. Il a murmuré ces mots, comme pour lui-même, et je comprends que je n'aurais pas dû les entendre. La chaleur dans ma poitrine augmente, comme à chaque fois qu'il est proche, mais là, c'est plus intense encore. Ce n'est pas désagréable pour autant. Je pourrais m'y habituer, même si je ne sais pas si c'est simplement cette chose étrange qui semble se produire en moi à chaque fois qu'un Folley est à proximité, ou si c'est juste à cause de lui, si proche de moi…

— De quoi tu parles ? l'interrogé-je.

Cette colère sourde qui m'habitait jusqu'à présent semble me quitter lentement, à mesure que mes yeux scrutent son visage dans les moindres détails. Je remarque sa barbe naissante, sa peau blanche comme la neige, ses pommettes saillantes et les cernes profonds sous ses yeux. Je note sa manie de se pincer les lèvres, de passer sa langue sur celles-ci juste avant de parler. Chaque élément qui me parvient se grave dans ma mémoire.

— Tu ne diras rien, c'est compris ?

— Sinon quoi ? le provoqué-je.

Je crois apercevoir l'ombre d'un sourire sur ses lèvres, mais c'est si furtif que je crains de l'avoir imaginé. Il se penche encore davantage et moi, je tressaille de le savoir si près de mon visage. Mes lèvres s'entrouvrent et mon regard se porte malgré moi sur ses lèvres pleines, rien qu'un instant. Je tente de chasser mon envie de les goûter, d'y poser les miennes, d'en tracer le contour de ma langue. C'est un désir fulgurant qui s'empare de mon bas-ventre en cet instant, un feu que je n'ai jamais connu avant qui se déclare dans mon entrejambe. Enfin, je me fais violence pour lever mes yeux vers les siens. La lueur menaçante dans son regard me fait frissonner.

— Ne me cherche pas, Violet, gronde-t-il.

À ces mots, il s'écarte vivement et s'éloigne dans le couloir. Il me laisse là, pantelante, en proie à une soudaine sensation de vide. Je ne me rends compte que maintenant que j'avais quasiment cessé de respirer. La foule de sensations qui m'assaillent en cet instant me fait tanguer. Quand je parviens à retrouver ma lucidité, je fais état de la situation.

Ezra vient de me menacer. C'est tout ce que je retiens de tout ça. Je fais abstraction, non sans difficulté, de tout ce qu'il a provoqué en moi, de tous les sentiments contradictoires qu'il m'inspire, et remets de l'ordre dans cette situation.

« Tu n'es pas censée te souvenir. »

Ces mots tournent en boucle dans mon esprit et j'ai beau y réfléchir, je ne comprends toujours pas ce qu'il a voulu dire. Plus rien n'a de sens. Ce qui est certain, c'est qu'Ezra et ses frères sont entourés de mystère. Et je compte bien découvrir ce qu'ils cachent. Car à présent, ça me concerne. Je suis prise malgré moi dans ce cercle d'interrogations, et je ne compte pas m'en défaire avant d'avoir obtenu des réponses.

Chapitre 12
Le cinquième Folley

The Sound of Silence – Disturbed

Cette semaine a été particulièrement étrange. Je me sens de plus en plus observée. Les frères Folley ne me lâchent plus d'une semelle. À chaque coin de couloir, j'en vois au moins un. Quand je les surprends à m'observer en douce, ils détournent les yeux ou prétendent faire autre chose. C'est agaçant et… un peu cocasse, par moments.

Je suppose qu'Ezra s'est empressé d'aller raconter à ses acolytes que j'ai fini par me souvenir de ce qu'ils m'ont fait subir, cette nuit-là. Ils s'attendent sans doute à ce que j'aille voir les flics, mais je ne suis pas stupide à ce point. Non seulement je ne porte pas vraiment les forces de police dans mon cœur, étant donné mon passé, mais en plus, je sais très bien que je n'ai aucune chance de voir ma plainte aboutir. Je n'ai aucune preuve de ce qu'il m'est arrivé, aucun témoin… ce sera ma parole contre la leur. La parole d'une quasi-étrangère face à des gamins qui sont ici depuis leur naissance. Enfin, je crois…

J'ai donc décidé de tout garder pour moi. Je ne suis pas revenue sur le sujet avec Luna, encore moins avec ma sœur. Je n'ai pas vraiment envie qu'on me regarde comme si j'étais folle. J'ai déjà donné. Pourtant, les souvenirs se font de plus en plus vivaces. Tous les matins, quand je me lève, j'ai encore les traces de mes cauchemars sur moi. Je sens encore la douleur intense qu'a engendrée la mâchoire de ce loup en déchirant la peau de ma jambe, à chaque fois que je me réveille en sursaut. J'ai encore la sensation claire et précise du sang qui dégouline le long de mon mollet.

Tout ça m'obsède, et même si je ne veux pas qu'on me croie mentalement dérangée, je ne tiendrai pas plus longtemps sans pouvoir résoudre ce mystère. Il m'est arrivé quelque chose et je compte bien découvrir quoi.

Appuyée contre le mur du couloir qui fait face au secrétariat, j'attends que Luna en sorte. Il y a apparemment de grandes chances que notre prof de chimie soit absent aujourd'hui. Et quand je vois mon amie aux cheveux roses sortir du bureau avec un grand sourire, je ne peux m'empêcher de lever le poing pour exprimer ma joie. Luna se met à rire et me suit jusqu'à la sortie.

— Un milkshake, ça t'intéresse ? demande-t-elle.

— C'est gentil, dis-je en secouant la tête. Mais j'ai une idée bien précise de ce que je vais faire de ce temps libre.

— Un truc meilleur qu'un milkshake ?

Je me contente de lui adresser un clin d'œil complice. Fidèle à elle-même, Luna affiche un sourire en levant discrètement les yeux au ciel, mais elle ne me questionne pas davantage sur ce qui me passe par la tête. J'enfourche mon vélo et lui adresse un signe du menton alors qu'elle s'apprête à partir à pied dans l'autre sens.

Il faut dire que cette absence inopinée de mon professeur de chimie arrive plutôt à point nommé. Je cherchais une occasion, le moment le plus propice pour agir, sans que mes ravisseurs s'y attendent. Je tiens à savoir ce qu'il s'est passé, cette nuit-là. Et le seul moyen que j'ai trouvé pour en apprendre davantage, c'est de retrouver cette fameuse cabane où j'ai été retenue prisonnière pendant un jour entier.

Quand j'arrive à la maison, je remarque que le 4x4 de ma sœur n'est pas garé dans l'allée. Elle est probablement encore à la boutique. Je range ma bécane dans le garage et dépose rapidement mes affaires de cours dans le hall d'entrée. Je troque mes baskets contre mes bottes et, en un temps record, je me retrouve à nouveau dehors. Il fait toujours aussi froid, mais je commence à m'habituer aux frissons. Ça ne fait que deux semaines que je suis ici et j'ai pourtant l'impression que j'y vis depuis des années. C'est comme si je maîtrisais déjà tout, comme si j'avais déjà exploré les moindres recoins de cette ville ou au moins, tout ce qui concerne ma routine déjà bien établie. J'évite toujours autant de parler aux gens, même si je sais que me lancer dans une conversation avec n'importe quel paumé de cette ville me permettrait d'en savoir plus sur la vie passée de ma mère. Je ne suis pas encore prête pour ça, et puis je préfère me consacrer à un seul mystère à la fois.

Je m'enfonce dans les bois d'un pas décidé. Il fait encore jour, il est un peu plus de quatorze heures seulement. La lumière du soleil me rassure. La forêt est bien moins menaçante qu'à la nuit tombée. Le soleil est assez bas dans le ciel et fait encore briller la neige qui s'est échouée au sol la nuit précédente. Elle crisse sous mes pas, mais je ne m'attarde pas pour admirer le paysage. Je me concentre pour essayer de retrouver le chemin que j'ai emprunté la dernière fois que j'ai marché entre ces arbres. Je ne suis pas certaine d'être sur la bonne voie, mais quelque chose en moi me pousse à continuer d'avancer. Je commence à comprendre peu à peu les sensations qui m'assaillent, même si je ne sais toujours pas d'où elles viennent. Comme cette chaleur indescriptible qui envahit ma poitrine à chaque fois qu'un Folley se trouve près de moi. Je la reconnais, je sais faire la différence entre cette chaleur-là et une autre. Et à présent que mon instinct semble guider mes pas, même si je ne saisis pas comment c'est possible, je fais confiance à ce sentiment de certitude les yeux fermés.

Je m'arrête net au milieu de nulle part et me retourne. Je ne vois plus la maison derrière moi. Je dois être au bon endroit, car je commence à avoir la chair de poule. Je revois par bribes les souvenirs de cette nuit-là. Le froid, la lune, la peur, la sensation désagréable d'être suivie et observée… et l'attaque. Je regarde autour de moi. Les arbres se ressemblent tous. Le sol est recouvert de neige. Impossible de voir une quelconque trace de lutte. Soudain, un détail attire mon regard. Au pied d'un arbre, une racine qui dépasse du sol arbore une tache sombre. Je m'accroupis et pose une main sur l'écorce.

Du sang.

Serait-ce le mien ?

Ce n'est pas vraiment une preuve suffisante, car il pourrait s'agir du sang de n'importe qui – ou n'importe quoi. J'imagine qu'on trouve tout un tas d'animaux dans ces bois.

Il faut que je retrouve l'endroit où j'ai été enfermée. Cette fameuse grange miteuse qui m'a vue plus faible que jamais. Je me relève et continue ma route, toujours guidée par mon instinct, sans vraiment me poser de questions. Depuis que je suis ici, je ne cesse de remarquer quelques différences dans mon comportement. Certes, j'ai toujours été butée : quand j'ai raison, j'aime le prouver et le clamer haut et fort. Je ne me suis jamais laissé faire et j'ai toujours eu un caractère bien trempé. Mais je ne me suis jamais vraiment fait confiance à ce point. Je me suis efforcée, avec les années, de montrer que j'étais pleine d'assurance pour sauver la face. Mais en réalité, je manque cruellement de confiance en moi. C'est donc très étonnant que je sois aussi sûre de moi, en ce moment. Dans une forêt inconnue, vers une destination qui pourrait me mettre en danger, encore une fois.

Woodhills a décidément de drôles d'effets sur moi. Ici, je suis différente. Plus forte, plus téméraire, plus… à ma place. Et je déteste cette idée. C'est comme si j'étais la fille prodigue qui rentrait enfin chez elle, comme si j'appartenais à cet endroit. Chose que je me refuse à admettre.

Alors que je m'enfonce un peu plus dans la forêt, je sens ma poitrine s'enflammer peu à peu. Je me mets à entendre des éclats de voix. Des voix que je reconnaîtrais entre mille. Ça se chamaille, ça rit, ça se chambre… comme des frères.

Un espace dégagé s'offre à moi et mes yeux tombent avec surprise sur une grande maison de briques rouges. Elle s'élève sur trois étages. C'est un énorme bloc, carré, aux fenêtres blanches et au toit de chaume. On dirait une version *premium* de la maison des sept nains. La bâtisse a un certain charme et semble s'intégrer parfaitement au décor boisé qui l'entoure. Pourtant, le jardin ne paraît pas vraiment entretenu. La nature a l'air de régner en maîtresse : quelques fleurs des champs poussent çà et là, et un mur de lierre a complètement recouvert le côté droit de la façade. Je remarque un pick-up, une Jeep et une voiture plus petite garés sur le côté, près d'un chemin de terre assez étroit. Juste devant, une cour en pierres s'étend sur toute la largeur du bâtiment, avec un panier de basket. C'est là que je surprends Leo et Tyler. Les deux frères jouent au ballon, comme n'importe quels ados parfaitement normaux. La scène aurait pu être charmante si je n'étais pas déjà en colère de les voir s'amuser de la sorte alors que ce sont des criminels.

— Qu'est-ce que vous m'avez fait ?! hurlé-je en avançant.

Les deux Folley se tournent vivement vers moi, une expression ébahie sur leurs visages. Je me doute que les affronter de cette manière, sans personne pour m'aider, est complètement inconscient. Même Tyler est déjà plus grand que moi, bien que bien moins costaud que ses frères. Leo est le premier à réagir en me voyant débouler comme une furie. Il s'avance d'un pas décidé, troque son regard ahuri contre un sourire aguicheur, tandis que le plus jeune recule de deux pas, jetant des regards nerveux vers la porte d'entrée entrouverte de la maison.

— Violet Clayton qui vient nous rendre une petite visite ! fanfaronne le tombeur. Tu n'as pas apporté de petits gâteaux ?

— Ferme-la, espèce de salaud ! sifflé-je. Je veux savoir ce que vous m'avez fait, toi et tes frangins ! Je me fais attaquer par un putain de loup et au lieu de m'emmener à l'hosto, vous m'enfermez dans une grange délabrée et vous me faites… je ne sais quoi… qui m'a fait souffrir le martyre !

— Tu devrais consulter, raille-t-il en feignant une mine consternée. Les rêves récurrents, ça pourrit la vie !

Je ne me retiens plus. Mon bras se lève tout seul, ma main s'abat d'elle-même sur sa joue et je vois immédiatement le visage de Leo changer du tout au tout. Son air moqueur a disparu pour laisser place à une expression de colère qui transforme ses traits. Ses yeux s'assombrissent, sa bouche se déforme en un rictus mauvais et je me surprends à reculer d'un pas quand une sorte de grognement s'échappe de ses lèvres.

— Qu'est-ce qui se passe ici, bon sang ?!

Je sursaute et Leo fait volte-face. Sur le perron de la maison, un homme – que dis-je, un géant – nous observe d'un regard noir. Sa carrure est impressionnante. Il ne doit pas faire moins de deux mètres. Ses bras sont aussi gros que mes cuisses, ses pectoraux sont dessinés à la perfection sous son t-shirt blanc, et ses épaules larges lui offrent une stature imposante. Son visage carré est recouvert d'une barbe grisonnante, sa bouche est surmontée d'une moustache broussailleuse qui lui donne un air encore plus sérieux. Il m'observe d'un air méfiant. Ses cheveux poivre et sel sont coupés court, et seules les rides autour de ses yeux me permettent de deviner son âge avancé.

Mais ce n'est pas sa taille ni ses muscles qui m'interpellent le plus.

Son visage est barré par une cicatrice impressionnante. D'un rose pâle, elle s'étend de l'extrémité gauche de son front, à la base de ses cheveux, jusqu'au côté de sa joue droite, en passant par son œil gauche. La bille d'un bleu presque blanc m'indique qu'il ne doit probablement pas y voir très clair. Son unique œil valide, d'un noir profond, me toise.

— Qui tu es, toi ? aboie-t-il.

— C'est Violet Clayton, chantonne Leo.

L'expression sur le visage de l'homme change, pour passer de l'incompréhension à la haine la plus totale. Il s'avance de quelques pas, lentement, jusqu'à se retrouver à un ou deux mètres de mon corps. Ma respiration se fait difficile, sa présence m'effraie. Il y a quelque chose en lui qui me force à reculer.

— Tu n'as rien à faire ici, déclare-t-il d'un ton menaçant. Tu devrais partir. Maintenant.

— Pas avant de savoir ce qu'il m'est arrivé, lancé-je.

Je ne sais pas d'où me vient cette vague de courage, mais je compte bien en profiter tant que ça dure. Le géant semble déstabilisé, rien qu'un instant, par mon regard planté dans son œil, et ma ferme intention de ne pas bouger d'un pouce avant d'avoir obtenu des réponses. Le patriarche – car j'ai bien deviné qu'il s'agissait du chef de famille – se tourne vers Leo, qui se contente de baisser les yeux d'un air coupable. J'en conclus qu'il n'est pas vraiment au courant de ce que ses fils ont trafiqué. C'est au tour de Tyler de subir l'interrogation oculaire, mais le plus jeune des Folley baisse la tête, incapable d'affronter son père adoptif. Quand l'homme reporte son attention sur moi, je lève fièrement le menton, bien décidée à ne pas le laisser voir la peur qui me tient par la gorge.

— Tu devrais plutôt poser la question à ta chère sœur, réplique-t-il d'une voix dure. Je ne dois rien à personne, et sûrement pas à des gens comme *vous*.

Je frissonne en l'entendant utiliser ces mots. Sur ce, il tourne les talons, aboie sur ses fils en leur ordonnant de rentrer, et disparaît dans la maison.

Je suis encore toute tremblante de cette confrontation, et bien que ma colère soit toujours tapie au fond de moi, la peur et la frustration prennent le dessus. Cet homme a l'air d'en vouloir à ma sœur… à moi. Mais pourquoi ? Ce sont ses fils qui ont merdé, bordel ! C'est moi qui cherche des réponses ! Il a fallu que je prenne tous ces risques pour finalement me retrouver avec encore plus de questions.

Je décide de suivre les conseils du géant. Je jette un dernier regard vers cette maison, laquelle me semble presque hors du temps, et je me demande ce qui peut bien se passer derrière ses murs en ce moment. Ce qui peut bien se dire. Je serais curieuse de savoir quels mystères garde cette façade en briques rouges. Mais pour l'heure, je ne peux gérer qu'un seul secret à la fois.

Chapitre 13
Quand on parle du loup…

The Pretender – Foo Fighters

La maison est calme quand je finis par rentrer. Je ne sais pas trop comment j'ai réussi à retrouver mon chemin, mais tout est tellement bizarre depuis que je suis arrivée que je ne me pose même pas la question. Je sais pourtant que l'instinct infaillible, les blessures qui guérissent comme par magie ou encore cette sorte de détecteur de Folley dont je suis apparemment dotée, n'existent pas dans la vraie vie. Pas dans ce monde. Mais à Woodhills ?

Je ne suis plus sûre de rien. Pour la première fois depuis longtemps, je me mets à penser que j'ai besoin de ma mère. J'aimerais qu'elle soit là, qu'elle m'explique tout ça elle-même, qu'elle use de ses pouvoirs de maman pour apaiser mes maux. Mais la seule option qui s'offre à moi en cet instant, c'est parler à Iris.

Pas de chance pour moi, son 4x4 n'est toujours pas dans l'allée. Je remarque cependant des traces de pneu fraîches dans la neige. Mes soupçons se confirment quand je passe la porte et que je vois le post-it rose sur le meuble de l'entrée.

[Je serai à Seattle jusqu'à demain soir. Il y a des lasagnes dans le frigo. Bisous !]

Je n'attends pas plus longtemps pour sortir mon téléphone de ma poche et l'appeler. Elle est peut-être encore en train de conduire, mais soit. Ça lui donnera l'occasion d'utiliser ce kit main libre qui lui a coûté une fortune et dont elle se plaint toujours qu'il ne sert à rien.

— Allô ?

— Iris, il faut que je te parle… annoncé-je.

***

— Violet, je t'avais pourtant dit que ces gens-là ne sont pas fréquentables ! Qu'est-ce qui t'as pris d'aller fouiner par là ?

Iris est en colère. Je l'entends dans sa voix. J'entends aussi qu'elle a fini par s'arrêter sur le côté de la route. Je grimace, car je sais que je ne pourrai pas tout lui dire. Qu'elle me croie n'est qu'un détail, dans cette histoire. Elle serait avant tout furieuse de savoir ce qui m'est arrivé et irait sans doute faire un esclandre pas possible. C'est précisément ce que je veux éviter, car si elle s'en mêle, je ne pourrai jamais découvrir ce que cachent les Folley.

Je m'empresse donc de trouver une excuse. Une raison pour laquelle j'aurais pu aller traîner par là. Je suis passée maître depuis longtemps en matière de mensonge, mais j'ai la surprise de sentir mon ventre se serrer à l'idée de servir une connerie à ma sœur. J'ai beau toujours lui en vouloir, tout au fond de moi, d'avoir été si absente, je sais qu'elle ne veut que mon bonheur. Elle ne mérite pas que je lui mente… mais là, je n'ai pas d'autre choix.

— J'ai entendu des gens au lycée, dire que… que tu avais des problèmes avec les Folley, inventé-je. J'ai voulu voir si c'était vrai.

— Et pourquoi tu ne m'en as pas parlé directement ? demande-t-elle en soupirant.

— Tu me connais, je fonce tête baissée, moi ! ironisé-je.

J'entends Iris souffler à nouveau dans le combiné. Elle garde le silence pendant quelques secondes et je sens qu'une grosse révélation est sur le point de tomber. Le père Folley aurait donc raison ? Ma sœur a-t-elle quelque chose à voir dans tout ça ? Je ne sais toujours pas de quoi il s'agit, d'ailleurs.

— Écoute, finit-elle par dire. Je n'ai pas vraiment envie de discuter de ça au téléphone…

— Discuter de quoi ? Iris, qu'est-ce qui se passe entre toi et les Folley ?

— Je t'expliquerai tout ça quand je serai rentrée, annonce-t-elle. Je te le promets. Mais pour l'heure, plus de conneries de ton côté. Ne traîne plus chez ces gens. Pigé ?

Je soupire, mais je promets tout de même. Je sens dans sa voix qu'elle s'inquiète sincèrement pour moi, mais ça me tue de ne pas connaître la vraie raison. Il y a clairement de l'animosité entre elle et ce mec. Quelque chose s'est produit dans le passé, quelque chose de grave, suffisamment pour que le géant en veuille à ma sœur encore aujourd'hui.

Soudain, une idée terrible me traverse l'esprit après avoir raccroché. Et si les frères Folley avaient décidé de mener cette vengeance jusqu'au bout ? Et si toute cette histoire de blessure, de souffrance atroce, de souvenirs que je ne suis pas censée avoir, n'était qu'un moyen pour eux de venger leur père… en s'en prenant à moi ? Cette idée me fait froid dans le dos, mais je réalise bien vite que ça n'est pas très plausible. S'ils avaient voulu se venger, ils ne m'auraient pas laissée rentrer chez moi, complètement guérie. Et puis, je me souviens des échanges entre Ezra et Finn, ce soir-là. Ils étaient *inquiets*. Pour moi.

Non, ça ne colle pas. Il me manque trop d'éléments pour comprendre. Je n'ai plus qu'à mordre sur ma chique et attendre qu'Iris rentre de Seattle, et surtout, arrêter d'imaginer le pire. Je vais finir par me rendre folle toute seule.

***

L'alarme du four retentit. J'en sors ma lasagne fumante et migre vers le canapé pour savourer mon dîner. Je tente de me changer les idées avec Netflix, mais rien n'y fait. La moindre de mes pensées est occupée par Ezra et ses frères, et par le vieux. Le patriarche à la cicatrice effrayante. Je me rends compte que je ne l'ai jamais croisé avant. Il ne vient jamais récupérer ses fils à la sortie du lycée, et je ne l'ai jamais vu en ville. Est-ce qu'il s'isole à cause de sa blessure ? Pourtant, je suis certaine qu'autrefois, il était beau. Ce corps impressionnant, la dureté de son regard ; ce charisme naturel devait plaire aux femmes, quand il était plus jeune. Mais j'ai aussi vu la solitude briller dans son unique œil valide. Cet homme a beau être entouré d'ados, il est seul, plein de haine et de frustration qu'il semble garder pour lui. Toutes ces émotions doivent bien sortir à un moment ou à un autre… et son air menaçant ne me dit rien qui vaille. Ma sœur est-elle en sécurité ? Et moi ?

J'abandonne définitivement la télévision et vais déposer mon assiette sale dans l'évier de la cuisine. Je repasse par l'entrée pour récupérer mon carnet dans mon sac, et retourne m'affaler dans le canapé. Je passe plusieurs heures à griffonner sur les pages blanches, à noircir des traits, à frotter le papier du doigt pour créer des ombres, et bien vite, l'homme à la cicatrice m'observe d'un œil inquisiteur. Depuis que je suis ici, j'ai l'impression que je ne contrôle plus ce que je dessine. Je ne réfléchis même plus, en réalité. Je laisse le crayon entre mes doigts me guider, et je me retrouve à coucher sur le papier tout ce qui m'obsède. Mon carnet entier est rempli de dessins de loups, des Folley… d'Ezra. Je fais défiler les pages pour revenir à mes précédents croquis et alors que je tombe sur ses yeux d'un bleu envoûtant, quelques images me reviennent en mémoire.

C'est violent, mais ça fait battre mon cœur plus vite encore. Je me souviens de ses mains sur mes joues, de la douceur de ses gestes, de l'inquiétude dans son regard et de l'infinie délicatesse de sa voix.

Je me souviens de la sensation de son corps chaud contre le mien, de ses bras forts autour de moi alors qu'il me transportait à moitié inconsciente dans les bois. Une chose est certaine : je suis totalement confuse quant à ce qu'il pense de moi – non pas que j'en aie quelque chose à foutre. C'est juste extrêmement confus. Il s'est montré si doux, si attentionné alors que je souffrais plus que jamais dans cette grange. Quand nous sommes au lycée, il m'observe mais fait semblant de m'ignorer quand je le surprends à le faire. Ou alors, il me défie et me menace en se cachant derrière son armure du mec froid et solitaire. Quoi que ses frères et lui m'aient fait, je ne peux pas m'empêcher de m'interroger encore davantage sur son comportement à lui, par rapport à moi. Depuis le premier jour, je sens une connexion entre nous. Un autre truc que je ne m'explique pas. Il semble l'avoir sentie, lui aussi. Sinon, il ne réagirait pas de façon si contradictoire, non ? Je ne sais pas s'il pourrait m'apporter des réponses là-dessus, en revanche. Il a l'air tout aussi perdu que moi.

En plus de ça, je me surprends à le chercher des yeux à chaque intercours. Mon corps tout entier se met à sa recherche, d'instinct, sans que je puisse vraiment contrôler ces pulsions. J'ai parfois l'impression que mon esprit sait mieux que moi ce dont il a besoin. Mais pourquoi aurais-je besoin d'avoir Ezra auprès de moi ? Je ne l'apprécie même pas et c'est sans doute réciproque. Certes, il est fabuleusement attirant, et je me prends souvent à imaginer mordre sa lèvre, embrasser son cou, toucher la peau tendue sur ses abdos, suivre du bout des doigts les veines saillantes de ses avant-bras…

Je divague, certainement. C'est complètement ridicule.

Je soupire. Je suis épuisée de réfléchir autant. Tout se bouscule dans ma tête et je ne parviens plus à faire le vide. Je m'allonge sur le canapé après avoir déposé mon carnet sur la table basse, et dirige mon regard vers la fenêtre face à moi, qui donne sur la lisière de la forêt. Le soleil est en train d'entamer sa descente vers l'horizon en colorant la cime des arbres d'une teinte orangée absolument magnifique. Je dois bien avouer que ce paysage me plaît. Je n'avais pas ce genre de vue, à New York. Même si le bourdonnement de la ville me manque, le calme relatif de Woodhills est plutôt apaisant.

Je ne me rends pas compte que je m'endors. Pourtant, quand je me réveille en sursaut, la nuit semble tombée depuis longtemps. Je suis assaillie par un drôle de sentiment, l'impression qu'on m'observe. C'est sans doute le fait d'être seule dans cette maison qui provoque cela. Je regarde partout autour de moi, je suis bel et bien seule. Je tente de me rassurer en allumant dans le salon. La pièce se retrouve inondée de lumière… et la seconde suivante, j'entends un bruissement au-dehors. Je sursaute encore et reporte mon regard vers la fenêtre. Les arbres ne bougent pas d'un pouce, il n'y a pas la moindre brise qui souffle. Je m'approche de la vitre. Mon cœur a un raté quand je vois la lumière automatique s'allumer et illuminer tout ce côté de la maison.

Entre deux arbres, j'aperçois du mouvement. Je plisse les yeux, colle mon nez au carreau gelé… Une queue touffue se faufile à travers les bois. Dans la neige, je remarque des traces de pas.

Des traces de pattes… de loup.

Chapitre 14
Danger

Raised By Wolves – Falling In Reverse

Je ne me contrôle plus. Dès l'instant où cette touffe de poils disparaît entre les arbres, j'enfile mes bottes, mon manteau, et je suis dehors, mon téléphone bien à l'abri dans ma poche. Il y a bel et bien un loup dans ces bois. Et si je veux faire valoir mon histoire auprès d'Iris ou Luna, je dois avoir une preuve. Si je parviens à prendre une photo de la bestiole, j'aurai gagné la partie. Même si je ne sais toujours pas exactement comment je pourrai expliquer n'avoir aucune trace de ma blessure.

Dès l'instant où je m'enfonce dans la forêt, ma poitrine s'embrase. Je comprends pourquoi quand, quelques mètres plus loin, alors que ma vue s'adapte peu à peu à la pénombre, une vision des plus délicieuses – et des plus surprenantes – s'offre à moi.

Je m'arrête net face à ce corps gracieux, masculin, viril et si irrésistiblement attirant. Un corps que j'ai eu mille fois l'occasion d'imaginer dans mes rêves, mais je me rends compte que jamais je ne me suis approchée, ne serait-ce que d'un chouïa, de la réalité. Ezra Folley, en chair et en os, m'offre son dos nu, finement musclé, pâle comme la neige. Son petit fessier est moulé à la perfection dans un boxer noir, qui disparaît de ma vue quand il enfile son jean sombre. Je devrais sans doute me demander ce qu'il fait là, à moitié nu, alors qu'il fait moins de quinze degrés, mais quand il se retourne et qu'il m'offre un aperçu du reste, ma mâchoire se décroche. La chaleur de mon corps augmente, mais plus pour les mêmes raisons. Elle me parcourt tout entière pour venir se loger dans le creux de mon ventre, jusqu'à descendre peu à peu entre mes cuisses…

Bordel. Ce mec est un véritable Apollon. Il n'est pas doté de cette beauté évidente, celle du stéréotype du jeune mâle américain. Non. Sa beauté à lui est plus délicate, plus naturelle… il n'essaie pas de plaire, il déborde simplement d'un charisme inné qui fait tourner toutes les têtes. Il n'essaie même pas d'être attirant, et c'est sans doute ce qui m'agace le plus en cet instant. Des mecs, j'en ai vu passer, dans ma courte vie. Principalement parce que je cherchais à attirer l'attention sur moi, ou parce que je voulais provoquer mon père, pour le faire sortir de sa léthargie. Mais Ezra n'a rien à voir avec eux. Lui, il m'hypnotise. Je me fiche même qu'il me surprenne, à présent. Le moindre de ses mouvements fait battre mon cœur un peu plus vite à chaque seconde. Je n'arrive plus à détacher mes yeux de lui alors qu'il enfile un t-shirt fin. Sa peau m'est à nouveau dissimulée, et je crève de pouvoir lui ôter ces fringues, lentement. Le bout de mes doigts me chatouille, tant le désir d'effleurer ses abdos me démange.

— Les bois sont interdits aux civils, la nuit.

Sa voix résonne dans le noir et parvient jusqu'à mes oreilles. Je me fige lorsqu'il lève les yeux vers moi. Savait-il que j'étais là, depuis le début ? Je m'empresse de me composer une attitude désinvolte, mais je sais déjà que je suis grillée. Je viens d'être surprise alors que je me rinçais l'œil, en train de le reluquer sans vergogne.

La honte.

— Et toi, tu ne corresponds pas à la description qu'on fait d'un civil, peut-être ? argué-je en croisant les bras sur ma poitrine.

— J'ai un passe-droit spécial, ironise-t-il.

Je hausse les sourcils. Il m'offre un sourire plein d'insolence avant de s'avancer de quelques pas. Je tente de ne pas me laisser avoir par son regard de braise, par cette aura qu'il dégage et par cette tension qui semble monter entre nous dès qu'il s'approche un peu trop. J'ai l'impression qu'on joue à un drôle de jeu, tous les deux, depuis que je suis entrée dans son champ de vision pour la première fois. Il m'intrigue, et je pense qu'il le sait. Je pense même qu'il en profite. Il joue au mec dur et froid, que rien ne peut atteindre, mais je l'ai vu véritablement vulnérable, j'ai été témoin de ce qu'il cache derrière cette armure de glace. Il ne peut pas se défiler.

Alors que je recouvre doucement mes esprits, je tente de me concentrer sur l'aspect rationnel de la situation. Je pensais suivre un loup, dans ces bois. Et à la place, c'est lui que je trouve ici… en pleine nuit, par un soir glacial, à peine vêtu.

— Qu'est-ce que tu fais là ? lancé-je d'un ton sec. Pourquoi tu rôdes près de chez moi, comme ça ?

— Rôder ? Tu me prends pour quoi, une bête sauvage ?

Il s'approche encore. Le sourire sur son visage ne me dit rien qui vaille, et l'ironie dans le ton de sa voix non plus. J'ai l'impression, en voyant son air amusé, qu'il est le seul à pouvoir comprendre sa propre blague. Agacée, je lève les yeux au ciel. Il ne me répondra pas, c'est certain. J'en ai assez de ce petit jeu, je veux des réponses, et tout de suite.

— Je veux savoir pourquoi, insisté-je. Pourquoi tu as dit que je n'étais pas *censée* me souvenir.

Son sourire disparaît. Ezra s'arrête à quelques centimètres de mon corps tremblant. Comme dans ce couloir, il y a quelques jours, je peux presque voir ce qui nous lie se matérialiser entre nous. Je pourrais presque pincer les fils tendus entre nos deux corps. Ils vibrent, ils sont sous une tension extrême et ne sont pas loin de céder. Sa poitrine se soulève rapidement, et la mienne finit par l'accompagner l'instant d'après. C'est complètement insensé. Complètement fou. Comment puis-je physiquement ressentir tant de choses pour ce garçon, alors que je ne le connais même pas ? Pire, alors que ce que je sais de lui devrait me faire fuir le plus loin possible ? Ses frères m'ont kidnappée, ils m'ont enfermée un jour entier et m'ont fait… je ne sais quoi… et lui ? Peut-être m'a-t-il sauvée, peut-être pas. Je ne ressens aucune gratitude, aucune reconnaissance… pas même une once de compassion. *Je ne l'apprécie pas.* J'ai juste cette envie irrépressible de presser mon corps contre le sien. Je ne sais pas d'où ça me vient, mais… il s'approche encore. Un pas, puis deux…

— Tu ne devrais pas être ici, dit-il en éludant ma question une fois de plus.

Ma respiration se bloque dans ma poitrine. Mes mains tremblent alors que j'aimerais me montrer plus forte en cet instant. Quelque chose me pousse pourtant à combler encore un peu plus la distance qui nous sépare. Je ne comprends pas ce que c'est. Ça me rend folle. Je déteste ne pas être maîtresse de moi-même. Mais ce sont pourtant bien mes pieds qui avancent, ma peau qui frissonne quand son souffle chaud parvient à l'effleurer. Ce sont mes lèvres qui s'entrouvrent, mon corps qui frémit quand le sien se retrouve trop proche. Je me force à ne regarder que ses yeux, mais ils sont baissés, rivés sur mes lèvres desquelles s'échappent quelques nuages de vapeur à chaque fois que je parviens à expirer. Il fait froid, et pourtant… chaque parcelle de ma peau s'enflamme.

— Dis-moi pourquoi, Ezra, parviens-je à articuler.

— C'est dangereux, continue-t-il. Tu le sais mieux que personne.

Ce simple avertissement confirme mes soupçons. Il m'est bien arrivé quelque chose, et il le sait. Il sait ce qu'il s'est passé, il sait tout. Je le vois dans ses yeux, quand ses prunelles se plantent à nouveau dans les miennes.

— Je n'ai pas peur de toi, sifflé-je.

— Ce ne sera pas ta première erreur, répond-il du tac au tac.

L'électricité qui s'anime entre nous grésille encore. Tout autour de nous, le monde continue de tourner. Pourtant, il n'y a pas un seul bruit. Seul le son de nos respirations saccadées perturbe le silence. Le temps semble suspendu au-dessus de nos têtes, et la gravité a l'air de ne plus fonctionner correctement. C'est comme si le sol ne me retenait plus sur terre. À présent, c'est son corps qui m'attire. Sa façon de se pencher presque imperceptiblement vers moi m'indique que lui aussi, ne peut pas s'en empêcher. C'est comme si nous étions deux aimants, irrémédiablement poussés l'un vers l'autre sans aucune issue. Et la collision n'a jamais été plus inévitable.

— C'est trop difficile, bordel, marmonne-t-il entre ses dents.

Je fronce les sourcils, prête à l'interroger sur sa remarque, mais je n'en ai pas le temps.

Ezra fond sur mes lèvres. Ses mains viennent immédiatement encadrer mon visage. Surprise, je mets un petit moment avant de comprendre ce qui se passe. Mon esprit fonctionne au ralenti, au contraire de mon corps, qui agit sans attendre mon accord. Sa bouche me dévore, me consume tout entière. Sa langue rejoint si rapidement la mienne que j'en ai le souffle coupé, comme si elles se connaissaient depuis des milliers d'années et se retrouvaient enfin, après une trop longue séparation. Elles se caressent, s'apprivoisent, entament une danse endiablée qui me fait frissonner. Mon corps se retrouve plaqué contre son torse, et sans que je puisse véritablement me contrôler, mes bras viennent s'enrouler autour de sa nuque. L'une de ses mains se positionne entre mes reins et me maintient un peu plus contre lui. Ça n'a rien de romantique, rien de tendre : c'est sauvage, bestial, violent. Ses dents s'enfoncent dans ma lèvre inférieure et je laisse échapper un gémissement sonore. Il avance, je recule. Il continue à m'embrasser avec une fougue non dissimulée tout en attrapant mes jambes. Il me soulève si aisément du sol que je ne peux même pas protester : je ne suis plus que sensations. Je me transforme en véritable poupée de chiffon entre ses bras. Il peut faire ce qu'il veut de moi à présent, j'oublie absolument tout. Les arbres, la neige, le froid, la nuit noire et la colère qui m'a conduite jusqu'ici. J'en oublie mes questions, mes pensées les plus sombres, mes envies de vengeance, tout ce que je ne comprends pas. Il n'y a que lui et ce qu'il provoque à l'intérieur de moi, dans mon corps, mon âme, mon cœur et mon esprit.

Mon dos entre en contact avec un tronc d'arbre, mais je ne me laisse pas distraire par la douleur provoquée par l'impact. Je m'agrippe à lui, crochète sa nuque, tire sur la base de ses cheveux et sourit contre ses lèvres quand je l'entends grogner. Cette attirance, cette force qui nous pousse l'un vers l'autre, tout ce qui est en train de se produire en ce moment est totalement inexplicable, mais c'est si bon… que je ne me pose plus aucune question.

Soudain, Ezra s'écarte. Ses lèvres quittent les miennes bien trop vite, son corps s'éloigne vivement et je me retrouve à nouveau les deux pieds au sol. Il se fige, le regard dans le vague et comme moi, il peine à reprendre son souffle. Je le regarde, abasourdie. Les barrières que nous venons de détruire entre nous sont encore toutes effilochées. Elles vacillent, elles sont bel et bien détruites, mais les dernières traces de leur présence brillent encore dans nos regards à tous les deux. Je ne comprends pas et je commence à en avoir assez de cette sensation désagréable qui m'assaille à chaque fois que mes interrogations se retrouvent sans réponse.

Je sursaute quand un hurlement retentit au loin. Ce n'est pas un humain. C'est un son profond, rauque, à me glacer le sang. C'est un loup. Un loup qui hurle, comme on en entend parfois dans les films d'horreur. Ezra fait volte-face pendant quelques secondes, avant de se tourner à nouveau vers moi. Il pose ses grands yeux bleus sur moi. J'y lis de l'hésitation. Je ne sais pas vraiment si je suis censée dire quelque chose. Je suis encore trop troublée par notre étreinte. Je fais un pas vers lui, mais il recule.

— Ezra, murmuré-je.

Il secoue la tête et recule encore. Il ne va quand même pas me planter là ? Toute seule, dans les bois, en pleine nuit ?

Et si. Il le fait. Il s'éloigne à reculons pendant quelques pas encore, jusqu'à tourner les talons et partir en courant. Bientôt, il disparaît complètement, son corps se fond dans l'obscurité alors que je reste là, à plisser les yeux, tentant de remarquer un ultime détail, un indice dans son regard qui me conduirait sur la bonne voie. Mais c'est peine perdue. Il est parti.

Je ne sais pas ce qu'il s'est passé. Je ne sais rien du tout. Je ne comprends pas. Je ne comprends rien. J'en ai marre. J'ai envie de m'arracher les cheveux. De balancer tout ce que je trouve sur mon passage, de tout casser, de frapper quelqu'un ou quelque chose.

Mais à la place, je serre les poings, les dents, et je me fais une promesse.

Je découvrirai ce qu'il cache. Et quand ce sera fait, je le *détruirai*.

Chapitre 15
Fragile

I Almost Told You That I Loved You – Papa Roach

Assise sur le muret à l'entrée du lycée, les portes du bâtiment dans mon dos, je bâille à m'en décrocher la mâchoire. Je fais de mon mieux pour garder les yeux ouverts, mais la lutte devient difficile. Il est à peine huit heures, le soleil commence seulement à montrer le bout de son nez et moi, je ne rêve que de retrouver mon lit douillet, et de me glisser bien au chaud sous les couvertures que j'aurais voulu ne jamais quitter. Ma seule réjouissance, c'est que nous sommes vendredi, et que mon second weekend à Woodhills pourra me permettre de me reposer un peu. Mais je ne me fais pas d'illusion : je ne parviens même plus à éteindre mon cerveau pendant ne serait-ce que quelques heures, alors deux jours…

Je n'ai pas dormi de la nuit. Je pense avoir quelque peu somnolé, au mieux. Comment aurais-je pu plonger dans un sommeil réellement réparateur après ce qui venait de se passer dans les bois ? Je me suis retournée sans cesse, dans tous les sens. Je suis passée du chaud au froid toute la nuit, mes pensées divaguant vers mille et une hypothèses sans jamais parvenir à en valider une seule. Je pense ne m'être jamais autant pris la tête de toute ma vie, encore moins pour un garçon.

Ezra Folley m'a embrassée. Il m'a embrassée comme si c'était la dernière chose qu'il pourrait faire sur Terre, comme s'il partait en guerre et qu'il était certain de ne plus jamais me revoir. Il m'a embrassée désespérément, violemment, et moi, j'ai *adoré* ça. J'aurais voulu qu'il ne s'arrête jamais. Je ne sais pas vraiment comment mon cœur a bien pu sortir entier de tout ça. Je dois être plus solide que je ne le pensais. Je suis surtout extrêmement confuse, parce que malgré tout ce que je pense de lui, j'ai *envie* qu'il recommence. Pire, j'ai envie qu'il aille *beaucoup plus loin*. Je n'ai jamais couché avec quelqu'un que je déteste, mais il faut une première fois à tout…

Non, mais t'es malade ou quoi ?

— T'as vraiment une sale tronche, toi.

Je lève difficilement les yeux et tombe sur la grimace qu'affiche mon amie aux cheveux roses en observant les énormes cernes qui doivent souligner mon regard. Je grogne et ramasse mon sac en me levant.

— Pas dormi, marmonné-je.

— Tu as fait la bringue toute la nuit sans moi ? me taquine-t-elle.

— J'aurais préféré, figure-toi.

Mon humeur est massacrante, mais ce n'est pas de la faute de Luna. Néanmoins, elle se tait, et marche en silence à mes côtés vers l'entrée du lycée. Je l'accompagne jusqu'à son casier tout en observant les gens autour de moi. Les regards insistants ont cessé depuis quelques jours déjà. Je suppose que les jeunes de Woodhills ont fini par s'habituer à ma présence sur leur territoire. Je ne peux pas m'empêcher d'être quelque peu soulagée par ce constat. Pourtant, un détail m'interpelle alors que les visages vaguement familiers défilent dans le couloir. Aucun feu dans ma poitrine, aucun Folley à l'horizon. Les frères se seraient-ils lassés d'avoir à me surveiller, depuis qu'ils savent que je me souviens de ce qu'ils m'ont fait ? Ce n'est pas tant leur absence à eux qui me rend curieuse. Devant la salle d'Histoire, où se déroule notre premier cours de la journée, aucune trace d'Ezra. Je tente de ne pas me formaliser de cette absence, car après tout, il arrive presque toujours en retard en classe.

— Tu cherches qui, comme ça ? demande Luna en me voyant tourner la tête dans tous les sens.

— Hmm ? Personne.

— À d'autres ! Crache le morceau, Clayton.

Je soupire en m'installant à ma place au fond de la salle. Luna s'assoit sur le siège face au mien, mais ne me laisse pas le temps de répliquer. Elle se retourne, me toise de son regard vert, et attend sans ciller. Je finis par capituler.

— Tu te souviens de mon… mon rêve ? risqué-je.

— Avec le loup ?

— C'est ça, confirmé-je. En fait, je n'ai pas rêvé. C'est… c'est vraiment arrivé. Et c'est Ezra qui m'a sauvée.

— Ezra Folley ? s'écrie-t-elle.

Je lui intime de parler plus doucement, surtout quand je vois quelques têtes curieuses se tourner vers nous à l'entente de ce nom. Elle s'excuse en grimaçant.

— Il est au courant de ce qu'il m'est arrivé mais il ne veut rien me dire… et hier soir, je l'ai surpris à rôder près de chez moi. Alors, je l'ai suivi et… bref, on s'est… embrassé.

— Quoi ?! s'écrie-t-elle encore au moment où la cloche retentit.

— Mademoiselle Anderson !

Luna se tourne vers le professeur qui vient d'arriver, et qui la regarde d'un air désapprobateur. Mon amie se retourne sur son siège en enfonçant sa tête dans ses épaules. Je me retiens de sourire. Pour une fois que ce n'est pas moi qui attire les emmerdes ! Une boule de papier atterrit sur mon banc l'instant suivant.

[On mange dans les gradins, ce midi ! Tu dois tout me raconter !]

Je souris en secouant la tête face à son « tout » souligné trois fois. Je sais que j'ai passé certains détails de l'histoire sous silence, mais j'avais besoin d'en parler un minimum. Toute cette affaire me bousille le moral et me rend complètement dingue. Il faut que ça sorte. Cette frustration va finir par me bouffer tout entière et bientôt, il ne restera plus rien de moi.

Le cours commence, et je tente de rester concentrée, mais mon attention est rapidement accaparée par le siège vide à l'autre bout de la classe. Je ne peux pas m'empêcher de me dire que c'est à cause de ce qui s'est passé cette nuit qu'Ezra n'est pas là, aujourd'hui. Je me demande bien ce qu'il peut faire. À quoi il pense, où il passe son temps… est-ce qu'il regrette ? Est-ce qu'il a peur ? Qu'est-ce que tout ça signifie ? Je vais finir par attraper des migraines à force de réfléchir autant. Ce ne serait pas la première fois qu'on me fait ce coup-là, de toute façon. Mais là où, par le passé, avec n'importe qui d'autre, j'aurais simplement haussé les épaules en passant à autre chose, je ne peux pas vraiment faire ça avec Ezra. Ce mec me tient, je l'ai dans la peau. Même si une grande part de moi le hait, je ne peux pas juste claquer des doigts et le faire disparaître de mes pensées, comme ça. Ce serait trop facile… mais tellement plus pratique.

J'aurais voulu ne jamais mettre les pieds ici. Ma vie était peut-être triste et sans intérêt, avant, mais elle était beaucoup plus simple. À New York, tout ce que j'avais à faire, c'était survivre jour après jour avec le souvenir de la mort de ma mère. Ici, je me sens certes plus vivante, mais je suis surtout confrontée à tout ce qui me rappelle sa vie, partout où je vais. Je dois subir les regards des gens qui la reconnaissent en moi, qui voient ses traits se fondre dans les miens. Je dois écouter leurs anecdotes joyeuses, des choses que je n'ai jamais entendues et qu'elle ne m'a jamais racontées. Et pour couronner le tout, je suis confrontée à des sentiments contradictoires que je ne parviens pas à comprendre pour un mec que je ne connais même pas. Sans compter toutes ces choses étranges qui se produisent autour de moi depuis que j'ai débarqué.

Je suis complètement paumée.

Ma seule constante, en ce moment, c'est Luna. Cette fille un peu bizarre, souriante en toutes circonstances, qui par sa présence à mes côtés, me soutient contre vents et marées, et qui semble me comprendre mieux que ma propre famille. Là non plus, je ne sais pas comment c'est possible, mais avec elle, je ne me pose jamais de questions. Ne pas comprendre ne me dérange pas, parce qu'elle me rassure et c'est tout aussi bien quand je regarde tout ce qui me tracasse en ce moment. C'est pourquoi je suis soulagée de la retrouver sur les gradins, comme lors de mon premier jour ici, pour savourer nos sandwichs et discuter malgré le froid de l'hiver.

Son enthousiasme et sa curiosité n'ont pas diminué depuis ce matin. Elle sautille presque sur ses fesses tant elle déborde d'impatience. Après tout, je la comprends, je l'ai laissée dans un suspense insoutenable pendant près de quatre heures sans possibilité de lui donner un quelconque indice.

— Accouche ! ordonne-t-elle. Tu as *embrassé* Ezra Folley ?

— Techniquement, c'est lui qui m'a embrassée, rétorqué-je en levant l'index.

— Dans les bois ?

— Yep.

— En pleine nuit ?

— Yep.

— Près de chez toi ?

— Yep.

Je savoure l'expression de surprise sur son visage en souriant d'un air malicieux.

— Mais… pourquoi ? Comment ? demande-t-elle.

— Bah tu sais, quand deux bouches se rejoignent et…

— Arrête de te moquer de moi, dit-elle en riant.

Je me joins à son rire. Malgré tout, ça fait du bien de se lâcher comme ça. Luna a cet étrange pouvoir sur moi, elle me calme, m'oblige à arrêter de réfléchir pour savourer le moment présent. Avec elle, je me sens légère, délestée de tous mes soucis et de tout ce qui me prend la tête. Elle est mon remède, et je suis toujours ahurie de voir la vitesse avec laquelle elle a réussi à se faire une place si importante dans ma vie. C'est comme si nous étions destinées à nous rencontrer et à devenir amies. Notre histoire était toute tracée.

— Je n'ai pas plus d'explications à te donner… avoué-je en grimaçant. Je le questionnais sur ce qui m'était arrivé, et lui, il jouait les arrogants. On s'est rapprochés et… il a dit un truc du genre « c'est trop difficile », puis il m'a embrassée.

— Comment ça, « c'est trop difficile » ? m'interroge-t-elle en fronçant les sourcils.

Je me contente de hausser les épaules en mordant dans mon sandwich au thon. Je peux presque voir les rouages dans le cerveau de mon amie tourner à toute vitesse pendant qu'elle réfléchit à la signification de la remarque d'Ezra. Personnellement, j'ai arrêté d'essayer de comprendre. Ce mec est un véritable mystère, une énigme à lui tout seul. Il m'a laissée frustrée, plus perdue encore qu'avant, et ma colère contre lui et ses frères continue d'augmenter. Plus les heures passent, plus j'ai envie de sauter le pas et d'aller rendre une petite visite aux flics pour raconter mon histoire. Après tout, je ne risque pas grand-chose… Dans le pire des scénarios, on me traite de folle et ce sera vite oublié. Dans le meilleur des cas, les flics me font confiance, ils auront peut-être même eu vent de la piètre réputation des frères Folley, et ouvriront une enquête. Je peux toujours rêver, non ?

— Peut-être qu'il voulait dire que c'était trop difficile de te résister ? hasarde Luna en jouant avec ses sourcils.

— Dis pas n'importe quoi. Ce n'est pas comme si on s'appréciait, lui et moi.

— C'est une possibilité ! s'exclame-t-elle. Comment il était ? Tendre ? Langoureux ?

— Plutôt... animal, lâché-je en lui adressant un sourire un coin.

J'ai du mal à retenir les papillons qui s'envolent dans mon ventre. Tous ces sentiments contradictoires me donnent le tournis. Un instant, je déteste Ezra au point de vouloir le tuer de mes propres mains, et la seconde suivante, j'ai envie de lui sauter dessus pour lui arracher ses vêtements et goûter encore à ses lèvres subtilement sucrées. Il y a de quoi se rendre folle !

— Salut les filles.

Je sursaute en même temps que Luna, et porte mon regard vers le colosse qui se tient debout, deux gradins plus bas, en nous offrant un sourire poli. Finn nous regarde à tour de rôle, les mains dans les poches de son blouson. Le silence qui s'installe entre nous devient rapidement pesant. La mâchoire de mon amie se décroche tant cette vision lui est rare, et moi, je deviens méfiante. J'avale lentement le bout de sandwich resté dans ma bouche, avant de cracher à l'intention de l'aîné des Folley.

— Qu'est-ce que tu veux ?

— Juste te parler, assure-t-il d'un ton calme. Tu as cinq minutes ?

J'hésite longuement tout en jaugeant son expression. Ses deux billes noires plongent dans les miennes, brillantes, sincères, mais je ne lui fais pas confiance. Finn Folley a beau avoir l'air du grand frère protecteur par excellence, je suis sûre qu'il cache bien plus de secrets que ses frères. Peut-être même plus qu'Ezra. Il ne m'inspire aucune sympathie. Pourtant, son visage avenant et ses traits charmeurs pourraient facilement tromper n'importe qui. Je suis certaine qu'il se plaît à aider les petites vieilles à traverser la rue ou à porter leurs courses, pour sauver la face et entretenir cette image du gamin parfait et serviable qu'on s'imagine tous en le voyant défiler dans les couloirs. Il est rare de le voir sans ses frères, et pourtant, aujourd'hui, par ce temps glacial, il est seul face à moi.

Je soupire et me lève pour le rejoindre. Il descend encore de quelques marches, pour que Luna évite de nous entendre, sans doute. Je reste à bonne distance, néanmoins.

— Je t'écoute, capitulé-je, croisant les bras sur ma poitrine.

— Ezra nous a dit que tu avais quelques souvenirs de… ce qu'il s'est passé, dit-il.

— Tu veux dire de la nuit où j'ai été attaquée par un loup, où vous m'avez kidnappée et gardée prisonnière dans une grange miteuse en me laissant souffrir le martyre pour une raison obscure ? ironisé-je.

Finn grimace, et je ne suis pas peu fière de mon petit effet pour le mettre mal à l'aise. Après tout, il l'a bien cherché.

— Il faut que tu arrêtes de chercher des réponses, Violet.

Alors là ! Je n'en reviens pas. Comment ose-t-il me dire une chose pareille ? Il s'attendait à quoi ? À ce que je me réveille avec tous ces souvenirs sans avoir envie de comprendre quoi que ce soit ? Que je laisse couler ? C'est très mal me connaître. Même si je dois admettre qu'en fait, il ne me connaît pas, mais ce n'est qu'un détail. C'est de la simple logique. Je suis plus butée que n'importe qui, et n'importe qui chercherait à comprendre un truc pareil.

— J'espère que tu plaisantes, dis-je avec un sourire sans joie.

— Je ne vois vraiment pas ce que tu cherches, poursuit-il en haussant les épaules. Tu t'en es sortie complètement indemne, qu'est-ce que tu veux de plus ?

— Je veux savoir ce que vous m'avez fait, grogné-je entre mes dents tout en m'approchant. Et je veux que toi et tes frères payiez pour ça.

— Tu devrais te faire une raison, répond-il sur le même ton. Parce que ça n'arrivera pas. Crois-le ou non, je te dis ça dans *ton* intérêt. Si tu continues à creuser, ça ne peut que mal finir.

Je fronce les sourcils. Je me fiche bien de ses menaces. Tout ce qui se passe dans ma tête en ce moment, c'est une série de questions supplémentaires. Tout ce qui m'intéresse, c'est pourquoi il a besoin de me menacer pour que j'arrête de chercher. Je n'ai pas le temps de répliquer que déjà, il fait demi-tour et me laisse là avec ses mots suspendus au-dessus de moi. Ils résonnent encore dans mon esprit, ma conscience pesant le pour et le contre, remuant ses paroles qui flirtent dangereusement avec la limite entre le bon conseil et la provocation.

— Au fait, lance-t-il d'en bas. Je te prierai d'arrêter de jouer avec Ezra.

— De mieux en mieux ! C'est plutôt à lui qu'il faut dire ça, dis-je en écartant les bras.

— Il est plus fragile que tu le crois, ajoute-t-il.

— Tu as encore d'autres requêtes impossibles comme ça ?

Je le vois soupirer de là où je suis. Il a l'air exaspéré par mon comportement. Il ne sera pas le premier. Je pense même qu'il en existe tout un club à New York. Mais cette fois, je ne regrette pas de tenir tête à quelqu'un, surtout pas à quelqu'un comme lui. Pour qui se prend-il ? Il me met en garde et ose me demander de cesser mes questions, de tout garder pour moi ? Et pour couronner le tout, il me tient pour responsable des airs distraits de son frangin ? Il n'a qu'à lui dire, à Ezra, d'arrêter de se promener près de chez moi en pleine nuit et de m'embrasser par surprise. Comme si tout était ma faute ! Je n'ai jamais demandé à venir ici, que je sache !

Cette conversation a le don de me faire retrouver ma mauvaise humeur. Quand je rejoins Luna en haut des gradins, elle remarque bien mon regard noir et mes lèvres pincées.

— Qu'est-ce qu'il voulait ? demande-t-elle doucement.

— Rien, marmonné-je. Rien d'important.

Chapitre 16
La battue

The Man Who Sold The World – Nirvana

Je décide de me faire porter pâle pour le reste de la journée. Après ma confrontation avec Finn, je ne suis pas vraiment d'humeur à rester le cul vissé sur une chaise à écouter mes profs déblatérer des trucs qui ne me serviront jamais. J'enfourche mon vélo après avoir quitté Luna près des gradins, et pédale à toute vitesse à travers le centre. Quand j'arrive chez moi, je me réfugie immédiatement dans ma chambre et laisse libre cours à ma colère. Je balance mes affaires à travers la pièce, débarrasse ce qui se trouve sur mon bureau d'un coup de bras, donne des coups de pied dans mon sac ; ça faisait longtemps que je n'avais pas piqué une telle crise. Mais là, j'en ai besoin. C'est ça ou retrouver la maison de briques rouges, tapie au fond des bois, pour mettre un poing dans le visage du premier Folley que je croiserai.

J'ai promis à Iris de ne pas y retourner, et j'attends toujours de savoir pourquoi. Elle devrait rentrer aujourd'hui, mais quand je vois sur mon téléphone qu'il n'est que treize heures, je soupire. Je déteste attendre. Je ne suis certainement pas la personne la plus patiente du monde. Je suis tellement sur les nerfs que je n'ai même pas envie de dessiner. Je me laisse tomber à plat ventre sur mon lit en lorgnant le bordel que je viens de mettre dans la pièce. C'est tout de même très étrange que rien d'autre ne semble avoir d'importance, à mes yeux. Les Folley accaparent toutes mes pensées. Les cours sont devenus secondaires, de même que ma relation avec Iris. Quant à mon père, qui m'appelle au moins une fois par jour, c'est bien le cadet de mes soucis. Je ne lui réponds toujours pas, mais c'est moins par ressentiment que par manque d'intérêt.

Je sais que c'est douteux. Mon obsession pour ces mecs, pour Ezra en particulier, ce n'est pas sain. Mais je ne peux pas m'en empêcher. Mon être tout entier n'agit que pour chercher des réponses. Chacun de mes pas, de mes choix, m'emmène vers ce désir de tout savoir les concernant. Je n'ai pourtant jamais porté autant d'attention à qui que ce soit, avant. Je ne me souciais que de moi. Avoir à gérer mon deuil était déjà suffisamment prenant.

Que m'arrive-t-il ? Woodhills m'aurait changée si vite ?

Je roule sur le dos et fixe le plafond. Je n'ai plus qu'à mordre sur ma chique, prendre mon mal en patience et attendre que ma sœur rentre de Seattle. Peut-être aurai-je quelques éléments de réponses qui me permettront de commencer à compléter cet immense puzzle. Je ne saurai pas tout aujourd'hui, mais elle m'a promis qu'elle me dirait ce qui la lie aux Folley. Ce n'est peut-être pas grand-chose, mais à ce stade, je suis prête à entendre n'importe quoi qui me permettrait de comprendre un peu plus. Peut-être cela m'apaisera-t-il un peu.

Je décide de tuer le temps en m'obligeant à avancer dans mes devoirs. J'ai un peu négligé le lycée, cette semaine. Heureusement, ce weekend s'annonce plus tranquille que le précédent. Iris reste à Woodhills, aux dernières nouvelles, et je pourrai passer un peu de temps avec elle. J'ai vraiment envie de renouer avec ma sœur. De toute manière, il était temps, et cela facilitera notre cohabitation. Je continue de me persuader qu'à la fin de l'année scolaire, je me casserai d'ici plus vite que mon ombre, mais le fait de m'entendre avec elle ne serait pas une mauvaise chose, même si nous sommes séparées.

Je m'attèle donc à remettre mes notes en ordre après avoir rangé tout le bordel que j'ai balancé de mon bureau. Je me prends la tête pendant plusieurs heures sur mon cours de chimie, réalisant que je n'aurais peut-être pas dû choisir une option scientifique. Je me maudis plusieurs fois de l'avoir fait en cours de route, jusqu'à entendre la porte d'entrée s'ouvrir au rez-de-chaussée. Mon téléphone affiche dix-huit heures passées. Je délaisse le tas de feuilles volantes pour dévaler les escaliers.

Iris dépose son sac à main dans l'entrée et lève les yeux sur moi, un sourire étirant ses lèvres. Elle peine à transporter les deux cartons de pizza entre ses bras, aussi je me précipite pour l'aider à déposer le tout dans la cuisine.

— Tu as passé une bonne journée ? demande-t-elle.

— Ça peut aller, dis-je en haussant les épaules. C'était bien, ton expo ?

— Génial ! J'ai vendu quelques toiles, rien de bien conséquent, mais ça mettra un peu de beurre dans les épinards.

Je lui souris, mais j'ai du mal à garder mon calme. D'habitude, je lui aurais probablement sauté à la gorge, exigeant qu'elle me donne ses explications immédiatement, mais je fais de mon mieux pour apprendre la patience.

Par chance, Iris meurt de faim, et nous nous installons dans le canapé avec nos pizzas. Je la laisse humer la sienne, complimenter je ne sais quel pizzaïolo du coin et croquer dans sa première part, avant d'attaquer.

— Iris, lancé-je avant de me racler la gorge. Tu devais me parler de… de ce qu'il y a entre toi et les Folley.

Elle marque une pause, se fige, avant de déglutir lentement.

— Je n'ai pas oublié, assure-t-elle. C'est juste… difficile pour moi d'en parler.

Je fronce les sourcils face à sa réaction. Sa bonne humeur s'évapore et ses traits se tendent. J'ai passé tant de temps à lui en vouloir de ne pas avoir été présente dans ma vie jusque-là, que je ne me suis jamais demandé ce qui pouvait bien se passer dans la sienne pour qu'elle ne soit pas capable de me rendre visite ou même, de me passer un coup de fil de temps en temps. Je me rends compte que j'ai été égoïste, avec elle, mais elle ne m'en a jamais voulu. Si c'était le cas, je suppose qu'elle aurait envoyé notre père se faire foutre le jour où il lui a demandé de m'accueillir quand il ne pouvait plus nous gérer, moi et ma crise d'ado. Elle a endossé son rôle de grande sœur malgré tout.

— OK, dit-elle en soupirant. Bien… c'était deux ou trois mois après ma sortie du lycée. Je ne savais pas vraiment quoi faire de ma vie, Papa et Maman t'avaient déjà emmenée à New York depuis quelque temps et je me sentais un peu… seule. Alors j'ai voulu rejoindre une sorte de club.

— Un club ? l'interrogé-je.

— Si on veut, dit-elle en grimaçant. L'activité principale, c'était la chasse.

— Attends une minute, l'interromps-je. Toi, l'artiste invétérée qui a peint son salon en violet, tu te baladais dans les bois avec un fusil de chasse ?

— Difficile à croire, je sais, dit-elle avec un sourire sans joie. Il fut un temps où la communauté de chasseurs était très active, dans le coin. Quand les loups étaient encore très nombreux.

Des loups. Il y avait donc bien des loups à Woodhills, pendant un temps. Et visiblement, il y en a encore aujourd'hui, même si d'après Iris, il n'y en a plus autant. Est-ce pour ça que les civils ont interdiction de se balader dans les bois une fois la nuit tombée ?

— La ville avait organisé une battue, poursuit-elle. C'était ma première participation, j'avais une trouille bleue. Je faisais erreur sur erreur, jusqu'à ce que…

Elle s'arrête, ferme les yeux, sa lèvre inférieure se met à trembler. Je la sens en proie à de douloureux souvenirs. Je ne suis pas particulièrement tactile, mais contre toute attente, je me surprends à poser une main sur la sienne. Elle me regarde faire, un sourire triste étirant ses lèvres, et sans quitter nos doigts des yeux, elle continue à me conter son aventure.

— Il y a eu une balle perdue. C'était la mienne, souffle-t-elle. Un enfant a été touché… il avait onze ans et… il n'a pas survécu.

Mon sang se glace instantanément. Je n'arrive pas à croire ce que j'entends. Je regarde le visage si doux, si plein de bonté de ma grande sœur et j'arrive à peine à formuler la conclusion dans ma tête. Iris a tué… un enfant. Certes, sans le faire exprès, mais tout de même. Je comprends sa réaction, sa réticence à m'en parler. C'est un poids qu'elle porte depuis presque dix ans et maintenant que je le sais, j'admire sa capacité à sourire et à vivre sa vie de la façon la plus normale possible. Si j'avais été à sa place, j'aurais probablement sombré, ressassant chaque jour mon crime jusqu'à devenir l'ombre de moi-même. Iris est bien plus forte que moi, c'est certain. Quand notre mère est morte, elle a continué à vivre sa vie tout en faisant son deuil. Elle a accepté de m'héberger, de s'occuper de moi, une gamine à problèmes complètement ingérable qui ne lui a clairement pas facilité la tâche.

Je remarque que sa lèvre inférieure s'est mise à trembler et que l'humidité a envahi ses yeux. La voir dans cet état me brise le cœur.

— Il… il était simplement en train de jouer, poursuit-elle d'une voix tremblante. Il avait un ballon dans les mains… j'ai juste… perçu un mouvement et… je n'ai pas réfléchi.

Un sanglot déchire sa gorge, et moi, je reste prostrée face à sa détresse, complètement impuissante. Elle cache son visage dans ses paumes, en proie à un torrent de larmes qui me met légèrement mal à l'aise. Je n'ai jamais été douée pour réconforter quelqu'un, encore moins quelqu'un que je connais. Je peux tout à fait me mettre à sa place, je ne suis pas totalement dénuée d'empathie non plus, mais dans ces cas-là, je préfère me taire plutôt que de dire une connerie qui ne fera qu'empirer les choses. Mais je peux aisément imaginer l'horreur qu'elle a dû ressentir en s'apercevant de son erreur. Je peux aussi prendre conscience de l'effet qu'ont probablement eu sur elle les reproches qui ont suivi, tant des parents de l'enfant que des autres membres de ce fameux club. Pourtant, aujourd'hui, tout le monde semble lui sourire, tout le monde la considère comme une fille bien, sans histoire. Iris semble malgré tout encore fortement perturbée par cet incident.

Elle relève la tête, prend une grande inspiration en essuyant les larmes qui ont rougi ses joues et ses yeux.

— Excuse-moi, marmonne-t-elle. Ce n'est pas mon genre de craquer, d'habitude.

Comme ça, on est deux.

Il reste cependant une question en suspens. Qu'est-ce que tout ça a à voir avec les Folley ? Iris me devance, et comme si elle lisait dans mes pensées, elle répond à ma question sans que j'aie besoin de la formuler à voix haute.

— C'était le fils unique de Luke Folley, révèle-t-elle.

— Le… l'homme à la cicatrice ? hasardé-je.

Ma sœur hoche honteusement la tête. Désormais, je comprends. Je comprends l'animosité entre eux, la haine dans le regard du patriarche quand il a compris qui j'étais. Il déteste ma sœur, il la hait jusque dans ses tripes, car elle a tué son seul enfant. Qu'elle ne l'ait pas fait intentionnellement n'a pas d'importance, pour lui. Et c'est tout à fait normal. Pour lui, elle est l'assassin de son fils. Même si Iris s'est sans doute confondue en excuses et a peut-être même tenté de se racheter, elle ne pourra jamais lui ramener son fils. Elle ne pourra jamais revenir en arrière… Quand j'y pense, si ce garçon n'avait pas été au mauvais endroit au mauvais moment, ce jour-là, il serait un peu plus âgé que moi aujourd'hui. Il aurait connu tous les plaisirs de la vie, il serait peut-être même en train d'étudier pour faire le métier de ses rêves, pour rendre fiers ses parents…

— Luke et sa femme jouaient les familles d'accueil depuis longtemps déjà, parce qu'ils ne pouvaient pas avoir d'enfants, poursuit ma sœur. Elle était malade, ils ne voulaient pas prendre de risques. D'après ce que j'ai compris, cette naissance n'était pas prévue. Le gamin est né en bonne santé, mais la mère n'a pas survécu à l'accouchement. Ce garçon était tout l'univers de Luke… c'était *son* garçon. Quand il est mort, il s'est complètement isolé. Il a continué à héberger des garçons, jusqu'à adopter les quatre que tu connais… mais personne ne l'a plus jamais vu en ville et des rumeurs ont commencé à circuler…

— Quel genre de rumeurs ? demandé-je.

— Les gens racontent qu'il frappe les gosses, qu'il est devenu alcoolique, ce genre de bêtises, explique-t-elle en haussant les épaules. Je n'en crois pas un mot, mais je ne sous-estimerais pas sa colère, si j'étais toi. C'est pour ça que je ne veux pas que tu retournes fouiner là-bas.

Je hoche la tête et malgré moi, je passe en revue toutes les fois où j'ai vu les frères Folley. Il n'y a aucun signe indiquant de la violence physique. Mais je ne suis pas une experte, non plus. Parfois, un sourire qui semble sincère peut cacher bien des maux. J'en sais quelque chose.

Je comprends que le sujet est clos quand Iris mord à nouveau dans sa pizza tout en allumant la télévision. Elle zappe sur quelques chaînes, d'un œil distrait, mais je sais que tout ça la tourmente. Je le vois dans ses yeux, dans son regard qui fuit le mien. J'aimerais pouvoir lui exprimer mon soutien, lui montrer que mon regard sur elle n'a pas changé, du moins pas négativement. Je ne suis pas douée avec les mots, je ne l'ai jamais été. Alors, je me tourne vers l'écran, mords dans un quartier couvert de tomates et de poivrons, et je pose mon bras sur ses épaules.

Pour la première fois depuis longtemps, je me sens comme une véritable sœur. Je ressens ce qui nous unit, ce lien que rien ne pourra jamais vraiment briser. Il s'est peut-être un peu fragilisé ces dernières années, mais il devient de plus en plus solide à mesure que les jours s'écoulent. Finalement, il faut croire que cette cohabitation forcée a du bon.

Iris soupire, et je ne sais pas si c'est de soulagement ou simplement parce que ces révélations l'ont épuisée, mais quand elle entrelace nos doigts, je suis rassurée de voir qu'elle a compris que je ne lui en voulais pas. Nous avons encore pas mal de boulot côté communication, toutes les deux, mais je suis heureuse qu'elle se soit confiée à moi de la sorte. Ça ne peut que nous rapprocher.

Mais je ne me sens pas encore prête à lui parler de mes mésaventures avec les frères Folley. L'attaque, le kidnapping… le baiser échangé avec Ezra… ce n'est pas une bonne idée, surtout maintenant que je connais les circonstances qui la lient à eux.

Nous tombons sur une rediffusion de *Friends*, et tout en finissant nos pizzas, nous rions ensemble face à l'adorable Joey qui tente d'apprendre le français avec Phoebe. L'idéal pour détendre l'atmosphère qui s'est fortement alourdie ces dernières minutes. Nos ventres bien remplis et nos esprits plus légers, c'est cinq ou six épisodes plus tard qu'Iris éteint la télévision avant de se tourner vers moi, les traits tirés par la fatigue.

— Je vais me coucher, annonce-t-elle en bâillant.

— Bonne nuit, dis-je.

Je la regarde s'éloigner dans le couloir, quand quelque chose me passe par la tête.

— Iris ? l'appelé-je.

Elle réapparaît, me regarde d'un air interrogateur avec un sourire en coin.

— Je…, articulé-je. Je suis contente que… enfin…

— Moi aussi, me dit-elle.

Nous échangeons un regard, un sourire, et juste comme ça, on se comprend. Je ne sais pas si c'est un truc de sœurs, ou si elle est simplement très perspicace, mais je suis soulagée de ne pas avoir à formuler tout haut ce que je pense. Elle sait que je ne suis pas du genre à exprimer mes sentiments, car je déteste paraître vulnérable face à qui que ce soit. Et je suis heureuse qu'elle comprenne que je suis véritablement contente d'être ici, avec elle, et qu'on ait réussi à parler de quelque chose d'aussi important. Cet événement a changé sa vie, sa façon de voir les choses, et je suis agréablement surprise de voir qu'elle a réussi à partager ça avec moi. Moi qui me suis efforcée de la repousser dès que je suis arrivée ici, alors que rien n'était vraiment de sa faute.

Iris disparaît dans le couloir et j'écoute le bruit de ses pas quand elle grimpe à l'étage. J'ai l'impression que je la connais mieux, mais que j'ai encore tout un tas de choses à découvrir la concernant. Si nous partageons la couleur de nos yeux, nous sommes également assez secrètes concernant nos vies respectives. Je ne sais pas si elle voit quelqu'un, si elle a même déjà eu une relation sérieuse dans sa vie. Prise d'un nouvel élan de curiosité, je me lève et me dirige vers son atelier.

La pièce qui accueillait autrefois une salle à manger s'est transformée en un véritable fouillis de couleurs vives. Plusieurs toiles recouvrent les murs, d'autres sont posées au sol. Celle sur laquelle Iris travaille en ce moment trône toujours sur son chevalet. C'est une forêt enneigée, au lever du soleil. J'imagine que Woodhills l'inspire énormément pour chacune de ses œuvres. Moi-même, j'y ai trouvé une source d'inspiration inattendue… en ses habitants, surtout.

J'effleure la toile du bout des doigts, je savoure le relief de ses coups de pinceaux, l'odeur de peinture qui s'en échappe encore. J'observe les étagères en bois recouvertes d'ustensiles en tout genre, que je ne pourrais pas tous nommer. J'ouvre quelques tiroirs, trouve des croquis, des brouillons, des dessins… et un carnet en cuir noir qui attire mon regard.

Je m'empare de l'objet qui a l'air fortement usé. Une odeur d'encre vieillie s'en échappe, et un lien de cuir le maintient fermé. Mue par ma curiosité, je l'ouvre, et tombe sur la première page.

Ce journal appartient à Lily Clayton.

J'écarquille les yeux face à l'écriture manuscrite posée sur le papier jauni. Je reconnais chaque courbe, chaque tracé de ces lettres cursives que j'ai vu des centaines de fois. C'est l'écriture de ma mère. Jamais je ne l'ai vue écrire dans un journal, mais c'est sans doute parce qu'elle le faisait avant de tomber malade. Pourquoi Iris conserve-t-elle ça ici ? L'a-t-elle lu ? Je n'arrive pas à décider si c'est bien ou pas, d'avoir cet objet entre mes mains, si accessible ; après tout, ma mère n'est pas là pour me réprimander d'avoir lu ses pensées intimes. Je tourne la page et tombe sur sa première confession, en date du 18 juin 2003. Six mois avant ma naissance.

C'est beaucoup trop tentant. J'ai toujours voulu en apprendre plus sur la vie de ma mère ici, à Woodhills. Elle ne m'en parlait jamais, en grande partie parce qu'avec sa maladie, elle ne s'en souvenait pas, mais déjà, avant qu'elle ne tombe malade, elle refusait catégoriquement de le faire. Comme si elle regrettait quelque chose d'énorme, comme si elle ne voulait pas affronter ce qu'elle avait vécu ici… Je n'ai jamais su ce que c'était, et aujourd'hui, je tiens peut-être entre mes mains la réponse à toutes mes interrogations. Toutes les questions que je me suis posées ces trois dernières années, qui sont revenues au galop sans prévenir quand je suis arrivée ici, pourraient peut-être bientôt disparaître. Si je trouve le courage de faire défiler les pages, et de me plonger dans la vie de cette femme que je n'ai jamais vraiment connue, finalement…

Chapitre 17
Lily

Bittersweet Memories – Bullet For My Valentine

18 juin 2003

Cher journal,

J'écris sous les conseils de Myrabella. Elle me sent tourmentée, et il y a probablement tout un tas de raisons à ça. Elle m'a suggéré de coucher mes tracas sur le papier, précisant que ça pourrait m'aider à exorciser mes démons. Et des démons, j'en ai un paquet. Par où commencer ? Il y a tellement de choses sur lesquelles j'aimerais pouvoir mettre des mots... mais commençons par le plus urgent.

Ça y est, le verdict est tombé. Dans six mois, je donnerai naissance à une petite fille. La seconde. Je le sais depuis plusieurs semaines déjà, mais je ne suis pas parvenue à l'exprimer avec des mots jusqu'à aujourd'hui. Je suis submergée de bonheur, tout comme Harry, mais je suis partagée entre laisser exploser ma joie et me laisser engloutir par l'inquiétude. Cette petite fille change absolument tout. Surtout quand je sais qui est vraiment son père. Je n'ai toujours pas trouvé le courage d'avouer la vérité à Harry, car je sais que c'était une erreur.

Mais cette enfant n'a rien demandé... et elle aura besoin d'un père. Quand je vois à quel point Harry est incroyable, attentionné et présent pour Iris, je ne peux pas risquer qu'il apprenne mon infidélité... Je l'aime. Plus que ma propre vie, et pourtant... depuis la naissance d'Iris, j'ai l'impression de devenir invisible à ses yeux. Il ne me regarde plus, il n'a d'yeux que pour sa fille et je devrais être heureuse pour elle, qui a un papa en or. Harry est né pour être père, ça ne fait aucun doute.

Mais que se passera-t-il quand je devrai m'en aller ? Quand il faudra laisser Iris endosser les responsabilités qui nous incombent, en tant que gardiennes ? À ses 18 ans, il nous faudra partir. Quitter la ville est un destin funeste pour les femmes comme nous, mais c'est inévitable : il ne peut y avoir qu'une seule gardienne, à Woodhills.

Heureusement, sa petite sœur ne recevra pas le gène. En toute logique. Mais elle est si spéciale… son héritage sera différent du mien. Elle portera avec elle le fardeau que son père porte déjà depuis sa naissance, bien qu'il ne le voie pas de cette façon.

Je sais que je n'aurais jamais dû faire ça. Tromper Harry. C'était une bêtise, mais les conséquences s'avèrent colossales. Je porte l'une d'entre elles dans mon ventre. Qu'adviendra-t-il d'elle ? Je ne peux pas la laisser ici, avec Iris. Je ne peux pas l'emmener avec moi, non plus. Je ne veux pas qu'elle me voie dépérir, peu à peu. Je refuse de lui infliger ça.

Je continue de croire qu'il faut que j'annonce la vérité à Luke. Que je lui dise que cette enfant est la sienne. Peut-être pourra-t-il m'aider… Je sais qu'il ne m'aime pas. Il n'a jamais été question d'amour, entre nous. Mais je sais qu'il sera capable de l'aimer, elle, s'il connaît la vérité. S'il peut adopter de jeunes loups orphelins depuis toutes ces années, il pourra aimer sa propre progéniture. J'en suis convaincue.

Une gardienne et un loup… c'est contre-nature. C'est ce qui m'a été enseigné. Si les membres du Conseil apprennent cette grossesse, ils me tueront, et elle avec. Je ne peux pas risquer ça. Je dois la cacher. Pour le Conseil, elle n'existera pas.

Violet Clayton ne sera qu'une simple humaine aux yeux des gardiens. Je n'ai plus qu'à espérer que ses gènes de loup ne se manifestent jamais.

Chapitre 18
La fille du loup

Wait and Bleed – Slipknot

« Je ne peux pas risquer qu'il apprenne mon infidélité ».

« Quitter la ville est un destin funeste pour les femmes comme nous ».

« Une gardienne et un loup… c'est contre-nature ».

« Il faut que j'annonce la vérité à Luke ».

Les mots de ma mère défilent devant mes yeux. J'ai beau lire ses phrases, encore et encore, je ne pense pas saisir toute la portée de ses paroles. Mon esprit embrumé m'empêche d'assimiler toutes les informations. Mais la première chose qui me saute aux yeux, c'est le fait que ma mère a trompé mon père.

Mon père… n'est pas *mon père.*

Bordel de merde.

Mes jambes se mettent à flageoler, et je me laisse tomber sur la chaise derrière moi. Mon cœur se serre, une boule se forme dans ma gorge et rapidement, les larmes me montent aux yeux. Tout ce que je savais, jusqu'ici, tout ce dont j'ai toujours été certaine, vient d'être réduit en cendres en l'espace de quelques secondes. Un violent sanglot m'étrangle et je porte une main à mes lèvres pour étouffer le bruit, car je ne veux pas réveiller Iris. Si ce carnet était dans son atelier, elle est probablement au courant de tout ça.

Comment a-t-elle pu me cacher une chose pareille ? Comment puis-je être le fruit d'une relation adultère, entre ma mère et… ce *Luke* ? L'homme à la cicatrice est mon père biologique. Le formuler, même dans mes pensées, me paraît complètement aberrant, et le ressentiment que j'entretiens envers mon père – celui qui m'a élevée – n'arrange pas vraiment la situation. Et évidemment, puisque rien ne peut jamais être simple à Woodhills, ma mère fait mention d'autres éléments qui ne me disent absolument rien. Elle se qualifie de gardienne… elle parle de loups, de Conseil, de responsabilités… Je ne comprends rien à tout ça et les révélations concernant mes origines prennent beaucoup trop de place, là, maintenant, pour que je me mette à réfléchir à ce que tout le reste signifie.

Il faut que je me calme, mais mon cœur me fait mal, mon corps tremble sous la violence de mes sanglots. Je suis submergée par tout un tas d'émotions que je ne parviens pas à contrôler. Je ramène mes jambes contre moi et me roule en boule. Je me réfugie dans mon propre corps. Cette maison semble se refermer sur moi, soudain. Trop de souvenirs d'enfance désormais faussés, trop de sentiments qui n'ont jamais eu lieu d'être. J'étouffe entre ces murs, mais je ne peux aller nulle part.

Je ne sais pas comment, mais je finis par quitter l'atelier de ma sœur pour rejoindre ma chambre. Cette chambre où ma mère m'a bordée des centaines de fois quand j'étais enfant, cette chambre où mon père a construit une étagère quand j'ai commencé à lire. Je prends soin de glisser le journal de ma mère sous mon matelas. Je me laisse tomber sur le lit sans même prendre le temps de me changer, et laisse libre cours à mes larmes. Elles lacèrent mes joues, me déchirent le cœur. Je ne m'endors pas vraiment, mais mes rêves sont parsemés de visages qui se mêlent, se fondent les uns dans les autres : ma mère, mon père, Luke… Tout se mélange et je me surprends à me sentir complètement tiraillée. Je ne sais plus qui je suis. Je pense ne l'avoir jamais vraiment su, au final. C'est peut-être pour ça que j'ai toujours voulu me rebeller, briser les règles, ne pas rentrer dans le moule. Je n'appartiens à rien ni personne. Ma mère est morte pour une raison que je ne comprends plus, mon père, qui ne l'est pas vraiment, ne veut plus gérer mes trop nombreux écarts d'ado compliquée. Quant à Luke, il ne sait même pas qui je suis pour lui, à part la petite sœur de celle qui a tué son fils unique.

Non... pas unique, justement.

Je suis seule. Complètement seule, avec pour refuge mon esprit déjà trop encombré par tout ce que je ne comprends pas.

***

Je passe le weekend entier isolée dans ma chambre. Quand Iris vient me voir, le samedi matin, je fais semblant d'être malade, ce qui n'est pas bien difficile étant donné mes yeux bouffis et cernés par le manque de sommeil. Elle m'apporte un bol de soupe auquel je ne touche pas, dissimulée sous les couvertures. Je m'en veux un peu de ne pas tenir la promesse que je me suis faite, en profitant de ce weekend pour me rapprocher d'elle. Mais je ne m'en sens pas le courage. Je ne veux pas affronter son regard plein de tendresse ni ses mensonges trop bien maîtrisés. Ici, je suis à l'abri du reste du monde. Ce monde auquel je ne comprends plus rien. Le soir même, alors que mon réveil affiche onze heures passées, j'entends la porte d'entrée s'ouvrir et se refermer. Le silence se fait : Iris est partie. Ce n'est pas la première fois que je l'entends quitter la maison tard le soir, sans prévenir. Je me lève en balançant ma couette à l'autre bout du lit, et me précipite vers la fenêtre. Je regarde ma sœur, tout habillée de noir, disparaître entre les arbres, un sac de sport à la main. Je doute qu'elle aille faire son jogging, à cette heure-ci, sans compter la fameuse règle qui interdit l'accès aux bois la nuit.

Soudain, un déclic se fait dans ma tête. Alors que je regarde la lisière de cette forêt, plongée dans l'obscurité à l'endroit où Iris a disparu, je commence enfin à comprendre ce qui n'a cessé de tourner dans mon cerveau toute la nuit. Je me précipite vers mon lit, glisse un bras sous mon matelas et m'empare du vieux carnet en cuir. Je l'ouvre à la première page, cherchant les mots qui sont apparus dans ma tête.

« Il ne peut y avoir qu'une seule gardienne, à Woodhills ».

Une seule gardienne. Je ne sais toujours pas ce qu'est une gardienne, mais je pense que je commence à comprendre. Iris… serait une gardienne ? Quoi que cela puisse être, c'est forcément lié à Luke et aux frères Folley. Mais s'il ne peut y avoir qu'une seule gardienne à Woodhills, cela signifie que nous sommes partis à New York pour une raison. Pas simplement parce que mes parents avaient envie de changer d'air. Je comprends enfin pourquoi Iris ne nous a pas suivis, à l'époque. Elle devait rester pour endosser ce rôle, et c'était apparemment important pour Maman. Elle devait quitter Woodhills pour laisser Iris être la seule gardienne, et cela même si elle devait risquer sa vie en le faisant.

Notre mère est morte pour nous protéger. Elle est partie en sachant qu'elle allait mourir.

Cette révélation me coupe le souffle. Je ressens soudain un tel besoin de tout comprendre, que je ne m'arrête plus de lire. Je passe la nuit à parcourir les pages, à déchiffrer l'écriture de Lily pour tenter d'y voir plus clair dans toute cette histoire. Les pages défilent, les mots s'entremêlent, les informations se mélangent. Certaines phrases se gravent dans mon esprit tant elles me marquent.

« Luke a rencontré quelqu'un. Je n'ai pas envie de réduire son bonheur à néant, lui qui est toujours si solitaire. Il ne devra jamais savoir, pour Violet. »

« Violet est incroyable. Elle est pleine de vie, indisciplinée, et je vois tellement de Luke en elle… »

« L'un des garçons de Luke a mordu un civil… S'il devient un loup, je ne sais pas si je pourrai faire mon devoir… »

Mon cœur bat la chamade à chaque ligne parcourue. Tous les éléments commencent à trouver une place dans ma tête et enfin, même si certaines choses me semblent totalement surréalistes, je commence à comprendre ce qui m'arrive. Je revois derrière mes paupières l'expression pleine de culpabilité du jeune Tyler, dans la grange, alors qu'il m'apportait à manger. Je revois le regard inquiet d'Ezra, l'air embêté de Finn face à ma souffrance qu'il n'avait visiblement pas prévue.

Je sais que c'est impossible. Ces choses-là n'existent pas. Elles ne sont réelles que dans les livres, les films et les histoires qu'on raconte aux enfants pour les endormir. Elles ne sont que le fruit de l'imagination infinie de gens qui ont vécu il y a des centaines d'années avant moi. Je ne suis pas folle au point de croire à tout ça…

Se pourrait-il que tout ce que nous avons un jour imaginé existe réellement ? Se pourrait-il que le monde tel que nous le connaissons ne soit pas celui qu'on croit ?

Si j'en crois les mots de ma mère, il y a des gardiennes à Woodhills. Ma sœur serait l'une d'entre elles. Et mon père, celui dont je partage l'A.D.N serait… un loup ?

Je lève les yeux du journal de ma mère et je n'arrive pas à comprendre les sentiments qui m'assaillent. Ce n'est pas possible. Peut-être était-elle déjà malade, peut-être délirait-elle… Je ne peux décemment pas croire une chose pareille. Les loups-garous n'existent pas, ils ne sont que des monstres inventés par des humains un peu fous, qui cherchaient à blâmer quelqu'un pour je ne sais quelle atrocité. Ce n'est qu'un personnage de films d'horreur, un truc qu'on ne trouve que dans les bouquins. Un homme qui se transforme en loup à chaque pleine lune…

Et pourtant, les preuves sont juste là, sous mes yeux. Le soir de l'attaque était un soir de pleine lune. Ezra a précisé avoir un « passe-droit spécial » quand je l'ai surpris dans les bois… à moitié nu. Et c'est bien un loup que j'ai aperçu devant chez moi, avant de le retrouver entre les arbres. Je n'ai pas rêvé tout ça. Je l'ai vu, de mes propres yeux, je sais que c'est complètement aberrant et incroyablement absurde, mais je l'ai vu.

Il faut que je parle à Ezra. Il faut que je sache si tout cela est vrai, si je ne l'ai pas imaginé, si ma mère n'était pas juste complètement folle, à s'imaginer une vie qui n'existe pas, et si je n'ai pas fini par hériter de ses maux. Je ne peux pas concevoir qu'elle ait pu être malade à ce point. Il y a trop de coïncidences. L'histoire que m'a racontée Iris, ses sorties nocturnes dont elle ne parle jamais. Il n'y a qu'un seul détail qui ne colle pas vraiment. Ma mère écrit que quitter Woodhills est un destin funeste pour une gardienne. Si c'est vrai, comment Iris peut-elle se rendre à Seattle plusieurs fois par mois ? À moins qu'elle n'y soit pas vraiment… mais comment a-t-elle pu venir me chercher à l'aéroport, dans ce cas ?

Toutes ces questions me font mal au crâne et bien que je sois épuisée, je ne parviens pas à m'endormir. Il y a trop de pensées dans ma tête, qui tourbillonnent, s'entrechoquent et s'entremêlent. Je continue à espérer que si je rouvre les yeux, je me retrouverai dans ma chambre, à New York, que tout ceci n'aura été qu'un rêve extrêmement élaboré et vivant, que ça ne s'est jamais produit. Je continue à croire que tout cela n'existe pas, que je me fourvoie, que je deviens folle. Peut-être que la folie est une échappatoire à ce genre de réalité. La magie, les créatures de la nuit… je n'y ai jamais cru. Je n'ai jamais été attirée par ce genre d'histoires. L'engouement envers les romans sur les vampires m'a toujours donné la gerbe, les séries sur les êtres surnaturels et autres loups-garous n'ont jamais été mon délire.

Je ne suis pas ce type de fille qui aime se plonger dans un univers alternatif pour échapper à sa réalité. Je ne suis pas cette fille qui espère de tout son cœur que Poudlard existe et qui attend encore sa lettre d'admission. Même ce que je dessine reste bien réel. Je ne crée pas de monstres, de créatures légendaires et féériques. J'ai toujours eu les deux pieds bien sur terre.

Ça ne peut pas être vrai.

Chapitre 19
Le réveil

Fade to Black – Metallica

Je ne sais pas trop comment j'ai survécu à ce dimanche. C'était probablement la journée la plus étrange et la plus surréaliste de toute mon existence. Je ne sais pas comment j'ai réussi, mais j'ai fini par scinder mon esprit en deux. La partie préoccupée, plus que perturbée par les dernières révélations auxquelles j'ai dû faire face, s'est tue. J'ai passé la journée à sourire à ma sœur, à dessiner, à écouter de la musique et à avancer dans mes cours, sans que toutes ces interrogations ne viennent polluer mes occupations. C'est comme si mon cerveau s'était mis sur pause. Comme si mon corps cherchait à se rattacher au réel. Je pense que j'avais besoin de ces moments simples pour… me réinitialiser, en quelque sorte. J'avais besoin d'être rassurée sur l'aspect rationnel de ma vie, car je sens qu'une fois la semaine entamée, tout va à nouveau s'écrouler autour de moi. Je vais devoir affronter les questions qui me hantent, trouver de nouvelles réponses… et je sais déjà que ça ne va pas me plaire.

Maintenant que j'en suis là, à siroter mon café de chez Milo et à tirer sur une clope qui ne me calme pas vraiment sur le muret face au lycée, je sais que je n'ai plus le choix. Je suis prête à faire face. Je sais ce que j'ai à faire. Je scrute les alentours, à la recherche de celui qui pourra peut-être, enfin, m'éclairer sur les nombreux mystères que renferme cette ville étrange. Quand je vois un pick-up, qui me dit vaguement quelque chose, se garer non loin de moi, je me redresse. Ma poitrine se réchauffe instantanément. Finn, assis derrière le volant, me toise d'un air que je ne parviens pas à déchiffrer. Je tombe sur le regard inquiet de Tyler, qui saute sur le sol depuis le plateau arrière, suivi de près par Leo, qui m'adresse un sourire arrogant et un signe de tête. Je me contente de lever les yeux au ciel. Mon regard se porte sur le siège passager… et je ne peux réprimer un frisson.

Je croise ses yeux bleus pleins de… tout un tas de choses. Remords ? Peur ? Inquiétude ? Colère ? Je ne sais pas. Mais ce que je vois briller dans les prunelles d'Ezra me fait presque regretter son attitude insolente. Il descend du véhicule et claque la portière plus fort que nécessaire, me faisant légèrement sursauter. Serrant le carnet de cuir contre moi, j'écrase ma cigarette sur la pierre, et je tente de ne pas perdre ma contenance. Trois des frères me dépassent, ne me quittant pas des yeux avant de disparaître dans mon dos, vers l'entrée du lycée. Je me lève quand Ezra s'approche de moi d'un pas hésitant. Il s'accroche à la bretelle de son sac à dos et évite soigneusement mon regard. Pourtant, je sais qu'il a compris que j'étais en train de l'attendre. Je m'attendais à ce qu'il continue d'avancer, à ce qu'il suive ses frères en se contentant de m'ignorer royalement, mais il s'arrête à ma hauteur. Est-ce qu'il sait, comme moi, que cette situation a assez duré ? Qu'il est temps de jouer cartes sur table ? Il ne s'attend probablement pas à ce que je vais lui révéler.

— Salut, lancé-je.

— Salut.

Le son de sa voix parvient à mes oreilles, et malgré son ton distant, je suis projetée quelques jours en arrière, au milieu des bois. Quand je l'ai entendu me parler tout bas, son visage si proche du mien, juste avant que tout bascule. Mon regard se pose malencontreusement sur ses lèvres pincées, mais je me ravise bien vite en décidant d'en venir au fait.

— J'ai trouvé quelque chose qui devrait t'intéresser, annoncé-je en soupirant.

Je lui tends le précieux carnet, regrettant presque d'avoir à le quitter pour quelques heures. Le garçon aux cheveux noirs fronce les sourcils en détaillant l'objet, avant de s'en emparer d'un geste prudent.

— C'est quoi ? demande-t-il.

— Lis-le. On pourra en discuter… quand tu seras prêt.

Je m'efforce de paraître cryptique, car j'ai vraiment envie qu'il le lise. Je ne parviendrais pas à le lui expliquer. Je ne suis même pas certaine de pouvoir formuler ce que je sais à voix haute, tant ça me paraît… inavouable. Ce carnet contient des secrets qui le concernent sans doute, mais il contient surtout les miens. Je me rends compte que je me livre totalement, sans faux-semblants, à ce garçon que je me prends à détester la plupart du temps. Mais si ce que je sais de lui est vrai, si ce que je soupçonne est avéré, il est le seul à pouvoir me guider.

Je m'apprête à tourner les talons, quand je sens ses doigts s'enrouler autour de mon poignet. Ce simple contact déclenche une série de décharges électriques le long de mon bras. Je me retourne vers lui, plongeant dans son regard soudain empreint d'une tristesse que je ne lui connaissais pas.

— Violet, je… commence-t-il tout bas.

J'attends. Sa main est toujours à la même place, sur ma peau nue, et je dois admettre que la sensation est absolument divine. Il doit le sentir aussi, car sa prise se referme. Il se rapproche un peu, restant plus prudent que je ne l'aurais voulu.

— Je suis désolé d'avoir… perdu le contrôle, avec toi, dit-il. Je ne sais pas ce qui m'a pris, l'autre soir, et…

— Garde tes excuses, sifflé-je. Ce n'est pas ce dont j'ai besoin.

Il grimace, me lâche, et le froid reprend sa place sur ma peau, à l'endroit où il a laissé la trace de son toucher. Je me fais violence pour ne pas ciller, et me contente de lui rappeler le but de cette maigre conversation.

— Lis-le, asséné-je en désignant le carnet du menton.

Il hoche la tête. Je vois dans son regard que ses excuses étaient sincères, qu'il regrette vraiment son comportement. Ça a le don de me mettre hors de moi, car une partie de mon esprit espère qu'il ait envie de recommencer. J'ai rêvé de retenter l'expérience, juste pour voir si ce serait aussi bon que la première fois, et ce malgré toute la haine qu'il m'inspire. Une attirance physique aussi puissante que celle qui nous unit, ce n'est pas commun. Ça ne se trouve pas à chaque coin de rue, il est donc normal que je m'interroge. Qu'il semble le regretter si vite me fout en rogne.

Je m'éloigne et cette fois, je ne lui laisse pas le temps de me retenir. Je fonce dans les couloirs, direction mon casier, où je retrouve Luna. Elle me sourit, mais son cœur ne semble pas y être. Je comprends pourquoi, car je perçois l'interrogation briller dans son regard vert. Elle m'a sans doute vue discuter avec Ezra sur le parking.

— Tu veux en parler ? demande-t-elle.

— Plus tard, la rassuré-je avec un sourire.

Elle hoche la tête d'un air entendu, et je la suis dans la salle d'Histoire. Je ne sais pas encore ce que je vais lui dire. Je n'ai pas eu le temps de prendre une décision la concernant. Elle en sait déjà plus que ce que j'aurais bien voulu, et pourtant, je dois me rappeler qu'elle ne m'a pas traitée de folle quand je lui ai raconté que mon rêve se trouvait être la réalité. Elle n'a pas non plus tiqué quand elle a remarqué que je n'avais aucune trace de mon hypothétique blessure à la jambe. Luna en saurait-elle plus qu'il n'y paraît ? Je décide de ne pas m'attarder là-dessus pour l'instant. Je lui fais confiance. Quand le moment viendra de me confier à elle, je sais qu'elle me dira la vérité.

Je ne suis pas surprise quand la cloche sonne et qu'Ezra ne fait pas son entrée nonchalante habituelle. Sa curiosité l'a peut-être emporté. Je ne parviens pas vraiment à me concentrer sur le cours, malgré mes efforts, car mon esprit divague vers ce qu'il peut bien penser en lisant des mots que j'ai moi-même eu beaucoup de peine à comprendre. Je lui confie peut-être un peu trop de détails, des choses très personnelles. Ce sont les pensées intimes de ma défunte mère qu'il a entre ses mains, en ce moment. Se rend-il compte de la confiance que je lui accorde, en lui prêtant ce carnet ? Il doit sans doute se dire que je n'avais pas le choix, et c'est un peu le cas. Ou alors, il me traitera de folle, continuera de s'enfoncer dans son obstination et ses mensonges, et je n'aurai plus qu'à me débrouiller toute seule.

Comme d'habitude.

La matinée passe avec une lenteur d'escargot et je suis bientôt à bout de nerfs, quand enfin, alors que sonne l'heure du déjeuner et que je précède Luna dans la file à la cafétéria, ma poitrine s'enflamme. Je me redresse, lève la tête, et cherche d'instinct les deux saphirs à travers la foule.

Je les trouve sans peine près de l'entrée. Ezra me regarde, une expression béate sur le visage, et je sais qu'il a compris.

— Qu'est-ce qu'il y a ? me demande Luna.

J'ouvre la bouche pour lui répondre, mais mon attention est happée par le signe de tête qu'Ezra m'adresse.

Quoi, maintenant ? Tout de suite ?

— Je… je dois y aller, lancé-je.

— Violet, tu es sûre que ça va ?

Je dépose mon plateau encore vide sur le rail et me tourne vers mon amie. Je m'en veux de la planter là sans aucune explication, elle qui a toujours veillé sur moi jusqu'à présent, mais je me fais la promesse de ne plus jamais la laisser dans le secret.

— Je vais tout te raconter, je te jure, assuré-je. Mais je dois faire quelque chose, avant.

— Ne t'inquiète pas pour moi, dit-elle avec un sourire. Ce ne sera pas mon premier déjeuner en solitaire !

Pas une once de sarcasme dans sa voix. Comment elle fait ça ?

Je lui souris, et pour la première fois, je la serre spontanément dans mes bras. Elle aussi semble surprise par mon initiative, car elle tarde à me rendre mon étreinte. Cette fille a un cœur en or. Je ne la mérite pas. Elle est si compréhensive, patiente… pourquoi ne l'ai-je pas rencontrée plus tôt ?

— Tu es vraiment la meilleure, chuchoté-je à son oreille.

Je m'écarte et me réjouis d'avoir le temps de la voir lever les yeux au ciel. Me faufilant hors de la file, je cours presque entre les tables pour rejoindre Ezra à la sortie de la grande salle bruyante. Il se met à avancer, s'attendant sans doute à ce que je le suive, et pour une fois, je ferme ma grande gueule et obtempère. Il m'emmène près du terrain de football et se cache sous les gradins.

Conversation ultra intime, donc

J'attends qu'il parle le premier. Pour l'instant, je le regarde faire les cent pas devant moi. Il marmonne, me jette quelques regards étranges. Je décide de tenter d'alléger l'atmosphère.

— Fais ça pendant encore deux ou trois heures, et tu arriveras à l'état dans lequel je suis maintenant, argué-je.

Son regard noir me fait sourire malgré moi. Au moins, la gravité de la situation, que je ne minimise absolument pas, n'a pas entamé ma capacité à le faire réagir.

— Comment c'est possible ? demande-t-il enfin en s'arrêtant face à moi. Tu es…

— La fille biologique de Luke ? deviné-je. Apparemment.

Ezra recule d'un pas, comme si ma confirmation l'avait atteint en plein cœur. Il est normal que ce soit ce qui le choque le plus. Moi aussi, j'ai eu du mal à surmonter cette nouvelle. J'ai encore du mal à l'accepter, d'ailleurs. La formuler, à voix haute, aide un peu, mais ça ne la rend pas moins aberrante et inattendue.

— Ta mère et Luke… murmure-t-il.

Je n'ajoute rien. Je me contente de le regarder, attendant qu'il assimile l'information. Son regard se perd quelque part dans mon dos. Je ne peux m'empêcher de détailler son visage. Sa mâchoire se serre, les veines dans son cou deviennent de plus en plus visibles et je remarque un petit pli entre ses sourcils, qui apparaît lorsqu'il les fronce. Il passe une main dans ses cheveux d'un geste nerveux, ferme les paupières un instant, avant de les rouvrir, plongeant son regard dans le mien.

— Je ne savais pas, dit-il enfin.

— À l'évidence, non, soufflé-je. Et jusqu'à samedi, moi non plus.

Je repense à l'instant où j'ai lu ces lignes pour la première fois et mon cœur se serre. Ma mère a menti pendant toutes ces années. À moi, mais aussi à mon père, et sans doute à Iris avant que cette dernière ne découvre la vérité à travers ces mêmes pages. Je suppose qu'il va falloir que je la confronte, elle aussi. Mais j'ai trop peur qu'elle me mente encore, qu'elle invente une histoire de plus pour me faire avaler la pilule et me forcer à ne plus fourrer mon nez partout dans ses affaires.

— Écoute, on peut en parler si tu veux, lancé-je. Mais j'ai d'autres questions plus urgentes et… si tu as tout lu, je pense que tu sais de quoi je parle.

Ezra soupire. Il a l'air las et je comprends ce qu'il ressent. Cette situation a assez duré et je pense que nous sommes tous les deux épuisés par ce petit jeu. Les choses ont dérapé la dernière fois que nous nous sommes vus et je sais maintenant qu'une part de lui veut tout me dire, que garder tout ça pour lui pèse sur ses épaules. Il me reste à comprendre pourquoi.

— Je ne peux pas, lâche-t-il. J'ai fait une promesse.

— À qui ? soufflé-je, exaspérée.

— À ta mère.

Je me fige. Mon visage doit sans doute trahir ma surprise, parce qu'Ezra affiche une mine d'excuse. Dans ma tête, je me mets à faire tout un tas de calculs. Comment aurait-il pu connaître ma mère ? Je ne comprends pas. Nous sommes partis d'ici quand j'avais huit ans. Aux dernières nouvelles, Ezra doit avoir le même âge que moi, à moins que je n'aie manqué quelque chose. Les points d'interrogation qui dansent probablement dans mes yeux à cet instant font tiquer le garçon aux cheveux noirs. Il s'approche d'un pas. Je suis trop choquée pour avoir le réflexe de reculer.

— Je ne l'ai jamais rencontrée directement, précise-t-il. Je sais juste que je lui suis redevable. Luke n'a jamais voulu me dire pourquoi. Iris est venue me voir il y a un mois, pour me remettre une lettre de ta mère.

— Une lettre ? l'interrogé-je.

— Elle me faisait promettre de ne rien te dire dans l'éventualité où tu reviendrais à Woodhills. Quoi qu'il se passe, il fallait que tu restes dans l'ignorance.

Une question me taraude alors. Pourquoi *lui* ? Pourquoi pas un de ses frères ? Comment ma mère a-t-elle pu deviner que… que *quoi* au juste ? Que je serais irrémédiablement attirée par lui en particulier ? L'idée me paraît si absurde que je la chasse rapidement, préférant me concentrer sur le plus important.

— Mais de *quoi* ?! explosé-je enfin. Ma mère est morte, Ezra ! Ça va faire trois ans, maintenant. Je me fiche bien de ce que tu lui as promis, j'ai le droit de savoir ce que tout ça signifie. Ça me concerne, c'est *ma* vie !

Les larmes perlent sur le bord de mes paupières sans que je parvienne à les en empêcher. Je suis littéralement à bout, j'en ai assez de réfléchir, de spéculer, d'imaginer le pire. Si ce que ma mère a écrit est vrai, mes suppositions étaient bien loin de la réalité. Les réponses sont juste là, au bout de mes doigts, et c'est *lui* qui les détient. Le seul mec de cette ville que je ne parviens pas à comprendre. Pour lequel je ressens des choses tellement troublantes, trop puissantes pour être contenues très longtemps. Je suis au bord du précipice, et je meurs d'envie qu'il me rattrape. Si j'avais le choix, je ne lui ferais pas confiance. Mais voilà, je n'ai pas le choix.

Ezra regarde les larmes de rage couler sur mes joues et je vois dans son regard qu'il est sur le point de capituler. Il revêt cette expression que je me souviens avoir déjà vue sur son visage. Dans la grange, alors que je souffrais le martyre, c'est ce visage-là que j'ai vu se matérialiser devant moi. Les yeux doux, pleins d'inquiétude, de tendresse. Des lèvres pleines, entrouvertes, légèrement tremblantes. C'est comme s'il avait deux personnalités bien distinctes, et ça me donne le tournis.

— Violet… murmure-t-il du bout des lèvres.

La rage me quitte lentement au son de sa voix. Je ne suis plus que fatigue et chagrin. Je ferme fort les paupières, et le visage de ma mère se présente à moi. J'aimerais tant qu'elle soit là. J'aimerais pouvoir l'interroger sur ce qu'elle a écrit là-dedans, sur le sens qu'elle a donné à tout ça. J'aimerais savoir de quoi je suis faite… qui je suis. Sans elle, je suis complètement perdue. Elle était celle qui me comprenait le mieux. Elle savait toujours quoi dire pour me réconforter, me canaliser. Je croise les bras, le froid s'intensifie tandis que le sentiment de solitude s'accentue. Je fixe des yeux le carnet qu'Ezra tient toujours entre ses mains. Je ne remarque même pas qu'il s'approche. Je sens sa chaleur s'ajouter à celle qui brûle déjà dans ma poitrine. Encore un détail que je ne comprends pas.

Quand ses bras se referment autour de moi, je laisse échapper un sanglot. Son corps serré contre le mien me rassure, et je me déteste pour ça. Je plaque ma joue contre son torse, sa main se perd dans mes cheveux, et je sens son souffle contre mon cou. Il m'enlace et je m'entête à garder les bras croisés. Je n'ai pas besoin qu'il me console, j'ai besoin de réponses. Mais je ne peux m'empêcher d'apprécier cette étreinte. Une part de moi, qui devient de plus en plus envahissante, ne peut plus résister à cette facette de lui. Nous sommes tous les deux sans cesse en train de lutter contre nous-mêmes, depuis le début.

— Qu'est-ce que tu me fais, Violet ? susurre-t-il contre mon épaule.

Je ne sais pas. Mais j'aimerais le savoir.

Chapitre 20
Mordue

In My Remains - Linkin Park

Nous restons ainsi pendant ce qui me semble une éternité. Jusqu'à ce qu'enfin, Ezra soupire et me relâche. Je lève mes yeux humides vers lui. Je m'en veux d'avoir craqué ainsi. Je déteste qu'on soit témoin de mes faiblesses, mais là, c'était juste un trop-plein d'émotions que je ne pouvais plus contenir. Ezra a l'air hésitant, maladroit face à ma détresse. Il lève une main, comme s'il était sur le point de caresser ma joue ou d'écarter mes mèches rebelles de mon visage, mais il se ravise en voyant mon regard affolé.

— Ce n'était la faute de personne, ce qui t'est arrivé cette nuit-là, lâche-t-il.

Il marque une pause, mais je ne dis rien. Je suis trop sidérée de le voir me répondre, enfin. Je préfère ne pas risquer de le faire changer d'avis avec une nouvelle remarque cinglante. Voyant que je ne réagis pas, il soupire à nouveau, comme s'il n'était pas certain de ce qu'il pouvait me dire.

— Enfin, si, c'était un peu ma faute, avoue-t-il d'un air coupable. Cette première semaine, quand tu as débarqué… j'ai ressenti un truc étrange. Je voulais savoir ce que c'était alors… je suis venu vérifier, mais Finn n'était pas d'accord.

— Je vous ai entendus, déclaré-je. Toi et Finn.

— Ouais, grimace-t-il. Je sais, ce n'était pas très malin. Je ne m'attendais pas à ce que tu nous surprennes, et encore moins à ce que tu nous suives dans les bois. Donc oui, c'était ma faute. Mais il faut que tu saches que ça n'a aucune conséquence.

— *Aucune conséquence* ? m'écrié-je. Tu te fous de ma gueule ? Je ne dors plus, Ezra. À chaque fois que je ferme les yeux, je revis la scène, encore et encore. Je n'ai aucune cicatrice, rien du tout ! Et personne ne veut me dire ce qu'il s'est passé.

— Tout ce que je peux te dire, c'est qu'on n'a jamais essayé de te faire du mal. Au contraire, on a essayé de t'aider.

Je souffle, secoue la tête, puis plonge mon regard dans le sien. Je n'y décèle aucune trace de mensonge ou d'hypocrisie. Il a l'air sincère. Je tente de me convaincre qu'il ne s'agit pas d'une tromperie, qu'il n'essaie pas de m'amadouer sachant l'attirance que j'ai pour lui. Il a l'air tout aussi désemparé que moi face à cette situation, mais ça me met en rogne. Il n'a pas le droit d'avoir l'air aussi perdu. C'est lui qui possède des réponses qu'il ne peut pas, ne *veut* pas me donner.

— Je suis désolé, conclut-il. J'aimerais pouvoir t'en dire plus.

— Tu pourrais, si tu n'étais pas si… droit, craché-je d'un ton dédaigneux.

Ezra sourit, je lève les yeux au ciel. Le voilà de retour avec cet air arrogant. Je conçois qu'il veuille respecter sa promesse, mais je ne vois pas où est l'utilité de le faire aujourd'hui. Ma mère est morte, Iris ne peut plus décider de ce que j'ai le droit de savoir ou non. Je ne suis plus une enfant, je peux prendre mes propres décisions. Ça me tue qu'on me traite comme une gosse, et qu'Ezra s'aligne sur cet avis me fait enrager encore plus.

Je peux accepter ne pas avoir droit à davantage d'informations. *Pour l'instant.* C'est déjà pas mal de savoir que les frères Folley n'ont jamais voulu me faire de mal. J'ai cependant quelques soupçons quant à l'origine de ce loup que j'ai vu dans les bois. Sans aucune certitude, car je ne peux pas simplement me baser sur les écrits et les pensées intimes d'une femme qui a fini par mourir de démence, même si je l'aimais de tout mon cœur. Malgré tout, elle semble être la seule personne en qui je peux avoir vraiment confiance, même si elle n'est plus là. Je préférerais qu'Ezra soit celui qui confirme mes suppositions, mais apparemment, ça n'arrivera pas aujourd'hui. Ce qui ne m'empêche pas de me faire une promesse à moi-même : un jour, il sera contraint de tout me révéler. *Toute* la vérité.

— Qu'est-ce que tu vas faire ? demande-t-il soudain. Par rapport à Luke ?

— Je… je ne sais pas, articulé-je. Il ne m'inspire pas confiance. À vrai dire, il me fait un peu flipper.

— Maintenant que tu le dis, tu lui ressembles un peu, me taquine-t-il. Tu as ton côté flippant, toi aussi.

J'apprécie sa tentative pour alléger l'atmosphère, mais cette révélation est encore trop grosse, trop intense pour être évoquée avec un ton plaisantin. Je ne sais absolument pas ce que je vais faire. Je devrais probablement d'abord en parler à ma sœur avant de prendre une quelconque décision, mais me connaissant, je vais sans doute attendre que ça explose pour agir.

La cloche sonne, et j'en profite pour récupérer le carnet de ma mère des mains d'Ezra.

— Je suppose que tu sais que cette conversation n'est pas terminée, lancé-je.

— Je sais, souffle-t-il.

— Une dernière chose, dis-je. Qu'est-ce que tu faisais encore près de chez moi, l'autre jour ? Le soir où… où on s'est…

Je ne sais pas pourquoi, mais alors que son regard se fait plus intense, je ne parviens pas à terminer ma phrase. Je sais pourtant qu'il sait à quoi je fais référence. Nous sommes encore trop proches pour que je parvienne à mettre de l'ordre dans mes pensées. Sa poitrine se soulève de plus en plus rapidement alors que la tension monte d'un cran, tandis que nous nous repassons tous les deux la scène dans nos esprits. Il semble se souvenir, comme moi, de la violence de notre étreinte, du désespoir dans nos baisers. Je me remémore le goût sucré de ses lèvres sur les miennes, la chaleur de sa langue dansant dans ma bouche, la douceur de ses mains sur mon corps. Son souffle saccadé, ses yeux portés sur mes lèvres, son corps qui se penche inconsciemment vers le mien ; tout en lui m'indique qu'il rêve, lui aussi, de recommencer. Ses excuses de ce matin n'étaient-elles en réalité qu'une simple politesse ? Qu'un élan de galanterie mal placé ?

— Tu me rends curieux, dit-il tout bas. Je ne sais pas pourquoi, mais depuis que tu m'as abordé dans ce couloir, avec cet air de défi dans les yeux… je ne peux pas m'en empêcher. C'est trop difficile.

Quand je l'entends utiliser les mêmes mots que ce soir-là, mon cœur a un raté. Le ton de sa voix profonde, ses grands yeux bleus qui me sondent, tout en lui me laisse pantoise. Son parfum boisé parvient à mes narines et je réprime un frisson. Mon ventre, lui, ne peut pas s'empêcher de me chatouiller.

Luna avait raison.

J'y crois pas ! Le mec que je déteste le plus dans ce coin pourri ne peut pas rester loin de moi !

Je suis tirée de ma contemplation quand j'entends une horde de sportifs se diriger vers le terrain. Une fois le charme rompu, Ezra secoue la tête et s'écarte, les mains enfoncées dans les poches de son jean sombre. Je tente de retrouver mon aplomb alors qu'il s'éloigne à reculons.

— Ne reviens plus rôder près de chez moi, Ezra ! lancé-je.

Il se contente de m'adresser un sourire plein de malice et d'insolence, avant de tourner les talons. Je le regarde partir en râlant pour la forme, serrant le journal de ma mère contre moi.

***

Je retrouve Luna à la bibliothèque pour notre heure de libre. Malgré la gravité du sujet et de la situation, il me tarde de pouvoir me confier à elle. Jusqu'ici, elle m'a toujours été de bon conseil. Elle m'aide à prendre du recul et c'est pile ce qu'il me manque dans cette histoire. Je suis certaine qu'encore une fois, elle saura quoi faire.

Je la trouve assise dans l'un des canapés moelleux au centre de la salle, plongée dans son exemplaire corné de *Look After You*. Je m'affale bruyamment à côté d'elle, récolte une nuée de « chut » au passage et prends le temps de toiser les protestataires, avant de me tourner vers mon amie.

— J'ai des choses à te raconter, annoncé-je à voix basse. Mais il faut que tu me promettes de ne pas me prendre pour une folle avant que j'aie terminé.

— Fais gaffe à qui tu parles ! feint-elle de s'offusquer.

Je souris à mon tour, avant de marquer une pause pour observer le journal entre mes mains d'un œil attendri, malgré moi. Je le lui tends, et voyant mon air grave, son sourire se fige. Elle s'empare de l'objet d'une main délicate avant de m'interroger du regard.

— C'est le journal de ma mère, lui révélé-je. Ou l'un d'entre eux, je n'en sais rien. Elle a commencé à écrire celui-ci six mois avant ma naissance. Je l'ai trouvé dans l'atelier de ma sœur.

— Qu'est-ce que ça dit ? demande-t-elle.

Je prends une grande inspiration, et m'applique à tout lui raconter. L'histoire entre Luke et ma mère, mes véritables origines, la mention des loups, des gardiennes, tout ce que je ne comprends pas. Je lui détaille mon entrevue avec Ezra, ce qu'il a bien voulu me révéler, sa promesse faite à ma mère. Je lui fais part de mes frustrations, mes interrogations et tous les sentiments contradictoires qu'Ezra fait naître en moi depuis que je l'ai croisé la première fois. De la tension permanente qui existe entre nous. À mesure que j'avance dans mon récit, je remarque le visage de mon amie se fermer de plus en plus. Son sourire disparaît, son regard bienveillant devient voilé et terne, et son visage blêmit. Je m'interromps alors qu'elle détourne le regard, visiblement embarrassée.

— Luna ? Tout va bien ?

— Je… commence-t-elle.

Je fronce les sourcils. Je ne l'ai jamais vue comme ça. Elle qui, d'habitude, ne se départ jamais de son sourire, je suis surprise de la voir aussi fermée. C'est comme si elle m'avait claqué la porte au nez sans que je comprenne vraiment pourquoi. Elle semble angoissée, anxieuse, car elle se mord la lèvre inférieure, si fort que j'ai peur qu'elle ne se mette à saigner d'une seconde à l'autre. Elle s'agite, se met à rassembler ses affaires avant de me rendre le journal de ma mère d'un geste précipité.

— Je ne me sens pas très bien, articule-t-elle à la hâte. Il faut que j'y aille.

— Mais… Luna ! Attends !

Je sais qu'elle m'a entendue, mais elle ne réagit pas. Elle se lève et contourne le canapé d'une démarche rapide, et alors que j'allais la rattraper, elle disparaît à la sortie de la bibliothèque. J'observe la porte qui se referme, tentant de comprendre ce qu'il vient de se passer.

Pourquoi réagirait-elle de la sorte ? Elle a été la première – et la seule – à savoir quand Ezra m'a embrassée dans les bois. Elle avait même l'air impatiente de connaître la suite de l'histoire. Qu'y a-t-il de surprenant dans ce que je lui ai raconté ? Elle avait l'air… effrayée. Comme si j'en avais trop dit.

Je ne comprends pas sa réaction. Maintenant que j'y pense, il m'a semblé voir un changement dans son regard, quand je lui ai expliqué ce que contenait le journal de ma mère. Je n'ai cependant pas le temps de m'attarder sur le pourquoi du comment, car un sentiment de déception intense m'envahit et prend toute la place dans mon esprit. Jusqu'ici, Luna était la seule en qui j'avais un tant soit peu confiance. J'étais certaine de pouvoir me tourner vers elle, quel que soit mon problème. C'est ce qu'elle m'a fait comprendre, c'est ce que j'ai ressenti la première fois que je l'ai rencontrée. J'ai cru que je l'avais cernée, comme je parviens à cerner tout le monde. Je n'étais pas censée me tromper. Mon instinct a toujours été le bon, jusqu'ici. Comment ai-je pu me laisser berner si facilement ?

Une fois de plus, je me sens abandonnée, complètement démunie face à mes interrogations et cette fois, je n'ai personne pour me prodiguer les conseils dont j'ai besoin. Je suis seule. Je devrais en avoir l'habitude, à présent, mais je ne peux pas empêcher mon cœur de se serrer alors que je fixe encore la porte close, derrière laquelle ma seule et unique amie, dans cette ville de fous, a disparu. Elle m'a fui comme la peste sans même m'expliquer pourquoi.

Frustrée, déçue et en colère, je quitte la bibliothèque et fonce tête baissée vers le parking. J'enfonce mon bonnet sur mon crâne quand je vois quelques flocons de neige tomber du ciel. Ce n'est sans doute pas une bonne idée de sécher le reste de la journée, encore une fois, mais je suis bien trop énervée pour rester assise encore deux heures sur une chaise. Je sens que je vais exploser, une fois de plus.

J'enfourche mon vélo, maudis le verglas sur le sol lorsque je manque de déraper, et m'apprête à partir, quand soudain, un bruit étrange attire mon attention. Le parking est pourtant désert quand je lève la tête. Il n'y a personne parmi les dizaines de voitures. Mes yeux scannent le paysage. On aurait dit un buisson dérangé par quelque chose. Je porte mon regard vers les bois, de l'autre côté du bâtiment, là où la rue se transforme en pelouse en pente. Je ne suis qu'à un ou deux mètres du premier arbre. Les nuages se sont assombris, et je n'y vois pas grand-chose, mais il me semble distinguer une forme entre les troncs.

Je sursaute quand deux yeux luisants apparaissent, pendant une petite seconde. Mon cœur rate un battement, et un nouveau bruissement se fait entendre. Les yeux disparaissent.

Des yeux bleus.

Chapitre 21
L'évidence

Build God, Then We'll Talk – Panic ! At The Disco

La semaine est passée très, très lentement. Nous sommes vendredi, et je ne sais pas vraiment quelle émotion surpasse les autres à l'intérieur de moi.

Frustration. Car je ne sais toujours pas pourquoi Luna m'a plantée à la bibliothèque le lundi précédent, après que je me suis confiée à elle.

Colère. Car je suis toujours en quête de réponses que personne ne veut ou ne peut me donner.

Déception. Car Luna m'évite toujours et que ça commence à me taper sur le système. Seulement, je n'ose pas lui poser de questions. Elle a été si gentille, si ouverte avec moi… je refuse de croire qu'elle a simplement changé d'avis me concernant. Même si je suis confuse et quelque peu heurtée par son comportement, je ne suis pas certaine que la confronter avec la violence dont je peux parfois faire preuve soit d'une réelle utilité. Je me dis qu'il vaut mieux que je la laisse mariner dans son jus pour qu'elle revienne vers moi d'elle-même.

Enfin… la dernière sensation en date, qui m'a poursuivie toute la semaine, est bien trop puissante et inhabituelle pour que je parvienne à la qualifier. On dirait un mélange de désir, d'attente et d'agacement. Tout ça à cause d'Ezra. Depuis notre petite conversation sous les gradins, depuis que nous nous sommes tous les deux rendu compte que ce baiser dans les bois a laissé des traces indélébiles dans nos esprits respectifs, j'ai décidé de tenter le diable. J'ai voulu utiliser cette attirance mutuelle pour arriver à mes fins et obtenir les réponses qu'il détient. J'ai donc pris soin d'être toujours dans son champ de vision, et je ne suis probablement jamais descendue aussi bas pour attirer l'attention d'un mec. J'ai léché des sucettes d'un air particulièrement suggestif, j'ai opté pour un décolleté plongeant en bravant le froid, j'ai même fait semblant de le bousculer par inadvertance dans l'un des couloirs, l'autre jour, en laissant mes mains s'attarder un peu trop longuement sur son corps. Je voulais le pousser à bout, l'obliger à succomber pour finalement avoir l'occasion de le punir. Car tant qu'il ne m'aura pas révélé la vérité sur cette histoire de loups et de gardiennes, je ne le laisserai pas réitérer l'expérience de notre baiser, même si j'en meurs d'envie.

Seulement, Ezra semble avoir vu clair dans mon jeu et a décidé de retourner la situation contre moi. C'est lui, à présent, qui passe près de moi pour me frôler à la moindre occasion, qui m'effleure la main dès qu'il le peut, qui me lance des regards lourds de sous-entendus et mâchouille ses crayons en me dévorant d'un œil lubrique. Ce petit jeu l'amuse et je me hais à chaque fois qu'une nuée de papillons s'envole dans mon ventre, comme en cet instant. Je le regarde, depuis l'autre côté de la cafétéria, croquer dans une pomme. Je me déteste de désirer être à la place de ce fruit, je me déteste d'aimer que ses grands yeux bleus ne me quittent pas une seconde, et je me déteste par-dessus tout d'avoir à lutter contre une envie irrépressible de traverser la salle, de le plaquer contre un mur et de lui arracher ses fringues.

Ce mec va me rendre dingue.

Je m'efforce de détourner les yeux pour me concentrer sur mon assiette de pâtes à la bolognaise. Pour la première fois depuis mon arrivée ici, je mange seule à une table vide. J'ai soigneusement évité cet endroit bondé jusqu'ici, me contentant de grignoter quelques sandwichs sur les gradins en espérant l'y retrouver, en vain. Je ne sais jamais où Luna disparaît. Je la croise en cours, mais elle ne m'adresse même pas un regard. Son éternel sourire, que je pensais indélébile, ne m'est plus apparu depuis lundi. Toute cette histoire la travaille, apparemment, et il en va de même pour moi. Mais même si j'ai du mal à accepter qu'elle m'évite sans aucune explication, je me fais violence pour ne pas réagir avec agressivité, pour une fois.

Seulement, sa présence à mes côtés avait tendance à repousser les indésirables. Sa réputation de fille bizarre avait au moins pour utilité de m'éviter une attention trop insistante de la part des pimbêches du bahut. Dans tous les lycées de ce pays, il y a toujours un trio ou un quatuor de filles qui réunissent, en général, les mêmes critères : parents riches, beauté artificielle, air supérieur, et un attrait particulier pour le harcèlement des plus faibles. J'ai l'habitude que mes fringues sombres, mes t-shirts de groupes de métal obscurs et mes regards menaçants fassent tourner des têtes curieuses. Il n'est également pas très étonnant que ma réputation me précède, et *Woodhills High School* ne fait pas exception. Les élèves ont eu vent de mes précédents exploits à New York, et bien qu'ils ne connaissent que quelques détails qui ne permettent pas vraiment de voir l'ensemble du tableau, ça a tendance à faire l'objet de plusieurs conversations et messes basses.

Depuis que Luna a déserté mon territoire, je suis apparemment devenue le nouveau jouet préféré du quatuor en question. Je ne me souviens pas vraiment du nom de leur cheffe de file. Laney ? Stacey ? Tracey ? Soit. Ça n'a pas d'importance, puisqu'elle ne signifie rien pour moi. Seulement, si elle ne passe pas rapidement à autre chose, je vais finir par les encastrer dans un mur, elle et ses fringues hors de prix.

Ça a commencé par de petites gamineries sans gravité, mais qui ont eu le don de m'agacer. Quelques « malencontreuses » bousculades, quelques chuchotis pas si discrets. Je me contentais jusque-là de lever les yeux au ciel et de passer mon chemin, car c'est ce que ma mère m'a toujours dit de faire.

Puis, mercredi, elles sont passées à la vitesse supérieure. J'ai retrouvé mon casier rempli de terre en arrivant le matin. L'après-midi, après le cours d'E.P.S, alors que je prenais une douche, elles m'ont piqué mes fringues et les ont jetées dans la neige, m'obligeant à porter un vieux t-shirt gris taché trouvé dans les objets perdus et mon short de sport. Rien de très original, mais tout de même assez contraignant. Je devrais les ignorer. Elles ne cherchent qu'à me provoquer, à me pousser à bout… et je soupçonne l'une d'entre elles d'avoir des vues sur Ezra. En mettant en place mon petit manège pour attirer son attention, j'ai remarqué les quelques courageuses qui semblent graviter autour de lui. Visiblement, certaines n'aiment pas qu'il m'accorde tous ces regards appuyés et ces sourires en coin alors que je viens seulement de débarquer. Je me fiche pas mal de leur jalousie puérile. Je me fiche même qu'elles marchent sur mes plates-bandes.

Non mais tu t'entends, Violet ? Tu parles de lui comme s'il t'appartenait !

Je soupire et secoue la tête pour chasser ces pensées débiles. Être la nouvelle cible préférée des reines du bahut ne me fait aucun effet. Je vais simplement faire de mon mieux pour ignorer leurs attaques futiles, et continuer à me concentrer sur ce que je veux vraiment. Je continue de me persuader qu'il ne s'agit pas d'Ezra, mais bien des réponses à mes questions. Seulement, ça devient de plus en plus difficile d'ignorer la montagne de désir qui me ronge à chaque fois qu'il pose les yeux sur moi. L'univers a l'air de me pousser vers lui de toutes ses forces, et je ne sais pas si je pourrai encore lutter bien longtemps contre l'évidence.

Je suis têtue. Bornée, même. Je ne sais pas de qui je tiens ça.

— Cette place est libre ?

Je lève les yeux vers la voix familière qui vient de prononcer ces mots, prenant soin d'ignorer au mieux la chaleur qui monte en moi. Ezra n'attend même pas que je lui réponde, il s'assoit face à moi en jouant distraitement avec un trousseau de clés. Je le toise, et à voir son petit sourire satisfait, je sais qu'il a compris que je suis énervée par son comportement. Je n'admettrai jamais avoir commencé ce petit jeu, ce serait le laisser gagner. Mais il n'est pas dupe, il sait que je me sens quelque peu mal à l'aise face à ce retournement de situation. Néanmoins, je m'efforce de garder la tête haute et de ne pas me départir de mon regard hostile quand il s'agit de lui.

— Qu'est-ce que tu veux ? craché-je.

— T'inviter à sortir, répond-il en souriant.

J'éclate d'un rire nerveux, mais son expression satisfaite ne bouge pas de son visage. Quand je comprends qu'il ne s'agit pas d'une nouvelle façon de me charrier, je me fige, et l'observe comme s'il était complètement fou.

— Tu plaisantes, n'est-ce pas ?

— Je suis on ne peut plus sérieux, rétorque-t-il. Je passe te prendre ce soir. Pas besoin de te changer.

— Tu te crois chez les Bisounours ? argué-je avec un sourire. Je ne sortirai pas avec toi.

— Et pourquoi pas ? demande-t-il d'un ton mielleux en se penchant au-dessus de la table.

— Parce que tu ne m'as toujours pas dit ce que je veux entendre, sifflé-je en plissant les yeux.

— Je croyais que tu aimais les hommes honnêtes qui respectent leurs promesses ?

— Tu ne me connais pas. Tu ne sais pas ce que j'aime.

— Au contraire, réplique-t-il d'une voix suave. Je crois que je te connais mieux que personne, et que c'est justement ça qui te fiche la trouille.

J'observe ses grands yeux expressifs se plonger dans les miens et je réprime un frisson. Je déteste cette capacité qu'il a de m'éblouir malgré moi. Je dois puiser dans toute ma volonté pour détourner le regard et ainsi rompre la connexion qui me fait perdre mes moyens. Il faut absolument que je garde la tête froide, que je ne perde pas de vue mes objectifs. Si j'accepte ce rencard, j'aurai peut-être une occasion de lui faire cracher le morceau. D'un autre côté, je suppose qu'il s'y attend. Il a sans doute d'autres plans pour parvenir à ses fins, lui aussi. Je suis partagée. Je pourrais aisément remporter la partie si je place bien mes pions. Mais je pourrais tout aussi facilement la perdre si je me laisse avoir par ses beaux yeux.

Je suis interrompue dans mes réflexions par un effluve écœurant de Chanel n° 5. Les rires nasillards, que je commence à reconnaître parmi les autres, se font de plus en plus forts à mesure que les quatre pestes s'avancent vers ma table. Je n'ai même pas besoin de lever les yeux pour savoir qu'elles se sont arrêtées à ma hauteur.

— Dis donc, Clayton, tonne la brune. Tu as encore mouillé tes fringues ? C'est quoi cette tenue ?

— Encore une trouvaille dans les objets perdus ? argue l'autre. Ou tu t'es directement tournée vers la poubelle, cette fois ?

Elles rient de leur propre blague plus fort que nécessaire, sans doute dans le but que tout le monde les entende. Je pourrais rire de leur comportement puéril, moi aussi, mais je me contente de garder les yeux baissés en serrant les poings. Pourtant, j'ai déjà réagi pour moins que ça, avant. Mon côté impulsif est difficile à maîtriser, surtout en cet instant, mais je ne cesse de retourner les mêmes mots dans ma tête.

Elles n'en valent pas la peine.

C'est ma dernière année de lycée. J'ai déjà suffisamment de problèmes à gérer comme ça, et il est hors de question qu'un groupe de gamines qui se croient supérieures à tous me gâchent la vie et causent ma perte. J'ai d'autres chats à fouetter. Voyant que je ne leur accorde aucune attention, la plus maquillée des quatre se penche sur la table, posant à plat ses mains parfaitement manucurées près de mon plateau.

— Laisse-moi arranger ça, minaude-t-elle.

Sans que je le voie venir, elle s'agrippe à mon assiette et la renverse sur mon t-shirt blanc à l'effigie de Slipknot, un de mes groupes favoris. Je sursaute, serre les dents quand la sauce bolognaise transperce le tissu et me brûle la peau, retenant un gémissement de douleur.

Leurs rires se répercutent sur les murs de la salle. Je comprends pourquoi je les entends si clairement quand je lève la tête pour regarder l'assemblée. Tout le monde nous observe en chuchotant, certains lèvent les yeux au ciel face à tant d'enfantillages, d'autres rient de mon malheur dans leurs barbes. Les lycéens sont vraiment débiles. Je me demande parfois si je n'ai pas quelques années d'avance en maturité par rapport à mon âge, tant tout ceci me paraît futile.

— Ça suffit.

Les rires cessent immédiatement quand la voix d'Ezra résonne. Profonde, menaçante, elle me cloue sur place dans l'instant. Il s'est levé sans que je le remarque, toisant les quatre pimbêches comme s'il allait… les dévorer. Ses yeux s'assombrissent. Je crois rêver quand je remarque la blonde tressaillir sous son regard. À cet instant, Ezra est probablement le mec le plus effrayant que j'aie jamais vu, avec son regard noir, sa posture de mâle dominant prêt à bondir sur sa proie. C'est l'impression qu'il me donne lorsqu'il se tient debout de la sorte, les poings serrés, les épaules redressées et le menton levé. C'est là que je remarque à quel point il est *grand.* Je m'en étais déjà rendu compte avant, étant donné qu'il me dépasse de deux bonnes têtes au moins, mais là, alors que je suis assise face à lui, je le trouve impressionnant. Pourtant, il n'est pas aussi musclé que Finn, ou aussi imposant que Leo, mais Ezra a toujours dégagé un certain charisme dont ses frères adoptifs semblent dépourvus. C'est sans doute pour cette raison qu'il attire bien plus facilement l'attention de la gent féminine du lycée.

Son côté inaccessible le rend plus attirant encore.

Je jette un œil aux reines du bal en retenant un léger rire satisfait. Leur leader tente de garder la tête haute et défie Folley du regard pendant quelques secondes.

— Je t'en prie, Ezra, susurre-t-elle. Ne sois pas idiot, elle n'en vaut pas la peine.

Au moins, le sentiment est réciproque.

— C'est drôle, c'est exactement ce que je pense de toi, Tracy, argue-t-il avec un sourire mauvais.

L'intéressée affiche une expression de fureur sans pareille en entendant ces mots, mêlée à une sorte de gêne que je ne comprends pas.

— C'est Sally, crache-t-elle.

Ha ! C'est qu'il n'est pas si mémorable que ça, son prénom.

— Peu importe, rétorque Ezra avec un sourire suffisant. Maintenant, dégage. Avant que ça ne dégénère *sérieusement.*

Je sursaute en entendant le véritable grognement qui s'échappe de sa gorge en même temps que ce simple dernier mot. Les filles m'imitent, avant de reculer de quelques pas. Elles semblent toutes avoir perdu de leur contenance. Le regard sombre du garçon aux cheveux noirs ne les quitte pas une seule seconde, jusqu'à ce qu'elles soient suffisamment à distance pour ne plus représenter une menace.

Ezra soupire, ferme les yeux avant de se rasseoir face à moi. Il avise mon t-shirt taché de sauce tomate. Je peux probablement le jeter, maintenant. Mais honnêtement, ça ne me fait rien. Ça fait longtemps que je n'attache plus aucune importance aux objets que je possède. Ce n'est qu'un bout de tissu, aisément remplaçable.

— Est-ce que ça va ? demande-t-il, l'air soucieux.

J'observe son visage, ce petit pli entre ses sourcils à chaque fois qu'il affiche cette expression inquiète. Le fait qu'il prenne ma défense me touche plus que je voudrais l'admettre, et butée comme je suis, je m'entête à lui adresser une expression désinvolte.

— Je n'avais pas besoin que tu interviennes, dis-je en reniflant. Je ne suis pas ta copine, tu n'as pas besoin de me défendre comme ça.

Un rire bruyant s'échappe de sa gorge, et je le fusille du regard. Il secoue la tête en continuant à rire. Ma réaction lui semble apparemment risible. Moi, je me contente de soupirer d'exaspération en tentant d'enlever un maximum de sauce tomate de mon t-shirt avec un mouchoir. C'est peine perdue. Je suis condamnée à me balader avec un t-shirt redécoré pour le reste de la journée. Soudain, mon compagnon de table non désiré se lève et ôte son sweat à capuche noir sous mes yeux, avant de me le tendre, un sourire malicieux étirant ses lèvres.

— Tiens, dit-il.

Je soupire. Je n'ai pas besoin de son aide. Ou en tout cas, je n'ai pas *envie* d'en avoir besoin. Je me rends compte à quel point ma réaction est stupide, voire légèrement puérile. Qu'est-ce que ça peut faire, après tout ? Je peux bien ravaler ma fierté pour cette fois. Je m'empare du vêtement d'un geste sec, refusant de le remercier, car je suis toujours plus têtue que lui. C'est ce dont j'essaie de me persuader, en tout cas.

Ezra continue à me fixer, pendant que je détaille le pull en coton entre mes mains. Je finis par le toiser encore une fois. S'il s'attend à un merci de ma part, il peut toujours courir.

— À ce soir, dit-il soudain.

— Tu rêves, grommelé-je.

Il sourit, l'air confiant, avant de s'éloigner à reculons. Je lève les yeux au ciel. Il est véritablement persuadé que je le retrouverai ce soir. Cependant, il est hors de question que je le suive où que ce soit. Après réflexion, ce serait beaucoup trop dangereux. Je n'ai pas confiance en lui, et je n'ai pas encore eu le temps de réfléchir à la meilleure solution pour le convaincre de me fournir les réponses dont j'ai besoin pour avancer. Toute cette semaine, j'ai encore relu le journal de ma mère, pour tenter de lire entre les lignes, de comprendre exactement de quoi elle voulait parler. Je pense avoir une idée bien plus précise de ce qui se passe à Woodhills… mais sans aucune confirmation des principaux intéressés, il se peut que je me trompe encore. Il se peut que ces pages ne soient remplies que des divagations d'une femme malade. Que ce soit le cas me tuerait. Il faut pourtant que je me prépare à cette éventualité.

L'intervention des quatre pimbêches m'a coupé l'appétit. Excédée, j'embarque mon sac à dos, je ramasse mon plateau désormais vide pour le ranger, et me dirige vers les toilettes pour troquer mon t-shirt sale contre le pull d'Ezra.

Je m'arrête net face à la porte qui s'entrouvre pour éviter de rentrer dans la fille qui en sort.

— Pardon ! lance-t-elle en sursautant légèrement.

Je lève les yeux et croise un regard émeraude extrêmement familier. Luna affiche une expression béate pendant cinq secondes à peine, avant de se fermer complètement en me reconnaissant. Nous restons là, face à face, pendant ce qui me semble une éternité, sans rien se dire. J'ouvre la bouche pour parler, mais contre toute attente, elle me contourne, et s'enfuit à toutes jambes. Je sens mon cœur se briser un peu plus malgré moi. Je n'arrête pas de me demander ce que j'ai bien pu dire ou faire pour provoquer ce genre de réaction, chez elle. Ça me bouffe de l'intérieur et je sens que je ne vais pas pouvoir endurer ce silence pendant encore très longtemps.

Je me souviens de ce qu'elle m'a dit lors de mon premier jour : « On survit toujours mieux à deux, tu ne crois pas ? » À ce moment-là, je ne saisissais pas encore à quel point elle avait raison. Pendant toutes ces années, après la mort de ma mère, j'ai pris soin de m'isoler du reste du monde. Mes soi-disant amis de l'époque n'étant pas venus me chercher, j'ai fini par me faire une raison et par accepter ma solitude. Je me suis contentée d'avancer sans l'aide de personne et jusque-là, je pensais bien m'en sortir. Seulement, avant de rencontrer Luna, je ne me rendais pas vraiment compte d'à quel point j'étais *seule*. Maintenant qu'elle ne semble plus vouloir de ma compagnie, je sais que j'aurais pu m'ouvrir un peu plus aux autres. Peut-être que faire le deuil de ma mère aurait été légèrement plus facile, si j'avais eu une épaule sur laquelle pleurer. Seulement, comme je me le répète sans arrêt, ce n'est pas mon genre de dévoiler mes faiblesses.

Je m'enferme dans une cabine et retire le t-shirt couvert de sauce tomate pour le fourrer dans mon sac à dos. J'enfile le sweat, et suis immédiatement assaillie par l'odeur d'Ezra. Le vêtement en est totalement imprégné. Le parfum boisé, légèrement épicé, envahit mes narines et je ne peux m'empêcher de soupirer d'aise. Étant seule, je m'autorise à tirer sur le tissu pour fourrer mon nez dedans, pour respirer encore ce délicieux mélange. Si Ezra me voyait faire, il me prendrait peut-être pour une folle. Ou alors se satisferait-il de me voir craquer si facilement. Ma volonté de lui résister commence à s'étioler dangereusement. Je m'appuie contre le mur, croisant les bras contre ma poitrine, et me régale encore un peu de ce petit moment de répit, à l'abri des regards.

Le pouvoir qu'il semble exercer sur moi me désarçonne. Je suis complètement perdue, encore plus qu'avant, et ça me fout une trouille bleue. Je déteste me rendre compte qu'il a raison. Il suffit d'un regard, d'un sourire de sa part pour que les murs que j'ai pris soin d'ériger autour de moi se fissurent. Je les sens de plus en plus fragiles et je n'aurai bientôt plus la force de les maintenir debout à moi toute seule. Je peux toujours essayer de tenir encore un peu, mais il gagne du terrain un peu plus chaque jour.

Je ne peux pas flancher. J'ai besoin de savoir ce qu'il cache, surtout maintenant que je sais que ça me concerne de près. La vérité, c'est tout ce qui m'importe. Je ne peux pas succomber maintenant, pas avant d'avoir obtenu une totale honnêteté de sa part. En réalité, je comprends ce qui le motive à me garder dans l'ignorance. Je comprends qu'il soit quelqu'un de noble. C'est rare, après tout, qu'un mec de mon âge soit si droit dans ses bottes. Qu'il s'efforce de respecter sa promesse envers ma mère, même s'il ne l'a jamais rencontrée et même si elle n'est plus là pour vérifier, est tout à fait admirable. Je me rends compte de la difficulté de ce que je lui demande de faire. Trahir ses propres principes, ce n'est pas chose aisée.

Je ne peux pas me laisser aller à simplement admirer sa détermination. Je peux la comprendre… mais je ne peux pas laisser passer ça. J'aimerais que ma mère soit là, même si après toutes les révélations que j'ai pu découvrir dans son journal, je ne suis plus certaine qu'elle me dirait la vérité si je la lui demandais. Je la pensais honnête jusqu'au bout des ongles, envers et contre tout, mais je me suis trompée. Elle n'a fait que mentir pendant toutes ces années. À moi, mais aussi à mon père… enfin, à celui qui m'a élevée. Ou plutôt, qui a essayé.

J'essuie d'un geste rageur les larmes qui se sont échappées de mes paupières, et tente de me ressaisir. Je ne dois pas craquer. Je dois rester forte, coûte que coûte. Garder les yeux rivés sur mes objectifs. C'est le seul moyen.

Chapitre 22
New York

Dear Future Self (Hands Up) - Fall Out Boy ft. Wyclef Jean

Une fois n'est pas coutume, Iris est déjà à la maison quand je rentre du lycée. Elle s'est réfugiée dans la cuisine, et vu l'odeur qui s'en échappe, je devine qu'elle tente encore une fois de cuisiner quelque chose pour ce soir. Elle a déjà entamé l'expérience en début de semaine, mais son gratin de pommes de terre est ressorti du four complètement noir. J'espère qu'elle s'essaie à quelque chose de plus simple, cette fois… Je la rejoins dans la pièce, qui n'a jamais été aussi sale et mal rangée. Iris se débat avec deux casseroles et une poêle dans laquelle des saucisses sont en train de frire. De l'eau déborde sur les plaques en vitrocéramique, et je regarde avec un petit sourire moqueur ma sœur en train de se battre avec le couvercle brûlant.

— Tu veux de l'aide ? demandé-je en croisant les bras sur ma poitrine.

— Ça va aller ! s'obstine-t-elle. Il faut juste que… aïe ! Putain de m...

Je laisse un rire amusé m'échapper et lève les yeux au ciel quand Iris me toise. J'ai tenté de me montrer un peu plus sympa avec elle cette semaine, ce qui n'était pas chose facile sachant les soupçons que je nourris contre elle. Je ne sais toujours pas si elle est au courant de ce qui se trouve dans le carnet de Maman. J'ai trouvé l'objet dans son atelier, il serait donc logique qu'elle l'ait lu, et si c'est le cas, ça signifie qu'elle me cache encore quelque chose. Je ne peux m'empêcher d'admirer sa capacité à faire la part des choses, à agir comme si de rien n'était, que ce soit par rapport à moi ou envers les gens qui savent ce qu'elle a fait. Cette histoire de balle perdue a dû se répandre comme une traînée de poudre en ville. Pourtant, si les habitants lui en ont voulu, il n'en est rien aujourd'hui. C'est l'impression qu'ils donnent, en tout cas. À chaque fois qu'Iris croise quelqu'un qu'elle connaît, on lui sourit, on lui demande comment elle va, et elle en fait toujours de même, sans jamais se dévêtir de son expression avenante. Agit-elle comme ça avec moi ? Me trompe-t-elle ? Je serais extrêmement déçue si c'est le cas, car cela signifierait que tous mes efforts pour améliorer notre relation ne servent à rien, si elle n'est pas honnête avec moi.

— C'est quoi, ce pull ? demande-t-elle, me tirant de mes pensées.

Je suis tellement plongée dans mes réflexions que je mets quelques secondes avant de me rendre compte de quoi elle parle. Je baisse les yeux vers le vêtement sombre et m'éclaircis la gorge.

— Oh, euh… accident de spaghettis, lâché-je. J'ai chopé ça dans les objets perdus.

Iris plisse le nez, comme si elle percevait l'odeur du sweat flottant jusqu'à elle. Je tente de détourner son attention du sujet en lui proposant de mettre la table. Elle opine, et je m'exécute sans tarder.

L'expérience culinaire du jour de ma chère sœur est un peu mieux réussie que la dernière fois. Ses pâtes au fromage sont tout à fait mangeables, même si les saucisses qu'elle avait prévu d'ajouter à sa préparation ont fini par brûler. Je déguste mes macaronis en silence, après avoir répondu à ses quelques questions sur ma journée de manière évasive, comme à mon habitude. Elle ne me cuisine jamais vraiment, elle sait que ça ne sert à rien.

Mon téléphone vibre sur la table. Quand je jette un œil au nom s'affichant sur l'écran, je grimace et comme souvent, j'ignore l'appel. Je ne décroche pas non plus au deuxième ni au troisième.

Alors que j'entends Iris soupirer face à moi, je sais qu'elle s'apprête à me faire la morale, aussi, je m'y prépare.

— Tu ne penses pas que tu devrais…

— Non, asséné-je.

— Violet…

—Occupe-toi de tes affaires, grommelé-je.

Si elle continue à insister de la sorte, je vais finir par exploser sans le vouloir. Avec la journée que j'ai vécue, je ne suis déjà pas d'excellente humeur. Ce n'est clairement pas le bon moment pour me provoquer.

Y a-t-il seulement un bon moment pour ça, Violet ?

— Il fait de son mieux, tu sais, se risque-t-elle.

— Si c'était le cas, il ne m'aurait pas mise de force dans un avion ! m'énervé-je.

— Essaie de te mettre à sa place. Il a fait ça pour ton bien…

— Ne prends pas sa défense ! Il s'est débarrassé de moi, c'est tout. Mais bon, après tout je ne devrais pas lui en vouloir, ce n'est pas comme s'il avait une quelconque obligation me concernant, il n'est même pas mon père.

J'entends les couverts d'Iris tinter sur le bord de son assiette alors que les mots m'échappent. Je serre les dents. J'ai gaffé. Je ne comptais pas mettre ce sujet sur la table de cette façon, c'est sorti tout seul. Je sens le regard brûlant de ma sœur sur moi. La tension qui s'est brusquement installée dans la pièce est quasiment palpable, je peux sentir le choc qui la traverse d'ici.

— Que… qu'est-ce que tu as dit ? murmure-t-elle.

Je n'ai vraiment pas envie de me lancer dans cette conversation maintenant. Ma patience en a déjà pris un coup aujourd'hui et je sens que si je me lance sur ce terrain glissant avec elle, ça ne va pas bien se passer. Je ne veux pas réduire à néant les efforts que nous avons toutes les deux fournis pour nous rapprocher, elle et moi. Ça ne peut que mal finir.

— Laisse tomber, soufflé-je.

Je me lève, ramasse mon assiette à moitié vide et j'en renverse le contenu dans la poubelle d'un geste rageur. Quand j'entends les pieds de la chaise d'Iris racler contre le plancher, je me précipite vers l'étage pour lui échapper.

— Violet ! crie-t-elle.

Je retiens mes larmes jusqu'à ma chambre et claque la porte derrière moi, histoire de lui signifier que je ne tiens pas à aborder le sujet. Bordel, je suis vraiment débile ! Il faut que j'apprenne à me contrôler. Je ne peux pas lâcher ce genre de choses comme ça, sans réfléchir. C'est ça qui a causé tous mes problèmes, au départ. Mon incapacité à tenir ma langue, mon impulsivité, cette colère permanente qui ne cesse de bouillir en moi, en toutes circonstances.

J'ai envie de tout balancer dans la pièce, mais je me retiens en serrant les poings. Mes ongles s'enfoncent dans mes paumes et la douleur me ramène à la réalité. Je m'écroule sur mon lit, en proie à des souvenirs que je préférerais oublier. Des images traversent mon esprit malgré mes nombreuses tentatives pour les chasser.

***

Je regarde Alice faire les cent pas devant moi, sur le pavé de Broadway. La façade vitrée, les colonnes blanches et les lumières nous narguent sur le trottoir d'en face. Je tire sur ma clope, appuyée contre la rambarde de l'escalier qui mène au métro. Je l'observe serrer les poings, marmonner des injures dans sa barbe et toiser le magasin avec colère.

— Ils n'ont pas le droit… pas le droit ! ne cesse-t-elle de répéter.

Je suis d'accord avec elle. Il y a quelques mois, elle a réussi à se faire engager chez Bloomingdale's en tant que vendeuse. Cet énorme magasin de bourgeois sans cervelle n'engage pas n'importe qui, c'était donc une victoire pour elle qui rêve de percer dans la mode. C'était l'occasion de se faire des contacts, de voir ses créations dans les vitrines. C'était du moins ce que précisait son contrat. Dans son impatience, elle l'a signé sans lire les clauses les plus petites. Grossière erreur, mais je ne suis pas cruelle au point de remuer le couteau dans la plaie avec ce détail. Je ne l'ai jamais vue autant en colère. Elle a effectivement présenté ses dessins à sa boss, quelques jours seulement après avoir commencé à travailler, et contre toute attente, la peste avait adoré. Elle a lancé la production, et quelques semaines plus tard, la magnifique robe rouge était dans la vitrine qui faisait face à la rue. Alice a sauté de joie, on a même fêté ça avec quelques bières dans l'appartement de son frère. J'étais véritablement contente pour elle. Mais quand elle a repris le travail et qu'elle est allée voir sa patronne pour savoir quel pourcentage elle recevrait sur les ventes de sa création, elle est tombée de haut en apprenant qu'elle ne recevrait pas un kopeck. Pire, on l'a même informée qu'elle bénéficiait évidemment de la réduction de 10 % réservée aux employés du magasin.

Aberrant, je sais. Si elle avait lu le contrat plus attentivement, ce ne serait pas arrivé, mais passons.

— Tu comptes percer un trou dans le sol ou proposer quelque chose de plus concret ? lancé-je en écrasant ma cigarette sous la pointe de ma botte.

— Ne commence pas ! rétorque-t-elle.

— Arrête tes grands airs avec moi, dis-je en levant les yeux au ciel. J'ai une idée.

Alice affiche un air plein d'interrogations face à mon sourire malicieux et mon regard diabolique. Je ne réfléchis pas plus loin et lui prends la main pour traverser la rue. Quelques voitures klaxonnent à notre intention, mais je me contente de leur lancer des doigts d'honneur en bonne et due forme. Face à la vitrine, Alice toise sa robe d'un air mauvais. En réalité, je me fiche pas mal de savoir ce que ça lui fait. On ne se connaît pas très bien, elle et moi. J'ai rencontré son frère dans une soirée, il y a deux semaines, et après un excellent moment passé dans les toilettes, il m'a rencardé auprès d'un copain à lui pour me fournir en herbe. De fil en aiguille, il m'a présenté sa frangine. Depuis, nous traînons occasionnellement ensemble et si elle semble voir en moi un moyen de se confier sur sa vie qui part à la dérive, je ne vois en elle qu'une distraction bienvenue et une bonne excuse pour sortir de chez moi. Nous avons le même âge, mais elle a arrêté le lycée, là où mon père refuse que j'arrête mes études. En soi, c'est comme si j'avais arrêté, moi aussi : je n'y vais presque plus. C'est le troisième établissement que j'intègre en deux ans et la situation ne se débloque pas d'un pouce. Je suis toujours aussi blasée face à l'utilité de ce diplôme.

Bref. Je me doute que toute cette histoire doit bien la faire chier, mais pour moi, ce n'est qu'une occasion de plus de défier le système et l'envoyer se faire foutre. Je me réjouis déjà de cette nouvelle occasion rêvée d'obtenir ma dose d'adrénaline hebdomadaire.

— Tu sais où elle se trouve dans le magasin ? demandé-je.

— Évidemment, dit-elle en haussant les épaules. Mais je ne vois pas ce que…

— On va récupérer ce qui t'appartient, déclaré-je. Viens.

— T'es dingue ? On va se faire choper ! panique-t-elle.

— T'en fais pas, je l'ai déjà fait des dizaines de fois !

En réalité, je ne l'ai fait que deux fois auparavant. Et la deuxième fois, je me suis fait prendre, ce qui n'était pas très malin. Ce n'est pas la seule connerie que j'ai faite, mais c'est probablement la pire, jusqu'ici. Si on oublie la consommation occasionnelle de produits illicites en soirée, juste parce que je suis curieuse et que j'ai eu envie d'essayer. Je ne suis accro à rien, fort heureusement. Mais me frotter au danger me fait me sentir vivante, là où la plupart du temps, j'ai l'impression d'être morte à l'intérieur. À la décharge de ceux qui me fréquentent encore, je donne assez bien le change. Personne ne soupçonne que je suis lentement en train de sombrer. À part peut-être mon père, mais il est bien trop occupé à se dépêtrer dans son propre deuil qu'il ne s'entête même pas à intervenir. Et c'est tant mieux.

Alice hésite encore, je lève les yeux au ciel face à ses airs de poule mouillée. Je pourrais très bien faire ça sans elle, mais ça n'aurait pas de sens.

— Ne me dis pas que tu ne rêves pas de donner une bonne leçon à cette pétasse ? la provoqué-je.

— Si, bien sûr ! se défend-elle. Mais je ne veux pas me faire virer…

— Tu vas sérieusement continuer à bosser pour ces arnaqueurs ? Un peu de cran, meuf ! Faut t'affirmer, c'est un monde de requins dans lequel tu es entrée. Comme ça, on se souviendra de toi !

Je me rends compte que je la manipule, mais je m'en fiche. Elle ne m'empêchera pas de faire ce que j'ai prévu, de toute manière, mais ce serait nettement plus amusant si elle y participait. Je la regarde peser le pour et le contre, et quand enfin, ses yeux s'illuminent de cette étincelle de défi, je souris. Nous entrons dans l'immense magasin, essuyons quelques regards tantôt outrés, tantôt curieux face à nos tenues quelque peu inhabituelles pour les rayonnages de Bloomingdale's. Jamais, même si j'en avais les moyens, je ne ferais mon shopping ici. Je préfère de loin mes jeans déchirés et mes t-shirts flippants un peu trop grands pour moi. Alice a plus ou moins le même accoutrement que moi, si ce n'est que le sien met davantage en valeur ses formes ultra pulpeuses. Elle me précède dans les rayons, marchant d'un pas décidé vers l'endroit où plusieurs exemplaires de sa robe ont été rangés. Je ris quand elle bouscule sans ménagement une femme en train de fouiller la tringle en question. La colère déforme ses traits quand elle effleure le tissu en coton du bout des doigts. Je la rejoins rapidement et l'encourage d'un coup d'épaule. Elle prend une grande inspiration avant de s'emparer de plusieurs robes à la fois. Je l'imite, et à la vue de tous, nous passons devant la caisse sans nous arrêter.

— Hey ! Arrêtez-les ! entends-je derrière nous.

Nous nous mettons à courir en riant. Mon cœur bat de plus en plus vite sous l'effet de l'adrénaline. Il nous reste quelques mètres à parcourir avant d'atteindre la sortie. J'entends une paire de talons aiguilles claquer rapidement sur le sol carrelé dans mon dos. Je serre les robes contre moi et me mets à courir plus vite pour rattraper Alice, qui a déjà atteint les portes. Elle sautille sur place, hésitant à continuer sa course. Je remarque une ombre derrière moi. Je regarde par-dessus mon épaule pour voir le colosse de la sécurité se rapprocher dangereusement de moi. J'accélère encore. Mais pas assez.

Je suis rapidement plaquée au sol, si violemment que mon menton claque sur le carrelage. Je me mords la langue par mégarde, et le goût métallique du sang envahit ma bouche. Un corps massif me maintient à terre.

— Bouge plus, sale voleuse, murmure-t-on à mon oreille.

Je me débats, mais rien n'y fait. Ce chien de garde est bien trop lourd. Je lève les yeux vers la sortie, mais Alice a disparu. Elle fait bien. Je ne m'attendais pas à ce qu'elle vole à mon secours. Le colosse bouge, mais il me maintient au sol avec son genou, dans le creux de mes omoplates, et je me retiens de ne pas gémir de douleur.

Je suis véritablement dans la merde. Je le sais quand quelques dizaines de minutes plus tard, j'entends les sirènes depuis le bureau où le garde m'a planquée. Deuxième incartade. La fois de trop. Je sens que je vais en entendre parler longtemps.

***

Alors que le souvenir s'estompe, mes larmes se tarissent, et je ferme les yeux. Je suis consciente d'à quel point j'ai merdé. Je pense qu'avec le recul, je peux comprendre que mon père en ait eu assez de supporter mes trop nombreuses frasques. Ça a probablement dû le tuer, de voir sa fille se détruire comme ça, alors que sa femme, l'amour de sa vie, venait de mourir d'une manière des plus atroces. Voir la femme qu'il a aimé plus que sa propre vie souffrir, s'oublier peu à peu, s'enfermer dans son propre esprit… Je sais à quel point c'était douloureux pour moi, d'être témoin de son déclin, jour après jour, mais je n'ose pas imaginer ce qu'il a dû ressentir, lui. Quand j'ai commencé à me rebeller, il était encore trop plongé dans l'obscurité et la douleur pour y faire vraiment attention. Il se résignait d'un air las à chaque fois qu'il était convoqué chez le principal du lycée, à cause de moi, promettant que j'allais changer sans vraiment y croire, plaidant ma cause en disant que je traversais une mauvaise période. Ça a marché, pendant un temps. Les profs étaient gentils avec moi, ils s'efforçaient d'être compréhensifs, mais ils en ont eu très vite marre que je fasse n'importe quoi. Je séchais les cours plus souvent qu'à mon tour, je fumais dans l'enceinte de l'établissement, je me battais après les cours d'E.P.S, je suis même arrivée bourrée en cours, une fois.

Je suis morte avec ma mère. C'est l'impression que j'ai. Quand elle est partie, elle a emporté une part de mon âme et je me sens aujourd'hui complètement vide. Je n'existe plus. Toutes ces conneries n'étaient qu'un moyen stupide de me sentir à nouveau vivante, d'avoir l'impression de valoir encore quelque chose sur cette terre. Mon père n'a pas compris ça. Personne ne l'a compris, d'ailleurs.

Ce que je lui reproche, en réalité, ce n'est pas tant d'avoir abandonné. Ni même de ne pas avoir essayé. C'est plutôt de ne pas m'avoir laissé le choix. Quand il est venu me chercher au commissariat, cette deuxième fois, un ordre de comparaître devant le tribunal dans le fond de ma poche, j'ai su qu'il avait déjà pris sa décision. Il ne m'a rien dit, il ne m'a même pas adressé la parole. J'ai vu dans son regard qu'il était à bout, qu'il avait besoin que je m'en aille. Alors que moi, j'avais simplement besoin qu'il sorte de sa léthargie et qu'il m'aide à aller mieux.

Maintenant que je sais qu'il n'est pas vraiment mon père, je ne sais plus vraiment quoi penser. Il n'a aucune obligation envers moi, en réalité. Sait-il ? A-t-il fini par apprendre que nous n'étions pas liés par le sang ? Si ce n'est pas le cas, il est normal qu'il continue de m'appeler. Je suis sa fille. Il m'a élevée, et avant que ma mère ne décède, je me souviens à quel point il pouvait être génial. Harry Clayton était un homme bien, travailleur mais toujours présent pour ses filles. Il était drôle, un peu lourd parfois, comme tous les pères, en somme. Peu de gens peuvent dire qu'ils ont un père admirable. Je devrais me montrer plus indulgente avec lui, après tout.

Cependant, s'il sait que je ne suis pas réellement sa fille, pourquoi s'acharne-t-il à vouloir que je lui pardonne ? Pourquoi continue-t-il de m'appeler ?

Parce qu'il t'aime, quoi qu'il arrive.

Je soupire et croise mes bras sur mes yeux. Je ne veux pas penser à ça. Je voudrais que cette situation s'arrange, que nos relations s'apaisent, mais il y a eu beaucoup trop de non-dits entre nous. Comment briser ce silence qui dure depuis trois ans ?

Chapitre 23
Armure

Here's To The Heartache – Nothing More

Il est vingt-deux heures quand j'entends un drôle de bruit à ma fenêtre. Je délaisse mon carnet à dessin sur mon matelas et me lève pour diminuer le volume de ma chaîne hi-fi, faisant taire à regret la voix si particulière de M. Shadows sur *Buried Alive*. Je fixe le carreau et sursaute quand je vois un caillou s'y cogner. Je lève les yeux au ciel avant d'ouvrir la fenêtre.

— Tu te crois où, sur Disney Channel ? lancé-je.

— Je pensais plutôt à *Roméo et Juliette* ! rétorque Ezra en haussant les épaules. Tu viens ?

— Qu'est-ce que tu n'as pas compris dans « je ne sortirai pas avec toi » ?

— Je suis un peu lent, j'avoue. Et extrêmement têtu.

Je soupire et m'efforce de tendre l'oreille vers l'intérieur de la maison, consciente qu'Iris pourrait nous surprendre même avec la télé allumée. Comme je n'entends rien, je me tourne à nouveau vers le garçon. Il ne s'est pas changé, il porte toujours ce jean sombre, sa veste en cuir noire et dessous, le t-shirt gris qu'il arborait ce matin. C'est là que je me rends compte que je ne me suis pas changée non plus. Je n'ai pas pris la peine d'enlever le sweat à capuche noir qu'il m'a prêté, principalement parce que je ne me suis pas aperçue que je l'avais encore sur moi. S'il ne semble pas le remarquer, Ezra continue de me fixer avec un intérêt certain qui me met mal à l'aise. Qu'a-t-il en tête, au juste ? Qu'attend-il de cette sortie ? Cherchera-t-il encore à me convaincre de ne plus poser de questions, ou s'est-il simplement résigné à tout me dire, une fois seuls ? Il n'y a qu'un seul moyen de le savoir. Même si je n'avais pas prévu de le suivre ce soir, je n'arrive pas à m'empêcher d'être curieuse.

— De quoi as-tu peur, au juste ? demande-t-il avec un sourire de défi.

— De rien, craché-je. Je ne te fais pas confiance, c'est tout.

— Oh allez, insiste-t-il. Qu'est-ce que tu risques, à venir te balader avec moi ?

Je hausse les sourcils à son intention, et je vois dans son regard qu'il se rend compte de sa gaffe. Il soupire, lève les mains en signe d'innocence.

— Ok, au temps pour moi. Je te promets qu'il ne t'arrivera rien.

Son sourire malicieux disparaît pour laisser place à une expression franche, rassurante, de laquelle je me méfie encore plus malgré moi. Il ne dit plus rien et se contente de m'observer, ses yeux plantés dans les miens. Pinçant les lèvres, j'hésite encore. Je ne sais pas vraiment si je peux lui faire confiance. Une partie de moi en meurt d'envie, surtout quand je le vois planté là, sous ma fenêtre, la lune teintant son visage d'une nuance si pâle que ça ne le rend que plus désirable. Irrésistible. Parfait.

Je sens que je vais capituler. Je secoue la tête, comme pour me réprimander moi-même quant au choix que je m'apprête à faire.

— Ceci n'est *pas* un rencard, Ezra, asséné-je.

— À vos ordres, dit-il en souriant.

Je l'observe encore quelques secondes avant de jurer dans ma barbe et de refermer la fenêtre. J'attrape mes clés sur ma commode, fourre mon téléphone dans la poche de mon jean et enfile mes bottes. Je dévale les escaliers et alors que j'attrape mon manteau et mon bonnet dans l'entrée, j'entends ma sœur se lever du canapé.

— Où est-ce que tu vas, comme ça ? demande-t-elle.

— Je vais faire un tour, éludé-je.

— Violet, il faut que…

— Pas maintenant, Iris.

Je sais de quoi elle veut qu'on parle, mais je n'en aurai pas la force ce soir. Néanmoins, elle ne cède pas, m'attrape le poignet alors que je m'apprête à ouvrir la porte. Je me tourne vers elle, prenant mon air le plus exaspéré possible, mais me fige face à son expression coupable.

— Je veux juste que tu saches, articule-t-elle. Je ne l'ai appris qu'il y a une semaine. Je rangeais quelques affaires et je suis tombée dessus comme ça… je ne savais pas comment te le dire.

Je la regarde et je remarque immédiatement ses yeux rougis. A-t-elle pleuré ? Ce qu'elle me dit ne change pas grand-chose, je n'ai jamais vraiment su si je lui en voulais ou pas de m'avoir caché ça. Si elle ne l'a découvert qu'une semaine avant moi, ça doit être encore difficile à accepter pour elle. Moins que pour moi, cependant. Après tout, ce n'est pas sa vie entière à elle qui s'avère être un mensonge, ce ne sont pas ses origines qui sont remises en cause. Néanmoins, je refuse qu'on se prenne encore une fois la tête à cause d'un autre secret. Qui plus est, un secret auquel nous ne pouvons rien, nous n'avons pas choisi d'en faire ce qu'il est. Alors, dans un élan de tendresse que je ne m'explique pas, je la serre dans mes bras. Elle aussi semble désarçonnée par mon comportement, car elle met un moment avant de lever les bras et de m'enlacer à son tour. Quand elle le fait, elle enfouit son visage dans mon cou et soupire – de soulagement, je suppose.

— Je ne t'en veux pas, assuré-je à voix basse. Je n'ai juste pas envie d'en parler maintenant.

Je la relâche, et Iris hoche la tête en me regardant avec ses yeux humides. Son sourire m'indique qu'elle a compris, qu'elle n'abordera pas le sujet à moins que je n'en fasse la demande. Je suis surprise de voir à quel point il nous est désormais plus facile de nous comprendre. Peut-être que si j'avais simplement dit à mon père ce que je ressentais, à l'époque, il aurait compris. Peut-être aurait-il réagi, si j'avais agi avec lui de la même façon que j'agis désormais avec Iris. Tout cela est nouveau et particulièrement troublant, pour moi.

Je sens que si je reste là, elle va tenter de me retenir. Aussi, j'essaie de la rassurer d'un sourire maladroit et me précipite dehors, sans lui laisser le temps de protester. J'enfile mon manteau à la hâte, enfonce mon bonnet sur ma tête, et je contourne la maison en croisant les bras contre ma poitrine, le froid s'insinuant dans mes vêtements. Mes pieds fouettent la neige désormais boueuse, et c'est sans surprise que je retrouve Ezra appuyé contre la façade de la maison, juste sous ma fenêtre. Il promène son regard sur mon corps, je ne comprends pas trop le sens de son sourire à cet instant.

— Prête ? demande-t-il.

— Où est-ce qu'on va ? l'interrogé-je.

— Je voudrais te montrer quelque chose, dit-il en s'approchant. Un endroit où j'aime m'isoler, quand j'ai besoin de… réfléchir.

Son air grave m'intrigue, soudain. Je ne peux pas empêcher ma curiosité de l'emporter sur ma méfiance. Aussi, quand il me contourne, je le suis, restant à bonne distance néanmoins. Quand il se dirige vers l'orée de la forêt, qui longe ce côté de la maison, je m'arrête net.

— Les bois sont interdits, la nuit, lancé-je.

— Tu as oublié ? rétorque-t-il sans se retourner. J'ai un *pass* spécial !

Je soupire, hésite encore quand il s'arrête à la limite entre la lumière et l'obscurité. Cette vision me trouble plus que je voudrais l'admettre. J'ai l'impression que tous les choix que je ferai ce soir seront décisifs, mais je ne saisis pas vraiment pourquoi. On ne peut jamais vraiment savoir à quel moment de nos vies on se retrouvera à un tournant. Pourtant, quand j'observe ce garçon au regard envoûtant, qui provoque tant de sensations étranges en moi, je sais que si je me décide à le suivre, tout va changer. Quand je suis avec lui, je ne peux pas me fier à mon instinct, comme je le fais avec tout le monde. Ma tête, mon cœur et mon corps me crient des choses différentes et je ne sais plus ce que je dois penser. Ils se livrent une bataille sans merci pour l'emporter et Ezra ne me facilite pas la tâche. Comme en cet instant.

Il m'observe, à un mètre de moi à peine, attendant que je me décide. Ma tête me dit de ne surtout pas lui faire confiance, qu'il cache bien trop de secrets pour que je le suive les yeux fermés. Mon cœur témoigne de son côté intègre, il me rappelle que ces secrets sont avant tout une promesse qu'il tient à tenir, une promesse faite à ma propre mère qui cherchait visiblement à me protéger de quelque chose. Et mon corps… mon corps tout entier me pousse vers lui. Chaque cellule qui me compose est irrémédiablement attirée par son allure, son sourire nonchalant, ses prunelles joueuses, son parfum irrésistible, ses airs de mauvais garçon qui cachent en réalité un être sensible, protecteur, déterminé… Mes doigts me démangent tant l'envie de le toucher m'obsède.

En fin de compte, ma tête est-elle vraiment fiable ? Elle m'a fait faire tout un tas de conneries, elle m'a fait croire que je ne valais plus rien, là où mon cœur s'efforçait de me rappeler à quel point ma mère m'aimait et n'aurait pas voulu me voir sombrer de la sorte. Pourtant, j'ai cédé à l'obscurité, à cette souffrance muette qui me paralysait. Avec Ezra, bien qu'il m'horripile la plupart du temps, je ne ressens plus cette douleur sourde. C'est comme si, par sa seule présence, que je le veuille ou non, j'étais à nouveau apaisée. Ce sentiment me fait peur et c'est sans doute pour ça que je suis réticente à le suivre. Pourtant, je lui ai bien dit que je n'avais peur de rien. Je devrais peut-être joindre le geste à la parole.

Alors que je fais un pas vers lui, je tente de ne pas prêter attention à son sourire triomphant. Je marmonne des injures dans ma barbe pour faire bonne mesure. Je vais sûrement le regretter, mais soit. Alors que je m'apprête à le dépasser, il s'empare de mon poignet, m'obligeant à m'arrêter et à lui faire face. Il fronce les sourcils en détaillant ma tenue. Il semble interpellé, pendant un moment, mais quand son sourire en coin revient orner ses lèvres, je comprends qu'il n'y a pas de quoi s'alarmer.

— Il te plaît ? demande-t-il en désignant le pull que je porte.

— C'est juste un sweat, Ezra, m'exaspéré-je.

Il rit et je sais qu'il pense comme moi, en réalité. Ce n'est pas *juste un sweat*, c'est le sien. C'est *son* pull que je porte, et le fait qu'il le remarque fait décoller tous les papillons qui se sont nichés dans mon ventre. J'aimerais que ce ne soit pas le cas, et pourtant, je ne contrôle plus les réactions de mon corps face à lui. Comme en cet instant, alors que ses doigts entourent mon poignet et que ma peau se réchauffe délicieusement à son contact. Je lève les yeux vers lui. Mon cœur a un raté quand je remarque l'intensité avec laquelle il m'observe. Son sourire a disparu. Lui aussi, la sent. Cette connexion qui s'établit entre nous à chaque fois que nous sommes proches. Est-ce de la simple attirance, ou est-ce que ça va plus loin que ça ? La tension monte, palpable, évidente, et inconsciemment, je le sens se pencher vers moi tout comme je m'approche presque imperceptiblement. Pourtant, quelque chose en moi me force à rompre le contact. Je baisse les yeux, et l'instant d'après, ses doigts se détachent de mon poignet. Il inspire. J'expire.

— En route ? dit-il.

Il m'offre un sourire de façade, mais je vois bien qu'il est perturbé par l'échange silencieux que nous venons d'avoir. Ça me rassure presque de voir qu'il semble pris au dépourvu lui aussi, par ce qu'il se passe entre nous. Il n'a pas l'air de comprendre ce qui nous arrive plus que moi.

Je le suis dans les bois, prenant soin de ne pas trébucher sur les racines qui sortent du sol. Il fait sombre, je le distingue à peine devant moi et je commence à frissonner. Les souvenirs reviennent peu à peu à mesure que j'avance. Le loup aux yeux jaunes, la sensation de douleur lancinante le long de ma jambe, toutes les images de cette nuit-là m'assaillent et me font trembler de terreur. Je suis obligée de m'arrêter pour reprendre mon souffle. Quand Ezra se rend compte que je ne le suis plus, il rebrousse chemin rapidement et m'interroge du regard.

— Violet ?

— Je… j'ai…

Je n'arrive plus à aligner une phrase cohérente tant la peur me paralyse. Le moindre bruit autour de moi me fait sursauter. Le vent dans les arbres, un animal quelconque se faufilant dans les sous-bois, je suis morte de trouille et je déteste qu'Ezra soit témoin de ça. Je n'ai jamais vraiment pris le temps de dépasser ce choc, maintenant que j'y pense. Je suis immédiatement entrée en mode représailles, pour chercher à comprendre ce qu'il s'était passé. Je ne me suis pas penchée sur mes cauchemars, mes insomnies, préférant chasser ces images d'horreur plutôt que les confronter de face. Maintenant que je suis là, dans les mêmes conditions que ce jour-là, je ne peux plus reculer. Percevant ma détresse, Folley s'approche de moi et me prend par les épaules. Je porte mon regard affolé sur son visage.

— Je ne laisserai rien t'arriver, d'accord ? me souffle-t-il. Tu ne crains rien, avec moi.

Le ton de sa voix, la lueur rassurante dans ses yeux bleus, tout en lui me pousse à simplement hocher la tête. Je laisse la peur me quitter quand il me prend la main, préférant me laisser envahir par ce sentiment de bien-être qu'il insuffle en moi par ce simple geste. Il m'entraîne à sa suite sans jamais me lâcher, et j'en oublie même ma fierté, mon ego, ou quel qu'ait été ce sentiment étrange qui me poussait à ne pas céder, à lui résister coûte que coûte. Pour la première fois depuis longtemps, je m'autorise à admettre avoir besoin d'aide. Qui aurait cru qu'Ezra serait celui qui infligerait sa première fissure à mon armure de glace ?

Chapitre 24
Trop de questions

Whole Lotta Love – Led Zeppelin

Le trajet devient long, le silence oppressant, et ça commence à m'agacer. Bien que les doigts d'Ezra entrelacés aux miens constituent une sensation agréable, je ne peux m'empêcher de me poser tout un tas de questions. Au bout d'un moment, je ne tiens plus. Ça doit sortir. Je commence par le plus banal en espérant ne pas le froisser.

— Tu n'as pas froid, comme ça ? l'interrogé-je.

— Non, répond-il.

Il n'ajoute rien, alors je n'insiste pas. Sa veste en cuir noire lui va très bien, il est d'ailleurs *objectivement* très sexy vêtu comme ça. Mais il fait moins de quinze degrés, dehors. Comment fait-il pour ne porter qu'un t-shirt sous cette veste ? Ce n'est pas la première fois que je le vois habillé ainsi par des températures glaciales. À bien y réfléchir, je ne l'ai jamais vu porter un bonnet, une écharpe, pas même des gants. Est-ce lié à sa… condition, dont je ne sais encore rien de certain ? Je ne fais que nourrir des soupçons quant à ce qu'il est, et ça me bouffe de l'intérieur de n'avoir aucune certitude. Peut-être parviendrai-je à lui tirer les vers du nez si je commence par de simples questions anodines. Je décide de tenter le coup. Après tout, je n'ai rien à perdre. Et puis, c'est lui qui a proposé de m'emmener ce soir.

Advienne que pourra !

— Alors… tu as été adopté, c'est ça ? demandé-je tout en me concentrant pour ne pas trébucher dans le noir.

— Oui, confirme-t-il. J'avais huit ans quand Luke m'a recueilli.

— Est-ce que tu as connu tes parents ?

— Je… je ne m'en souviens pas.

Je détecte aisément le moment d'hésitation. Est-ce parce qu'il ment, ou parce qu'il ne s'en souvient réellement pas ?

— Et tes frères ? reprends-je.

— Finn est arrivé ici quand il avait quatre ans, m'explique-t-il. Leo en avait… six, je crois. Et Tyler est arrivé en même temps que moi.

— Vous vous connaissiez déjà avant, Tyler et toi ?

— Si on veut, soupire-t-il.

Je sens que je l'exaspère, mais je m'en fiche pas mal. Il aurait pu éviter l'interrogatoire s'il n'avait pas insisté pour que je le suive, ce soir.

— Pourquoi Luke n'adopte-t-il que des garçons ? demandé-je encore.

— Parce que les filles sont agaçantes, dit-il en se retournant. Et qu'elles sont trop curieuses.

Je perçois dans son sourire le sous-entendu qu'il essaie de me faire passer. Il s'est arrêté pour me faire face, ce qui m'oblige à faire de même. Nos mains sont toujours liées, et notre connexion s'anime encore une fois, virevoltant dans l'air entre nos deux corps, cherchant à nous pousser l'un vers l'autre. Je le vois respirer plus fort, et je prie pour qu'à travers le silence relatif de la forêt autour de nous, il n'entende pas mon cœur battre la chamade dans ma poitrine. Son regard dévie sur mes lèvres et je ne peux m'empêcher de les entrouvrir. Peu importe s'il prend ça pour une invitation, j'en ai envie autant que lui. Sans compter que nous n'avons pas arrêté de nous chercher, toute cette semaine. Je me suis pourtant juré de ne plus céder, en tout cas pas tant qu'il ne m'aurait pas avoué ce que cache sa promesse à ma mère, mais ma volonté s'étiole de plus en plus à mesure que je respire son odeur.

— Ce pull te va vraiment mieux qu'à moi, marmonne-t-il.

Il s'approche, si lentement que j'aimerais avoir la force de réduire l'espace entre nos visages, mais je suis totalement pétrifiée. Je retiens mon souffle quand je sens le sien caresser ma peau. Il semble se rendre compte de l'effet qu'il produit sur moi, car je vois la commissure de ses lèvres se soulever, pendant à peine une seconde. Sa prise se referme autour de mes doigts, ce qui déclenche une véritable décharge électrique sur toute la surface de mon corps.

— Intéressant, souffle-t-il.

Je ne sais pas ce qu'il cherche à faire ni ce qu'il entend par là, mais je suis bien trop subjuguée par ce qui se produit entre nous en cet instant pour y réfléchir. Je n'ai jamais ressenti pareilles sensations, jamais vécu un moment aussi intense de toute ma vie. Je n'ai jamais été aussi consciente de mon propre corps, de toutes mes réactions physiques et mentales. On ne m'a jamais regardée comme Ezra me regarde, avec cette lueur de pure fascination dans les yeux. J'ai toujours été parfaitement au courant de mon pouvoir d'attraction en tant que représentante de la gent féminine. J'ai été plutôt précoce, de ce côté-là, mais je n'ai jamais pris le temps de m'investir dans une relation stable. Il n'a toujours été question que d'attirance physique, d'aventures sans lendemain ou de parties de jambes en l'air occasionnelles, qui me permettaient, pendant quelques heures, d'oublier ma douleur. Ma virginité n'était qu'un simple fardeau, à mes yeux, et je m'en suis débarrassée comme on jette un vieux vêtement inutile. Ces escapades nocturnes constituaient probablement l'activité la plus saine de toutes celles que je pratiquais pour me sentir vivante à nouveau. J'ai toujours été prudente, cela dit, mais je ne me privais pas. Aujourd'hui, avec Ezra, j'aurais pu envisager qu'on se rapproche de cette façon. Qu'on cède à cette attraction sans pareille, qu'on en profite pour prendre du bon temps mutuellement sans s'attacher. Mais là, tout de suite… je me rends compte à quel point ce serait impossible. Ce que je ressens pour lui, que ce soit négatif ou non, est bien trop puissant pour que je me contente de ça. Je me demande s'il pense la même chose.

C'est pour cette raison que je m'écarte en détournant les yeux. J'arrache sa main à la mienne et croise immédiatement les bras pour ne pas être tentée. Le froid m'assaille d'un coup, comme pour me punir de mon entêtement. Ezra semble désarçonné pendant un instant. Il secoue la tête, comme pour chasser toutes les pensées qui lui ont traversé l'esprit ces dernières minutes, avant de se racler la gorge. A-t-il compris, lui aussi ?

— On y va ? demandé-je.

Il se contente de tourner les talons et me laisse le loisir de le suivre. Je m'exécute, conservant une bonne distance à nouveau, ne quittant pas son dos des yeux pour ne pas céder à la panique.

Enfin, nous arrivons à destination. Je le sais, car Ezra s'arrête d'un coup pour se tourner vers moi avec un sourire satisfait. Je m'avance pour être à sa hauteur, curieuse de savoir ce qui peut provoquer cette expression de vainqueur sur son visage.

Mon souffle se coupe quand je le vois.

Nous sommes perchés au bord d'une falaise, assez haut pour donner le vertige à quiconque aurait peur du vide, ce qui, heureusement, n'est pas mon cas. La lune, découverte aux trois quarts, brille dans un ciel sans nuages, parsemé d'étoiles scintillantes. Toutes ces lumières se reflètent dans l'eau de l'océan, qui s'étend à perte de vue vers l'horizon.

Tout est calme et paisible. Comme si le monde s'arrêtait juste ici. Immédiatement, je songe à ce que je pourrais faire de cette vue absolument divine, presque irréelle, avec la pointe d'un crayon. Je pourrais tenter d'immortaliser la magie des lieux, la sérénité qu'elle me procure. Sans doute que je n'y parviendrais pas, mais l'idée de pouvoir essayer me motive suffisamment. Cet endroit est magnifique. Presque hors du temps.

Mais rien ne pourrait me faire oublier la présence d'Ezra à mon côté. Il ne regarde pas droit devant lui. À la place, il observe la moindre de mes réactions. Son regard sur moi me brûle, d'une sensation inédite, comme jamais auparavant.

— Ça te plaît ? demande-t-il d'une voix douce.

Je hoche la tête en lui adressant un mince sourire. Toute ma mauvaise humeur s'est soudainement envolée : à croire que ce seul paysage, ajouté à la présence de Folley, parvient à m'apaiser.

— J'aime bien venir ici quand j'ai besoin de calme, souffle-t-il. Woodhills a ses bons côtés. Je me suis dit que ça te plairait de le savoir. Surtout que tu n'as pas l'air enchantée de t'être retrouvée ici.

Je fronce les sourcils et lui adresse un regard interrogateur en entendant ces mots. Il m'adresse un sourire avant de lever les yeux au ciel, comme pour apporter plus d'effets à ce qu'il s'apprête à me dire.

— Tu te pensais si mystérieuse que ça ? argue-t-il.

— Pas forcément, grimacé-je. Mais je pensais avoir plutôt bien réussi à masquer mon ennui. Je pensais ne pas m'être fait remarquer. Plus que nécessaire, je veux dire.

— C'est raté, dit-il. Tu devais t'y attendre, non ? Tu n'es pas n'importe qui.

Je soupire. Il est vrai que j'ai sous-estimé l'intérêt des gens à mon égard. Qu'elle soit bienveillante ou non, je n'apprécie pas forcément toute cette attention. Si elle a diminué avec le temps, je ne peux pas ignorer les murmures qui continuent de s'élever quand je traverse un couloir, ni les regards curieux qui se posent sur moi quand je pénètre dans une salle de classe. Les gens se posent des questions, ce qui est tout à fait normal dans une ville aussi petite que

Woodhills. Leurs parents ont probablement déjà évoqué ma mère et son tragique décès, ma sœur et son erreur fatale. Je sais aussi que, si mes nombreux exploits new-yorkais n'ont pas totalement trouvé leur chemin jusqu'ici, les spéculations vont bon train quant aux motifs de mes renvois répétitifs.

Ce qui n'est un secret pour personne, cependant, c'est la façon dont j'ai débarqué ici. S'ils ne sont pas tous au courant de la véritable raison de mon exil, ils savent que ce n'était pas mon choix. J'en ai déjà surpris beaucoup en train de me dévisager d'un air contrit, avec un regard d'excuse, comme s'ils comprenaient ma détresse d'avoir été envoyée à Woodhills contre mon gré.

Seulement, je ne pensais pas qu'Ezra écouterait ces histoires, ou remarquerait ces regards. Lui et ses frères semblent quelque peu isolés du reste du monde. Leo l'est sans doute moins, étant donné sa place de choix au sein de l'équipe de football. Ils sont à part, c'est un fait, pourquoi donc tenter de se mêler de ce qui ne les atteint pas vraiment ? L'intérêt d'Ezra pour moi est-il plus important que je ne l'aurais imaginé ?

— Et qu'est-ce que tu as remarqué d'autre ? demandé-je, curieuse.

Il se tourne vers moi, l'air de réfléchir en fourrant ses mains dans les poches de son jean.

— Tu fronces les sourcils quand tu dessines, dit-il au hasard. L'autre jour, tu étais tellement concentrée que tu n'as même pas remarqué le ballon de basket qui a volé à cinq centimètres de ta tête, sur le parking. Tu te mords la lèvre inférieure quand tu rêvasses, en cours. Et… je pense que tu t'efforces de dissimuler beaucoup trop de parts d'ombre en toi. Comme si tu te retenais d'être toi-même.

Je suis déstabilisée par son discours, surtout quand son sourire se fige, à mesure que ses déclarations se font plus graves. Je ne pensais pas qu'il avait remarqué autant de détails, et quelque chose me dit que cette liste n'est pas exhaustive. J'ai l'impression d'avoir été percée à jour et je n'aime pas trop ce sentiment. J'ai toujours été quelqu'un de très secret, même avant que ma mère ne décède. Je n'aime pas qu'on sache tout de moi, mes forces et mes faiblesses, car j'ai toujours eu peur qu'on finisse par utiliser toutes ces connaissances à mon encontre, un jour. Je doute cependant qu'Ezra soit de ce genre-là. En tout cas, je l'espère.

— Ce n'est pas juste, asséné-je. On n'est pas à égalité, là.

— Qu'est-ce que tu veux dire ?

— Tu en sais plus sur moi que moi sur toi, me plains-je.

— Crois-moi, tu en sais déjà trop, dit-il en grimaçant.

Je soupire. Je suis véritablement excédée par son entêtement à ne rien vouloir me dire. Son comportement m'exaspère également : je nage entre ses menaces, ses questions, ses incompréhensions, ses mensonges, ses omissions, ses compliments… et je ne sais plus quoi penser de lui.

— Est-ce qu'au moins tu peux comprendre la difficulté de la position dans laquelle je me trouve en ce moment ? explosé-je. Tu te comportes comme si ça n'avait pas d'importance ! C'est tout de même ma vie dont il s'agit, les secrets que tu gardes me concernent directement, ou au moins en partie ! Il m'est *impossible* d'accepter de ne rien savoir. Est-ce que tu peux comprendre ça ?

Ezra détourne le regard et baisse la tête en soupirant. Je ne m'attendais pas à ce que tout ça sorte aussi violemment. Seulement, je suis une véritable bombe à retardement, ces derniers temps. Il ne se rend même pas compte qu'il est en train de repousser mes limites et que, bientôt, je ne pourrai plus supporter son silence, ses manières d'éluder mes questions. Je soupçonne que c'est pour cette raison que j'ai du mal à accepter ce qui nous lie, à me plonger corps et âme dans cette attirance pourtant si évidente et réciproque. Je suis convaincue que me laisser aller à lui céder serait bénéfique, pour moi. Qu'il m'apporterait un peu de bonheur, une distraction bienvenue dans cette ville de fous. Mais il y a bien trop de contentieux entre nous, trop de non-dits, trop de secrets. Nous sommes liés de bien des façons.

— Je comprends, dit-il enfin. Pourtant, il va falloir que tu t'en contentes, car je ne trahirai pas ma promesse. Est-ce que toi, tu peux comprendre ça ?

Je prends le temps de réfléchir. Encore une fois, ma tête et mon cœur entrent dans un débat enflammé. J'admire sa volonté, sa détermination, sa loyauté… mais je ne peux pas supporter plus longtemps d'être laissée dans l'ignorance. Ce n'est pas juste. Ma mère n'est même plus là pour que je lui plaide ma cause, pour que je la fasse changer d'avis.

— Je suis désolée, soufflé-je. Je comprends que tu ne tiennes pas à briser ta promesse… mais je *dois* savoir.

Chapitre 25
Accès de colère

Make Me Wanna Die – The Pretty Reckless

Nous nous toisons pendant plusieurs minutes, nous défiant du regard en attendant de voir qui sera le premier à céder. Comment l'atmosphère paisible a-t-elle pu changer si vite ? Désormais, je ne ressens que de la tension entre nous, une pointe de colère et d'exaspération. Nous sommes à une nouvelle croisée des chemins, et ce qui suivra cette conversation risque probablement de déterminer tout le reste.

Ezra grimace, il retrousse sa lèvre supérieure, comme s'il avait envie de mordre. Quand il se détourne de moi, je sais que je suis parvenue à le pousser à bout. Il passe une main dans ses cheveux, geste qui trahit sa nervosité. C'est à son tour d'exploser et mon côté malsain meurt d'envie de voir ça. Lui qui est toujours si posé, si calme face à cette situation, je tiens enfin entre mes mains l'opportunité de le voir flancher.

— Franchement, Violet, je ne sais pas ce que tu me fais, mais…

Il a marmonné ces mots entre ses dents en me tournant le dos, comme si je n'étais pas censée les entendre. Je ne dis rien. J'attends de voir ce qu'il compte dire ou faire. La balle est dans son camp, après tout. J'ai assez insisté comme ça, il sait très bien ce que je veux. Quand il se retourne, j'ai un mouvement de recul face à la colère qui déforme ses traits. Il a retrouvé son air menaçant, celui qu'il arborait face aux quatre pestes à la cafétéria, un peu plus tôt dans la journée. Sauf qu'à ce moment-là, je m'en amusais, me contentant de l'admirer dans toute sa force et son impressionnante présence. Là, je rigole moins. Cette colère m'est directement destinée et je comprends la réaction des filles. Moi aussi, j'ai envie de m'enfuir en courant.

— Tu ne saisis pas l'enjeu de tout ça ! hurle-t-il avec rage. Tu me rends complètement dingue, tu sais ça ? Tu es là, à me défier avec tes grands airs, à me retourner le cerveau avec tes yeux et… ta bouche… et toutes les choses que tu provoques chez moi ! Tu es un cauchemar déguisé en rêve, mon enfer personnel et… mon paradis tout à la fois. Tu es probablement la personne la plus incroyable que j'aie jamais connue et pourtant, quand tu me sors ces conneries, j'ai envie de…

Il s'interrompt, comme s'il savait qu'il était sur le point de regretter ses paroles. Je frissonne. Ses mots m'ont atteinte en plein cœur. Il n'a cessé de se contredire, mêlant des compliments malencontreux à diverses accusations, mais tout ce que je retiens, c'est que je *provoque* quelque chose chez lui. Je n'ai donc rien imaginé. Il y a bel et bien un truc entre nous, un truc puissant et évident, qu'on ne peut plus se cacher. Ça va au-delà de l'attirance physique banale, c'est bien plus fort que ça. Je ne sais pas si je suis soulagée ou irritée qu'il ne comprenne pas plus que moi d'où ça peut bien venir.

— Tu veux que je te dise ? reprend-il en s'approchant. Tu es une putain de gamine pourrie gâtée ! Tu ne supportes pas qu'on te dise non. Tu es en colère de t'être retrouvée ici, alors tu rejettes toute ta frustration sur moi !

— C'est ce que tu crois ? sifflé-je.

— C'est ce que je sais !

Je n'arrive pas à croire ce que j'entends. Je ne sais pas depuis combien de temps la colère couve en moi, mais quand je la sens monter petit à petit, je sais que je ne vais pas pouvoir la contenir. La dernière fois que j'ai explosé comme ça, c'était également contre lui.

Le jour où je me suis souvenue de cette fameuse nuit, où j'ai été attaquée par un loup. Je pourrais presque en rire, de voir qu'il est apparemment le seul à me faire sortir de mes gonds de la sorte, mais je suis bien trop aveuglée par la rage pour saisir toute l'ironie de la situation.

Je le pousse des deux mains, espérant le déstabiliser, mais il cille à peine.

— Je t'interdis de me dire une chose pareille ! menacé-je. Tu n'as *aucune* idée de ce que j'ai traversé ! Je ne te permets pas de me juger, et ne te flatte pas en t'attribuant ma rage. Tu n'es *rien*, Ezra. Rien du tout !

— Alors, explique-moi ! me coupe-t-il en s'approchant dangereusement. Explique-moi pourquoi j'ai autant envie de t'arracher la tête que de t'embrasser jusqu'à plus soif, pourquoi je meurs de pouvoir te toucher alors que tu m'horripiles plus que n'importe qui ! Je sais que tu ressens la même chose. Je l'ai vu, un peu plus tôt. Je vois les frissons sur ta peau, je sens ton souffle qui se fait court, et ton cœur qui tressaute à chaque fois que je t'approche, mais tu te bornes à me haïr, à m'en vouloir parce que je suis trop *loyal* à ton goût !

Je tente de répliquer à plusieurs reprises, mais il ne m'en donne pas l'occasion. Je ne pensais pas que toute cette rage le rendrait encore plus séduisant, et pourtant, c'est le cas. Il parvient à poser des mots sur tout ce qui me torture. Oui, moi aussi, j'ai envie de lui arracher la tête autant que de l'embrasser. Moi aussi, je crève de pouvoir poser mes mains sur sa peau alors qu'il m'agace plus que n'importe qui. Même en ce moment, alors que nous nous hurlons dessus comme deux dégénérés, au milieu de nulle part, le désir est palpable entre nous. C'est totalement déroutant.

— Pourquoi ne pourrais-tu pas te contenter de ça ? dit-il en soupirant. Pourquoi ne pourrais-tu pas… laisser couler ?

— Je ne peux pas ! rétorqué-je en levant le menton. Ce n'est pas moi, ça ! Je ne peux pas céder tout en sachant, en mon âme et conscience, que tu me caches quelque chose !

Je sursaute soudain quand il se met à hurler en grognant. Il ressemble à un animal sauvage, avec ses yeux devenus sombres, son regard féroce. Les veines dans son cou palpitent, il respire vite, fort, tout comme moi. C'est alors qu'il recule de deux pas, chancelant. Il jure dans sa barbe, se plie en deux en étouffant des gémissements de douleur.

— Ezra ?

L'incompréhension transparaît dans ma voix, mais je m'en fiche. Je suis bien trop captivée par ce qui se déroule sous mes yeux. La chaleur que je ressens habituellement dans ma poitrine, quand je suis avec lui, s'intensifie d'un seul coup, si rapidement que je suis obligée de reculer également. Je reporte mon attention sur Ezra, qui se trouve à présent à genoux. Ses doigts s'agrippent à la roche, ses ongles crissent comme de la craie sur un tableau noir.

— Violet… barre-toi…

Ses mots marmonnés ne me parviennent pas clairement, aussi je reste là. Sa chaleur corporelle semble augmenter dangereusement, je la ressens d'ici. Quand il voit que je ne suis toujours pas partie, il lève brusquement la tête.

— Barre-toi ! rugit-il.

Oh mon Dieu !

Ses yeux sont totalement noirs. Je ne peux même plus distinguer la pupille de l'iris. Je me décale quand j'entends ses vêtements craquer. Le bruit résonne autour de moi, se répercutant sur les arbres, pour se perdre vers l'océan. Je l'entends d'autant plus clairement qu'aucun autre bruit ne vient perturber le silence.

Soudain, tout s'accélère. Les vêtements d'Ezra partent en lambeaux, son corps tout entier disparaît…

Devant moi, un grand loup noir titube et peine à rester debout sur ses énormes pattes. Je n'en reviens pas de ce que j'ai devant moi. Il a l'air plus grand qu'un loup ordinaire, plus effrayant aussi. Il halète bruyamment, je peux presque voir la chaleur qui émane de son corps imposant. Je reste pétrifiée face à cette vision. À l'instar d'une biche prise dans les phares d'une voiture, je ne bouge plus d'un iota, tétanisée par la peur. La bête lève la tête et s'ébroue légèrement, avant de poser les yeux sur moi.

J'émets un hoquet de surprise et porte une main à ma bouche béate, quand deux billes couleur saphir se plantent dans mon regard, avec un air bien trop expressif pour qu'elles ne soient pas humaines. Je recule de deux pas, sous le choc. Les oreilles du loup bougent, toute son attention se focalise sur moi. Je tente de rester calme, ne sachant pas vraiment comment réagir. Dois-je fuir ?

— E... Ezra ? articulé-je d'une voix tremblante.

Je connais ces yeux bleus. Je les ai croisés un million de fois, sous une autre forme. Ils m'ont déstabilisée, à maintes reprises, ils ont entamé ma volonté, ma résistance… mais je les ai déjà vus. Même ainsi, ils demeurent troublants. Je me rappelle les avoir aperçus sur le parking du lycée, alors que j'étais seule. Je me rappelle avoir été particulièrement chamboulée par cette vision, qui s'était effacée si rapidement que je n'ai même pas eu le temps d'y penser vraiment.

Alors que le loup gémit en reculant et que ses oreilles se rabattent sur son crâne, je sens mon cœur se serrer. Un soulagement immense m'envahit, car je sais qu'il m'a reconnue. Je m'approche, la main tendue, toujours tremblante. Je ne sais pas trop ce que je fais, mais je décide de faire confiance à mon instinct. La bête hésite, elle observe ma main d'un air effrayé. Comment peut-il avoir peur de moi, c'est lui qui a des crocs et des griffes ! Je n'ai pas le temps de me pencher plus avant sur la question, car déjà, l'animal recule, gémit encore, jusqu'à se retourner pour s'enfuir à toutes jambes. Je reste pantoise, criant le nom d'Ezra en espérant le faire revenir. Je frissonne quand un hurlement se fait entendre au loin.

Je panique, j'avance sans but, je ne sais pas trop si je le poursuis ou si je le fuis. Dans ma tête, je me repasse en boucle les dernières minutes. Pourquoi m'a-t-il demandé de le suivre, ce soir ? Avait-il l'intention de me montrer ça ? Etais-ce prévu ? Non, je ne le crois pas. Il avait l'air… effrayé, désemparé. La même idée revient toujours, comme si j'essayais encore de m'en convaincre alors que ça vient de se passer, là, sous mes yeux.

Ezra est un loup… Ezra est un loup !

Chapitre 26
Coupable

VIP – Eskimo Callboy

J'ai l'impression que le plafond de ma chambre me nargue. Pourtant, à part une ou deux fissures çà et là, il n'y a rien. Je n'ai cependant pas besoin de fermer les yeux pour voir les images défiler. Elles sont claires, nettes et précises, comme si j'y étais encore. Je ressens toujours la chaleur, les frissons de la peur et de l'incompréhension, partout sur mon corps. Je sens l'exaltation, l'adrénaline qui s'est faufilée dans mes veines, quand j'ai compris. Je peux encore percevoir l'odeur de la forêt, celle de l'océan, et le parfum si doux d'Ezra près de moi. Je me souviens de la souffrance sur ses traits, quand il s'est retrouvé à terre, et ça me fait frissonner. Tout est encore si frais, même si plusieurs heures se sont écoulées, depuis que je l'ai regardé, impuissante, s'enfuir, perché sur ses quatre pattes velues.

Je n'ai pas dormi de la nuit. Je ne me rappelle même plus vraiment comment je suis rentrée. Je sais juste que j'ai marché dans les bois, sans savoir si je cherchais à retrouver la maison ou si je le cherchais *lui*. J'ai fini par arriver à destination sans trop savoir comment, et j'ai foncé dans ma chambre. Cct environnement familier m'a permis de me calmer, de mettre un peu d'ordre dans mes pensées. Iris dormait déjà, elle ne m'a même pas entendue arriver.

J'ai immédiatement ouvert le journal de ma mère. Avec ce dont je venais d'être témoin, il me fallait remettre les pièces du puzzle à leur place. J'ai parcouru les pages avec un œil nouveau, une compréhension toute neuve. Tout est logique à mes yeux, désormais.

J'ai pris soin de lister toutes les informations qui me paraissent couler de source, et celles qui nécessitent encore quelques précisions que je ne pense pas avoir du mal à obtenir, à présent.

D'un côté, il y a la meute de Luke. Il est l'alpha, le chef, ce qui semble logique étant donné son rôle de père adoptif et son âge avancé. D'après ce que raconte ma mère dans ses écrits, il existe deux types de loups : ceux qui sont nés avec le gène, et ceux qui ont été mordus. Luke, lui, est né-loup. Je ne sais pas encore dans quelle catégorie se trouvent Ezra et ses frères, mais je suppose qu'il me suffira de poser la question. Luke a pris soin, pendant toutes ces années, d'adopter de jeunes omégas en quête d'une nouvelle meute, pour en faire ses bêtas. Un geste très louable, en somme, surtout quand on sait à quels âges Ezra et ses frères ont été recueillis.

De l'autre côté, il y a les gardiennes. C'est ce que ma mère était, ce qu'Iris est aujourd'hui. Je ne sais toujours pas exactement ce que ça signifie, encore moins si j'en suis une également. Elles sont censées protéger la ville des omégas et des meutes étrangères. Je ne sais pas ce que ça implique ni pourquoi les enfants que Luke a adoptés sont épargnés. C'est probablement la plus grande part d'ombre qui persiste, dans cette histoire.

Je suis surprise de voir avec quelle facilité je parviens à accepter ce que j'ai vu. Comme il m'a été aisé de le comprendre, de l'appréhender. J'ai eu peur, bien sûr. Ce n'est pas tous les jours qu'on voit un garçon se transformer en bête sauvage, d'une façon si violente, si douloureuse. Mais quand j'ai croisé son regard… j'ai su que ça ne changerait rien. Ezra est même devenu d'autant plus fascinant, maintenant que je connais son secret. Je ne m'attendais pas à en être témoin comme ça, à le voir de mes propres yeux, lui qui défendait si farouchement sa promesse. Pourtant, c'est arrivé. Et je crois que ni lui ni moi ne nous y attendions. Combien de temps encore aurions-nous tenu, comme ça ? À se chercher constamment, à tenter de faire craquer l'autre le premier : lui pour me voir lui succomber, moi pour l'obliger à m'avouer la vérité.

Je pensais que je serais soulagée. Je pensais qu'en apprenant ce qu'il cache, j'en sortirais triomphante, victorieuse, avec un sentiment de puissance nouveau. Il est clair que ce n'est pas ce que je ressens en ce moment. Je ne suis plus aussi perdue, et ça, c'est un soulagement. Mais je ne peux pas m'empêcher de me sentir… inquiète. Je me demande ce qui s'est passé, dans sa tête, quand il s'est rendu compte de ce qui était en train de se passer. Une fois transformé, m'a-t-il vraiment reconnue ? A-t-il eu peur ? Était-il déçu de ne pas avoir su se contrôler et d'avoir, malgré lui, trahi sa promesse ?

Je me tourne sur le flanc, remontant la couette jusqu'à mon menton, et j'observe la neige qui tombe au-dehors. Elle va à nouveau effacer les traces de la veille. Ce sera comme si rien ne s'était passé, dans ces bois. La seule preuve que les événements se sont bien produits se trouve dans ma tête ; et dans celle du garçon qui me torture l'esprit plus que je ne l'aurais cru.

Un constat effrayant s'impose à moi alors que j'observe le paysage hivernal de Woodhills depuis ma fenêtre : le monde n'est pas celui que je croyais. Il est bien plus vaste, bien plus mystérieux. Je ne suis qu'une adolescente de plus, parcourant cette terre sans réel but, cherchant à savoir qui elle est et d'où elle vient. Rien de bien extraordinaire. Et pourtant, je me retrouve mêlée à quelque chose qui me dépasse complètement, et je n'ai pas l'impression de l'avoir mérité. Je ne sais pas trop quoi faire de cette information. Si je suis la fille d'une gardienne et d'un loup… qu'est-ce que ça fait de moi ? Pourquoi est-ce que je me sens si normale et déconnectée à la fois ? Je sais, au fond de moi, que je ne suis pas réellement à ma place, mais j'ai surtout l'impression que je ne le serai jamais.

J'ai besoin de voir Ezra. J'ai besoin qu'il m'explique, qu'il me dise ce qu'il ressent. Je jette un œil à mon téléphone. Il n'est que six heures et demie. Je ne me sens pas vraiment fatiguée. Je suppose que l'adrénaline imprègne encore mon sang, ce qui m'empêche de ressentir la fatigue. Je devrais pourtant être épuisée à force de réfléchir.

Mon téléphone se met à vibrer dans ma main. Le mot « Papa » me toise, droit dans les yeux. Je soupire. Pour la première fois en trois semaines, mon doigt se pose sur « répondre ». Je porte le téléphone à mon oreille, mais je ne dis rien.

— Violet ?

Entendre la voix de mon père, après tout ce temps, me fait plus d'effet que je ne l'aurais cru. Ma fierté mal placée vole en éclats. Mon seul prénom résonne comme une supplique, sa voix trahissant sa fatigue et son étonnement. Je ne dis toujours rien. À vrai dire, je ne sais pas trop quoi lui dire. Comment briser un si long silence ?

— Ma chérie, tu es là ? demande-t-il.

Je ferme fort les paupières à l'entente de ce surnom affectueux, qu'il ne m'a pas adressé depuis… trop longtemps. J'avais oublié à quel point mon père était quelqu'un d'aimant. Il ne fait pas partie de cette catégorie de pères qui tiennent à tout prix à conserver leur virilité face à leur fille. Il s'est plongé corps et âme dans notre éducation, à Iris et à moi, se fichant bien d'avoir l'air trop sensible, trop affectueux. Je ne me suis jamais vu refuser un câlin ou une quelconque marque d'affection de sa part, quand j'étais enfant.

— Violet, je… je suis désolé, tu sais ? balbutie-t-il. Je ne sais pas si tu m'entends mais… je sais que j'aurais dû… Ma chérie, je suis tellement désolé…

Une boule se forme dans ma gorge à l'entente de ses mots. Sa voix se brise dans un sanglot sur la fin de sa phrase, et je me recroqueville sur moi-même, m'accrochant à mon téléphone de toutes mes forces pour ne pas trembler. C'est la première fois que je me rends compte que mon père me manque. Je me suis apitoyée sur mon sort, regrettant notre appartement, notre quartier, regrettant même mes anciennes fréquentations, mais pas une seule fois je ne me suis autorisée à penser qu'il me manquait, parce que je lui en voulais trop de m'avoir planté un couteau dans le dos. Ou en tout cas, c'est ce que je croyais. Je suppose que j'avais besoin de ce temps seule avec moi-même, à ruminer comme d'habitude, pour prendre du recul, pour me rendre compte qu'en réalité, mon père a agi dans mon intérêt, comme il l'a toujours fait. C'est sa façon de gérer la chose qui m'a blessée.

— Papa…

Ma voix tremble. Je prends une grande inspiration et tente de maîtriser les larmes qui menacent de couler sur mes joues. Je ne pensais pas craquer si facilement. C'est à croire que tous les événements de la veille m'ont rendue à fleur de peau.

— Violet ? s'écrie-t-il en reniflant. Ma chérie, c'est toi ?

— Qui veux-tu que ce soit d'autre ? raillé-je en levant les yeux au ciel.

— Oh, ma chérie, je suis si heureux de t'entendre ! Tu vas bien ? Je ne t'ai pas réveillée, au moins, dis-moi ?

— Je vais bien, reniflé-je. J'étais déjà debout.

— Je veux que tu saches que je suis vraiment…

— Désolé, terminé-je. Je sais, je t'ai entendu…

— Je voudrais venir vous voir, toi et ta sœur, dit-il. Je ne voulais pas… je ne tenais pas à m'imposer, je voulais t'entendre avant de…

— Ne viens pas, Papa, lâché-je en fermant les yeux. Tout va bien, ne t'oblige pas à venir ici… Tu n'as pas à t'imposer ça.

Je sais à quel point cette ville et cette maison lui rappelleraient Maman. Je ne veux pas qu'il retombe dans ce tourbillon de tristesse sans fin, maintenant qu'il semble aller un peu mieux.

— J'y tiens, insiste-t-il. Il faut qu'on discute, tous les trois. Je ne veux pas faire ça au téléphone.

Je soupire. Je ne tiens pas vraiment à ce qu'il vienne, avec tout ce qui se passe en ce moment. Je suis déjà suffisamment distraite par les Folley et tous les secrets de ma mère qui refont surface. D'ailleurs, mon père est-il au courant de quoi que ce soit ? Savait-il que ma mère était une gardienne, qu'elle a transmis ce rôle à Iris ? Connaît-il le secret des Folley ? J'en doute fortement, mais je me demande comment ma mère a fait pour lui dissimuler une si grande partie de sa vie et pour qu'il n'ait jamais rien soupçonné. Je ne sais pas si je pourrais lui parler de tout ça… mais j'en ai envie. Seulement, il faut d'abord que j'en saisisse tous les détails, que j'éclaircisse certaines zones d'ombres.

— Tu n'as qu'à venir pour l'anniversaire d'Iris, proposé-je pour gagner du temps. Je suis sûre que ça lui fera plaisir. On ira manger chez Milo.

Ma sœur fêtera ses vingt-huit ans dans deux semaines. Je n'avais pas prévu de lui faire une quelconque surprise mais après tout, je suis certaine qu'une visite de notre père pourrait faire l'affaire. Même si beaucoup de choses peuvent encore se produire, en deux semaines. Je ne sais même pas comment ma relation avec Iris aura évolué d'ici là, maintenant que je sais tout ce qu'elle a pris grand soin de me cacher.

— D'accord, soupire-t-il. Oui, c'est une bonne idée.

— Papa ?

— Oui, ma chérie ?

J'hésite un instant en pinçant les lèvres. Devrais-je lui parler de ce que j'ai appris sur lui ? Je ne sais pas dans quelle mesure il est au courant, pour moi. Comment réagira-t-il, en découvrant que je ne suis pas vraiment sa fille ? Que ma mère lui a menti pendant toutes ces années ? Je ne veux pas être responsable de son chagrin, pas encore. Il a déjà assez souffert comme ça. Je ne suis pas cruelle au point de le blesser de la sorte.

— Tu me manques, finis-je par dire.

— Oh, Violet… souffle-t-il. Toi aussi, tu me manques. J'espère que tu sais que je veux juste ton bonheur.

— Je sais.

Nous échangeons quelques banalités pendant la demi-heure qui suit. Je lui raconte, très brièvement, comment se déroulent mes journées au lycée. Nous parlons un peu de Maman, ce qui me fait un bien fou, mais sans jamais entrer dans les détails qui fâchent. C'est rafraîchissant de l'entendre parler comme ça. J'ai l'impression que ce temps passé loin de moi lui a été bénéfique. Il a peut-être pris conscience de l'obscurité qui l'entourait, dans laquelle il s'est réfugié pendant si longtemps, me laissant enfermée hors de sa bulle de souffrance, livrée à moi-même. J'ai hâte de le voir, même si je ne l'admettrai jamais à voix haute, évidemment. Quand je raccroche, c'est comme si un poids énorme avait disparu de mes épaules.

Malgré l'apaisement que m'a procuré cette conversation, je ne suis toujours pas tranquille. Je peux dire adieu à l'idée de parvenir à dormir, aujourd'hui. Je me lève, balançant ma couette à l'autre bout du lit et enfile les premières fringues qui me tombent sous la main : un jean délavé et un haut noir à longues manches. Je jette un regard au pull d'Ezra, qui gît sur ma chaise depuis hier soir, et décide d'enfiler un pull en laine blanc à la place. J'hésite longtemps avant de m'emparer du vêtement. Je ne vais tout de même pas le garder, je devrais le lui rendre. Puis, ça me servira d'excuse au cas où je tomberais sur un autre Folley.

À tâtons, je passe la porte de ma chambre après avoir lacé mes bottes et traverse le couloir sur la pointe des pieds. J'atteins le rez-de-chaussée sans réveiller Iris. Dans l'entrée, j'attrape mon manteau, mon bonnet noir que je visse sur ma tête dans un geste automatique, et je fourre mon téléphone dans l'une de mes poches.

Une fois dehors, je ne m'attarde pas sur les frissons désagréables que le froid fait naître sur ma peau. Je me contente de croiser les bras sur ma poitrine, espérant me réchauffer rapidement. Je contourne la maison pour retrouver la lisière des bois. Je ne sais pas si je parviendrai à retrouver mon chemin, mais jusqu'ici, je m'en suis toujours sortie à travers ces arbres qui se ressemblent tous. Mon instinct est de plus en plus aiguisé, fiable, et je commence à me dire qu'il s'agit peut-être d'un truc que ma mère m'a transmis. Cette idée me réconforte, j'ai toujours aimé déceler nos ressemblances. Ça me donne l'impression d'être plus proche d'elle. C'est sans doute pour ça que je ne me suis pas battue davantage contre l'idée de vivre ici, une fois que j'ai réalisé que je marchais dans ses pas, en quelque sorte.

Dans une semaine, un mois se sera écoulé depuis mon arrivée. J'ai pourtant le sentiment d'avoir déjà vécu mille vies dans ce coin perdu. J'ai découvert tout un tas de choses qu'il m'est encore difficile d'appréhender et je ne pensais pas le prendre si bien. Je suppose que les soupçons que j'ai nourris à l'encontre des Folley, d'Iris et de ma mère y sont pour quelque chose. Je ne suis cependant pas vraiment soulagée d'avoir eu raison. Si n'importe quel fan de littérature fantastique aurait adoré découvrir qu'Ezra et ses frères se transforment en créatures féroces, je ne fais vraiment pas partie de ces geeks et je ne suis pas prête à sauter de joie. Certes, je ne peux m'empêcher d'être fascinée par cette découverte… mais je ne peux pas non plus ignorer le sentiment d'inquiétude qui m'envahit à chaque fois que j'y pense, même si je ne sais pas vraiment pour qui je m'inquiète le plus : moi… ou Ezra.

La maison en briques rouges et au toit de chaume s'offre à ma vue. Je marque un temps d'arrêt à quelques mètres de la façade. Tout est calme. La neige continue de tomber sans bruit sur le sol froid, s'accrochant à mes cheveux défaits qui dépassent de mon bonnet. Le toit est recouvert d'un manteau blanc tout frais, ce qui donne à la bâtisse un air plus chaleureux. Je prends une grande inspiration pour me donner davantage de courage, et je m'avance vers le porche. J'appuie sur la sonnette, qui se déclenche à l'intérieur. J'espère de tout mon cœur ne pas tomber sur Luke. Je ne sais pas si je serais capable de l'affronter encore une fois, maintenant que je sais qui il est. J'entends du mouvement à l'intérieur, et par réflexe, je relève le menton.

La porte s'ouvre sur le visage encore endormi de Finn. Il se gratte l'arrière de la tête, les yeux à moitié ouverts, vêtu d'un caleçon gris et d'un marcel blanc. Je l'ai probablement réveillé. Tant mieux. Quand il se rend compte que je suis en face de lui, il me jette un regard étonné, avant de se racler la gorge.

— Violet ? Que… qu'est-ce que tu fais là, si tôt ? demande-t-il.

Je ne sais pas trop quelle excuse lui servir. L'idée du sweat me paraît un peu faible, soudain. Je serre davantage le vêtement contre moi pour me donner une contenance. Je ne sais pas trop pourquoi je ne réponds pas tout de suite, avec une réplique cinglante dont j'ai le secret. Surtout qu'il s'agit de Finn Folley : il ne s'est pas montré des plus sympathiques, avec moi. Entre ses menaces et ses mensonges, je ne sais toujours pas si je peux lui faire confiance simplement parce qu'il est le frère d'Ezra. Mais maintenant que je suis au courant de leur… condition, à eux tous, je pense que je les déteste un peu moins.

Je ne sais pas si la situation devrait vraiment m'inspirer une quelconque sympathie, cependant.

— Je cherche Ezra, dis-je simplement.

Musclor sonde mon regard pendant quelques secondes qui me paraissent durer une éternité, mais je ne cille pas une seule fois. Sait-il ce qu'il s'est passé hier soir ? Est-il au courant que je sais ? En tout cas, il ne m'offre aucun refus catégorique, et c'est tant mieux. Je n'ai pas le cœur à me disputer avec lui, encore moins à le confronter sur ce sujet épineux. Lui qui, il y a quelques jours à peine, me mettait en garde en m'intimant de ne plus jouer avec les sentiments de son frère. Aujourd'hui, je pense que je comprends où il a voulu en venir. Il ne pensait pas à mal, il cherchait simplement à protéger l'un des siens, se disant sans doute qu'Iris m'avait déjà mise dans la confidence quant à la relation que nous étions censés entretenir, entre loups et gardiennes.

En fait, je n'en sais toujours rien. Je continue de mener ma vie avec pour principe de me faire ma propre opinion sur les gens. Ça vaut pour lui, pour Ezra, pour tout le monde. Quelle que soit leur… condition.

— Il est dans la grange, soupire-t-il enfin. Viens.

Il s'avance sous le porche et par réflexe, je recule pour le laisser passer. Il ne prend même pas la peine de se couvrir. Il faudra que j'interroge Ezra à ce sujet, car cette résistance incroyable au froid m'intrigue. J'aimerais en être dotée, je suis une vraie frileuse. Je le suis dans la neige, contournant la maison à sa suite. Nous débouchons dans une sorte de jardin, qui est tout aussi peu entretenu que le devant de la maison. Au fond de celui-ci, j'aperçois la fameuse grange, et une nuée de souvenirs me reviennent en pleine face. Je m'arrête net, en proie à des images et des sensations que j'aimerais pouvoir oublier. Seulement, elles hantent encore mes cauchemars lorsque je parviens à dormir, elles restent planquées dans un coin de mon esprit dans l'espoir de pouvoir resurgir à n'importe quel moment, rien que pour me déstabiliser. Le feu qui me brûlait de l'intérieur, la souffrance intense dans mon crâne… c'est dans cette grange que j'ai vécu tout ça.

— Hey, tu viens ?

Je lève la tête vers Finn, qui s'est arrêté à quelques mètres de moi. Il m'observe d'un air interrogateur, se demandant sans doute ce que je fabrique. Je ferme fort les paupières pour chasser ces pensées qui me paralysent, non sans mal. Il faut que je prenne sur moi. Je n'irais pas jusqu'à appeler cela un traumatisme, mais surmonter ma peur devrait m'être possible, après tout ce que j'ai traversé. J'avance d'un pas toujours hésitant, et quand Finn voit que je me reprends, il continue sa route vers la cabane de bois.

De la musique parvient à mes oreilles depuis la porte entrouverte, et je reconnais immédiatement *VIP*, d'Eskimo Callboy. L'aîné des Folley se tourne vers moi et m'offre un signe de tête, m'invitant à pénétrer à l'intérieur. Il m'arrête sur le seuil en posant une main sur mon épaule.

— Je te préviens, dit-il. Il est de mauvais poil.

Je soutiens son regard pendant quelques secondes, jusqu'à ce qu'il dévie le sien pour rebrousser chemin vers la maison. La musique se fait plus forte alors que je pousse la porte pour l'ouvrir davantage.

L'endroit est quasiment inchangé par rapport au souvenir flou que j'en ai. Le lit de fortune sur lequel j'étais allongée est toujours à la même place, collé au mur du fond, à côté de ce petit tabouret faisant office de table de chevet. Le radioréveil est là également, ses chiffres rouges indiquant l'heure matinale. Il tient compagnie à une enceinte portable, de laquelle s'échappe la musique à plein volume. La chaîne qui permet de maintenir la porte close a été jetée au sol, à quelques mètres de moi.

Je lève les yeux, et je dois m'accrocher au chambranle à l'entrée pour ne pas laisser mes jambes se dérober sous moi. La vision qui s'impose à moi est juste… *divine*. Mon cerveau se vide, ma bouche s'entrouvre et je pourrais aisément me mettre à baver si je n'avais pas un semblant de contrôle sur mes réactions. Ezra est accroché à une poutre au plafond. Il fait des tractions. Jusque-là, rien de bien folichon.

Sauf qu'il est torse nu. Qu'il ne porte qu'un short de sport large, lequel tient si bas sur ses hanches que j'ai peur de le voir tomber d'une seconde à l'autre. Son dos charpenté s'offre à moi. Ses muscles se contractent à chaque mouvement, et je peux voir d'ici la transpiration perler sur sa peau de neige. Il est perché à plusieurs mètres du sol, le plafond étant assez haut, et je me demande comment il a fait pour se faufiler jusque-là sans l'aide d'une échelle ou même d'une corde. Mais je ne perds pas trop de temps à m'interroger.

Mon corps tout entier frémit face à ce spectacle. C'est la chose la plus érotique que j'aie jamais vue. Je l'entends respirer bruyamment sous l'effort, mon entrejambe crépite à chacune de ses inspirations. A-t-il vraiment besoin d'être aussi… séduisant ? Toute cette tentation, couplée au fait que je n'ai pas eu d'orgasme depuis un moment, met mes nerfs à vif.

J'ai l'impression que mon cœur va exploser et je me rends compte qu'il n'a même plus besoin de me regarder ou de me toucher pour me faire de l'effet. Il suffit qu'il soit là… près de moi, pour que je perde complètement la tête.

Bordel, qu'est-ce que j'ai fait pour mériter pareille torture ?

Chapitre 27
Réponses

Closer To The Edge – Thirty Seconds To Mars

Je tente de calmer les battements de mon cœur et me racle la gorge pour le prévenir de ma présence, tout en fermant la porte bruyamment derrière moi. Il s'arrête, se laisse pendre par les mains pendant un moment, avant de lâcher le bout de bois et de tomber au sol en un mouvement gracieux. Haletant, il m'adresse un regard méfiant tout en attrapant son t-shirt pour essuyer son visage. Ses cheveux noirs sont trempés de sueur et collent à son front. Je le sens distant, ce qui ne m'étonne pas vraiment. Il y a quelques heures à peine, il s'est transformé devant moi, et nous savons tous les deux que ce n'était pas dans ses plans.

— Qu'est-ce que tu fais là ? demande-t-il en allant baisser le volume de son baffle.

— Je suis venue… te rendre ça, lâché-je.

Je lui tends son pull, consciente que mon excuse ne vaut pas un clou et qu'il n'est certainement pas dupe. Il me regarde sans bouger, et au bout d'un moment, mon bras commence à me faire mal. Je le baisse et soupire pour signifier mon exaspération.

— Écoute, Ezra…

— Stop, me coupe-t-il en levant une main. Je sais ce que tu vas me dire.

— Tu crois ça ? dis-je en levant les yeux au ciel.

— Je le vois dans ton regard, rétorque-t-il. Tu as pitié de moi, tu es peut-être même inquiète pour moi maintenant que tu sais… ce que je suis. Je me trompe ?

Je garde le silence. Qu'il lise si facilement en moi me désarçonne. Voyant que je ne dis rien, il secoue la tête avec un sourire sans joie.

— Je n'ai pas besoin de ça, Violet, marmonne-t-il.

— C'est pour ça que tu ne voulais pas que je sache ? rétorqué-je. Parce que tu avais peur que je change d'avis sur toi ?

— C'était surtout pour tenir ma promesse, au départ, justifie-t-il sans me regarder. Mais… depuis peu, ouais. Aussi pour ça.

— Rassure-toi, argué-je. Je te trouve toujours aussi agaçant.

Il ne réprime pas un sourire amusé, et j'en fais autant. Il semble… dépité. Ce doit être difficile pour lui de savoir que je suis maintenant au courant de son plus lourd secret, lui qui s'est si farouchement battu pour le préserver. Il ne l'a même pas fait exprès. Je ne sais pas vraiment ce qui a provoqué sa transformation. Il semblait si farouchement décidé à garder sa promesse, il ne pouvait pas prévoir qu'il se changerait en loup… Qu'est-ce qui a bien pu le faire basculer ? Est-ce ma faute ? Est-ce parce qu'on s'est disputé, est-ce à cause de ce que je lui ai fait ressentir ? De la colère ? De la frustration ? Ou un autre élément naturel ? Cette nuit, je n'ai pas pu m'empêcher de rassembler toutes les informations que j'ai précédemment entendues sur les loups-garous, pour tenter de faire le point. J'ai été attaquée par un loup un soir de pleine lune, mais ce n'était pas Ezra. Ce loup avait les yeux jaunes. Or, ceux d'Ezra sont bleus. La lune n'était visible qu'à moitié, hier soir, peut-être qu'elle n'a rien à voir avec ça. J'ai quelques théories, mais je préférerais que ce soit lui qui me mette sur la voie.

— Tu dois probablement être dégoûtée, lâche-t-il. Ce serait dans l'ordre des choses, après tout.

Je fronce les sourcils, intriguée par ses paroles.

— Pourquoi dis-tu ça ? demandé-je.

Il soupire avant de s'asseoir sur le lit au fond de la pièce, enfilant son t-shirt en même temps. Il me lance un regard hésitant quand je m'approche de quelques pas.

— Je suppose que ça ne sert plus à rien que je garde tout ça pour moi, murmure-t-il comme pour lui-même.

Il semble réfléchir à la meilleure façon de s'exprimer. Aussi, je me contente de l'observer pendant qu'il organise ses pensées. Je ne peux pas m'empêcher de le trouver beau et à cette idée, mon ventre se contracte. J'aimerais que cette attraction entre nous soit plus aisément contrôlable, mais mon corps semble en avoir décidé autrement. Je meurs d'envie de le toucher, aussi, je garde les bras croisés sur ma poitrine pour tuer la tentation dans l'œuf, serrant le sweat plié dans mon poing.

— Bien, souffle-t-il. Tu te souviens de ce que ta mère disait dans son journal, à propos des gardiennes ?

— Oui, réponds-je. Elle disait qu'elle en était une, que c'était un gène qui se transmettait de mère en fille ou de père en fils, et je sais qu'Iris est sa… digne héritière. Elles sont censées… protéger Woodhills des omégas et des meutes étrangères, mais je ne sais pas trop ce que ça implique.

— C'est ça. Disons que les loups se cantonnent aux régions du nord. On préfère le froid, parce que notre chaleur corporelle est supérieure à celle d'un humain normal. Dans chaque ville du Nord, il y a une famille de gardiens qui défend la ville depuis des centaines d'années. Ta famille, ou plutôt celle de ta mère, en fait partie. On ne sait pas trop jusqu'où ça remonte, on sait juste que c'est inévitable, qu'il y aura toujours une gardienne à Woodhills. Pas une de plus. Les gardiens sont là pour protéger la ville des omégas, c'est-à-dire des loups solitaires, sans meute. Ceux-là deviennent sauvages s'ils restent seuls trop longtemps, ils reviennent rarement à une forme humaine. Les meutes ont toutes un territoire dédié. Si l'une d'entre elles décide d'étendre ce territoire et de s'attaquer à une ville voisine, par exemple, les gardiens sont là pour l'en empêcher.

— Mais… et vous, alors ? l'interrogé-je. Iris n'arrête pas de me dire que vous n'êtes pas… fréquentables, mais elle ne défend pas la ville contre vous ?

— C'est plus compliqué que ça, dit-il en baissant la tête. Les gardiens et les loups sont des ennemis naturels, mais les loups nés sur un territoire ne peuvent pas être tués par un gardien. Luke est né à Woodhills, c'est pour ça qu'il est intouchable.

— Mais toi et tes frères, vous n'êtes pas nés ici, deviné-je. Je me trompe ?

Il ne dit rien pendant un moment, et je comprends que j'ai visé juste. Il y a quelque chose qui m'échappe dans toute cette histoire. Si les gardiens et les loups sont des ennemis naturels, pourquoi suis-je autant attirée par Ezra ? Si ce gène coule dans mes veines… je devrais le haïr, non ? Comme ma sœur. Certes, je ne l'ai pas toujours fortement apprécié, mais c'était simplement parce qu'il ne cessait de me provoquer et que ça me mettait les nerfs à vif.

— Luke est… spécial, reprend-il. Sa femme était atteinte d'anorexie mentale, elle était censée être stérile alors… Luke a passé un accord avec les gardiennes. L'instinct premier d'un loup, c'est de perpétuer la descendance. Comme la femme de Luke ne pouvait pas avoir d'enfants, on leur a permis d'adopter de jeunes omégas.

— Alors… tu étais un oméga ?

— Oui, souffle-t-il. Comme Finn, comme Leo… comme Tyler.

Je tente d'assimiler toutes les informations qu'il me donne. Je comprends l'animosité qui règne entre les Folley et ma sœur, cela va bien au-delà d'une histoire de vengeance. Je me demande si Ezra est au courant de cette histoire. S'il sait que Luke a effectivement eu un fils, victime d'une balle perdue tirée par Iris. Je me demande aussi si ce qu'Iris m'a raconté, à propos de ce fameux club de chasse, est vrai. En réalité, je pense qu'il n'y a jamais eu de club, et qu'il s'agissait en fait d'une de ses sorties nocturnes, en tant que gardienne. Peut-être sa première ? S'il est interdit pour une gardienne de tuer un né-loup sur son propre territoire, je n'ose pas imaginer ce qu'elle a dû traverser. A-t-elle été punie ? Y a-t-il une sorte de chef des gardiens ?

— Pourquoi ma mère t'a-t-elle fait promettre de ne rien me dire ? je demande.

Ezra soupire, lève les yeux vers moi. Je sens qu'il hésite encore à tout me raconter, mais il doit bien se rendre compte qu'après ce que j'ai vu, la nuit dernière, me garder dans l'ignorance n'a plus aucun sens. Ses yeux d'un bleu profond semblent sonder mon âme et je dois réprimer un frisson.

— Il ne peut y avoir qu'une seule gardienne, à Woodhills, récite-t-il. Tu t'en souviens ? Iris est une gardienne. Par conséquent, tu peux porter le gène, mais tu ne le développeras pas tant qu'elle est là pour mener sa mission à bien. Sans compter le fait que Luke est ton père biologique… Ta mère voulait te préserver, tu n'es pas censée exister. Un loup et une gardienne qui ont un enfant ensemble, c'est du jamais-vu. Pour les gardiens, c'est une hérésie. Que tu ne saches rien garantissait ta protection vis-à-vis du Conseil des gardiens. S'ils apprennent que tu existes, je ne sais pas ce qui se passerait, et je pense que ta mère ne le savait pas non plus. Dans le doute, elle a préféré te protéger de cette façon.

— Alors quoi ? demandé-je. Je suis un loup ou une gardienne ?

— Ni l'un ni l'autre, a priori.

Me voilà bien avancée. Moi qui pensais avoir enfin trouvé un semblant de réponse quant à ce que je suis et où est ma place, je suis toujours au point mort. Pire, je ne suis… rien du tout. Je ne suis qu'une simple humaine banale, comme toutes les autres.

— Il y a quand même un truc qui me chiffonne, poursuit-il.

— Quoi donc ?

— Ce qu'il s'est passé ici, dit-il en désignant la grange d'un geste du bras. Je ne me l'explique pas.

Je frissonne en me remémorant ce à quoi il fait référence. Ezra semble le remarquer, car il se lève pour m'approcher, mais je l'en empêche d'un geste du menton. Il s'immobilise à un mètre de moi. Mes bras toujours croisés contre moi, je serre les poings pour taire mon envie de le voir s'approcher encore. La tension entre nous est toujours là, sous-jacente, discrète, mais je la sens. Elle ne demande qu'à exploser, et je dois user de toute ma concentration pour l'en empêcher.

— Je ne sais toujours pas ce qui s'est vraiment passé, rappelle-toi, sifflé-je.

— C'est le moment de vérité, alors, annonce-t-il.

J'attends, quelque peu réticente à l'idée de me rappeler certains détails de mon premier weekend à Woodhills. Le souvenir de la douleur est encore trop vif, mais je dois me montrer forte. Je veux savoir. J'en ai besoin.

— Comme je te l'ai dit, commence-t-il, je ne m'attendais pas à ce que tu me surprennes près de chez toi, encore moins à ce que tu me suives… J'ai vraiment été stupide, c'était un soir de pleine lune en plus.

— Alors, la lune a quelque chose à voir avec…

Voyant que j'hésite à poursuivre, il se contente de hocher la tête en souriant d'un air amusé.

— Les mordus se transforment à la pleine lune, qu'ils le veuillent ou non, précise-t-il. Les nés-loups sont juste… plus susceptibles de perdre le contrôle. Mais pour quelqu'un comme Luke, par exemple, ce n'est plus un problème depuis longtemps.

— Et toi, tu es…

— Je suis né comme ça, dit-il.

Je hoche la tête. Je ne sais pas pourquoi, mais je m'en doutais. Il semble si à l'aise avec sa vraie nature. C'est une évidence pour lui, c'est ce qu'il a toujours connu, ça se voit dans sa façon d'être. J'aimerais pouvoir être aussi certaine de celle que je suis.

— Tyler, en revanche… continue-t-il en grimaçant. C'est un mordu. On les reconnaît aisément, parce qu'ils ont tous les yeux jaunes. C'est lui qui t'a attaquée. Il ne l'a pas fait exprès et il s'en veut terriblement. Il est jeune, il a perdu le contrôle. C'est pour ça que les bois sont interdits aux civils, la nuit. C'est un truc qui a été mis en place il y a longtemps, mais visiblement, ça ne s'applique pas à toi.

Il me sourit d'un air entendu et si je n'étais pas autant plongée dans son récit, j'aurais probablement rougi. Chose qui ne me ressemble pas non plus, à bien y réfléchir. Seulement, à chaque fois que je me suis aventurée dans les bois, je finissais soit par l'embrasser, soit par lutter pour lui résister. Sauf, évidemment, la fois où je me suis fait déchiqueter la jambe par un loup.

En parlant de ça…

— Pourquoi je n'ai aucune blessure, alors ?

— Ce n'est pas à moi de t'expliquer ça, dit-il. Je ne pourrais pas te le dire, même si je le voulais. Ce qui m'a le plus inquiété, c'est ta réaction… physique.

Il grimace encore, et je comprends qu'il parle de l'immense souffrance que j'ai dû traverser pendant une journée et demie, enfermée dans cette même grange. Je décèle aisément la lueur de culpabilité qui traverse ses prunelles, juste avant qu'il ne détourne les yeux. Il s'appuie contre une poutre de bois et croise les bras sur son torse, imitant presque ma position.

— Les mordus ne peuvent pas transformer un humain, et de toute façon, les gardiennes sont immunisées contre la morsure d'un loup. Mais elles ne peuvent pas rester sur leur territoire trop longtemps, sinon elles souffrent… d'effets secondaires, si tu veux. Tu n'es pas une gardienne, alors on t'a amenée ici. Mais… je ne sais pas pourquoi, tu…

— Tu ne sais pas pourquoi j'ai souffert autant, conclus-je.

— Non. Et ça me tue, crois-moi. Je m'en veux tellement… Te voir dans cet état, c'était…

Il ne termine pas sa phrase, et mon cœur rate un battement. Le voir s'inquiéter sincèrement pour moi me coupe le souffle. Je sais qu'on ressent tous les deux quelque chose l'un pour l'autre, quelque chose de fort qui nous dépasse complètement. D'ailleurs, si je crois ce qu'il me dit, ça ne devrait pas être possible. Bien que je ne porte pas le gène de gardienne, je ne suis pas censée avoir envie de lui à ce point. Je ne suis pas supposée avoir envie de le voir, de l'embrasser, de le laisser me prendre dans ses bras. Je ne suis pas censée nourrir ce genre de sentiments pour lui.

— Qu'est-ce qui… qu'est-ce qui nous arrive, d'après toi ? me risqué-je.

Il fronce les sourcils, il ne semble pas comprendre où je veux en venir. Je soupire, détourne les yeux pour chercher mes mots, mais il m'est difficile de trouver exactement comment formuler ma question. Pourtant, je sais que lui aussi s'interroge sur la nature de ce lien qui nous unit. Il me l'a prouvé hier soir.

— Ce truc, entre nous, précisé-je. Qu'est-ce que c'est, à ton avis ? Est-ce que… est-ce que ça a quelque chose à voir avec tout ça ?

— Je n'en sais rien, soupire-t-il. Tout ce que je sais, c'est que je n'ai plus envie de lutter.

C'est à mon tour de ne pas comprendre. Je lui lance un regard plein de questions, auquel il me répond par un sourire lourd de sous-entendus. J'ai soudain très chaud, et ce n'est pas seulement dû à ma présence ici, près de lui et de ses frères. Ezra se redresse, décroise lentement les bras et, pour la première fois, je le trouve assez peu sûr de lui. Il s'avance vers moi, d'un pas lent, et je suis alors happée par l'intensité de son regard planté dans le mien, si bien que je ne parviens même pas à bouger d'un pouce.

— Je suis fatigué, Violet. Je suis épuisé d'avoir à te résister chaque jour. Je ne sais pas trop ce qui me pousse à vouloir être près de toi en permanence… c'est peut-être l'univers, une réaction physique ou le destin, que sais-je encore. Je ne vais pas prétendre que je sais d'où ça vient, parce que je suis aussi perdu que toi. Mais je ne veux plus lutter. Je me fiche bien de ce que pourraient en penser Luke ou mes frères, ils n'ont rien à voir avec ça. Je veux juste arrêter de me poser des questions, parce que la seule certitude que j'ai, c'est que je ne veux plus jamais avoir à m'éloigner de toi.

Je me rends à peine compte de ce qui se passe tant ses mots prennent toute la place dans mon esprit. Ma poitrine se soulève rapidement. Pendant toute sa tirade, il s'est approché doucement, cherchant sans doute à ne pas me brusquer. Il est maintenant si près que je pourrais presque toucher sa poitrine du bout de mon nez. Son parfum se faufile à travers mes narines, mélangé à l'odeur de transpiration qui ne me rebute pas du tout, étrangement. Je garde les yeux rivés sur les siens, et sans même m'en apercevoir, je finis par décroiser les bras. Je ne contrôle plus ce que je fais quand il est comme ça, si proche, si sincère… Ezra me trouble plus que je ne veux bien l'admettre et ses mots résonnent en moi comme une vérité indéniable. Moi aussi, je suis fatiguée de lui résister. À chaque fois, ça me demande un effort incommensurable. Et je sais déjà que quoi que je décide, je me ficherai bien de ce qu'Iris en pense.

Lui et moi sommes sur la même longueur d'onde.

À un détail près.

Chapitre 28
Vérité

Sugar, We're Goin Down – Fall Out Boy

— Je suis fatiguée aussi, soufflé-je.

Ezra semble dans l'attente, il respire presque aussi difficilement que moi. Comme si chaque seconde était une bataille gagnée contre lui-même, contre ses envies, ses pulsions les plus profondes, et je le comprends. Ne pas pouvoir lui sauter au cou en cet instant est un réel supplice. Je puise dans toute mon énergie pour ne pas flancher.

— Mais…

— Je n'aime pas ce « mais », me coupe-t-il en secouant la tête. Je t'en prie, ne dis pas « mais »…

— Je ne peux pas te faire confiance, lâché-je en fermant les yeux. Pas après ce qu'il s'est passé ici… pas après ce que j'ai traversé, à cause de toi.

Quand je rouvre les paupières, je vois son visage se fermer. Je déteste cette vision, je déteste qu'il provoque ce sentiment de culpabilité en moi, car au fond, je ne devrais pas me sentir coupable de renoncer à quelque chose qu'on n'a jamais vraiment eu, au départ. Quand je le regarde, j'ai autant envie de l'embrasser jusqu'à ne plus pouvoir respirer, que de lui arracher la tête pour ce que lui et ses frères ont fait. Je sais que ce n'était qu'un accident… mais je ne peux pas me résoudre à lui pardonner.

Qu'est-ce que tu veux de plus, au juste ? Qu'il se prosterne à tes pieds en demandant pardon ?

Je fais taire la petite voix dans ma tête d'un coup de pied mental.

— Pourquoi m'as-tu suivi, hier soir, si tu ne me fais pas confiance ? demande-t-il soudain.

J'ouvre la bouche pour répondre, prête à lui siffler le fond de ma pensée, mais rien ne vient. En réalité, je ne saurais pas répondre à cette question. Pas honnêtement, du moins. Je ne sais pas ce qui m'a pris de le suivre, la nuit dernière. Curiosité ? Instinct primaire ? Je ne saurais le dire, mais qu'il m'interroge sur ce point me fait tiquer. S'il continue sur cette voie, il pourrait bien remettre en question tous mes choix le concernant. Voyant que je ne lui fournis toujours aucune réponse, il m'adresse un sourire malicieux, de ceux qui ne me disent rien qui vaille, et profite de cette ouverture pour tenter une nouvelle attaque. Sa voix me murmure ces mots, tel du velours sur mon âme :

— On dirait que tu n'es pas en accord avec ta tête, Violet. Ou bien… est-ce ton cœur qui te donne du fil à retordre ?

Je déglutis quand il s'approche encore. Son visage n'est qu'à quelques centimètres du mien et effectivement, mon cœur a une fâcheuse tendance à se manifester au pire moment. Il bat si vite et si fort que j'ai bien l'impression que n'importe qui dans cette pièce pourrait l'entendre. Je me sens trahie par mon propre corps. Pourquoi Ezra a-t-il toujours besoin d'envahir mon espace vital, comme ça ? Il sait bien que ça me déstabilise et il en profite. Je refuse qu'il ait l'avantage dans cette situation. Ma proximité ne le laisse pas complètement indifférent non plus. Je le remarque à sa pomme d'Adam, qui monte et qui descend, je le vois à son souffle qui s'accélère, à ses lèvres qui s'entrouvrent et tremblent légèrement. Il veut me faire croire qu'il peut se contrôler, qu'il peut m'obliger à perdre pied la première, mais il n'est pas loin de tomber lui-même.

À quoi bon ? Tout ce que je veux, c'est goûter encore une fois à ses lèvres, à la sensation de ses mains sur mon corps, à la chaleur de sa peau contre la mienne… rien qu'une ultime fois. Je peux me contenter de ça, non ? Et ensuite… je l'oublierai. Je continuerai à faire semblant de le haïr dans mon coin, délestée de toute trace de désir pour lui, et je m'emploierai à tout faire pour dégager d'ici, laisser Woodhills et ses secrets derrière moi et ne plus jamais revenir.

Ça pourrait me suffire. Oui, ça pourrait…

— Le tien n'est pas mieux loti, visiblement, soufflé-je.

Sa bouche s'étire en un sourire qui transpire l'insolence, et ça suffit pour me décider. Je n'attends pas une seconde de plus pour effacer ce rictus de son visage. Je lâche le pull qui était toujours enroulé dans mon poing. Il atterrit au sol sans bruit, en même temps que je me hisse sur la pointe des pieds pour l'atteindre.

Mille et une sensations explosent dans mon corps tout entier. Quand il entrouvre ses lèvres, son souffle vient effleurer le mien, et je perds pied. Ezra vient glisser une main entre mes reins pour me pousser vers lui. Nos bassins entrent en contact, sa langue s'insinue dans ma bouche pour venir chercher la mienne, et quand je l'entends grogner, je ne peux empêcher un soupir d'aise de m'échapper. Je ne m'attendais pas à ça. Je ne m'attendais pas à ce que ce soit si puissant, à ce que tous mes sens soient décuplés. Il me débarrasse de mon bonnet avant d'empoigner mes cheveux, m'obligeant à pencher la tête pour approfondir notre baiser. Ma peau est en feu, chaque effleurement de ses doigts sur ma nuque déclenche une nuée d'étincelles. Mes mains se retrouvent d'elles-mêmes autour de son cou. Je m'accroche à ses cheveux, j'apprécie leur douceur, le parfum qui s'en échappe et qui vient chatouiller mes narines.

C'est un million de fois plus intense que la première fois. Je ne sais pas si c'est l'interdit qui plane autour de nous, ou si c'est simplement l'attente interminable qui rend ce baiser encore plus magique. Je n'entends plus que nos souffles erratiques, nos vêtements qui se frôlent et nous gênent, nos doigts qui se découvrent. Il caresse ma langue, je mordille sa lèvre inférieure, je gémis, il soupire, et je ne pourrais pas rêver d'un meilleur moment. Pour la première fois, mon corps tout entier est en accord avec mon esprit, mon cœur, mon âme. C'est si bon, c'est si… évident. Je sens quelque chose se briser en moi. Mes certitudes, mes promesses, mes principes… le tout vole en éclats. Et je sais que ce sera totalement irréversible.

Je suis vraiment stupide. Comment pourrais-je me contenter de ça ? Comment pourrais-je vivre ces prochains jours, ces mois, ces années, en m'empêchant de ressentir pareilles sensations ? Je ne peux pas considérer Ezra comme un simple mec de passage. Tout ce qu'il m'a fait découvrir est gravé en moi et je sais d'avance que rien ni personne ne pourra jamais égaler ce que je ressens en cet instant. Je ne pourrai plus jamais me défaire de tout ce qu'il provoque en moi. Il a foutu le bordel dans mon cerveau, la tempête dans mon cœur. Il brise toutes mes barrières, met à mal toutes mes défenses, et le pire, c'est que je le laisse faire. Non… le pire, c'est que *j'aime* qu'il y parvienne. Il est l'exception à toutes mes règles.

— Qu'est-ce qui se passe ici ?

Je sursaute, et m'écarte si vivement du corps d'Ezra qu'on pourrait croire que je me suis brûlée au troisième degré. Je fais volte-face, porte une main à mes lèvres comme si je pouvais dissimuler la culpabilité sur mon visage et identifie la voix qui vient de résonner dans la grange. La porte est à nouveau ouverte et laisse le froid pénétrer par bourrasques à l'intérieur. L'averse de neige s'est muée en tempête, sifflant à travers les lattes de bois, et je ne le remarque que maintenant. La silhouette qui se dessine dans l'encadrement me fait froid dans le dos.

Luke se tient debout à quelques mètres de nous. Son unique œil valide fait l'aller-retour entre Ezra et moi, avisant notre proximité d'un air mauvais.

— Qu'est-ce qu'elle fiche ici ? demande le patriarche à son fils.

Il ne me regarde même pas, il agit comme si je n'étais même pas là ou comme si je ne signifiais absolument rien. Je me souviens alors qu'il n'est pas au courant de ce qui nous lie. Alors que j'observe son visage, je ne peux m'empêcher d'essayer de déceler des ressemblances physiques entre nous. Je ne trouve rien. Je ne sais pas si c'est parce qu'il n'y a réellement rien ou si c'est parce que je ne veux pas en trouver. L'idée que je sois liée à cet homme par le sang me glace complètement. Il n'a absolument rien à voir avec l'image que je me fais d'un père. Autrement dit, il n'a rien à voir avec celui qui m'a élevée. Luke est terrifiant, tout en carrure et en regards noirs, là où Harry est tendre et rassurant. Je me demande ce que je serais devenue si j'avais été élevée dans la maison des Folley.

— Luke, s'il te plaît, commence Ezra d'un ton calme.

— Qu'elle dégage ! hurle-t-il. Elle n'a rien à faire ici !

— C'est autant chez moi que chez toi, ici, tonne le garçon. Elle n'est pas une gardienne, tu n'es pas le seul à pouvoir en décider.

— Je me fiche de savoir qui elle est, crache-t-il. Elle fait partie de *sa* famille !

— Vous devriez en avoir quelque chose à foutre ! lancé-je sans réfléchir. Je ne suis pas *seulement* la sœur d'Iris.

Je sais que ce n'est sans doute pas une bonne idée de tenir tête au chef de meute – puisque c'est ce qu'il est –, surtout en sachant la relation qu'il entretient avec ma sœur, mais je ne peux pas m'en empêcher. Je ne le laisserai pas salir mon nom ni celui de ma mère, simplement parce qu'il lui manque quelques informations. Ezra se tourne légèrement vers moi en m'entendant.

— Violet…, commence-t-il.

— Je n'ai pas besoin que tu me défendes, asséné-je en lui glissant un regard noir.

Je m'avance d'un pas et passe devant lui, ignorant ses mots marmonnés en signe de désapprobation. Je défie Luke du regard, consciente de ma témérité.

— Vous avez eu une aventure avec ma mère, craché-je.

— De… de quoi est-ce qu'elle parle ? marmonne Luke en refusant toujours de me regarder.

— Regardez-moi ! hurlé-je.

Mon cri se répercute sur les murs, et bientôt, plus aucun son ne se fait entendre. Il n'y a plus que la tempête au-dehors, le bruit du vent qui frappe contre les murs de bois et fouette mes cheveux. Le regard haineux du vieux se plante dans le mien. La tension qui régnait ici il y a encore quelques minutes vient de changer. Le corps tout entier du vieux loup transpire l'hostilité. Il n'a pas l'air d'aimer que je lui tienne tête. Le fait que je ne porte pas en moi le gène de gardienne lui est complètement égal : je suis une Clayton, par conséquent, je ne suis rien à ses yeux.

— Vous avez eu une aventure avec ma mère, reprends-je. Ne le niez pas. Vous ne vous êtes jamais demandé pourquoi elle m'avait caché tout ça ? Pourquoi elle a fait promettre à Ezra de ne rien me révéler sur vous, sur ma sœur ?

—Violet, s'il te plaît, proteste l'intéressé dans mon dos.

— Un loup et une gardienne ensemble, c'est contre-nature, récité-je en l'ignorant. Qu'en serait-il, si un enfant naissait de cette aventure, d'après vous ?

Ma déclaration tombe comme une masse entre nous, et je crois percevoir une lueur étrange dans le regard de Luke. Il a un mouvement de recul, son œil me toise de bas en haut, comme si j'étais une apparition maléfique venue pour l'emmener droit aux Enfers. J'attends qu'il assimile ce que je viens d'insinuer. Je ne prévoyais pas de le confronter de la sorte, surtout que j'ai encore moi-même du mal à accepter cette vérité. Je n'ai surtout aucune preuve, si ce n'est les écrits d'une femme aujourd'hui décédée de démence. Si Ezra m'a crue dès le départ, pourquoi serait-ce différent pour Luke ? Celui-ci jette d'ailleurs un regard perdu au premier. Je ne sais pas ce que le garçon derrière moi lui adresse comme expression. Le vieux loup reporte son attention sur moi.

— Tu mens, crache-t-il.

— Je vous dirais bien de poser la question à ma mère, mais malheureusement, elle n'est plus là pour se défendre.

Je ne sais pas ce qu'il décèle sur mon visage, mais son expression change soudain. De la haine pure et simple, il passe à l'incompréhension, puis à une sorte d'illumination que je ne m'explique pas. Il me détaille encore, et je crois voir le rythme de sa respiration s'accélérer. Réalise-t-il enfin qui se tient devant lui ?

Je suis déçue quand je le vois secouer la tête pour retrouver son air fermé. Il redevient inaccessible, froid et distant, en un clin d'œil. Je ne sais pas trop à quoi je m'attendais en lui déballant la vérité, comme ça. Une accolade ? Des retrouvailles chaleureuses entre un père et sa fille ? Certainement pas. Mais je ne m'attendais pas non plus à ce qu'il nie tout en bloc.

— Ezra, fais-la partir d'ici, tonne-t-il. Tout de suite.

Sur ces mots, il tourne les talons et nous laisse seuls à nouveau. Je ferme les yeux, furieuse qu'il reste ainsi dans le déni total. Je ne sais pas trop ce que je cherchais, en faisant ça. Je n'ai pas besoin qu'il me reconnaisse, j'ai déjà un père. Certes, il est un peu cabossé et maladroit, mais il m'aime. Il veut mon bonheur, contrairement à ce rustre que je ne connais même pas. Luke est un étranger. C'est ce qu'il a toujours été.

Et c'est ce qu'il restera, à mes yeux, dorénavant.

— Je ferais mieux de te ramener.

Je me tourne vers Ezra, consciente soudain de ce qui vient de se produire. Si Luke ne nous avait pas interrompus…

— Je peux rentrer toute seule, contré-je.

Il semble déçu par ma réaction. Néanmoins, je ne m'excuserai pas. Toutes ces nouvelles informations à propos de ma famille et de la sienne m'ont chamboulée, et j'ai besoin de remettre de l'ordre dans tout ça. Et surtout, de savoir ce que je vais en faire. Sans compter le fait que le souvenir de notre baiser est encore trop frais, et que les révélations qui l'ont suivi m'ont fait perdre toute assurance concernant ce que je ressens pour lui. Je ne sais plus où j'en suis, et sa présence à mes côtés ne risque pas de m'aider à faire un choix rationnel.

Rationnel ? Tu traînes avec des loups-garous et tu veux penser de façon rationnelle ? La bonne blague !

Ezra tente de s'approcher, mais je recule. Il faut vraiment qu'il me laisse de l'espace.

— Je… j'ai besoin de respirer, protesté-je en levant les mains. S'il te plaît. J'ai besoin d'être seule.

Il hoche doucement la tête, mais je sens qu'il n'est pas très convaincu à l'idée de me laisser partir. Son regard triste me fend le cœur, mais je n'en laisse rien paraître sur mon visage. À la place, je me détourne, ramasse mon bonnet tombé au sol en lui laissant le sweat à capuche, et je m'éloigne vers l'extérieur.

Sur le chemin du retour, je tente de dresser la liste de mes certitudes. Il y en a davantage qu'auparavant, mais jamais je ne me serais attendue à penser un jour à des choses aussi surréalistes. Moi qui, malgré mes penchants artistiques, ai toujours pris soin de garder les pieds sur terre, je ne parviens pas à croire que je suis réellement plongée dans une histoire digne d'une saga fantastique.

La plus incroyable étant que les loups-garous existent. Sur cette Terre, il y a des gens comme Luke, comme Ezra, qui sont nés avec un gène surnaturel qui leur permet de se transformer en bête poilue et féroce. Dans quelles circonstances ? Je l'ignore encore. Je sais juste qu'ils peuvent également transformer d'autres personnes pour leur refiler ce gène : ceux-là deviennent des mordus, comme Tyler.

La seconde révélation la plus inattendue, c'est que je suis issue d'une longue lignée de gardiennes… sans en être une moi-même. Iris endosse ce rôle depuis je ne sais combien de temps et ne m'en a jamais parlé. Pourquoi ? Pour me protéger ? A-t-elle fait elle aussi une promesse saugrenue à ma mère, car je ne suis pas censée exister ?

Cette dernière idée me glace le sang. Je suis un accident. Je ne suis pas censée être née. Comment dois-je le prendre ? Déjà que je n'ai jamais été à l'aise dans ma propre peau, voilà que j'apprends que je n'étais pas désirée, au départ. Que j'ai créé plus de problèmes que je n'en ai résolu. Cette pensée suffit à faire monter de chaudes larmes que je tente au mieux de ravaler.

Ce n'est pas le moment de craquer…

Ma lutte est vaine, car quand je retrouve la sécurité et la chaleur de ma chambre, remarquant au passage qu'Iris n'est même pas encore levée, je m'écroule. Je ferme la porte à clé et me laisse glisser contre le battant, tentant d'étouffer le bruit de mes sanglots dans mon poing.

Pour couronner le tout, j'ai pris conscience d'une chose.

Je serais incapable de me passer d'Ezra Folley. Je serais incapable de n'avoir qu'une moitié de lui. Il a pris une telle place dans ma vie, en si peu de temps, que j'ai beau lutter contre mon irrépressible besoin de l'avoir près de moi, je ne pourrai plus me battre encore très longtemps. Peut-être est-ce l'univers, une réaction physique, le destin, comme il l'a dit… mais ça n'a pas d'importance.

Pour la première fois, j'ai perdu la bataille contre mon cœur. Et je ne parviens pas à décider s'il s'agit d'une bonne ou d'une mauvaise chose.

Chapitre 29
Luna

Come Join The Murder – The White Buffalo ft. The Forest Rangers

Deux semaines.

C'est le temps qui s'est écoulé depuis la dernière fois que j'ai adressé la parole à Ezra. Le mois de février a débuté, ce qui me rappelle avec insistance qu'un mois entier est déjà passé depuis mon arrivée à Woodhills. Ou mon retour. Peu importe.

Je ne me suis jamais sentie aussi seule de toute ma vie. Pour moi, c'est un sentiment nouveau, car habituellement, être seule ne me pose aucun problème. Je préfère même passer mes journées en solitaire plutôt qu'avoir à supporter qui que ce soit. Mais aujourd'hui, avec tous les bagages que je trimballe, je me prends à souhaiter pouvoir parler à quelqu'un.

Je me refuse toujours à adresser la parole à Ezra, car il est le principal sujet de tous mes tourments. Son avis est déjà biaisé par ses sentiments pour moi, quels qu'ils soient. Néanmoins, je suis reconnaissante qu'il me laisse de l'espace. Il se contente de me lancer quelques regards appuyés auxquels j'évite soigneusement de répondre. Je ne peux pas non plus me confier à ma sœur, tout simplement parce que je n'ai pas le courage de me disputer avec elle encore une fois. Je suis certaine que ça finira mal, parce qu'il m'est impossible de ne pas être en colère contre elle. Je pensais vraiment que nous étions sur la bonne voie, que sa confession sur ce qui est arrivé au fils de Luke, il y a dix ans, nous avait rapprochées. Mais même là, elle m'a caché une partie de la vérité. Je préférerais encore qu'elle ne m'ait rien dit du tout plutôt que me mentir à moitié.

Il ne me reste que Luna. Son comportement demeure inchangé depuis notre dernière conversation et ma patience commence à atteindre ses limites. J'ai donc décidé de la confronter aujourd'hui. J'en ai plus qu'assez d'attendre qu'elle se décide à m'expliquer ce qui se passe. Et par-dessus tout… je sens que j'ai besoin d'elle, et même si cette idée me rebute complètement, j'en ai assez de lutter contre ce que je ressens. C'est déjà suffisamment difficile de le faire avec Ezra.

Ce mardi matin, devant le lycée, je guette l'arrivée de cette fille bizarre aux cheveux roses qui représente ma seule chance de ne pas devenir carrément folle, à force de ressasser tout ce qui tourbillonne dans mon cerveau depuis deux semaines. Il faut que ça sorte et mes dessins ne suffisent plus. J'ai noirci des dizaines de pages dans mon carnet, avec des loups, des yeux bleus, jaunes, brillant à la lueur d'une lune ronde et pleine. Je n'aurai bientôt plus de pages vierges. Je vais devoir investir dans un tas de nouveaux carnets à dessin, à ce rythme-là. Pourtant, rien n'y fait. Je me sens toujours aussi hantée par mes démons, mes fantômes, et tout ce que je refuse d'exprimer. Mon exutoire habituel ne fonctionne pas.

Mon téléphone vibre dans ma poche. Mon père vient de m'envoyer un texto.

[Salut ma chérie. J'arriverai samedi comme prévu. Hâte de vous voir. Xx]

Je souris. Je suis sidérée de voir à quelle vitesse mon père s'est habitué aux échanges par message. Je lui ai dit que c'était ce que je préférais, et il s'y est mis dans la seconde, rien que pour me faire plaisir. Je soupçonne qu'il essaie de m'amadouer et de se faire pardonner de façon subtile, mais ça m'est égal. Je suis heureuse que nous ayons repris le contact, je ne pensais pas en avoir autant besoin. Bien sûr, je ne peux pas lui parler de grand-chose, à part des trucs banals, comme les cours, la vie avec Iris, tout ça. Je ne peux pas lui confier ce qui me tracasse réellement ni ce qui se joue dans ma vie en ce moment. J'ai décidé qu'il n'était peut-être pas très utile que je lui dise qu'en réalité, je ne suis pas vraiment sa fille, parce qu'au fond, ça ne change absolument rien. Harry Clayton m'a élevée, il m'a tenue dans ses bras le jour où je suis née et il m'a aimée sans condition depuis ce premier jour. Il n'est pas parfait, mais il est humain, et ça me suffit. Je n'ai pas besoin de quoi que ce soit d'autre. Ou qui que ce soit d'autre.

Quand j'aperçois Luna au bout du parking, j'écrase mon mégot sous ma botte et me précipite vers elle. Elle ne me voit pas arriver, plongée dans ses pensées, ses écouteurs vissés aux oreilles. Je lui barre la route, ne lui laisse pas d'autre choix que de s'arrêter. Quand elle lève les yeux vers moi, je perçois l'envie de fuir dans ses prunelles.

— Luna, s'il te plaît, lancé-je en levant les mains. Il faut qu'on discute.

— De quoi ? demande-t-elle précipitamment.

Je suis sur le point d'opter pour un énorme coup de bluff. J'ai eu beau retourner cette situation dans tous les sens, essayer de comprendre pourquoi elle m'a évitée, je n'ai pu arriver qu'à deux conclusions possibles : soit elle m'a prise pour une folle quand j'ai commencé à lui parler des loups, soit elle est au courant de tout. Je décide de miser sur la seconde hypothèse, espérant ne pas me tromper.

— Je suis au courant, soufflé-je.

— Au courant de quoi ?

— Je suis au courant pour moi. Pour Ezra. Pour tout.

Nous nous jaugeons pendant une longue minute. Ses paupières papillonnent rapidement comme si elle essayait de comprendre ce que je lui raconte. J'ai peur, je n'ai pas envie de la perdre pour toujours. C'est bien ce qui se joue, ici. Je ne pensais pas m'être autant attachée à elle, mais comment ne pas l'aimer ? Cette fille loufoque, qui se fiche bien de ce que pensent les gens, qui vit sa vie à fond et apprécie chaque jour qui passe comme si c'était le dernier. C'est pour ça que je ne comprends pas pourquoi elle m'évite. Pourquoi elle refuse de jouer cartes sur table, de me dire ce qu'elle pense. Si elle m'avait expliqué clairement les raisons de sa réaction, je l'aurais laissée tranquille.

C'est un fait, je ne supporte pas les mystères.

— Oh ! s'exclame-t-elle soudain.

Je perçois l'illumination dans ses grands yeux verts. Elle semble réfléchir à toute vitesse. Elle s'approche de moi, sa voix n'est plus qu'un murmure.

— Alors… tu sais qu'Ezra est un…

— Oui, réponds-je.

— Et que ta sœur est…

— Oui.

— Et que moi je suis…

— Quoi ?

Je fronce les sourcils et l'interroge du regard. Non seulement elle est au courant, mais en plus, elle aussi me cache quelque chose ? Je ne sais pas quoi en penser, mais quand elle se rend compte que je ne sais *effectivement* pas tout, elle grimace. Quand je sens qu'elle est sur le point de reculer, je m'avance et tente de rattraper le coup.

— Luna, soufflé-je. J'ai besoin de toi. Je ne survivrai pas seule avec tout ça.

Je soutiens son regard, je comprends qu'elle pèse le pour et le contre, mais de quoi? Je pense n'avoir jamais autant eu besoin d'une amie qu'en cet instant. Elle a rendu mon arrivée ici plus agréable, et je ne sais toujours pas comment j'ai fait pour tenir tout ce temps sans qu'elle soit à mes côtés, pour me conseiller, me faire rire ou me changer les idées. Tout mon univers est parti en lambeaux, plus rien de ce en quoi je croyais n'est réel, et je me sens perdue. Elle est la seule personne qui me permette de m'accrocher un tant soit peu à quelque chose de concret. Notre amitié m'est précieuse, bien que précoce, et je ne compte pas baisser les bras.

Elle soupire et m'adresse un regard d'excuse.

— Dans les gradins, dit-elle. Au déjeuner.

Je hoche la tête, tentant de dissimuler la joie qui explose à l'intérieur de moi, et la laisse s'éloigner vers l'entrée du lycée. Elle a fait un pas vers moi et je ne pourrais pas être plus soulagée qu'en cet instant. Je sais ce que j'ai envie de lui raconter : absolument tout. Mais je sais qu'elle aussi, a des choses à dire. Nous verrons bien. Les choses avancent, et c'est tout ce qui compte.

Quand je me retourne vers le lycée, je croise un regard plus que familier, une silhouette postée près de l'entrée. Ezra m'observe, s'accrochant à la bretelle de son sac à dos, comme toujours. Son expression n'a rien d'insolent ou d'arrogant, il a plutôt l'air... fasciné. Mon cœur rate un battement et je suis obligée de secouer la tête pour me tirer de ma contemplation. Je ne peux pas flancher maintenant. J'ai encore trop besoin de réfléchir à tout ça avant de prendre une décision le concernant. Mais ai-je seulement un quelconque contrôle sur tout ça ? J'essaie de m'en persuader, mais quand je passe près de lui pour rejoindre les portes du lycée et que je sens l'air vibrer entre nous, je sais que je me fourvoie. Je lui suis reconnaissante de respecter ma décision de rester seule pendant un moment, mais combien de temps supportera-t-il encore cette situation ? Combien de temps pourrai-je encore l'éviter et ignorer les sentiments qui m'assaillent à chaque fois que je croise son regard couleur saphir ? Je ne suis pas vraiment dans le déni... j'essaie juste de retarder l'échéance, le moment où je tomberai sans plus jamais pouvoir revenir en arrière, car je sais que ça me pend au nez.

Je sais exactement de quoi j'ai peur et ça n'a absolument rien à voir avec le fait qu'il soit une créature sortie tout droit d'un livre. À vrai dire, c'est même le cadet de mes soucis. J'ai simplement peur… d'être seule à nouveau. Tout le monde part, un jour. Ezra ne fait pas exception, et moi non plus. J'ai toujours très envie de retourner à New York, après le lycée. Et si mes projets changeaient ? Si la présence d'Ezra dans ma vie contrecarrait mes plans ? M'abandonner corps et âme à ce genre de relation, sachant très bien que la nôtre ne serait pas banale du tout, qu'elle éclaterait tous les codes, est un énorme risque à mes yeux. Je ne veux pas dépendre de lui ni autoriser un homme, quel qu'il soit, à passer avant mes objectifs. Je ne veux pas qu'il me freine dans mes envies de liberté. Pourtant, je sais que je ne pourrai plus jamais avoir une vie normale, si tant est que j'en aie eu une un jour.

Quand ma mère est partie, j'ai été dévastée. J'ai eu l'impression qu'on m'arrachait un membre. Encore aujourd'hui, j'ai le sentiment qu'une partie de moi s'est envolée. M'attacher à ce point à quelqu'un, c'est aussi m'autoriser à avoir peur de le perdre. Survivrai-je encore à une chose pareille ? Pourrai-je un jour dire au revoir à Ezra de cette façon ? Me faire à l'idée de ne plus jamais le revoir ? Quelque part, j'en doute fortement.

Je ne suis pas aussi solide que j'en ai l'air.

Durant tout le cours d'Histoire, j'ai senti le regard du loup sur moi. J'ai laissé l'anxiété me gagner, tant par rapport à la conversation qui m'attend avec Luna qu'à cause de mes sentiments pour lui que je prends soin de dissimuler. J'ai beau faire le tour de la question un million de fois, j'en arrive toujours au même mystère non résolu : comment avons-nous pu tomber si vite, si fort ? Ce n'est pas humain. Je suis certaine que ça a quelque chose à voir avec nos origines respectives. Ça ne peut pas être une simple coïncidence. Je n'ai jamais cru en ce concept abstrait des âmes sœurs, ce n'est pas maintenant que je vais commencer à y croire, mais cette situation me rend plus que sceptique quant à mes convictions de toujours. Et si je me trompais ?

Je ne laisse le soulagement me gagner qu'à l'heure suivante, une fois débarrassée de la présence du garçon qui malmène mon cœur. Je tente de rester attentive, écoutant mon prof disserter sur le Comte de Monte-Cristo, que je n'ai toujours pas lu, mais je ne peux pas empêcher mes pensées de dévier sur tout autre chose. L'image du loup en pleine séance de sport me revient en mémoire, et soudain, alors qu'il n'est même pas près de moi, j'ai chaud.

Ezra Folley, tu auras ma peau, un jour !

Quand sonne midi, je me précipite vers les gradins sans même passer par la cafétéria. Le stress m'a coupé l'appétit, et je suis trop pressée de discuter avec Luna pour mettre les choses à plat. Je m'assois sur le banc le plus haut et décide de calmer mes nerfs en sortant mon carnet. Il fait toujours aussi froid, mais il n'a plus neigé depuis une semaine. Le terrain de foot a retrouvé une pelouse verte, bien qu'humide, et le manteau blanc qui recouvrait les toits il y a encore quelques jours a complètement fondu. Je ne sais pas pourquoi, mais j'ai hâte de voir à quoi ressemble Woodhills au printemps. Cette région ne connaît pas d'étés très chauds, en général, mais voir la nature changer ses couleurs a quelque chose de rassurant. C'est quelque chose de normal, de routinier, et ça me rappelle que bien que le monde soit plus étrange que ce que je pensais, il ne m'est pas totalement inconnu.

J'en suis à finaliser l'esquisse du paysage qui me fait face quand enfin, j'entends des pas grimper vers moi. Je lève les yeux et souris à Luna qui s'installe à mon côté, un sandwich au saumon dans les mains. Elle a l'air toujours aussi préoccupée que ce matin.

— Tu es venue, constaté-je en fermant mon carnet.

— Ça a assez duré, souffle-t-elle. Ma grand-mère peut aller au diable !

— Ta grand-mère ?

Je ne comprends pas de quoi elle parle, mais la connaissant, je me doute que je vais recevoir une réponse d'ici peu. Son expression embêtée ne me dit rien qui vaille et je suis curieuse de savoir ce que sa grand-mère vient faire là-dedans.

— D'abord… je tiens à te dire que je suis désolée, commence-t-elle en se tournant vers moi. Ce n'est pas du tout dans ma nature d'agir comme je l'ai fait, mais on ne m'a pas vraiment laissé le choix. Quand tu es arrivée avec ce journal, j'ai paniqué… Ma grand-mère m'avait mise en garde, elle m'a dit que je ne devais pas devenir amie avec toi, que je devais seulement veiller sur toi et ça m'a paru complètement ridicule ! Je ne l'ai pas écoutée, mais quand tu as commencé à me poser toutes ces questions sur les loups, sur ta mère...

— Une seconde, lancé-je. Qu'est-ce que tu sais, au juste ?

— Je… je sais pour Ezra et ses frères, pour Luke et ta mère… pour Iris, récite-t-elle. Je sais absolument tout ce qu'il y a à savoir sur ce qui se passe dans cette ville.

— Mais… comment ?

Je perçois la gêne dans son regard. Elle n'est pas censée me raconter tout ça, mais je suis heureuse de voir qu'elle a changé d'avis. Jamais je n'aurais soupçonné qu'elle soit au courant, elle a bien caché son jeu… Quand je l'ai rencontrée, la première fois, j'ai simplement cru qu'elle était la seule volontaire pour me faire découvrir le lycée, qu'elle avait pris son rôle à cœur, qu'elle était peut-être un peu étrange et inhabituelle, mais adorable et de bon conseil. Je suis arrivée ici en étant persuadée que je finirais le lycée seule, en m'efforçant de me fondre dans la masse et de ne pas me faire remarquer. Luna a foutu en l'air tous mes plans, avec son optimisme permanent et ses mots rassurants. C'est sans doute pour ça que j'ai été tant frappée par cette distance qu'elle a soudain imposée entre nous : elle m'avait habituée à autre chose.

— Je suis… raaah, c'est juste trop bizarre comme mot ! s'écrie-t-elle. Disons que je suis une sorte de… sorcière, si on veut.

Elle mord dans son pain en jaugeant ma réaction d'un œil hésitant. Bouche bée, j'observe ses cheveux rose poudré, son pull rayé noir et violet trop grand pour elle, qu'elle porte sur des collants bleu marine. Il n'y a pas à dire, cette fille sort clairement du lot. Si seulement j'avais su à quel point.

— Une sorcière ? répété-je, hébétée.

— L'appellation exacte, c'est nymphe, détaille-t-elle en retroussant le nez. Mais je n'aime pas ça, ça me fait trop penser à ces créatures grecques, là, qui couchent à droite à gauche. C'est tellement péjoratif !

Elle part dans tous les sens et je sens qu'elle est nerveuse. Je pose une main sur son genou, et tente de capter à nouveau son attention.

— Luna, il faut que tu m'expliques, là ! dis-je. Ça commence à faire beaucoup.

Elle soupire, passe une main dans ses cheveux et plante son regard dans le mien. Je sens que de nouveaux secrets, que je ne suis pas censée connaître, sont sur le point d'être révélés. Aussi, je me prépare mentalement à cette idée, même si je ne sais pas trop comment. Je vais finir par remplir un bloc-notes entier avec tout ce que j'ai appris sur Woodhills depuis que je suis arrivée.

— OK, OK… marmonne-t-elle. Mais rappelle-toi que je ne suis pas censée te dire tout ça ! Si ma grand-mère l'apprend…

— Je commence à être habituée, dis-je. Je sais tout un tas de choses que je ne suis pas *censée* savoir !

— Ouais… bon. C'est un peu compliqué donc je vais essayer de te donner la version courte. Je suppose que tu as compris qu'il y a un monde totalement inconnu des… humains, un monde caché, en gros. Il y a trois éléments qui le composent : les loups, les gardiennes, et l'équilibre entre les deux. Les nymphes, ou appelle ça comme tu veux, sont là pour conserver cet équilibre. Notre mission est de le maintenir à tout prix, ce qui fait que nous n'appartenons à aucun camp.

— Et comment vous faites ça ? Vous faites… de la magie ? articulé-je.

— On ne transforme pas les méchants en crapauds ! s'indigne-t-elle. C'est plus subtil que ça, et plus limité aussi. On peut guérir une blessure, voir l'avenir, pressentir les choses, entre autres.

— Rien que ça, soufflé-je.

— Je suis encore en formation, ne t'attends donc pas à une démonstration !

Ahurie, j'observe son visage pendant qu'elle avale un autre morceau de son sandwich. Elle mange frénétiquement, comme si elle cherchait à se donner une contenance. Elle est clairement anxieuse d'aller à l'encontre des ordres de sa grand-mère. S'il s'agit encore une fois d'un truc de famille, je peux comprendre que ça la mette mal à l'aise de m'en parler, même si son état ne peut pas égaler le mien en ce moment. Mon cœur se serre, l'air se fait rare dans mes poumons et j'ai l'impression que ma gorge est soudain obstruée. Je n'arrive plus à respirer, ma vue se brouille et mes oreilles bourdonnent.

— Violet ?

J'entends la voix de Luna parvenir jusqu'à mes oreilles, mais elle est lointaine, comme si j'étais sous l'eau. Plusieurs images défilent devant mes yeux alors que je tente de ne pas sombrer. Les frères Folley, Ezra loup, Ezra humain, Ezra loup encore, Luke et sa cicatrice, ma mère, Iris, Luna… tout s'effondre autour de moi. Rien de ce dont j'étais certaine en ce monde n'est vrai. Toutes mes convictions, mes croyances, ont été balayées en quelques instants, quelques mots. Tout est parti en fumée et je ne peux rien faire pour l'en empêcher. Je ne me sens plus capable de contrôler ce qui se passe autour de moi et ça m'angoisse.

— Je… je n'arrive plus… plus à… re… respirer, articulé-je.

— Quoi ?

Je pose une main sur mon cœur, celui-ci bat à une vitesse folle. Je commence à paniquer.

— Oh ! Tu fais une crise d'angoisse ! s'écrie Luna avant de délaisser son sandwich. Attends, euh… regarde-moi, compte jusqu'à quatre et retiens ta respiration !

Je la regarde d'un œil confus, mais quand je décèle la détermination dans son regard, je m'exécute.

1… 2… 3… 4…

Je bloque l'arrivée d'air dans mes poumons et écoute Luna compter jusqu'à quatre à son tour. Quand je me remets à respirer, c'est déjà un peu plus facile. Sous les conseils de mon amie, qui tient mes mains dans les siennes, je réitère l'opération jusqu'à être totalement calmée. J'apprécie la sensation de l'oxygène qui m'envahit sans encombre et ferme les yeux un instant. Si mon corps est enfin en paix, mon esprit, lui, lutte toujours face au tumulte d'informations auquel il se trouve confronté ces derniers temps. Quand je repose les yeux sur Luna, je lui offre un sourire.

— Tu m'as manqué, soufflé-je.

Elle me sourit à son tour, et je sais que le sentiment est réciproque. Je ne résiste pas et la prends dans mes bras. Son parfum fleuri m'enveloppe et me rassure. Notre étreinte ne dure pas longtemps, mais elle suffit à sceller cet élan de renouveau dans notre amitié.

— Est-ce que ça va ? me demande-t-elle ensuite.

— Je… je ne sais pas, avoué-je en grimaçant. Je ne sais pas quoi faire de… tout ça.

Elle affiche une moue compatissante, une main posée sur mon genou en signe de soutien. Je suis heureuse qu'elle soit là, de retour dans ma vie. Je suis également soulagée qu'elle ait accepté de me parler et de se confier à moi. Je ne sais pas si je pourrai un jour m'habituer à l'idée qu'elle fait elle aussi partie de ce monde étrange dans lequel je me retrouve plongée malgré moi. À vrai dire… je suis moi-même liée à toute cette histoire, d'une certaine façon. Je suis l'humaine banale, l'enfant non désirée issue d'une aventure contre-nature entre une gardienne et un loup. Je suis spéciale, sans vraiment l'être, au fond.

— Pourquoi… pourquoi ta grand-mère ne voulait-elle pas que je sache ? demandé-je.

— Cette vieille cruche, marmonne mon amie. Elle est ultra traditionaliste ! Selon elle, une humaine comme toi ne doit rien savoir de tout ça, peu importe qui sont tes parents… si tu n'as pas le gène, tu dois rester dans l'ignorance. C'est complètement débile, si tu veux mon avis ! Tu es une Clayton, tu as le droit de connaître la vérité.

— Je suis contente que tu me l'aies dit, réponds-je. Même si je ne veux pas que tu aies de problèmes avec ta grand-mère… mais je pense qu'il va me falloir du temps. Tu sais, pour… me faire à l'idée.

Elle opine du chef, son éternel sourire optimiste accroché aux lèvres. Tout ça me fait peur. L'idée que je vis dans un monde où les monstres existent ne me rassure pas, même si je ne pense pas vraiment qu'Ezra et ses frères soient des créatures féroces assoiffées de sang. Je suis effrayée et en même temps, je ne peux m'empêcher de trouver ça fascinant. Me voilà plongée dans un monde étrange, sans que je n'aie rien demandé, et au milieu de tout ça, je dois gérer des émotions parfaitement normales pour une gamine de mon âge, mais qui n'ont rien de banal à mes yeux. Chaque réveil se fait plus difficile que le précédent, mais je dois continuer d'avancer et de prendre des décisions aux conséquences improbables.

Mais maintenant que Luna est là, je sais que je pourrai y arriver.

Chapitre 30
Coincée

Are You Gonna Be My Girl – Jet

Je profite de l'absence d'un de mes profs cette après-midi pour m'isoler dans le confort et la chaleur rassurante de la bibliothèque. La lumière tamisée, les murs sombres et les fauteuils rembourrés me mettent à l'aise et me permettent de réfléchir un peu. Machinalement, je sors mon carnet à dessin de mon sac et me mets à griffonner sans vraiment y penser, bien installée dans l'un des canapés en cuir au milieu de la salle. Quelques élèves étudient et chuchotent autour de moi. Le bruit des pages qui se tournent m'apaise et, pour la première fois depuis longtemps, je me sens bien. Luna, elle, a préféré rattraper son retard en maths en salle d'étude, et bien que je sois heureuse que nous nous soyons retrouvées, un peu de temps seule pour remettre de l'ordre dans mes pensées est toujours bienvenu.

Assez vite, je ne peux empêcher mon cerveau de se remettre en marche. Alors que mon crayon glisse sur le papier pour tracer les contours d'un visage encore inconnu, mes pensées dérivent vers Ezra. C'est déconcertant, de voir avec quelle facilité il parvient à s'imposer à moi, sans que je cherche à l'avoir dans la tête. Le souvenir de nos baisers me revient et je ne peux réprimer un frisson. Je crois qu'en réalité, je sais très bien ce que je veux et ce dont j'ai besoin. Mais comment puis-je désirer quelque chose aussi fort, tout en sachant ce que je sais ?

Je veux Ezra. C'est l'évidence même, je ne peux plus nier ce que mon cœur et mon corps réclament à l'unisson. J'ai beau y réfléchir, ressasser mille souvenirs, je n'ai jamais ressenti quelque chose d'aussi fort pour quelqu'un. Il y a quelques années, quand j'ai commencé à m'intéresser aux garçons, je me suis rapidement braquée. Ma mère venait de mourir, je n'avais pas spécialement envie de souffrir à cause d'un mec, alors je me suis contentée de faire quelques découvertes. Je me suis juré de ne jamais tomber amoureuse, parce que je ne voulais pas avoir à faire face à ce genre de peine à nouveau. Je voyais déjà ce que l'amour avait infligé à mon père, je ne voulais pas ressembler à une épave. Perdre quelqu'un qu'on aime… ça nous déchire. Ça nous met plus bas que terre. Si je me suis plus ou moins relevée, je sais que je ne pourrais pas le supporter une seconde fois.

Pourtant, j'ai de plus en plus de mal à ne pas me convaincre que le jeu en vaut peut-être la chandelle, que toute cette souffrance n'est rien en comparaison avec le bonheur qu'une relation telle que celle qu'Ezra envisage avec moi pourrait m'apporter. Il est clair que ce qui nous lie n'a rien d'une banale amourette d'adolescents. Mais ce n'est pas la puissance de notre attirance ou de nos sentiments qui me fait peur. J'ai plutôt l'impression que s'il lui arrivait quelque chose, m'autoriser à l'aimer autant ne ferait que décupler ma tristesse, en fin de compte. Quand il sera parti. Quand il devra me quitter. Parce que c'est inévitable, je le sais : j'ai l'habitude qu'on m'abandonne, c'est dans l'ordre des choses.

Alors que cette pensée s'imprègne dans mon esprit, je cesse de dessiner pour admirer mon esquisse. Encore une fois, c'est un visage familier qui me fait face, mais il a quelque chose de particulier. C'est moi… mais pas tout à fait. En tout cas, j'ai du mal à me reconnaître, parce que la lueur dans mon regard est différente. Je n'y décèle aucune trace de mon habituelle colère. Ça ressemble plutôt à… de la joie. Du bonheur, pur et simple.

Voilà qui est assez perturbant.

— Est-ce que je suis dedans ?

Je sursaute et referme précipitamment mon carnet en regardant par-dessus mon épaule, la voix d'Ezra caressant mes tympans de sa douce musique. Je ne l'ai même pas entendu arriver ! Et maintenant que je le regarde, la chaleur dans ma poitrine se manifeste, comme si elle avait toujours été là, mais bien enfouie pour pouvoir me prendre par surprise. Il est penché juste au-dessus de moi, son visage est si près du mien que je peux sentir son souffle sur ma peau. Mon cœur tressaute, mais je me racle la gorge et m'écarte pour me reprendre. Il sourit de cet air malicieux qui lui va si bien, avant de se redresser. Je le regarde contourner le canapé sur lequel je suis assise, mes genoux repliés contre moi. M'efforcer de ne pas le dévisager est compliqué, alors je reporte mon attention sur mon dessin, comme si sa présence n'avait pas d'importance. Quand je sens le fauteuil s'affaisser légèrement, je soupire.

— Qu'est-ce que tu veux ? demandé-je, consciente qu'il n'a pas l'intention de partir.

— Rien du tout, répond-il en haussant les épaules. J'évite Leo, en fait. Il essaie de me convaincre de rejoindre l'équipe de foot, alors je suis venu dans le seul endroit dans ce bahut qu'il ne connaît pas encore, histoire de le semer pour de bon !

Je lève les yeux au ciel et me retiens de rire. Bizarrement, même si je suis certaine que ce n'est pas vraiment une coïncidence qu'on se retrouve ici tous les deux au même moment, je ne peux pas m'empêcher de me dire qu'il m'a manqué. Sa voix, son odeur, sa présence, je m'en languissais sans même le savoir. Mais étant donné que je suis têtue comme une mule et que je refuse de le laisser gagner à ce petit jeu, je n'en laisse rien paraître et me contente de l'ignorer.

— Tu as une idée pour le devoir d'Histoire ? demande-t-il d'un ton innocent.

— Non, soupiré-je, feignant l'exaspération.

— Ouais, je sais, moi aussi ça me gonfle, dit-il en reniflant.

Je lève les yeux vers lui, tentant de lui faire comprendre que je n'ai pas envie de discuter. Sa seule présence près de moi me perturbe suffisamment et je n'ai pas encore pris ma décision le concernant. Ou en tout cas, c'est ce que j'essaie de me répéter pour retarder l'inévitable, car mon ego ne supporterait pas de le voir triomphant. Il sourit et lève les mains en capitulant.

— D'accord, je me tais ! se résigne-t-il. Mais tu ne peux pas m'empêcher de rester là, c'est un pays libre, tu sais.

À ces mots, il sort un livre de son sac à dos. Je reconnais un exemplaire corné de *Gatsby le Magnifique*. Sans doute une lecture imposée. Il s'installe plus confortablement dans le canapé et pose sa cheville sur son genou, dans une position décontractée. Je l'observe en catimini. Aujourd'hui, il porte un jean brut, déchiré aux genoux, sur un sweat à capuche gris clair. Il ne m'a pas habituée à ce genre de couleur dans sa garde-robe, mais ça lui va plutôt bien. Le noir de ses cheveux est mis en valeur, ce qui contraste avec le bleu intense de ses iris. Ezra lève soudain ses yeux vers moi, me prenant sur le fait. Je secoue la tête et perçois tout juste son demi-sourire, avant de reporter mon attention sur mon dessin.

Je pressentais qu'il finirait par céder à son impatience. C'est moi qui lui ai imposé ce silence, je me doute qu'il se pose des questions, surtout vu la façon dont nous nous sommes quittés la dernière fois. Le voir assis là m'apaise et en même temps, sa proximité me donne envie de plus. Je pourrais tendre la main et toucher son bras qui repose sur le dossier du canapé que nous partageons, mais je n'en fais rien. C'est pour cette raison que j'ai pris mes distances, parce que sa seule présence me perturbe trop. Je ne peux plus réfléchir clairement quand il est dans les parages.

Je n'ose pas briser le silence agréable qui s'est installé, alors qu'il est plongé dans sa lecture, les sourcils froncés. Concentré, il bouge de temps à autre pour griffonner quelque chose dans les marges avec un crayon. Il m'apparaît soudain comme un garçon tout ce qu'il y a de plus normal. Séduisant, intelligent, au sommet de sa forme, en proie à tous les doutes qu'un ado de notre âge connaît habituellement. Personne ne pourrait deviner, en le voyant ainsi, qu'il est capable de se transformer en une bête sauvage. Il me reste tout un tas à de questions à lui poser à ce sujet, mais je ne pourrais pas m'aventurer sur ce chemin sans me trouver complètement happée par son charme et par cette connexion qui s'est établie entre nous.

Le temps passe sans que j'en prenne conscience. Je me concentre sur la respiration d'Ezra près de moi, tout en gribouillant. Je l'observe à la dérobée, le surprends de temps à autre à faire de même, mais pas une seule fois je ne craque, et lui non plus. Je ne remarque pas que la bibliothèque se vide, que les heures s'égrènent, ni même que je suis en train de louper mon dernier cours de la journée. Je suis bien trop fascinée par ce que je ressens, par ce qu'Ezra provoque en moi en étant simplement assis là, sa main proche de mon genou sans jamais le toucher.

Ce n'est que lorsque je réalise qu'il n'a plus tourné une nouvelle page depuis trop longtemps pour être toujours en train de lire, que je lève les yeux vers les fenêtres.

Il fait nuit. *Il fait nuit ?*

Je me redresse, referme mon carnet et jette un œil à mon téléphone. Il est passé dix-huit heures.

— Bordel de merde ! juré-je dans ma barbe.

Alerté par mes mouvements brusques, Ezra lève les yeux vers moi. Je vois à son air ahuri qu'il se rend enfin compte, lui aussi, de l'heure tardive. Je ne lui adresse plus un regard et m'attèle à rassembler mes affaires pour rentrer chez moi au plus vite, avant qu'Iris ne lance le FBI à ma recherche.

Je fonce vers la sortie, et tente d'ouvrir la porte, mais celle-ci me résiste. Je m'acharne sur la poignée, rien n'y fait. Je regarde à travers la vitre, le couloir est sombre. J'essaie encore… c'est fermé.

Super. Fait chier !

Je râle à haute voix, ignorant le regard amusé d'Ezra sur moi, et sors mon téléphone de ma poche. Je tente d'appeler Iris, mais évidemment, il n'y a pas de réseau dans cette fichue bibliothèque.

— Un problème ? argue-t-il.

Je lui lance un regard noir, mais il ne se départ pas de son rictus narquois. Je me tourne à nouveau vers la porte et tente le tout pour le tout, quitte à avoir l'air ridicule. Je frappe du poing sur le bois, j'appelle à l'aide, espérant qu'une âme perdue traîne encore dans les parages pour me sortir de là. Moi qui voulais mettre à tout prix de la distance entre nous, voilà qu'après deux semaines de paix seulement, je me retrouve enfermée avec Ezra Folley dans la bibliothèque du bahut ! Si ça, ce n'est pas le destin… à moins qu'il ne l'ait fait exprès. Après tout, la bibliothécaire ne serait pas partie en nous enfermant sans vérifier avant… comment aurait-il fait ? Je pourrais me mettre en colère, mais ça ne servirait à rien. Je ne vais pas lui donner cette satisfaction.

J'abandonne après cinq bonnes minutes et soupire en me laissant glisser contre la porte. Je ramène mes jambes contre moi et enfouis mon visage entre mes bras. Ça ne peut pas se produire maintenant ! Je tente de dissimuler la panique qui m'envahit, mais j'entends bientôt des pas se diriger vers moi.

— Tu n'es pas claustrophobe, au moins ?

Je soupire et lève un regard excédé vers lui. Il se tient à quelques mètres de moi, debout dans ses Converse, les mains dans les poches de son jean. Il affiche un air préoccupé qui me fait lever les yeux au ciel. Je reporte mon regard sur les fenêtres. Elles ne s'ouvrent pas, mais peut-être pourrais-je en briser une pour m'échapper d'ici ? Ce ne serait pas la première fois que je vandalise un établissement scolaire, je ne suis plus à ça près. Puis, nous sommes au rez-de-chaussée, je ne risque pas de me casser un bras en sautant par là.

Décidée, je me lève, ignorant le regard interrogateur d'Ezra tandis que je passe devant lui. Je cherche autour de moi quelque chose qui pourrait briser aisément le double vitrage. Je n'ai à ma disposition qu'une dizaine de chaises rembourrées et une flopée d'agrafeuses et de tampons sur les bureaux.

— Qu'est-ce que tu fais ? me demande Ezra depuis l'entrée.

— Je suis sûre que je pourrais casser une fenêtre, lancé-je. Avec une de ces chaises.

— Elles sont beaucoup trop lourdes, dit-il en secouant la tête d'un air blasé.

J'ignore son avertissement, et m'empare de l'une d'elles par les accoudoirs. Je fixe la fenêtre devant moi, me prépare mentalement à ce que je m'apprête à faire. Dans un élan maladroit, je soulève le siège… et me sens partir en arrière.

Un cri m'échappe au moment où je m'attends à rencontrer la surface dure du sol recouvert de moquette. Pourtant, quand j'atterris, ce sont des bras chauds qui m'entourent et me tiennent fermement pour m'éviter une méchante chute. J'ouvre les yeux, me laissant envahir par la sensation de quiétude que provoquent les bras d'Ezra autour de moi. Son visage se matérialise face au mien.

— Je te l'avais dit, souffle-t-il.

Je déglutis avant de me dégager de son emprise, refusant de le laisser avoir un quelconque avantage sur moi. À nouveau debout sur mes jambes, je regarde la fenêtre d'un air mauvais. Je suis réellement coincée ici avec lui, et cette idée ne m'enchante pas du tout.

***

Après avoir tenté d'ouvrir la porte de derrière, avoir envisagé de passer par la bouche d'aération à la John McClane, de confronter Ezra et son plan machiavélique pour m'obliger à lui parler – puisqu'il ne peut s'agir que de ça, après tout – et après avoir exploré chaque recoin de cette bibliothèque dans l'espoir de trouver ne serait-ce qu'une petite barre de réseau, je capitule enfin et retourne m'affaler dans le canapé en soupirant d'exaspération. Je ne cesse de vérifier mon téléphone, au cas où, mais c'est peine perdue. Ezra est assis au bureau de la bibliothécaire, les pieds posés sur le meuble. Il joue avec un trousseau de clés en le lançant en l'air. Il est bien trop serein à mon goût.

— Comment tu peux être aussi calme ? demandé-je, ahurie.

— Qu'est-ce que tu veux qu'on fasse ? dit-il en haussant les épaules. Le gardien est à l'autre bout du bâtiment, et il ne fera pas sa ronde avant deux bonnes heures. Il suffit de patienter.

— Tu m'as l'air bien renseigné, asséné-je.

Il se contente de me sourire, comme d'habitude. Je croise les bras sur ma poitrine et me perds dans la contemplation des étagères qui se dressent devant moi. Je n'ai plus qu'à chercher comment occuper mon temps pendant les deux prochaines heures, tout en évitant de penser au fait que l'objet de toutes mes dernières obsessions se trouve dans la même pièce que moi. Histoire de rester en mouvement et de lui couper l'envie de faire la conversation, je me lève et arpente les rayonnages, feignant de chercher de quoi lire.

Je tombe sur un vieil exemplaire des *Fleurs du Mal.* Je m'y plonge distraitement, me souvenant qu'il s'agissait d'un des ouvrages préférés de ma mère. Soudain, alors que je tente de déchiffrer les élucubrations de Baudelaire, une idée me vient en tête. J'avance entre les étagères tout en décryptant les pancartes indiquant dans quelle section je me trouve. Quand je déniche mon bonheur, un sourire se dessine sur mes lèvres. J'effectue un rapide calcul… et tombe enfin sur l'annuaire que je recherche : 1989. L'année où ma mère a été diplômée de ce lycée. Je m'empare du grand bouquin, délaissant le recueil dans une allée quelconque, et retourne m'installer sur le canapé.

Ezra n'a pas bougé. Me voyant revenir et remarquant sans doute le sourire béat sur mes lèvres, il se redresse. Moi, je n'ai d'yeux que pour la vieille couverture bleu marine, sur laquelle les mots *Woodhills High School – 1989* sont imprimés en grosses lettres blanches, agrémentées de l'emblème du lycée : une tête de loup. Ce détail me fait sourire davantage.

À nouveau, je sens qu'Ezra s'approche et s'assoit à côté de moi, maintenant tout de même une bonne distance entre nous, sans doute pour ne pas me contrarier de plus belle. J'ouvre l'annuaire, et fais défiler plusieurs pages jusqu'à trouver les photos individuelles. Quand je tombe enfin sur le visage familier de ma mère, une douce mélancolie m'envahit. J'effleure sa photo du bout des doigts, son visage figé dans une jeunesse éternelle sur le papier brillant me sourit. Ses grands yeux semblables aux miens me fixent avec cette intensité qui n'appartenait qu'à elle. Sous son portrait, je peux lire sa citation.

« Si le bonheur était une destination, je voudrais ne jamais arriver, car j'en oublierais d'apprécier ma route. »

Mes yeux s'embuent d'eux-mêmes, mais je ravale ma tristesse pour me laisser envahir par les souvenirs heureux que ce visage me procure. Ils remontent à si loin que j'ai du mal à me remémorer certains détails. Les sensations sont plus faciles à retrouver : le timbre de sa voix quand elle me lisait une histoire pour m'endormir, ses yeux rieurs quand elle me racontait une blague vaseuse, le son de son rire quand elle me trouvait drôle. Tout est encore si frais dans ma tête que je me demande comment c'est possible.

— C'est ta mère ?

Je jette un regard vers Ezra, qui s'est approché sans même que je m'en aperçoive. Il a le regard rivé sur la photo de Lily, l'air quelque peu fasciné. Je hoche la tête.

— C'est dingue comme tu lui ressembles, souffle-t-il.

Je détaille son visage sans craindre qu'il me surprenne, cette fois. J'oublie qu'il n'a jamais rencontré ma mère en personne. Elle n'a jamais eu le temps de lui faire promettre elle-même de ne rien me révéler quant aux secrets de Woodhills. C'est curieux. Je me demande ce qui l'a poussé à accepter de tenir cette promesse pour une femme qu'il n'a jamais rencontrée.

Je fais défiler d'autres pages et retrouve encore le visage souriant de Lily sur quelques photos plus candides. Elle portait une robe blanche à corset pour son bal de promo. J'admire sa beauté naturelle alors qu'elle danse, figée, dans les bras de mon père. Il lui sourit, complètement subjugué, et je me souviens les avoir surpris plus d'une fois en train de danser dans notre salon, alors que je n'étais qu'une enfant, cachée en haut des escaliers, à les observer en train de s'aimer. J'ai beau avoir des centaines de souvenirs avec elle, j'ai toujours cette étrange impression de ne pas l'avoir vraiment connue. Elle ne me parlait jamais de sa vie, ici. Ce n'est qu'à travers les histoires des habitants du coin, les pages de son journal et celles de cet annuaire que je parviens à entrevoir qui était Lily Clayton.

— Elle a l'air si… commence Ezra.

— Normale ? complété-je.

Il grimace et détourne le regard un instant, avant de poser les yeux sur moi. Je le sens m'observer, pourtant je garde les yeux rivés sur l'annuaire sans vraiment le voir. Je ne veux pas affronter ce qui traverse ses prunelles en cet instant.

— Je ne comprends pas pourquoi tu as autant de mal à accepter tout ça, dit-il. C'est ton héritage. C'est ce qu'elle t'a légué. Même si elle n'a pas voulu qu'il en soit ainsi, c'est le cas, et tu ne peux rien y changer.

Je sais pertinemment de quoi il parle, mais je me refuse à le formuler à voix haute. Certes, ces histoires de loups, de gardiennes et de… nymphe – Luna a raison, ce mot est vraiment étrange, même en pensée – constituent mon héritage, mais ça me dépasse complètement. J'ai toujours su que quelque chose clochait chez moi, que je n'étais pas à ma place, comme si j'étais née au mauvais moment, dans le mauvais corps. Mon âme me paraît plus vieille que moi. Je pensais qu'en découvrant tous les secrets de ma mère, je finirais par comprendre qui je suis réellement, pourquoi je me sens toujours aussi déphasée. Seulement, je n'ai fait qu'apprendre une vérité bien plus cruelle : je ne suis rien d'autre que le fruit d'une bêtise, d'un caprice entre deux adultes solitaires en manque de chaleur humaine.

Pire encore, j'ai découvert que Woodhills faisait partie de moi, plus que je ne l'aurais cru, et ça, ça m'effraie.

— Je ne crois pas au destin, lâché-je sans lever les yeux. Je ne suis pas le genre de fille à croire que l'univers a un chemin prévu pour moi. Je ne veux pas me dire que c'est ça qui m'a amenée ici, que… que ce qu'on vit en ce moment était tout tracé. Que je ne peux pas y échapper.

Le silence s'abat entre nous. J'ai envie de croire que j'ai encore un certain contrôle sur tout ça, que je peux décider seule de ce que j'en pense et de ce que je vais faire de tout ce que j'ai appris. Mais je sais qu'au fond, je n'y pourrai jamais rien. Je suis liée malgré moi aux Folley, à Ezra, d'une manière qui me terrorise et me fascine tout à la fois.

— Que ce soit le destin ou autre chose, articule-t-il, je suis content que nos chemins se soient croisés. Même si tu décides de l'ignorer, je suis heureux de savoir qu'il y a quelqu'un sur cette terre qui puisse me faire ressentir des choses aussi fortes.

Je lève les yeux vers lui et avise son sourire sincère. Plus aucune trace d'insolence n'entache son visage, et je ne peux empêcher ses mots de me réchauffer de l'intérieur. À mon tour, je laisse la commissure de mes lèvres se soulever. Moi qui avais peur, en arrivant ici, de n'être plus qu'une coquille vide, sans aucune capacité de ressentir quoi que ce soit d'autre que la colère, la tristesse, la souffrance. Le goût amer que m'avait laissé la mort de ma mère a disparu au contact d'Ezra, et je dois me rendre à l'évidence : moi aussi, quelque part, je suis heureuse d'être là, et de savoir que quelqu'un comme lui existe pour me faire ressentir ça.

Chapitre 31
Sacrifice

So Far Away – Avenged Sevenfold

— Comment es-tu arrivé ici ? demandé-je à Ezra.

Je me rends compte que je baisse ma garde, mais quelque part, ça devait arriver. Recroquevillée sur le canapé, je fais face au loup qui m'observe d'un air hésitant à la suite de ma question. Je sais déjà qu'il n'aime pas se confier à moi sur son passé, sur sa vie en général. Il a bien dit lui-même que je posais trop de questions. Je ne sais pas s'il s'agit de l'ambiance tamisée de la bibliothèque ou le fait que nous soyons coincés ici tous les deux, mais je me prends à espérer que sa langue se délie ce soir, qu'il voie là une occasion de se rapprocher de moi. Je lui offre une ouverture, une infime possibilité qu'au final, je me laisse engloutir par mes sentiments.

— Je… c'est une longue histoire, dit-il d'une voix rauque.

— On a du temps, je te signale, rappelé-je en levant les yeux au ciel.

Il rit, et je ne peux m'empêcher de sourire à l'entente de ce son. Mon cœur se réchauffe, mon ventre me chatouille, et je meurs d'envie de le toucher. Avoir autant besoin de son contact me fait peur.

— Ce n'est pas une histoire super réjouissante, dit-il en grimaçant. Je risque de plomber l'ambiance.

— Ezra…

Ses iris océan se plantent dans les miens et je tente de lui faire comprendre, d'un regard, qu'il peut me faire confiance. Je réalise à quel point c'est idiot d'agir de la sorte quand je me souviens qu'une des dernières choses que je lui ai dites, c'est que je ne pouvais pas lui faire confiance, à lui. Pourtant, ma volonté s'étiole à mesure que les minutes s'écoulent. Folley soupire, résigné, et se tourne légèrement sur le canapé pour me faire complètement face. Il pose un bras sur le dossier, tandis que moi, je ne bouge pas d'un pouce.

— Je viens d'une petite ville du Minnesota, dit-il. Semblable à celle-ci, je suppose. Je ne m'en souviens pas trop, j'avais huit ans quand je suis parti. Mes parents… mes parents étaient des loups, comme tu t'en doutes. Nous avions une grande famille et j'étais le plus jeune. Notre territoire était fortement convoité pour sa position stratégique et un jour… il y a eu une attaque d'une meute voisine.

Il s'interrompt soudain, et je peux voir la tension envahir ses traits. Il est clairement en proie à de mauvais souvenirs, aussi je garde le silence et me montre patiente. J'aime l'écouter parler, sa voix est douce et posée, comme lorsqu'il m'a tout révélé dans la grange il y a deux semaines. Je suis complètement hypnotisée par son récit.

— Ma famille s'est battue longtemps… Plusieurs de mes oncles et tantes sont morts. Puis leurs ennemis ont commencé à s'attaquer aux civils. Ils ont fait plusieurs victimes, ils étaient impitoyables… à l'opposé de ce en quoi mes parents croyaient. Ils voulaient vivre en harmonie avec les humains, et non les martyriser. Une nuit, un petit garçon a été attaqué… il était sur le point de mourir, alors mes parents ont essayé de le sauver. Mais…

À nouveau, il hésite, fronce les sourcils, le regard rivé sur ses doigts qui triturent la couture du canapé. Je garde les yeux rivés sur son visage, et quand il porte son regard sur moi, je sens mon cœur rater un battement.

— Tu vas me dire que ça te paraît évident, mais les loups ne peuvent pas mordre un humain né sur leur territoire, explique-t-il. C'est une des règles les plus anciennes qui régit notre espèce. Si un loup vient à enfreindre cette loi, ça laisse le champ libre à un gardien pour… se débarrasser du problème. C'est pour ça qu'on ne t'a pas amenée à l'hôpital ni chez toi. Si Iris avait eu vent de ce que Tyler avait fait, elle aurait dû le tuer. Donc, ce gamin allait mourir et le seul moyen que mes parents ont trouvé pour lui sauver la vie, c'était de le mordre. Ils connaissaient le prix à payer pour leur décision, mais ils l'ont fait quand même.

— Alors… soufflé-je. Tes parents ont été tués par un gardien ? Parce qu'ils ont voulu sauver la vie d'un enfant ?

Quand Ezra hoche la tête, la douleur de ces souvenirs déformant ses traits, un frisson me parcourt l'échine. Je n'ose pas imaginer la peine qu'il doit ressentir à évoquer cette histoire. Certes, il était tout jeune, il ne doit pas se souvenir de grand-chose et probablement que la plupart de ce qu'il sait lui a été raconté par d'autres. Néanmoins, je ne peux m'empêcher de ressentir un élan de compassion immense pour lui. Il a vécu des choses atroces, il a été témoin de bien des horreurs et pourtant, il est là, face à moi, plus solide que jamais.

— Luke a eu vent de ce qui s'est passé, et il est tout de suite venu me chercher, dit-il ensuite.

— Qu'est-il arrivé au garçon ? demandé-je. Celui que tes parents ont mordu ?

— Il a survécu, dit-il en souriant d'un air pensif. D'ailleurs, il t'a mordue il y a quelque temps de ça.

J'écarquille les yeux, choquée par cette révélation.

— Tyler ? lâché-je.

Il laisse échapper un rire amusé. Je ne sais pas si j'ai vraiment envie de me joindre à lui, sachant que les souvenirs de cette nuit-là sont encore très vifs dans mon esprit et me tirent encore quelques frissons. Passé la petite plaisanterie, Ezra recouvre son sérieux. Je peux aisément déceler la souffrance qui brille dans ses prunelles.

J'aimerais tendre la main et effacer du bout des doigts la petite ride qui se creuse entre ses sourcils quand il les fronce.

— Mes parents se sont sacrifiés pour lui sauver la vie et quelque part, je leur en ai voulu pendant un temps, lâche-t-il.

— Je te comprends, réponds-je. Je ne sais pas si je dois en vouloir à ma mère d'avoir quitté Woodhills en sachant pertinemment que ça la tuerait. Je comprends qu'elle ne pouvait pas rester, mais… je ne sais pas, j'aurais aimé qu'elle réfléchisse à une autre solution.

Il ne peut y avoir qu'une seule gardienne, à Woodhills. Je trouve cette règle complètement débile. Que se serait-il passé, si ma mère était restée alors qu'Iris prenait ses fonctions de gardienne pour lui succéder ? Serait-elle tombée malade également ? Serait-elle morte de toute façon, qu'elle reste ou qu'elle parte ? Comme s'il lisait dans mes pensées, Ezra s'approche de moi, et pose une main sur mon poignet.

— D'après ce que je sais, les gardiennes ne peuvent pas quitter leur territoire plus de deux jours d'affilée. Tu ne peux rien y changer. Ce qui est fait est fait. Lui en vouloir ne te sert à rien.

Je le regarde, et comme à chaque fois que je plonge dans l'océan de ses yeux, je ne réponds plus de rien. Cette situation m'en rappelle étrangement une autre, lorsqu'il est venu me retrouver avec Finn dans la grange après mon… accident – puisque c'est ainsi qu'il en parle. Je me souviens de ses mains sur mon visage, de ses yeux aux pupilles dilatées…

— Qu'est-ce que tu m'as fait, dans la grange ? murmuré-je. Je… Tu as dit que je n'étais pas censée me souvenir.

Il baisse les yeux, lâche mon poignet, mais ne se recule pas. À la place, il se met à jouer distraitement avec une de mes tresses, caressant les mèches du bout de ses doigts. Plusieurs frissons m'envahissent, mais je tente de rester stoïque, car je tiens à obtenir une réponse.

— Je…, commence-t-il avant de se racler la gorge. Certains nés-loups naissent avec des… capacités particulières. C'est très rare, mais… ça arrive.

— Et quelle est la tienne ? deviné-je.

Sa bouche se tord en une grimace hésitante, mais je ne lâche rien. Je le laisse jouer avec mes cheveux, je le laisse s'approcher, mais tout ce que je veux, c'est une réponse. Je pense avoir déjà quelques éléments de vérité rien qu'avec ce qu'il vient de m'avouer, mais je veux l'entendre le dire.

— Je peux influer sur la mémoire des gens. Au début, je pouvais simplement effacer quelques instants, quelques minutes, mais avec le temps, j'ai appris à remplacer des souvenirs, faire oublier plusieurs jours, plusieurs semaines… Mais je ne peux pas faire ça sur un né-loup. Sur quelques mordus simples d'esprit, peut-être, mais c'est plus difficile.

— C'est pour ça que ça n'a pas marché, avec moi, conclus-je. Parce que même si je ne suis pas vraiment un loup, je porte le gène.

Il hoche la tête, et je le sens honteux. Tant mieux, il ne devrait pas être fier d'avoir usé de son don sur moi. C'est une atteinte à mon libre arbitre, après tout. Je comprends pourquoi il l'a fait, il voulait protéger son secret et sans doute m'éviter des souvenirs douloureux. Il ne savait pas, à ce moment-là, que j'étais la fille de Luke. Il ne savait pas que ça n'allait pas fonctionner. Voyant que je me raidis, il se redresse, lâche ma tresse, et reprend sa place contre le dossier du canapé. Je suis certaine qu'il s'en veut, néanmoins, j'ai besoin qu'il comprenne que ses beaux sourires et ses regards aguicheurs ne résolvent pas tout. Ça a peut-être marché avec ses précédentes conquêtes – car il doit forcément y en avoir, non ? – mais pas avec moi. Je suis beaucoup plus difficile à convaincre, je suis sûre qu'il s'en est aperçu, depuis le temps.

Je continue à feuilleter distraitement l'annuaire, pendant qu'Ezra m'observe de temps à autre. Une autre heure passe, et je commence à m'impatienter. Le gardien n'arrive toujours pas, et je sens qu'en rentrant, je vais me faire incendier par ma sœur. Soudain, le loup se lève, visiblement tout aussi excédé que moi d'être coincé ici depuis trop longtemps. Il se dirige vers les fenêtres, et à mon tour, je quitte le canapé pour le suivre.

— Qu'est-ce que tu fais ? l'interrogé-je.

Il ne me répond pas, et comme moi tout à l'heure, il s'empare d'une des chaises… et la balance à travers le carreau. Le bruit est assourdissant, le choc est impressionnant et m'a forcée à reculer de quelques pas. Il a balancé ce siège avec une telle facilité !

— Putain de merde, Ezra ! m'énervé-je en m'approchant de lui. Tu aurais pu faire ça dès le départ, bordel !

Il éclate de rire avant de se tourner vers moi.

— Je suis désolé, dit-il en ricanant. Je pensais vraiment que le gardien viendrait ! Et je voulais passer un peu de temps avec toi, c'était l'occasion rêvée.

Une fois à sa hauteur, je le toise de mon regard le plus meurtrier, mais il se contente de me sourire d'un air amusé. Je lui assène un coup de poing sur l'épaule, furieuse qu'il n'ait pas pensé à ça plus tôt. Néanmoins, je dois bien l'admettre : ces quelques heures passées en sa compagnie m'ont fait du bien. J'ai découvert une autre facette de son histoire, de sa personnalité, et alors que je ne pensais pas que c'était possible, je le trouve encore plus fascinant qu'avant.

Nous nous faisons face pendant ce qui me semble une éternité. Sa main s'avance vers moi pour attraper à nouveau ma tresse entre ses doigts. Le froid s'engouffre par la fenêtre brisée et me fait frissonner.

— On ferait mieux d'y aller, déclaré-je.

Je m'écarte et retourne près du canapé pour récupérer nos affaires. Je délaisse l'annuaire, me promettant de fouiller dans les affaires de ma mère au grenier dans l'espoir d'y trouver son exemplaire, et retourne près d'Ezra en lui tendant son sac à dos. Il me remercie d'un sourire avant d'aviser les dégâts qu'il a causés. Il y a du verre absolument partout, impossible de passer sans se couper. Je le regarde ôter son sweat et l'étendre sur le rebord de la fenêtre. Il prend ses appuis et, dans un geste gracieux, il saute au travers avant d'atterrir dehors. J'ajuste mon bonnet sur ma tête pendant qu'il m'offre un sourire victorieux, avant de me tendre ses mains.

— Viens, je vais t'aider.

Je m'avance, attrape ses mains et ignore la décharge électrique qui parcourt ma peau à son contact. Quand je m'aperçois que le rebord est bien trop haut pour que je passe en sautant, je grimace, ce qu'Ezra semble remarquer. Sans attendre mon consentement, il me lâche les mains et m'attrape par la taille, avant de me soulever avec une facilité déconcertante. Mes pieds touchent le sol, mais mon cœur flotte encore dans les airs, mes hanches vibrent sous ses mains, et je constate que mes bras ont entouré son cou par réflexe.

— Merci, soufflé-je.

Il ne me lâche pas et mes bras restent en position. Ce geste me paraît tellement naturel, comme si j'avais fait ça toute ma vie, comme si c'était ma place. Le sourire satisfait qu'il affiche habituellement a disparu. Cette fois, je perçois ses yeux assombris par le désir, sa respiration saccadée qui se cale sur la mienne. Instinctivement, je laisse une de mes mains remonter vers sa nuque et je m'accroche à ses cheveux, comme pour lui donner mon autorisation. Il m'interroge du regard un instant, avant de poser les yeux sur mes lèvres entrouvertes.

— Tu es sûre ? demande-t-il dans un souffle.

Je suis touchée qu'il me le demande, parce qu'en réalité, je ne suis jamais sûre de rien en ce qui nous concerne. J'ai peur de le désirer, j'ai peur de tomber et de me faire très, très mal. Mais…

— Je suis fatiguée, murmuré-je pour reprendre ses propres mots.

Je sens qu'il perçoit ma peur, car son regard s'adoucit. L'une de ses mains quitte ma taille pour venir replacer une de mes mèches rebelles derrière mon oreille, en un geste qui m'aurait écœurée si ça ne venait pas de lui, tant je le trouve cliché. Mais rien n'est jamais cliché quand il s'agit d'Ezra. J'ai l'impression qu'il me connaît par cœur, alors que nous nous sommes rencontrés pour la première fois il y a un peu plus d'un mois seulement. C'est comme si nos âmes se connaissaient déjà, comme si elles s'étaient cherchées pendant un million d'années.

Des âmes sœurs…

Sa paume vient se loger à son tour dans le creux de ma nuque, dans une lente caresse qui m'arrache quelques frissons. Son regard coule sur mon visage, il me brûle la peau, je ne sens même pas le froid du vent qui fouette mon dos. Je ne sais pas ce qu'il attend. Peut-être cherche-t-il la certitude dans mes prunelles. Pour la première fois, je comprends ce qu'il a voulu dire, juste avant notre premier baiser dans les bois. C'est vraiment trop difficile de résister et je sens que cette fois, je vais céder la première.

Je ne réfléchis pas plus longtemps et me hisse sur la pointe des pieds pour sceller nos lèvres. Ce baiser-là est totalement différent de ceux que nous avons pu échanger avant. Il est lent, doux, tendre et apaisant. Il ne me déchire pas en deux, mais il me rassure. Quand sa main sur ma taille se déplace pour venir se poser entre mes reins, j'en profite pour rapprocher mon corps du sien. Une douce chaleur m'envahit, comme lorsqu'on se blottit au coin de la cheminée en plein hiver.

Comment ai-je pu lutter aussi longtemps contre ça ? Comment ai-je pu me voiler la face si facilement, refusant de voir l'évidence ? Nos corps s'emboîtent avec une telle aisance que c'en est déroutant, nos lèvres se caressent comme si elles étaient faites pour ça. Quand sa langue s'insinue dans ma bouche, caressant la mienne avec douceur, une nuée de papillons s'envolent et tourbillonnent dans mon ventre. Il n'y a que tendresse et désir enflammé dans notre étreinte. L'urgence de nos premiers échanges a disparu, car désormais, nous pouvons prendre notre temps. Je découvre ce qui le fait grogner contre mes lèvres en tirant sur ses cheveux, j'apprécie le doux son de sa respiration désordonnée quand je mordille sa lèvre inférieure, j'imprime dans mon esprit la chaleur de ses mains sur mon corps et la douceur de ses doigts dans mon cou. Mais fidèles à nous-mêmes, l'atmosphère change, et bientôt, le désir prend le pas sur la douceur. Mon corps s'enflamme quand il se fait plus pressant contre ma bouche, mon entrejambe me brûle quand il se serre davantage contre moi. Je peux sans aucun mal sentir la source de son excitation qui gonfle dans son jean. Ce détail me fait trembler d'impatience. Pourtant, je n'oublie pas où nous sommes, je n'oublie pas qu'il s'est passé plusieurs heures sans que je puisse contacter Iris… et mon téléphone ne l'a pas oublié non plus.

Je le sens vibrer de manière intempestive dans ma poche et bien que je n'en aie aucune envie, je m'écarte, interromps notre baiser à regret, pour sortir l'appareil infernal de sa prison. Évidemment, j'ai une dizaine d'appels manqués d'Iris. Ezra le remarque aussi et soupire. Encore haletante, je lève les yeux vers lui et le regarde me sourire. Je sens mes joues se colorer, ce qui n'est clairement pas dans mes habitudes, mais quand il me regarde comme ça, je ne peux pas m'empêcher de me sentir gênée. L'étincelle dans ses prunelles me donne l'impression d'être la seule fille sur terre, à ses yeux.

— Tu devrais lui parler, dit-il soudain. Elle pourra t'en apprendre bien plus que moi sur les gardiennes.

Je fronce les sourcils, car je ne m'attendais pas à ce qu'il revienne sur le sujet après ce que nous venons d'échanger. Néanmoins, je sais qu'il a raison. J'ai repoussé cette conversation avec Iris pendant trop longtemps, il me faut à présent crever l'abcès. Nous avons fait pas mal d'efforts, toutes les deux, pour améliorer notre relation, et je ne tiens pas ce que tout tombe à l'eau simplement parce qu'on ne parle pas des choses qui comptent. C'est principalement pour cette raison que nous ne nous connaissions pas avant. Avoir une sœur est important pour moi, plus que je n'aurais pu l'imaginer en arrivant ici.

Ezra m'accompagne jusqu'à mon vélo. Au moment de se quitter, je sens un certain malaise s'installer. Mais alors qu'il me couve de ce regard qui me fait fondre, mon embarras se dissipe peu à peu.

— On se voit demain, dit-il.

— Ouais, soufflé-je.

Je sens qu'il hésite à se pencher à nouveau vers moi. Honnêtement, je n'aurais pas la force de le repousser. À vrai dire, j'en ai autant envie que lui, mais je sens que si je recommence maintenant, je ne pourrai plus m'arrêter. Finalement, Ezra se redresse et s'éloigne de quelques pas à reculons, sans me quitter du regard. On a probablement l'air de deux idiots avec nos regards dégoulinants d'admiration, mais pour une fois, je m'en fiche pas mal. J'aime trop ce que je ressens en ce moment pour en avoir quelque chose à faire. Je me sens libérée d'un poids maintenant que j'ai enfin autorisé mon cœur à battre.

Chapitre 32
Les gardiennes

Hallelujah – Paramore

Quand j'arrive chez moi, je remarque immédiatement que toutes les lumières sont allumées au rez-de-chaussée. Il est passé vingt heures. J'ai à peine le temps de grimper les marches du perron que la porte s'ouvre en grand sur une Iris en colère.

— Putain de merde, Violet ! Où étais-tu ? Tu as éteint ton téléphone ?!

— On se calme ! dis-je en levant les mains. Je vais t'expliquer, mais on peut rentrer d'abord, s'il te plaît ? Je me les gèle.

Elle soupire et m'adresse un signe de tête avant de s'écarter. J'entre en frottant mes mains l'une contre l'autre et me débarrasse de mon sac et de mon manteau. Iris n'a pas l'air de vouloir me laisser me réchauffer. Déjà, elle me fait face, les poings sur les hanches et une moue désapprobatrice sur le visage. Habituellement, je l'aurais envoyée chier, elle n'a pas à savoir ce que je foutais pendant tout ce temps. Mais je m'apprête à la confronter sur ce qu'elle sait, et pour ça, j'ai besoin qu'elle soit de meilleure humeur.

— J'étais dans la bibliothèque en train de dessiner, commencé-je. Je me suis retrouvée enfermée, c'est le gardien qui m'a libérée en faisant sa ronde.

Je ne devrais pas mentir, mais je doute qu'elle serait heureuse d'apprendre que j'ai passé tout ce temps avec Ezra ou qu'on a dû casser une fenêtre pour sortir. Je décide donc de la ménager de ce côté-là pour le moment. Sa relation avec les Folley est déjà assez difficile comme ça, je vais devoir attendre le bon moment pour lui parler de mes sentiments et de la tempête qui règne dans mon cœur.

— Et tu ne pouvais pas m'appeler ou m'envoyer un texto, pour me prévenir ? J'étais folle d'inquiétude ! s'écrie-t-elle.

— Tu sais très bien qu'il n'y a jamais de réseau dans ce coin du bahut, râlé-je. Puis n'exagère pas, que veux-tu qu'il m'arrive ?

Elle soupire, secoue la tête et finit par capituler. Je profite du fait qu'elle se soit calmée pour monter rapidement dans ma chambre afin de récupérer le journal de ma mère. Je pense avoir une idée de la façon dont je vais aborder le sujet avec Iris. Quand je la retrouve dans la cuisine, faisant face au micro-ondes qui réchauffe mon repas, je fais mine de dresser la table, le carnet dissimulé dans la poche de mon sweat. Le four sonne au moment où je m'assois. Je remercie ma sœur d'un sourire quand elle pose mon assiette fumante devant moi. Elle prend place face à moi, m'observe d'un œil curieux pendant que j'avale la première bouchée de mon gratin de pâtes au jambon. Je pousse un gémissement de satisfaction tant c'est bon.

D'ailleurs… c'est bizarre. Pourquoi c'est si bon ?

Je lève les yeux vers Iris, qui me sourit d'un air fier.

— C'est toi qui as fait ça ? demandé-je, ahurie.

— Ton air surpris ne me vexe pas du tout ! ironise-t-elle.

Je ris avec elle, heureuse de voir qu'elle s'est adoucie. Pendant que je termine mon repas, Iris me raconte sa journée à la boutique. Elle a vendu plusieurs fournitures scolaires, aujourd'hui, car une nouvelle prof d'arts plastiques vient d'arriver à l'école primaire. Ça arrange donc bien ses affaires, et si on oublie mon retard de ce soir, elle a visiblement passé une bonne journée. On dirait bien que les planètes ont décidé de s'aligner pour moi, aujourd'hui.

Quand mon assiette est vide, je me lève pour la déposer dans l'évier avant de prendre une grande inspiration face au mur. Il est temps de jouer cartes sur table, et quand je me retourne pour regarder Iris, je sais qu'elle s'attend elle aussi à une discussion. Elle commence à me connaître, je ne me serais pas montrée si calme ce soir si je n'avais pas des choses à lui dire, surtout sachant comment elle m'a accueillie quand je suis rentrée. J'enfonce les mains dans la poche de mon sweat, tenant le journal entre mes doigts, comme pour m'accrocher aux pensées de ma mère et me donner du courage.

— Iris, il faut que je t'avoue quelque chose, lancé-je.

— Je crois que je sais ce que tu vas me dire, me coupe-t-elle.

Je lève un sourcil, attendant qu'elle poursuive. Elle affiche une moue embarrassée en se triturant les ongles, signe qu'elle est nerveuse. Je ne m'attendais pas à ce qu'elle me devance et je soupçonne qu'en fait, elle ne saisisse pas toute l'ampleur de ce que je m'apprêtais à lui révéler.

— Je comptais tout te raconter pour Luke, à la minute où j'ai lu le journal de Maman, je me suis dit qu'il fallait que tu saches, commence-t-elle. Mais je ne savais pas comment te le dire, j'avais peur que… comme tu en voulais encore beaucoup à Papa, j'avais peur que tu y trouves une occasion de couper les ponts…

— Arrête, dis-je en levant la main. Je t'ai déjà dit que je ne t'en voulais pas pour ça. Ça ne change pas grand-chose, pour moi, Luke n'est pas vraiment mon père, c'est juste… un géniteur. C'est un inconnu, et il le restera.

Elle m'observe, abasourdie par mes paroles, avant de hocher doucement la tête. Je me demande ce qu'elle aurait fait si ç'avait été elle, la fille de Luke. Aurait-elle tenté d'apprendre à le connaître ? Aurait-elle été curieuse ? Étant donné que les seules fois où je me suis retrouvée confrontée à lui, il m'a traitée comme une moins-que-rien, comme un parasite méritant la mort, je ne tiens pas vraiment à faire connaissance. Nous n'aurons jamais ce moment où père et fille se retrouvent enfin, tombant dans les bras l'un de l'autre et pleurant à chaudes larmes. Mais ça me convient. Je n'ai pas l'impression d'avoir manqué quoi que ce soit, ce n'est pas comme si j'avais grandi sans père, après tout.

— En plus, j'ai parlé à Papa, avoué-je.

— Ah oui ? s'étonne Iris. Quand ça ?

— Il y a deux semaines. Il vient nous voir samedi, d'ailleurs. Pour ton anniversaire.

C'était censé rester une surprise, mais je sens qu'Iris ne m'aurait pas crue autrement. Son visage s'illumine et un sourire sincèrement ravi étire ses lèvres. Elle n'a pas revu Harry depuis l'enterrement, j'imagine que ça lui fait plaisir qu'il vienne nous rendre visite.

— Mais… ce n'est pas ça dont je voulais te parler.

Je m'avance vers la table et prends place en face d'elle, essayant de rassembler au mieux mes pensées. Je tente le tout pour le tout et sors distraitement le journal de ma mère de sa cachette pour le poser sur la table, entre nous. Iris fixe le carnet d'un air attendri, une lueur mélancolique brillant dans ses yeux dorés.

— Tu sais que je l'ai lu, dis-je. Je ne me suis pas arrêtée à Luke.

— Je m'en suis doutée, oui… souffle-t-elle. Je crois que j'espérais que tu fasses abstraction du reste, mais…

— … ce serait mal me connaître, terminé-je pour elle.

Elle s'empare doucement du journal, en caresse la couverture et la reliure de cuir, avant de le feuilleter d'un air pensif. Il s'agit là d'une des dernières choses concrètes qu'il nous reste de Lily. Plonger ainsi dans ses pensées les plus sombres fut un exercice compliqué pour moi, je n'ose imaginer ce qu'il en a été pour Iris, la première fois qu'elle a lu ces pages.

— Iris, reprends-je. Il faut que tu m'expliques. Tu n'as jamais rejoint de… club de chasse, n'est-ce pas ?

— Pas au sens où on l'entend, non, avoue-t-elle sans me regarder.

Je suppose qu'elle aussi a fini par promettre à ma mère de ne rien me dire, et que c'est ça qui l'a fait hésiter si longtemps à se confier à moi sur certains détails. Pourtant, elle doit bien se rendre compte qu'il n'y a désormais plus moyen de reculer. Que cette promesse n'a plus lieu d'être.

— Ce n'était pas une balle perdue, mais une flèche, lâche-t-elle. Je n'ai jamais tenu un fusil entre les mains, mais un arc… oui.

— Attends, l'interromps-je. *Un arc* ? Comme dans *Hunger Games* ?

Elle laisse échapper un rire nerveux, et je suis contente de voir que ma tentative d'alléger l'atmosphère a fonctionné. Je lui souris pour l'encourager à poursuivre, sachant pertinemment qu'il s'agit d'un sujet plutôt épineux et difficile à aborder pour elle.

— On ne peut pas tuer un loup-garou avec une simple balle, révèle-t-elle. Il faut une pointe de flèche en argent. Le reste n'a aucun effet sur eux, ils guérissent extrêmement vite.

Je garde le silence et attends qu'elle daigne lever les yeux vers moi. Quand elle le fait enfin, je perçois une sorte de confusion dans son regard.

— Tu ne dis rien ? demande-t-elle. Je te parle de loup-garou et ça ne te fait ni chaud ni froid ?

— Ça fait deux semaines qu'on évite le sujet, tu penses bien que je suis allée fouiner depuis.

Elle plisse les yeux et m'offre une moue désapprobatrice qui me fait sourire. Cette conversation est plus facile que je ne l'aurais cru. Je la questionne ensuite sur les gardiennes, et elle se lance dans un récit complet, commençant par le début. Ma mère l'a formée depuis ses douze ans, dans le secret le plus total. Elle a dû passer une sorte d'examen devant ce qu'elle appelle le « Conseil », à la veille de ses dix-huit ans. Elle n'a jamais eu à faire grand-chose, car Woodhills est plutôt paisible. Luke et ses garçons respectent la loi, et ça l'arrange bien. Elle se contente d'effectuer quelques rondes trois ou quatre nuits par semaine, pour s'assurer qu'aucun oméga ou qu'aucune meute étrangère ne passe la frontière. Nous discutons pendant plusieurs heures, de ce que tout ça signifie pour elle. Et pour moi.

— Pourquoi n'en suis-je pas une ? demandé-je. Je sais qu'il ne peut y en avoir qu'une seule à la fois, mais… pourquoi ?

— Je ne pourrai pas te donner une réponse qui te fera plaisir, dit-elle en soupirant. Je sais juste que le gène est transmis à toute la descendance, mais qu'il ne se manifeste que chez l'aîné. C'est tombé sur moi, c'est juste… comme ça. On ne peut rien y faire. Mais crois-moi, tu ne veux pas avoir à porter ce fardeau. C'est un job à plein temps, un job très contraignant et qui demande une certaine discipline.

— J'aurais simplement voulu… articulé-je. J'espérais que ça pourrait me définir. M'aider à comprendre qui je suis.

En entendant ces mots, Iris m'attrape la main par-dessus la table et la serre entre ses doigts, ce qui m'oblige à lever les yeux vers elle.

— Tu n'as pas besoin de ça, réplique-t-elle. Je sais qui tu es, moi. Tu es ma sœur. Tu es la fille la plus courageuse, la plus déterminée et la plus talentueuse que j'aie jamais rencontrée. Tu es capable de tout, Violet. Et surtout, contrairement à moi ou à Maman, tu n'es pas condamnée à rester ici. Tu peux t'en aller, découvrir le monde comme bon te semble, briser des cœurs à ta guise et multiplier les expériences. Tu es libre. Tu peux… fonder une famille et voir tes enfants grandir. Ton espérance de vie est bien plus longue que la mienne.

Je perçois une pointe de regret dans sa voix. Je ne pensais pas qu'elle souffrait autant de sa condition. Ses paroles me réchauffent le cœur. Moi qui déteste être vulnérable face à qui que ce soit, je me rends compte que face à Iris, ça m'importe peu, désormais. Elle dégage ce petit quelque chose qui me donne envie de me confier à elle, qui me met en confiance. Il n'y a plus aucun secret, plus aucun non-dit entre nous, et ça me fait du bien. À voir son sourire et l'étincelle de soulagement dans son regard, j'imagine que c'est pareil pour elle.

Nous passons une partie de la soirée à discuter. Je lui parle de Luna, mais je ne lui révèle rien concernant Ezra et le reste des Folley. Je ne tiens pas à gâcher la soirée avec ça, je sais qu'elle n'approuverait pas. Je n'ai pas réellement besoin de sa bénédiction, mais je ne veux pas provoquer une nouvelle dispute. Elle me confie à quel point elle est heureuse à l'idée de voir Papa ce weekend, et c'est avec un sourire béat sur le visage que je m'endors ce soir-là. Pour la première fois depuis longtemps, je passe une nuit sans cauchemars, rêvant paisiblement de grands yeux bleus expressifs et de baisers intenses.

Chapitre 33
Harry Clayton

Mr. Brightside – The Killers

Un bol de céréales entre les mains, je mange lentement en faisant face à la fenêtre du salon, qui donne sur l'allée devant la maison. Je scrute la route, dans les deux sens, attendant de voir une quelconque voiture de location pointer le bout de son capot dans la rue. Je ne sais même pas quel type de voiture je cherche, mais j'ai un bon pressentiment. Quelque chose me dit que je saurai quand ce sera lui. J'ai l'impression d'avoir à nouveau neuf ans, quand j'attendais patiemment devant la porte de notre appartement new-yorkais que mon père rentre du travail, serrant mon doudou contre moi dans mon pyjama rose en flanelle.

Quand une voiture grise s'arrête enfin sur le trottoir, je n'attends pas une seconde de plus. Je pose mon bol n'importe où – sur l'appui de fenêtre, en l'occurrence – et fonce dans l'entrée.

— Iris ! crié-je.

Je l'entends dévaler les escaliers derrière moi, mais je ne l'attends pas pour sortir. J'enfile mes bottes et j'ouvre la porte, oubliant que je suis toujours en pyjama, avant de foncer vers l'homme qui sort tout juste du véhicule côté conducteur. Il a à peine le temps de se rendre compte de ce qui se passe que déjà, je me jette dans ses bras.

— Oh ! s'exclame-t-il sous le coup de la surprise.

Mon père, Harry Clayton, me serre fort contre lui. J'enfouis mon visage dans son cou et respire son odeur de tabac froid et de menthe poivrée. Je sens ma gorge se serrer, les larmes pointer au coin de mes yeux, mais je tiens bon. Je suis si heureuse de le voir que je me mettrais sans aucun doute des claques si je le pouvais, pour avoir joué les filles bornées et égoïstes pendant si longtemps. Je sais qu'il ne m'en veut pas, mais moi, je ne peux pas m'empêcher de me dire que j'aurais pu agir autrement. J'aurais pu essayer de comprendre, essayer de l'aider davantage à traverser son deuil. À la place, têtus comme nous sommes, nous avons lutté chacun de notre côté. Les conséquences ont été, comme nous le savons tous, déterminantes pour notre relation.

— Violet, tu vas finir par m'étouffer ! dit-il en riant.

Je me joins à son rire avant de le relâcher. J'observe attentivement son visage. Il a les traits tirés, comme s'il n'avait pas beaucoup dormi. Ses yeux brillent, probablement comme les miens, et ça me rassure de le voir sourire. Je n'ai plus aperçu le bonheur dans son regard depuis des années et cette vision gonfle mon cœur d'émotions.

— Tu as fait bon voyage ? demandé-je.

Ma voix tremble plus que je ne l'aurais souhaité, et je suis obligée de me racler la gorge pour me ressaisir.

— Je déteste l'avion ! râle-t-il. Mais ça en valait la peine.

Il me sourit, et je suis tentée de le serrer contre moi encore un peu, mais Iris débarque sous le porche et se jette au cou de notre père, comme si elle était une enfant. Après quelques minutes, ma sœur me fait signe, sans le lâcher, de me joindre à leur étreinte. Je ne sais pas combien de temps nous restons ainsi, enlacés tous les trois sur le trottoir, dans le froid de cette fin de matinée. Nous nous retrouvons enfin. La famille au grand complet.

Enfin, *presque*.

Quand Papa entre dans la maison, je sens l'atmosphère se charger à nouveau d'émotions. De tristesse. Il observe le hall puis l'escalier qui mène à l'étage, une profonde mélancolie dans le regard. Iris me lance un sourire triste. Harry n'a plus mis les pieds dans cette maison depuis que nous avons emménagé à New York. Ma sœur venait à peine de terminer le lycée et moi, je venais de fêter mes huit ans. C'est le foyer qu'il a construit avec notre mère, qu'on a dû quitter à regret. C'est ici qu'Iris et moi sommes nées, qu'il a connu les plus grands bonheurs de sa vie, le tout avec la seule femme qu'il ait jamais aimée. Et aujourd'hui, l'amour de sa vie n'est plus là.

C'est sans doute à cause de cette souffrance dans son regard et de tous ces souvenirs qui l'assaillent qu'il a refusé de dormir ici, cette nuit. À la place, étant donné qu'il n'a pu obtenir un vol de retour que demain matin, il a décidé de loger chez un de ses anciens amis de lycée, près du centre. Il n'a plus revu ses vieux potes depuis des décennies, et il a prétendu être heureux à l'idée de les retrouver. Même si je ne doute pas de son enthousiasme, je sais qu'il cherche surtout à fuir les souvenirs qui sont enfermés entre ces murs.

Je pose une main sur son épaule et effectue une légère pression.

— Ça va, Papa ? demandé-je.

Harry se tourne vers moi et m'adresse un sourire de façade que je connais par cœur.

— Oui, ça va, dit-il d'une petite voix. C'est juste un peu étrange d'être ici.

C'est exactement ce que je me suis dit en débarquant !

— Allez ! lance Iris en tapant dans ses mains. On ne va pas rester là avec nos yeux larmoyants ! Si on allait faire un tour ?

Tout le monde se met d'accord, et après avoir troqué mon pyjama contre une tenue décente – un jean délavé et un pull en laine noir sous mon manteau – nous nous mettons en route à pied pour profiter du beau temps. Il fait toujours aussi froid, mais aujourd'hui, le soleil a décidé de se pointer, en colorant les rues humides d'un halo doré accueillant qui réchauffe quelque peu nos peaux. J'ai hâte que le printemps arrive et chasse les températures négatives. Sur notre chemin, nous croisons plusieurs personnes qui reconnaissent immédiatement Harry, le saluant chaleureusement, lui demandant comment il va. À chaque fois, mon père répond avec un sourire, serrant des mains, rendant des accolades et répétant inlassablement cette phrase : « Je vais bien. » Je ne sais pas s'il est sincère, à vrai dire je ne pense pas qu'il l'est réellement, mais je pense qu'il a envie que ce soit vrai. Et ça, c'est déjà un signe de progrès en soi.

Iris nous emmène à la boutique, qu'elle a fermée pour la journée. Je peux sentir la fierté qui émane d'Harry lorsqu'il voit le travail fourni par son aînée. Aujourd'hui, Iris fête ses vingt-huit ans et je ne peux m'empêcher d'être admirative face à ce qu'elle a accompli ces dernières années. Elle possède son propre commerce, elle ne doit rendre de comptes à personne. Elle ne semble pas souffrir du fait d'être seule, et je suis heureuse d'avoir une sœur qui se suffit à elle-même. Si nous ne nous connaissions pas vraiment avant que j'arrive à Woodhills, je sais maintenant que ce n'était la faute de personne. C'est simplement la vie. Je tiens maintenant l'occasion de faire d'elle un véritable modèle, une chance que je n'ai jamais vraiment eue avant, étant donné que ma mère est tombée malade alors que j'étais encore très jeune. Je n'ai pas beaucoup de souvenirs d'elle en bonne santé, avec toute sa tête.

J'ai abandonné l'idée d'en savoir plus par mon père. C'est bien trop difficile pour lui de parler d'elle, en ce moment. Je garde mes questions pour moi, profitant du fait qu'Iris semble plus ouverte à m'en parler maintenant que je suis au courant de tout. Hier soir, je lui ai demandé pourquoi Papa avait pris le nom de famille de notre mère, une fois mariés. Elle m'a dit que ce nom était connu à Woodhills, autant par les humains que par les loups, et qu'il ne fallait pas qu'il tombe dans l'oubli. C'était commun, pour les femmes Clayton, de conserver leur nom et de le transmettre à leurs enfants. Harry n'a jamais été opposé à cette idée, même lorsque ses amis se sont foutus de sa gueule en entendant qu'il allait prendre le nom de sa femme, et pas le contraire, comme la majorité des couples le font. Moi, au-delà d'une tradition ancestrale, j'y vois surtout une preuve d'amour inconditionnel.

— Tu sais que Violet continue à dessiner ? lance soudain Iris alors que j'admirais le rayonnage des peintures.

Mon père se tourne vers moi, et je m'empourpre. Si je ne suis pas sa fille par le sang, il m'a tout de même transmis son amour pour l'art, comme il l'a fait avec Iris. Quand j'ai commencé à partir en vrille, j'ai complètement délaissé mes carnets, refusant d'avoir quoi que ce soit qui me liait encore à l'épave qu'il était devenu. Mais en arrivant ici, j'ai ressenti le besoin d'extérioriser toute cette colère qui me rongeait, et le seul moyen que je connaissais pour ça, c'était de dessiner. Coucher mes pensées et mes tourments sur le papier a toujours été très thérapeutique pour moi.

Je ne m'étonne donc pas de voir une expression ahurie se peindre sur les traits d'Harry, en apprenant que j'ai repris le dessin.

— Ouais, bon, ça va, soufflé-je en levant les yeux au ciel. On ne va pas en faire tout un plat, non plus.

Iris soupire d'exaspération face à mon air bougon. Mon père, lui, sourit timidement, attendri par cette nouvelle. Il n'insiste pas, cependant : il me connaît bien.

— Et comment ça se passe, au lycée ? demande-t-il. Tu t'es fait des amis ?

— Peut-être, dis-je en haussant les épaules, ne souhaitant pas m'étendre sur le sujet.

— Personne d'intéressant ? s'étonne-t-il. *Vraiment* ?

Je grimace et détourne le regard. Je n'ai pas spécialement envie de me confier à lui au sujet d'Ezra, ou même de Luna. Ils sont liés à des choses qui ne le concernent pas. J'ai pris soin de parler de tout ça avec Iris, il y a quelques jours. Mon père n'a jamais été au courant des activités nocturnes de Maman. Il ne sait rien de son héritage et de cet univers surnaturel qui vit caché au fond des bois. Il n'est qu'un humain de plus, totalement inconscient de ce qui se passe autour de lui. Je dois respecter ça. Tout lui dire reviendrait à le mettre en danger. D'après Iris, il est peu probable que ma mère ait fini par lui avouer son aventure avec Luke. Elle a toujours été quelqu'un de très secret, avec lui. Il n'y a vu que du feu. Parfois, je me demande si elle l'aimait vraiment autant qu'il le prétend. Il me semble inconcevable de garder d'aussi lourds secrets, de ne rien dire à la personne avec qui on partage sa vie. Pourtant, mon père ne semble garder aucun ressentiment envers sa défunte épouse. Il n'y a aucun regret qui brille dans ses yeux : simplement de la tristesse, qui finira par s'atténuer avec le temps.

Je jette un regard à Iris, l'appelant à l'aide pour qu'elle change de sujet. Elle comprend immédiatement.

— Tu ne t'attends quand même pas à ce qu'on parle garçons avec toi, Papa ? lance-t-elle sur le ton de la plaisanterie.

— Hey ! feint-il de s'offusquer. J'essaie d'être un père moderne, moi.

Ma sœur et moi éclatons de rire, nous moquant un peu de lui et de sa moue faussement déçue. Ça fait du bien, de rire comme ça, spontanément. Je remercie Iris d'un sourire pour son intervention. Elle hoche imperceptiblement la tête à mon intention, avant d'emmener mon père dans la réserve pour lui montrer ses dernières créations.

Je ne les suis pas, profitant de l'accalmie pour reprendre mes esprits. La situation est étrangement calme, ces derniers temps. Avoir mon père près de moi, en ces temps troublés, me permet de me sentir davantage rattachée à la réalité que je connais, celle qui me rassure et que je peux contrôler. Mais dans un coin de mon esprit, Ezra ne me quitte jamais. Depuis ces quelques heures passées coincée en sa compagnie dans la bibliothèque du bahut, depuis que mon choix se fait de plus en plus définitif et clair, il s'est montré extrêmement patient. Il me laisse de l'espace, me permet de décider moi-même quand je viendrai vers lui. J'essaie de m'habituer à l'idée d'entamer quelque chose avec lui, ne sachant pas vraiment ce que tout ça impliquera sur le long terme. Je ne suis pas une gardienne, je n'ai donc aucune inquiétude à avoir de ce côté-là : Iris me l'a assuré. Elle ne peut pas m'interdire quoi que ce soit, non plus, à ce niveau. Et même si elle essayait, je l'enverrais paître, elle le sait très bien. Mais je ne peux pas m'empêcher d'accorder davantage d'importance à son avis, maintenant que nous nous sommes rapprochées. Elle ne veut que mon bonheur, après tout.

Si on met ce détail de côté, plus rien ne m'empêche de céder, à présent. Plus rien, à part mon ego surdimensionné et ma réticence à faire confiance. Mais ce ne sont que des broutilles face aux sentiments qui bouillonnent en moi.

— Je meurs de faim !

Je sursaute quand j'entends ma sœur dans mon dos. Elle revient de la réserve, suivie de près par mon père, et suggère dans la foulée que nous nous rendions chez Milo pour déjeuner, histoire de fêter son anniversaire comme il se doit.

Nous voici donc attablés à la banquette du fond du *diner* vingt minutes plus tard. Le vieux Milo se tient debout près de notre table, son gros ventre dangereusement proche de mon nez. Il s'extasie sur les cheveux grisonnants de mon père, qui s'efforce de sourire et de rire à ses blagues vaseuses. Nous commandons trois burgers. Le déjeuner se passe dans une ambiance bon enfant et j'ai à nouveau l'impression d'être une ado normale, avec une famille certes cabossée, mais soudée par les blessures de la vie. Entendre mon père rire me réchauffe le cœur. Le voir se chamailler gentiment avec Iris m'émeut. Quand j'essayais d'imaginer notre avenir, il y a quelques mois de cela, je ne voyais rien d'autre que du noir. Aujourd'hui, il me semble qu'un rayon de lumière balaie nos perspectives, et j'en suis rassurée.

Peut-être que finalement, le temps finit bel et bien par guérir toutes les blessures, même les plus profondes.

Chapitre 34
Entre filles

Time After Time – Quietdrive

Mon père est parti tôt ce matin, mais il a tenu à repasser nous voir avant d'aller à l'aéroport. Se sont ensuivies de longues minutes d'au revoir larmoyants et d'embrassades. Je sais très bien qu'il ne reviendra pas de sitôt. Ce minuscule séjour passé dans la ville où il a grandi, bien qu'il m'ait assuré s'être amusé avec ses amis d'enfance hier soir, a été difficile. C'est ici qu'il a fait ses premières armes, mais c'est surtout ici qu'il a connu Lily. Le moindre recoin de cette ville lui rappelle un souvenir précis avec elle : leur premier rendez-vous, leur premier baiser, le bal de promo, sa demande en mariage… Toutes les traces de son passé avec elle sont marquées de façon indélébile sur les murs de Woodhills. Je comprends qu'il ressente le besoin de s'en éloigner.

Iris et moi sommes retournées à l'intérieur de la maison après son départ, le cœur léger d'avoir mis à plat tous les sujets de nos mésententes. Nous avons beaucoup discuté, tous les trois, de ce qui nous a séparés pendant toutes ces années. C'était un moment difficile, mais nécessaire. Et maintenant, je me sens mieux. Je ne ressens plus cette colère sourde qui bouillonnait constamment au plus profond de mon âme. Plus aucun ressentiment ne menace de refaire surface, que ce soit à l'encontre d'Harry ou de ma sœur. Je suppose que c'est ça qu'on appelle mûrir.

Il reste encore beaucoup de non-dits et de secrets entre nous, mais ceux-ci me semblent nécessaires. Je ne me vois pas confier tout de suite à Iris mes sentiments pour Ezra, encore moins à mon père, tout comme elle ne pourra jamais avouer à Harry comment elle occupe ses nuits. Le principal, c'est que désormais, nous garderons contact, et c'est mieux que rien.

De retour dans ma chambre, je prépare mon livre d'Histoire et les quelques notes qu'il me reste de cette semaine. Luna devrait bientôt passer pour qu'on finalise notre projet, que l'on est censées présenter mercredi prochain. Bien que tout ce qui s'est passé avec les Folley et mes récentes découvertes m'aient un peu distraite des cours, je ne tiens pas à foirer cette année. C'est ma dernière chance, et j'aimerais réussir l'exploit d'obtenir mon diplôme du premier coup malgré mon passé tumultueux dans le monde des lycéens. J'espère secrètement que Luna pourra me tirer vers le haut, elle qui a toujours eu de très bonnes notes dans cette matière. Non pas que l'Histoire ne m'intéresse pas, mais la voix soporifique de mon professeur ne m'aide pas vraiment à accrocher au thème de la guerre de Sécession.

Quand on sonne à la porte, je descends les escaliers, mais me fige lorsqu'Iris me devance dans l'entrée, avant de me souvenir que je l'avais bel et bien prévenue que Luna allait passer.

C'est vrai qu'on ne se cache presque plus rien, maintenant. Presque…

— Luna ! s'exclame-t-elle en faisant entrer mon invitée. Ça fait longtemps, comment va ta grand-mère ?

— Super bien, répond mon amie. Elle m'a dit de te rappeler de passer prendre le thé !

— Ne m'en veux pas, mais je ne supporte pas sa mixture faite maison… grimace ma sœur.

— Moi non plus !

Elles se mettent à rire, complices, et je ne peux m'empêcher de trouver cette scène étrange. J'ai tendance à oublier qu'elles se connaissent, du fait de leurs… rôles respectifs. Finalement, Luna me remarque dans l'escalier, et je descends les dernières marches en lui souriant.

— Prête pour Stones River[1] ? s'écrie-t-elle en levant le poing, affichant une expression faussement belliqueuse.

Je ris face à son idiotie.

— Je serai dans mon atelier, nous informe Iris. Violet, tu me préviens quand vous avez faim ? Je commanderai des pizzas.

— Ça marche, lancé-je avant d'entraîner Luna à l'étage.

Pendant les deux heures qui suivent, nous sommes toutes les deux assises sur mon lit, et après quelques échanges sur la fameuse mixture faite maison de sa grand-mère, Luna est concentrée sur l'élaboration de notre plan, pinçant ses lèvres. Je mordille de temps à autre mon crayon, ce qui a le don de l'énerver, mais ça me fait marrer. Nous en sommes quasiment à la fin quand mon téléphone se met à vibrer pour indiquer que quelqu'un m'a envoyé un message.

Je glousse quand je comprends de qui il provient. Je ne connais pas le numéro, mais le contenu est assez explicite pour que je devine à qui il appartient.

[Je pense qu'on est saufs !
- E]

Une photo accompagne le message, montrant le lycée à l'endroit où une fenêtre de la bibliothèque est en train d'être remplacée. Toute la semaine, j'ai attendu que miss Haywood vienne nous trouver, Ezra et moi, pour nous renvoyer à cause des dégâts que nous avons causés. Mais visiblement, les caméras qui entourent le bâtiment sont factices. Ou alors, elle n'a pas jugé bon de nous en tenir rigueur. J'ai davantage tendance à croire la première option.

---

[1] Bataille de Stones River, survenue pendant la guerre de Sécession aux Etats-Unis, dans le Tennessee.

[Comment tu as eu mon numéro ?
Non, finalement, je m'en fiche.
Efface-le tout de suite !
- V]

Bien sûr, je n'ai pas vraiment envie qu'il supprime mon numéro de son téléphone. Si notre relation n'a rien de conventionnel, l'échange de textos a quelque chose d'agréablement normal qui me rassure un peu. Nous ne nous sommes pas parlé depuis l'incident de la bibliothèque et bien que nos rencontres soient restées cordiales, j'ai évidemment remarqué ses regards appuyés et ses sourires en coin auxquels j'ai répondu sans pouvoir m'en empêcher. Je ne sais pas trop ce qu'on attend, en réalité. Mais qu'il se mette à m'envoyer des textos, comme un adolescent normal, me fait plus plaisir que je ne l'aurais cru.

[Non, je pense que je vais le garder.
J'aime l'idée de t'avoir toujours à portée de main…
Tu m'échappes bien trop souvent.
- E]

Je ne m'aperçois pas que je souris comme une idiote face à mon écran, car quand Luna se racle la gorge pour attirer mon attention, elle m'offre un regard malicieux en désignant mon téléphone du menton.

— Dis donc, ça a l'air intéressant ce qu'on te raconte ! me nargue-t-elle.

Je sens le rouge me monter aux joues, ce qui ne me ressemble pas. Perspicace comme elle est, mon amie s'en aperçoit, et affiche une expression enjouée, délaissant définitivement ses notes.

— OK, il faut que tu me racontes, là ! insiste-t-elle. C'est Ezra qui t'envoie des messages ?

— Peut-être, asséné-je, faussement fâchée d'avoir été prise en flagrant délit.

Elle laisse échapper un cri de joie en tapant dans ses mains comme une gamine. Sa réaction m'arrache un rire nerveux. Je suppose que notre exposé attendra. Je ne lui ai pas raconté mes dernières aventures avec Folley, mais visiblement, mon sursis semble avoir pris fin. La curiosité qui brille dans ses yeux verts finit par me faire capituler. Je lui raconte comment nous nous sommes retrouvés coincés dans la bibliothèque et la discussion qui s'est ensuivie, sur ma mère, sur ses parents et comment il s'est retrouvé à Woodhills. Évidemment, Luna était déjà au courant de l'histoire tragique des parents d'Ezra et de Tyler. C'est même sa grand-mère qui a tout vu, dans une vision, et qui a prévenu Luke que les deux petits garçons avaient besoin d'un foyer. Je n'insiste pas pour en savoir plus sur ces détails de l'histoire, je suis encore en train d'essayer de m'habituer au fait qu'Ezra soit un loup. Une créature surnaturelle à la fois, s'il vous plaît !

Luna produit des sons dignes d'une actrice de série télé pour ados. Entre ses « oh », ses « ah », et ses « oh mon Dieu ! » surexcités, je ne peux m'empêcher d'éclater de rire. Quand vient le moment de lui parler de notre baiser, je suis prise de légers frissons plutôt agréables le long de mon dos. Plongée dans ce délicieux souvenir, je baisse les yeux et me confie à mon amie comme je ne me suis jamais confiée à personne auparavant.

— C'était tellement… naturel, murmuré-je. Ce n'était pas comme les autres fois, c'était plus… sensé. Comme si on était enfin en accord avec nos cœurs, tous les deux. Comme si on avait décidé d'arrêter de lutter, comme deux imbéciles bornés.

Luna soupire d'aise, une main sur le cœur, comme si elle venait d'apprendre la fin heureuse d'un film à l'eau de rose. Elle me taquine, je le vois bien, aussi je lui balance mon oreiller à la figure, ce qui déclenche nos rires à toutes les deux.

— Y a quand même un truc que je ne comprends pas, dit-elle. Qu'est-ce que tu attends, au juste ?

— Pour faire quoi ? demandé-je, sachant pertinemment où elle veut en venir.

— Violet, ce mec t'a dans la peau, raisonne-t-elle en me prenant par les épaules, plantant son regard dans le mien. Ezra Folley ! Le garçon le plus mystérieux et le plus inaccessible du bahut te *veut* ! Toi ! Ne me fais pas croire que ce n'est pas réciproque, qu'est-ce que tu attends pour foncer ?

C'est vrai ça, qu'est-ce que j'attends, finalement ? L'approbation de l'univers ? De nouvelles raisons de ne pas me lancer ? Quand je pense à lui, mon ventre se contracte, une sensation de chaleur plus qu'agréable m'envahit et mon cœur bat la chamade. Les signes sont juste sous mon nez, et pourtant je reste là à ne rien faire. Je laisse Ezra me courir après et bien qu'il ne semble pas s'en plaindre, ça n'est pas correct. Il faut que je prenne une décision.

En fait, elle est déjà prise. Qu'est-ce qui me retient ?

— Toc toc !

Luna se retourne vers la porte et moi, je me redresse pour faire face à ma sœur, qui passe sa tête dans l'entrebâillement de la porte.

Voilà ce qui me retient.

— Vous avez faim ? demande-t-elle. Je pensais commander maintenant.

Je ne m'étais pas rendu compte qu'il était déjà passé midi, ni que mon ventre s'était mis à gargouiller à la seule mention de la nourriture qui nous attend.

— Je suis affamée ! confirme Luna.

— Tant mieux, rit ma sœur. Je vous préviens quand la pizza sera là.

— Merci, lancé-je.

Iris me lance un clin d'œil avant de disparaître. Voyant mon expression soudain tendue, le sourire de Luna se fige, ses sourcils se froncent et un air soucieux éclaire ses prunelles.

— Qu'est-ce qui se passe ? demande-t-elle.

— Je… je ne comprends pas, articulé-je. Je devrais haïr Ezra de tout mon être pour ce qu'il est. C'est le cas d'Iris. Elle serait folle de savoir que j'envisage de sortir avec lui, encore plus de savoir que j'ai des sentiments pour un Folley.

— Mais tu n'es pas une gardienne, Violet, me souffle-t-elle en posant sa main sur mon genou. Tu es libre d'aimer qui tu veux, Iris ne peut pas t'en empêcher. Quand bien même, je suis certaine qu'elle ne s'y opposerait pas. Elle serait peut-être un peu… choquée, au début, mais elle finirait par l'accepter, j'en suis sûre.

— Mais j'ai pourtant le gène en moi, dis-je en posant une main sur mon cœur. Ne te méprends pas, je suis contente de ne pas avoir cette responsabilité… mais c'est dans mon A.D.N, tout comme le gène des loups. Pourquoi… pourquoi je ne suis ni l'un ni l'autre ? Qu'est-ce qui cloche chez moi ?

Luna me sourit d'un air attendri, traçant des cercles avec son pouce sur ma jambe. Je baisse les yeux sur mes mains, triturant mes doigts avec nervosité. Ces questions me hantent depuis que j'ai tout appris sur mon histoire et c'est la première fois que je les formule à voix haute. J'ai conscience que c'est idiot, je devrais me réjouir d'être normale, de ne pas avoir à me soucier d'une tradition familiale, comme Iris, ou du fait de me transformer en bête féroce à chaque pleine lune, comme Ezra et ses frères.

— Tu as été épargnée par tes gènes surnaturels et tu te demandes ce qui cloche chez toi ? lance Luna en se moquant gentiment. Violet…

— Je sais que c'est débile, soufflé-je. J'aimerais juste comprendre.

Elle soupire et semble fouiller dans sa mémoire pendant un instant, ajustant sa position pour se mettre à l'aise. Elle décroise les jambes pour les ramener sous elle.

— Tu n'es pas une gardienne, parce qu'Iris en est une, dit-elle. C'est aussi simple que ça. En revanche, si Iris vient à… mourir, sans jamais avoir eu d'enfants, ton gène risque de se réveiller.

Je frissonne à cette idée. Je ne supporterais pas de perdre ma sœur, elle a pris une trop grande place dans ma vie en très peu de temps. Je refuse d'imaginer qu'elle puisse disparaître d'un jour à l'autre. Je n'y survivrais pas. Pourtant, je sais que son temps est compté, davantage que le mien. Les gardiennes n'ont pas une très longue espérance de vie… Quand la fille d'Iris aura atteint sa majorité, elle devra partir. Et mourir. Comme Maman.

C'est vraiment injuste…

— Quant à ton gène de loup… continue-t-elle. D'après ma grand-mère, c'est simplement une question d'équilibre. Tu ne peux pas être un loup, parce que dans l'éventualité où tu deviendrais une gardienne pour remplacer Iris, tu ne peux pas faire partie des deux camps. C'est juste… la nature, si je puis dire.

J'assimile ses paroles en silence. Contre toute attente, elles ont du sens. Je ne suis qu'une humaine normale, car c'est ce qui était censé se passer. Je suis née sans qu'on m'ait attendue, la nature a donc dû trouver un équilibre. Je suis loin d'être normale, puisque je n'étais pas prévue au programme. Ça me semble logique, dit comme ça. Je remercie mon amie d'un sourire pour ses explications, et avant que je ne puisse protester, elle me prend dans ses bras.

— Il n'y a que toi qui décides de ce que tu veux être, Violet, murmure-t-elle à mon oreille. C'est un privilège que beaucoup d'entre nous aimeraient avoir.

Je comprends que lorsqu'elle parle de « nous », elle fait référence à Iris, aux loups et à elle. Ils sont tous définis par leur héritage génétique, sans réelle possibilité d'avenir, puisqu'ils ne peuvent pas quitter cette ville. Leur devoir les lie à Woodhills et ils n'ont pas d'autre choix que de faire ce qui est attendu d'eux. Je n'ose pas imaginer à quel point ce doit être contraignant. Je ne pourrais pas envisager d'être ainsi coincée. J'ai toujours eu besoin de bouger, de voir des gens, de découvrir de nouveaux horizons. Peut-être est-ce parce que j'ai grandi à New York, cette immense ville dont certains recoins me sont encore inconnus. On n'y croise jamais la même personne deux fois par hasard. Il y a toujours quelque chose de nouveau à voir ou à faire. Ici, à Woodhills, bien que la petitesse de la ville puisse paraître, j'ai souvent l'impression d'étouffer. La routine qui s'est installée me plaît, mais je ne sais pas si je pourrais la supporter toute ma vie.

— Tu as raison, soufflé-je. Je suis désolée, je suis vraiment débile.

Luna me libère et m'offre un regard d'une douceur déconcertante. Cette fille a vraiment un cœur en or que je ne mérite absolument pas.

— Tu serais débile si tu n'avouais pas tes sentiments à Ezra ! lance-t-elle d'un air déterminé. Promets-moi que tu ne vas pas faire traîner les choses trop longtemps.

Je ris, mais je promets tout de même. Quelques minutes plus tard, j'entends ma sœur nous appeler pour manger.

Nous dévorons nos pizzas pendant qu'Iris nous raconte quelques anecdotes de lycée qui nous font rire. J'apprécie ce moment plein de simplicité, parce que plus rien ne sera jamais pareil maintenant que je sais ce que je m'apprête à faire.

Chapitre 35
S'avouer vaincu

Follow You – Bring Me The Horizon

Le lundi matin, c'est avec détermination et une certaine appréhension que j'enfourche mon vélo, direction le lycée. Le soleil brille, aujourd'hui, réchauffant quelque peu ma peau alors que je pédale sur l'axe principal. Pendant tout le trajet, je me remémore ces moments passés avec Ezra. Il est clair que nous n'avons rien de normal. Nous n'entrons dans aucun moule, nous sommes des marginaux et pourtant, j'ai l'impression que nous faisons tous les deux partie du même puzzle. À mesure que j'approche du bâtiment, je suis de plus en plus convaincue par cette idée.

C'est sans doute la première bataille que j'accepte de perdre, parce qu'au final, je pense qu'elle me fera gagner bien plus.

J'arrive à destination en même temps qu'une dizaine d'autres étudiants. Par réflexe, je me mets à chercher les Folley des yeux, restant attentive à la chaleur dans ma poitrine, mais je ne vois personne. Ils ne sont peut-être pas encore arrivés. Je retrouve ma place habituelle, sur le muret, tournant le dos aux portes de l'entrée, et j'attends que Luna débarque. Pour une fois, je ne sors pas mon carnet à dessin. Je suis bien trop nerveuse pour tenir un crayon entre mes doigts. Je suis tentée de fumer une cigarette, mais je me retiens. Il serait temps que j'arrête cette connerie, je n'ai plus de raison d'énerver ma sœur avec ça.

La cloche sonne, toujours aucune trace de Luna ni des loups à l'horizon. Je soupire. Cette journée commence mal. Je me lève et passe les portes, direction mon casier. Je ne vais pas laisser ce petit contretemps entamer ma détermination. J'ignore les quatre pimbêches qui rient sur mon passage en critiquant probablement ma garde-robe, comme toujours. Je m'en fiche. J'adore mon jean noir troué aux genoux, mon haut à manches longues affichant Marylin Manson plutôt flippant, et ma veste en cuir que j'ai enfin pu sortir de mon placard grâce aux températures douces de cette journée. Mon bonnet noir est le seul rescapé de l'hiver qui disparaît petit à petit.

Je suis sur le point de refermer mon casier quand une tornade aux cheveux roses m'agrippe par les épaules, à bout de souffle.

— Désolée ! s'écrie-t-elle. Panne de réveil ! J'ai bien cru que je n'arriverais jamais à temps !

— Il nous reste dix bonnes minutes, la rassuré-je en souriant. Pas de panique, je suis sûre que le prof ne t'en aurait pas tenu rigueur si tu étais arrivée en retard pour la première fois depuis… une éternité !

Elle lève les yeux au ciel face à ma moquerie, et alors que je lui souris fièrement, un mouvement dans son dos, à l'autre bout du couloir, attire mon attention.

Ma poitrine s'enflamme immédiatement. Accompagné de ses frères, Ezra me fixe, l'ombre d'un sourire ornant ses lèvres. Vêtu, comme d'habitude, de sa veste en cuir, d'un t-shirt uni, sombre, sur un jean assorti. Il est beau à tomber. Ses cheveux noirs sont décoiffés, comme toujours, ce qui lui donne un air faussement désordonné qui me fait craquer. L'océan qui emplit ses iris me donne envie de m'y noyer. Luna agite sa main devant mes yeux, mais voyant que je ne réagis pas, elle se retourne pour suivre mon regard. Quand elle comprend, je l'entends s'exciter près de moi, tapant dans ses mains comme une enfant sur le point de rencontrer le père Noël. Je l'ignore. Je n'ai d'yeux que pour le garçon qui attend, les mains dans les poches, à l'autre bout du couloir. Ses frères semblent également remarquer notre échange silencieux. Je sens leurs regards sur moi : celui de Finn, sans surprise, brille d'une lueur désapprobatrice, mais résignée. Leo sourit, plein de malice, avant d'asséner une tape dans le dos d'Ezra, ce qui le fait réagir très brièvement avant qu'il rétablisse notre contact visuel. Tyler, lui, se contente de poser une main sur l'épaule de son frère, comme s'il voulait l'encourager. Les trois Folley disparaissent, et bientôt, même si le couloir est encore bondé d'étudiants, il n'y a plus que lui et moi.

L'instant dure, les secondes s'allongent, et je commence à comprendre ces fameuses comédies romantiques, où la fille a l'impression que le monde autour d'elle disparaît, ne laissant plus que le garçon qu'elle aime dans son champ de vision. C'est exactement pareil. Avant, je trouvais ça idiot et puéril. Aujourd'hui, je sais que cette sensation est tout simplement divine et indispensable à mon existence. Je n'avais jamais expérimenté ça.

Je referme mon casier et avance vers lui. Ezra ne bouge pas, se contentant de me regarder marcher sans me quitter une seule fois des yeux. Mon cœur bat si vite que je me demande comment il fait pour fonctionner encore, après tout ce qu'il a vécu. Je l'ai malmené, ces derniers temps, mais il tient le coup.

Quand j'arrive à hauteur du loup, je perçois sans mal la lueur d'appréhension dans son regard. Comme moi, il a attendu ce moment avec une certaine fébrilité, je le sens. Son sourire maladroit est adorable.

— Salut, lancé-je.

— Salut.

Hum. Bon. On va pas rester là comme des idiots, non plus.

Pourtant, pendant que je me dandine d'un pied sur l'autre et que je cherche la meilleure façon de formuler ce que j'ai à lui dire, il ne bouge pas d'un pouce, se contentant d'observer mon visage sous toutes les coutures, comme s'il voulait se rappeler de chaque courbe, chaque trait qui me compose. Je m'empourpre, ce qui le fait sourire.

— Ezra, j'ai un truc à te dire.

— Tu es magnifique, quand tu rougis.

Nous avons parlé en même temps, ce qui nous arrache un rire à tous les deux. L'atmosphère se détend soudain, et je commence à sentir les regards curieux qui se posent sur nous. Bizarrement, toute cette attention ne m'atteint plus. Je me suis lassée de voir les gens me regarder, tantôt fascinés par la vague de nouveauté que j'apporte dans leurs vies ternes et sans rebondissement, tantôt méprisants parce que je représente une nouvelle menace face à toutes ces filles qui rêvent d'attirer l'attention de quelqu'un comme Ezra. Tous ces enfantillages me passent au-dessus, sans que j'y accorde la moindre importance, et pour cause. Je pense n'avoir jamais été une enfant. La vie m'a jetée à terre un nombre incalculable de fois, m'obligeant à grandir trop vite. Parfois, c'était juste un concours de circonstances. Le plus souvent, c'était ma faute. Je provoquais moi-même les coups que je recevais, mais je me relevais toujours, même si je n'avais pas une opinion très haute de celle que j'étais alors.

Sous le regard d'Ezra, j'ai appris à m'apprécier. Si nos débuts ne promettaient pas une fin heureuse, la donne a changé le jour où il a compris avant moi que parfois, perdre une bataille ne signifie pas perdre tout court. Il a fini par écouter son cœur, pendant que moi, je me débattais, prise entre ma fierté mal placée et la confusion face à ce qu'il provoquait en moi. Pourtant, lui aussi a connu l'horreur. Il ne se plaint jamais. Il se contente de laisser venir, d'accepter ce qu'il ressent et de se laisser envahir. Je l'admire pour ça. Pour sa confiance en lui.

Je me suis toujours sentie déphasée. Comme si j'étais née à la mauvaise époque, déconnectée du monde dans lequel je me trouve. Je n'avais de place nulle part, personne ne pouvait me comprendre, à part ma mère. Quand elle est partie, mon monde s'est écroulé et j'ai bien cru ne jamais pouvoir avancer à nouveau.

Et pourtant. Depuis, j'ai appris des secrets profondément enfouis, sombres et effrayants. J'ai bravé les interdits qui m'ont été imposés, j'ai laissé des gens incroyables entrer dans ma vie, j'ai permis à d'autres de revenir vers moi, j'ai pardonné, j'ai pleuré… mais j'ai refusé de réapprendre à aimer.

Aujourd'hui, je suis prête. Je veux laisser Ezra me montrer le chemin, je veux qu'il me guide, qu'il m'aide à avancer à nouveau.

— Violet ?

Sa voix parvient à mes oreilles et je me rends compte, à son expression confuse, que j'ai gardé le silence pendant plusieurs minutes. Son visage emplit mon champ de vision. Sa mâchoire anguleuse, ses lèvres pleines desquelles viennent de s'échapper mon prénom, son nez aquilin, droit, parfait, ses pommettes, ses grands yeux bleus si expressifs qui me dévisagent… Comment peut-il être aussi beau ? Le son de sa voix, rauque, profonde, m'arrache un frisson que je ne cherche même plus à dissimuler. Mon cœur me crie de réduire la distance qui nous sépare encore, et cette fois, je décide de l'écouter.

Je me hisse sur la pointe des pieds, et comme une caresse, je dépose mes lèvres sur les siennes. Il semble surpris au début, car je l'entends retenir sa respiration. Quelques secondes suffisent pour qu'il craque. Ses lèvres s'entrouvrent, laissant le champ libre à ma langue pour venir tourmenter la sienne. Ses mains se posent sur mes hanches pendant quelques instants, avant de se déplacer vers mes reins, brûlant ma peau au passage. Mes mains viennent crocheter sa nuque, dans une position qu'elles connaissent à présent par cœur. Il prend une grande inspiration et penche la tête pour approfondir notre étreinte, comme s'il était soulagé. J'ai l'impression que les casiers, les gens autour de nous et le couloir tout entier disparaissent. Il n'y a plus que lui et le son de sa respiration hachée, de nos lèvres qui se découvrent à nouveau. Elles se connaissent par cœur, et pourtant, à chaque fois que je l'embrasse, j'ai la sensation de le faire pour la première fois. Cette urgence dans le creux de mon ventre ne me quitte jamais.

La cloche sonne, et c'est ce moment qu'Ezra choisit pour s'écarter d'à peine un centimètre et interrompre notre baiser. Je peux lire le regret et la frustration dans son regard, et ça me fait sourire. Son souffle chatouille ma peau, il me garde plaquée contre lui, oubliant où nous sommes et qui nous regarde.

Bordel, qu'est-ce qui m'a pris d'attendre aussi longtemps ?

Cette pensée me traverse alors qu'il dépose un baiser sur le bout de mon nez, aussi léger qu'une plume. Je ne peux pas m'empêcher de me dire qu'avec n'importe qui d'autre, j'aurais détesté ce geste puant le romantisme. Je ne suis plus la même quand je suis avec lui.

Je suis moi. Et bordel de merde, ça fait du bien !

— Il faut qu'on y aille, dit-il doucement.

Je hoche la tête, mais je suis incapable de le lâcher. J'ai l'impression qu'on a perdu trop de temps à tergiverser, je veux profiter de ce moment, le figer dans le temps et ne plus jamais le quitter. Ezra semble penser la même chose, car il soupire.

— On a tout le temps du monde, dit-il.

Je ne sais pas s'il essaie de se persuader lui-même en disant cela, ou s'il veut simplement m'en convaincre. J'opine du chef à nouveau, lui adressant un sourire timide.

Mais qu'est-ce qui m'arrive ?

Il s'écarte, mais ne me lâche pas pour autant. Sa main vient se nicher au creux de la mienne, et il entrelace nos doigts en un geste délicieusement apaisant. Je ne me suis pas sentie bien depuis des années. J'ai l'impression de flotter au-dessus du sol et c'est ce bonheur intense qui finit par me convaincre que j'ai fait le bon choix. J'aimerais que cette sensation ne me quitte jamais.

Pendant tout le cours d'Histoire, je suis distraite par la présence d'Ezra à mes côtés. Il a choisi une place plus proche de la mienne, à ma droite, et il ne manque pas une seule occasion de me toucher. Il m'effleure la cuisse du bout des doigts, joue avec mes cheveux lâchés dans mon dos quand il s'affale sur sa chaise, et pire que tout, son regard brûle mon corps tout entier à chaque seconde. J'ai beau tenter de rester attentive aux exposés qui défilent devant la classe, sachant que dans deux jours, Luna et moi passerons à la casserole, mais rien n'y fait. Je le réprimande plusieurs fois, lui lançant un regard explicite, mais je suis toujours décontenancée par son sourire en coin.

Au déjeuner, il se joint à Luna et moi sur les gradins, et là aussi, il continue de me toucher « par inadvertance ». Pourtant, je ne l'en prive pas. Chacune de ses caresses provoque une puissante vague de chaleur dans tout mon corps. Quand Luna le taquine, il répond, tout naturellement :

— Je ne perdrai pas une seule seconde de plus.

Je pose mon regard sur lui. Mon amie garde le silence, se contentant de nous observer un instant avant de détourner le regard, sans doute gênée par l'intensité de notre échange. Je déteste mes réactions dignes d'une collégienne, mais ce n'est rien comparé à la puissance qu'il me procure avec un simple regard. Ezra et moi, c'est l'évidence même, et s'il l'a compris avant moi, je suis persuadée qu'il ne s'attendait pas à ce que ce soit si fort.

Une chose est certaine, et quelque part, le penser me fait un peu peur, mais je n'ai qu'à plonger dans ses grands yeux pour voir mes doutes s'évaporer en un instant.

Je suis en train de tomber amoureuse d'un loup-garou. Et le pire, c'est que j'ai l'impression que j'ai attendu ça toute ma vie.

Chapitre 36
L'approbation

Victorious – Panic ! At The Disco

J'ai passé la meilleure nuit de ma vie. Pour la première fois depuis longtemps, j'ai dormi une nuit complète, sans qu'aucun cauchemar ne vienne interrompre mon sommeil. Quand je me réveille, ce matin, je me sens reposée, dans une forme olympique et d'une humeur radieuse. Je m'habille avec la musique à fond, chantant par-dessus la voix d'ange de Brendon Urie, me fichant bien de réveiller Iris au passage. Quand je descends dans la cuisine pour me servir un café, je la retrouve me fusillant du regard, les traits tirés, ses cheveux courts en bataille sur le sommet de son crâne.

— Bonjour ! chantonné-je d'une voix forte.

Elle grogne pour toute réponse et je ris face à sa mauvaise humeur matinale. Un détail me revient soudain en tête quand mes yeux se posent sur le calendrier épinglé au mur, et je comprends pourquoi elle a l'air d'avoir envie de tuer quelqu'un aujourd'hui.

— Ah ! m'exclamé-je, affichant une grimace. C'est aujourd'hui ton rendez-vous chez le…

— Oui, confirme-t-elle.

Je lui offre une moue désolée. Cela fait plusieurs jours qu'Iris se plaint de douleurs dans le bas-ventre. Ses règles sont en retard, mais comme elle m'a confié ne pas avoir eu de relations avec qui que ce soit depuis un moment, elle s'inquiète. Elle a donc pris rendez-vous chez le médecin, et je croise les doigts pour que ce ne soit rien de grave. Je ne suis pas douée pour réconforter les gens, et elle le sait, alors elle se satisfait de ma main sur son épaule et de mon regard encourageant. Un mince sourire étire ses lèvres.

Je termine mon café quand un bruit de klaxon résonne dans notre allée. Je me précipite vers la fenêtre, et me fige en voyant le pick-up noir garé devant chez nous. Ezra en sort du côté conducteur.

Merde.

Je n'avais pas prévu ça. Pourquoi est-il là ? Je voulais attendre un peu avant de parler de tout ça à Iris, mais visiblement, je vais devoir avancer l'échéance. Mon petit ami – *bordel de merde !* – s'appuie nonchalamment sur le capot de sa voiture, une main dans la poche de son sweat, l'autre jouant avec son trousseau de clés.

Beau à se damner.

Je grimace et me tourne vers Iris, qui s'est redressée. Elle semble aux aguets. Son attitude me perturbe un instant, alors qu'elle regarde partout, les sourcils froncés, comme si elle avait… deviné. Comme si elle sentait sa présence.

— Ne panique pas, lancé-je. Mais quelqu'un est venu me chercher.

Elle plisse les yeux et me considère d'un air méfiant, posant lentement sa tasse de café fumant sur l'évier de la cuisine. Elle croise les bras sur sa poitrine et attend que je termine mon explication. Je soupire. Elle ne va quand même pas me faire le coup de la sœur surprotectrice ?

— Qui ça ? finit-elle par demander face à mon silence.

Je pince les lèvres avant de soupirer. Je ne suis pas prête pour cette conversation. Alors que je m'éloigne vers l'entrée pour attraper ma veste et mon sac à dos, je ne suis pas surprise d'entendre les pas précipités d'Iris derrière moi qui me suit de près. J'ouvre la porte en grand.

Le regard d'Ezra croise le mien et immédiatement, mon cœur se réchauffe. J'aimerais courir vers lui et l'embrasser à perdre haleine, mais la présence de ma sœur dans mon dos m'en empêche.

Je sens son regard braqué sur le garçon au bout de l'allée. Celui-ci se fige, tout comme son sourire, et la tension monte d'un cran.

— Violet, lâche ma sœur d'un ton désapprobateur.

Je me retourne vers elle. L'incompréhension, la colère, le dégoût… je ne pensais pas qu'autant d'émotions pouvaient s'exprimeren même temps, et pourtant, ses traits en sont déformés pendant que son regard passe du loup à moi. Je n'ai même pas besoin de lui expliquer de quoi il retourne, elle a déjà deviné. Sans que je m'y attende, elle s'empare de mon poignet, comme pour m'empêcher de partir. Je la fusille du regard, mon côté impulsif refaisant surface.

— Tu ne peux décemment pas croire que je vais accepter ça ! gronde-t-elle entre ses dents. C'est un…

— Un loup, finis-je pour elle. Je sais, oui. Mais je ne suis pas une gardienne. Comme tu me l'as répété, je suis libre.

— Je ne peux pas te laisser faire ça. C'est contre-nature !

— Fais gaffe, sifflé-je. Je te rappelle que *je* suis le fruit d'une relation similaire. Contre-nature, comme tu dis.

Sa colère laisse place à l'effroi, puis à la tristesse, quand elle comprend où je veux en venir. Je suis sincèrement blessée de l'entendre dire une chose pareille. Elle me l'a signifié, les règles ne s'appliquent pas à moi. Je craignais quelque peu sa réaction, mais je ne m'attendais pas à ce qu'elle me balance tout ça à la figure. Comment a-t-elle pu omettre ce détail ? Je jette un regard vers Ezra, qui n'a pas bougé. Il semble tendu en observant notre échange, mais je lui fais signe de rester où il est. Je peux gérer ma sœur. D'ailleurs, quand celle-ci me lâche, je la surprends en train d'adresser un regard noir au loup, avant de me considérer pendant de longues secondes.

— Il n'entre pas ici, dit-elle d'un ton catégorique. Jamais.

Je hoche la tête et soutiens son regard. Je lui prouve ainsi que je ne changerai pas d'avis pour lui faire plaisir. Si elle n'accepte pas ma relation avec Ezra, grand bien lui fasse, mais je ne vais pas attendre son approbation. Pourtant, le fait que nous nous soyons beaucoup rapprochées ces dernières semaines devrait compter pour quelque chose. Est-ce qu'elle me fait confiance, au moins ? Elle doit sans doute penser qu'Ezra n'est qu'un nouveau moyen de plus pour moi de la provoquer, et cette idée me désole. Nous n'en sommes plus à ça.

Iris finit par rentrer, non sans m'avoir lancé plusieurs regards d'avertissements que j'ai superbement ignorés. Je n'attends pas que la porte se referme complètement pour dévaler les marches du perron et me jeter dans les bras d'Ezra. Le garçon me serre contre lui, enfouit son visage dans mon cou et y dépose un baiser, en laissant derrière lui des milliers de petites décharges électriques le long de mon dos. Son parfum boisé me rassure, sa chaleur me réconforte.

— Qu'est-ce que tu fais là ? demandé-je finalement.

— Je passe te chercher, justifie-t-il en haussant les épaules. Ce n'est pas ce que font les petits amis, d'habitude ?

— Dans les films, oui, dis-je en levant les yeux au ciel. Mais moi, je peux me débrouiller toute seule !

Il me sourit, ne tenant pas compte de ma remarque, et s'applique même à m'ouvrir la portière. Je soupire d'exaspération, mais je capitule. Je grimpe dans le pick-up, attache ma ceinture, et l'observe pendant qu'il s'installe derrière le volant.

Le chemin se fait en silence, et j'en profite pour scruter mon chauffeur. Le regarder conduire est fascinant. Il est à l'aise, il contrôle, il effectue des gestes méthodiques, serein, comme s'il avait fait ça toute sa vie. C'est étrange de me trouver ainsi près de lui. Les yeux rivés sur la route, il reste concentré, mais je peux voir à ses lèvres pincées que quelque chose le tracasse. Je ne sais pas si je suis en droit de savoir, mais fidèle à moi-même, je me fiche des convenances et décide de lui poser directement la question.

— Tu es bien silencieux, lancé-je quand nous nous arrêtons à un feu rouge.

— Désolé, dit-il en grimaçant.

Il n'ajoute rien, aussi je me tourne vers lui, histoire de capter son attention. Ça fonctionne, quand je le surprends à m'observer du coin de l'œil.

— Tu veux en parler ? me risqué-je.

Il soupire et se passe une main dans les cheveux. Tout cela est nouveau, pour moi comme pour lui. Je n'ai jamais eu de… petit ami. Même si quand on y réfléchit, on n'a pas vraiment pris le temps de poser une étiquette sur ce que nous sommes l'un pour l'autre. Néanmoins, je sens qu'il a besoin de moi de cette façon, et ça me paraît naturel de lui proposer une oreille, ou même mon aide dans la mesure du possible. Je ne pense pas être douée pour donner des conseils sur quoi que ce soit, mais je peux toujours essayer.

— Finn m'a fait une scène hier soir, dit-il. Il n'a pas l'air d'approuver, tu sais… nous deux.

Son doigt passe de lui à moi quand il prononce les derniers mots. Mon ventre se réchauffe à ces paroles, mais je me reconcentre bien vite sur ce qui le tracasse. On dirait que le monde entier tente de nous mettre des bâtons dans les roues. Je ne m'étonne pas que Finn ne soit pas d'accord avec l'implication de son frère dans notre « relation », il me l'a déjà bien fait comprendre. Il a l'air d'être le digne successeur de Luke, en tant que chef de meute : droit dans ses bottes, la carrure impressionnante, le regard fier et le sourire avenant. Il a l'étoffe d'un leader, c'est certain. Je me dis qu'il essaie simplement de protéger sa famille, de faire ce qu'il y a de mieux pour elle.

Un peu comme ma sœur tente de le faire avec moi.

— Et les autres, qu'est-ce qu'ils en pensent ? demandé-je, curieuse.

— Tyler est content pour moi, dit-il en haussant les épaules. Mais je pense qu'il ne saisit pas encore l'enjeu… Luke n'est pas au courant, et je pense que tu me comprends si je te dis qu'il ne doit jamais savoir.

Je hoche la tête, pensive. Je n'ose pas imaginer la violence de sa réaction s'il savait qu'Ezra et moi sortons ensemble. Je me souviens parfaitement de la haine dans son regard lorsqu'il nous a surpris dans la grange, il y a quelques semaines. Il avait l'air… dégoûté. Comme Iris, ce matin.

Ce constat me fait trembler d'effroi.

— Et Leo ? demandé-je pour changer de sujet.

Ezra éclate de rire, et je l'interroge du regard.

— Disons que… disons qu'il est heureux que toutes les parties de mon anatomie fonctionnent.

Il me lance un regard lourd de sous-entendus, et quand il voit que je comprends, il rit à nouveau. Je lève les yeux au ciel. Les mecs sont tous les mêmes. Loup ou pas, la moitié de leur cerveau se retrouve toujours logée entre leurs deux jambes, et ils s'en servent un peu trop à mon goût. D'un côté, ça ne m'étonne pas de Leo, au vu de sa réputation. De l'autre, je suis flattée de percevoir, dans sa demi-confession, un aveu qui m'enflamme.

Ezra me *désire*.

Je le savais déjà, mais l'entendre à demi-mot me fait tout drôle. Évidemment, comme je n'ai jamais vraiment eu de petit ami, je ne sais pas quelles sont les règles. Y a-t-il un délai à respecter ? Si ça ne tenait qu'à moi, je lui arracherais ses vêtements tout de suite. Mais je suis une fille civilisée. En tout cas, j'essaie. Mais bordel, comment résister, quand il retrousse les manches de son sweat et que je perçois les veines saillantes de ses avant-bras musclés ? Comment ne pas saliver face à son sourire ravageur, son regard brillant posé sur moi, et sa main qu'il presse maintenant sur ma cuisse par-dessus le levier de vitesse et qui embrase chaque cellule de ma peau à cet endroit ?

— Ça va ? demande-t-il soudain.

Je le regarde, ne comprenant pas pourquoi il arbore cet air soucieux, tout à coup. Je ne m'aperçois que maintenant que ma respiration s'est emballée, que les battements de mon cœur se sont accélérés et que la sueur perle dans ma nuque.

Oups.

— Oui, ça va, mens-je.

Je me racle la gorge pour me donner une contenance et reporte mon regard sur la route, tentant d'ignorer la douce caresse de son pouce sur mon jean. En vain. Je le soupçonne d'être parfaitement au courant de l'effet qu'il a sur moi. Aussi, je le fusille du regard. Mes suppositions se confirment quand je le vois m'adresser cet éternel sourire narquois qui m'horripile au plus haut point.

Nous arrivons – entiers et habillés – au lycée, et je regrette presque la chaleur de l'habitacle quand je sens le froid s'incruster sous ma veste. Je rejoins Ezra de son côté de la voiture. Avec un naturel déconcertant, il me prend la main, et m'entraîne vers l'entrée du lycée. Plusieurs regards se posent sur nous. Quelques murmures nous parviennent, et j'ai l'impression d'être projetée deux mois en arrière, quand j'ai débarqué pour mon premier jour après les congés de Noël. Une pression des doigts du loup-garou autour des miens me ramène au présent, et je réponds au sourire qu'il m'adresse.

Nous passons devant un 4x4 qui me dit vaguement quelque chose. En sortent les trois frères Folley. Par réflexe, sans doute, Ezra s'arrête, et j'en fais de même. Je suis surprise de voir Tyler m'adresser un petit sourire timide. J'en oublie presque que c'est lui qui m'a mordue, ce fameux soir, et lui adresse un signe de la main en gage de paix. Leo, lui, m'offre un clin d'œil qui veut tout dire. Je ne sais pas pourquoi, mais je n'arrive pas à l'apprécier ni à voir ce que les filles lui trouvent. Il incarne tous les stéréotypes du parfait lycéen que j'exècre.

Je tressaille quand Finn s'arrête juste devant nous, lançant des éclairs avec ses yeux. Ezra le défie du regard. Musclor soupire et secoue la tête, avant de continuer sa route vers les portes d'un pas pressé.

— Tu sais quoi ? lancé-je à Ezra. Je l'emmerde, ton frère.

Le garçon aux cheveux noirs éclate de rire avant de passer son bras autour de mes épaules et de déposer ses lèvres sur le sommet de mon crâne.

Chapitre 37
Être un loup

Have You Ever Needed Someone So Bad – Def Leppard

Les deux dernières semaines sont passées à une vitesse folle. Je n'ai pas eu une seule seconde à moi pour souffler. Parmi les bonnes nouvelles : Luna et moi avons réussi notre exposé d'Histoire, ce qui me met en joie. Je suis confiante pour le reste de cette année. Je crois n'avoir jamais autant accordé d'importance au lycée que pendant ces derniers mois, et je ne peux m'empêcher de penser que mon père serait fier de moi. J'ai réussi à rattraper mon retard, du moins dans certaines matières. J'ai toujours un peu de mal avec les cours de chimie et de maths. Mais bon, je n'ai jamais prétendu être une élève modèle, loin de là.

Autre bonne nouvelle : Ezra et moi pourrions concourir pour le prix du couple le plus niais de l'Histoire. Je ne pensais pas tomber aussi bas un jour, mais je dois dire que tous ces petits trucs débiles et romantiques m'atteignent en plein cœur à chaque fois. Ses baisers volés au détour d'un couloir, ses doigts entremêlés aux miens, nos déjeuners avec Luna, nos promenades en forêt les weekends… tout est simplement parfait. À croire que je vis dans une mauvaise série B où tout finit toujours bien. Le pire, c'est que je n'y suis toujours pas habituée. Je ne pourrai jamais me faire à ses regards empreints d'un désir sans borne, quand il me voit passer la porte de chez moi tous les matins. J'espère de tout mon cœur qu'il ne cessera jamais de m'éblouir lorsqu'il me sourit, de me faire frissonner quand il m'embrasse, de m'enflammer le cœur quand il prononce mon prénom.

Désormais, mon vélo a été relégué au garage de manière plus ou moins définitive. Il vient me chercher tous les matins. Si Iris râlait beaucoup au début, elle a fini par s'y faire. Elle ne se réjouit toujours pas de mon bonheur, mais elle s'abstient de tout commentaire quand je me précipite vers la porte pour retrouver mon homme.

Ce qui m'amène à la mauvaise nouvelle. Depuis son rendez-vous médical, Iris s'est fermée comme une huître. J'ai tenté plusieurs fois de lui tirer les vers du nez, mais elle se contente d'éluder. Elle m'a simplement dit qu'il n'y avait plus à s'inquiéter pour elle. Elle n'a plus mal, et c'est une bonne chose. Pourtant, je sens que son regard s'est éteint. Je n'y décèle plus cette étincelle d'optimisme qui y brillait constamment auparavant. Elle n'adopte plus cette attitude positive qui avait le don de me taper sur les nerfs, au début. Maintenant, je me rends compte que son rire me manque. Je la surprends souvent à regarder dans le vide, pendant les repas, sa fourchette à mi-chemin entre son assiette et sa bouche. Elle rêvasse, elle… déprime. Ça me fend le cœur, car je ne sais pas comment l'aider, puisqu'elle ne veut rien me dire. J'en ai parlé à mon père – nous nous téléphonons au moins deux fois par semaine, à présent – mais il est tout aussi perdu que moi. Il n'a jamais su comment nous comprendre réellement. Il m'a dit que ma mère était plus douée que lui pour ça. Et comme d'habitude, je me suis prise à souhaiter qu'elle soit là pour me dire quoi faire.

Ce qui me rassure, c'est qu'elle continue de peindre, de travailler et de faire ses rondes nocturnes dans les bois. Elle n'a pas arrêté de vivre et je suppose que c'est bon signe. J'espère tout de même qu'elle finira par se confier à moi sur ce qui la tracasse, mais je ne veux pas non plus la forcer. Si nous ne nous ressemblons presque pas, je sais que nous partageons cette sale habitude de toujours tout garder pour nous. Quand ça ne va pas, je prends soin de tout enfermer à l'intérieur de moi à double tour, de laisser bouillir, jusqu'à ce que ça explose partout. En général, l'explosion est plutôt violente, et il ne faut pas se trouver près de moi quand ça arrive. Mais je sais que ce n'est pas sain. J'essaie de m'améliorer de ce côté-là. Iris, elle, continue de se murer dans le silence depuis deux semaines, et je suis sincèrement inquiète.

— La Terre à Violet !

Je sursaute légèrement et pose mon regard sur Ezra, assis en face de moi. Je reviens brusquement au présent, consciente que j'ai laissé mon esprit dériver très loin pendant plusieurs minutes.

— Pardon, tu disais ? demandé-je en secouant la tête.

— À quoi tu pensais ? m'interroge-t-il à la place en penchant la tête sur le côté.

— À ma sœur, réponds-je du tac au tac.

Je fronce les sourcils, consciente du regard d'Ezra sur moi. Nous sommes samedi et nous avons décidé de profiter du beau temps pour retourner près de la falaise qui fait face à l'océan. Contre toute attente et malgré les mauvais souvenirs liés à cet endroit, ce paysage m'apaise, sans compter la présence du garçon aux cheveux noirs qui me couve d'un regard soucieux.

— Elle ne t'a toujours pas parlé ? devine-t-il.

Je secoue la tête et baisse les yeux vers mon carnet à dessin ouvert devant moi, posé sur mes jambes repliées. J'entends le loup se lever pour venir se placer près de moi, son épaule touchant la mienne. Il jette un œil au portrait que je viens de faire, le représentant assis en face de moi, souriant de cet air malicieux qu'il maîtrise si bien. Attendri, il passe un bras autour de mes épaules et me ramène contre lui tout en me prenant le carnet des mains. Je le laisse faire, me laissant aller contre son corps et respirant son parfum.

— Je peux ? demande-t-il.

Je hoche la tête, non sans réticence à l'idée qu'il découvre mes précédents croquis. Je n'ai toujours pas entamé un carnet vierge, mais ça ne saurait tarder.

Ezra feuillette les pages, passant plusieurs dessins de forêts, de paysages enneigés, pour finir par découvrir les plus intéressants. Il s'attarde longuement sur le visage de Luke, une expression indéchiffrable peignant ses traits, mais je le laisse poursuivre son exploration sans rien dire. Il tique à tous les portraits de lui, mais l'un d'eux en particulier semble attirer son attention. C'est un dessin que j'ai réalisé il y a plusieurs semaines, et j'en suis particulièrement fière. Il s'agit d'Ezra… en loup. Son poil de jais, sa grâce animale transparaît à travers les traits de crayon. Son regard majestueux, d'un bleu irréel, nous fixe tous les deux, l'air curieux. Je détache mes yeux de la feuille pour les poser sur le visage du garçon qui me tient toujours contre lui. Ses sourcils sont froncés, la petite ride entre eux se dévoile à nouveau. Je n'ai pas besoin de lui demander à quoi il pense, je le sais déjà. D'ailleurs, il ne se prive pas pour formuler ses questions à voix haute.

— Pourquoi n'as-tu pas eu peur ? murmure-t-il. Ce soir-là…

Il continue à fixer le dessin, son index contournant les lignes de l'animal d'un air distrait.

— Je savais que tu ne me ferais pas de mal, réponds-je. Je n'ai pas eu peur, parce que je savais que c'était toi, là-dessous.

Il tourne enfin son visage vers moi. Ses yeux se plantent dans les miens, avant de dévier sur mes lèvres pendant quelques secondes. Mon cœur s'emballe, ma bouche s'entrouvre dans l'attente d'un baiser, mais rien ne vient. À la place, il détourne la tête et délaisse le carnet, qui se referme dans un bruit sec.

— Raconte-moi, demandé-je alors. Tu ne m'en parles jamais.

— Parce qu'il n'y a rien à raconter, rétorque-t-il.

Je pose une main sur son épaule pour attirer à nouveau son attention.

— S'il te plaît, soufflé-je.

Il soupire, mais je vois dans ses yeux qu'il est prêt à capituler. Si ces deux semaines ont été absolument parfaites, je regrette simplement qu'il évite toujours de me parler de la meute ou de sa condition. D'ailleurs, la semaine prochaine, ce sera la pleine lune, et je sais déjà que je ne le verrai pas du weekend. Il va sans doute s'occuper de ses frères, qui sont tous des mordus. C'est la seule information que j'ai pu lui soutirer. Quand je l'ai appris, j'ai immédiatement pensé à Finn, qui a l'air si à l'aise dans son rôle de leader. Pourtant, il me paraîtrait logique qu'Ezra ait cette place, étant donné qu'il porte le gène depuis sa naissance. Il est le plus expérimenté, le plus à même de succéder à Luke en tant qu'alpha. Je n'ai jamais su pourquoi il semblait avoir laissé sa place à son frère. Il refuse toujours de m'en parler, prétextant ne pas vouloir me mêler à tout ça plus que je ne le suis déjà.

— Que veux-tu savoir ? demande-t-il enfin.

— Comment c'est, pour toi ? Qu'est-ce que ça fait de… te transformer ?

Il semble pris au dépourvu par ma question, ne s'attendant sûrement pas à ce que je m'attaque à ce sujet. Ce sont des interrogations qui me taraudent depuis que je l'ai vu se métamorphoser sous mes yeux. Ça avait l'air… douloureux. Je me demande si ça a toujours été le cas, si ça le sera toujours. Comme s'il lisait dans mes pensées, Ezra me devance en triturant l'herbe entre ses jambes, son autre bras entourant toujours mes épaules.

— Les premières fois, c'était… horriblement douloureux, dit-il en grimaçant. J'ai connu ma première transformation à 6 ans. C'est un peu comme une puberté précoce : ton corps change, tu ne sais plus vraiment qui tu es. J'ai mis longtemps avant d'apprendre à me contrôler. Avant, je me transformais à chaque pleine lune. Luke m'a beaucoup appris à contrôler mes émotions et la plupart du temps, j'y arrive très bien, mais…

— Pas avec moi, deviné-je. Tu t'es mis en colère, ce soir-là.

Il opine du chef, et d'un sourire, je l'encourage à poursuivre.

— La colère, c'est probablement le sentiment le plus puissant pouvant provoquer une transformation, narre-t-il. Mais ça peut être n'importe quelle émotion négative. La jalousie, la tristesse, la souffrance… tout y passe.

— Est-ce que tu peux… te transformer à souhait ? demandé-je.

— Oui, si je le veux vraiment. Dans ces moments-là, c'est plus facile à gérer.

— Qu'est-ce que ça fait ?

Je suis consciente que ma curiosité atteint les limites du malsain, mais je ne peux pas m'en empêcher. J'ai ce même gène en moi, et bien qu'endormi, j'ai envie d'en savoir plus sur ce que j'ai potentiellement raté.

— Quand je le veux, précise-t-il, c'est comme une libération. Mon corps tout entier rejette cette enveloppe humaine pour devenir… ce qu'il est. J'ai la sensation d'être invincible, de pouvoir m'envoler si je le voulais.

Je perçois l'étincelle dans ses yeux, et ça me fait sourire.

— Est-ce que tu aimes ça ? demandé-je. Être un loup, je veux dire.

— Oui et non, souffle-t-il. Oui, parce que dans un sens, c'est ce que j'ai toujours connu. C'est comme un enfant qui naît avec un handicap : pour lui, c'est normal d'être comme ça. Non… parce que j'aimerais être comme tout le monde, parfois. Un adolescent lambda qui peut tomber amoureux sans risquer d'arracher la tête de quelqu'un parce qu'il est jaloux.

Je le regarde, inquiète, mais quand je vois le sourire joueur qu'il affiche, je lui assène une tape sur l'épaule. Il feint d'avoir mal, ce qui me fait rire.

Je suis tellement niaise, c'est à se vomir dessus.

— Sérieusement, reprend-il en souriant. J'aimerais me fondre plus facilement dans la masse.

Je le regarde, pensive, pendant qu'il semble partir à des milliers de kilomètres d'ici, le regard perdu dans le vague. Je secoue la tête, et pour bien me faire comprendre, je le pousse au sol et lui grimpe dessus.

— Tu es fou ! m'exclamé-je dans un même mouvement. Je voudrais tant être aussi spéciale que toi. Être hors du commun.

À califourchon sur lui, j'admire son sourire amusé, mes mains de part et d'autre de son visage. Je me penche pour effleurer son nez avec le mien et dépose un baiser chaste sur ses lèvres. Ses mains sur ma taille, il verrouille nos yeux, soudain très sérieux.

— Ne dis pas n'importe quoi. Tu n'as rien de banal, Violet. C'est ce que j'aime le plus chez toi.

Je souris, appréciant le compliment, et me mords la lèvre inférieure, soudain consciente de notre position. Sa proximité me fait chavirer, et quand je me penche pour l'embrasser, je ne m'attends pas à ce que notre étreinte dure. Ses mains s'agrippent avec force à mes hanches, m'incitant à me rapprocher encore. Ma langue vient chatouiller sa lèvre inférieure, et il grogne quand j'y plante doucement mes dents. Nos respirations se font pressantes, nos corps bougent d'eux-mêmes, se frottant l'un contre l'autre comme s'ils savaient mieux que nous quoi faire. Soudain, Ezra se redresse sans jamais rompre notre étreinte. Il me serre tout contre lui, met fin à notre baiser pour poser son oreille contre mon cœur. Je caresse ses cheveux, mon menton posé sur le sommet de son crâne, tentant de calmer le rythme de mon souffle.

— Tu as… hum, articulé-je. Est-ce que tu as déjà eu des raisons d'être… jaloux, avant ?

Je ne sais pas s'il comprend où je veux en venir, et quand il lève la tête pour me regarder, je sais qu'il n'a pas saisi. Je ne sais pas trop comment formuler ma question pour paraître subtile, alors je décide d'aller droit au but, quitte à mettre les pieds dans le plat.

— Tu as déjà eu une petite amie, avant ?

Il me considère un instant, réellement surpris par ma question. Embarrassée, je pince les lèvres. Je ne suis pas du genre jaloux. Je ne l'ai jamais été. En fait, à bien y réfléchir, je n'ai jamais eu l'occasion de l'être, parce que je n'en avais rien à faire des gars avec qui je sortais avant. Si on peut appeler ça sortir avec quelqu'un : des coucheries répétées à droite et à gauche, sans réelle attache. L'idée qu'Ezra puisse être amoureux de quelqu'un d'autre, un jour, me retourne l'estomac avec une violence que je ne soupçonnais pas jusqu'ici.

Il éclate de rire, et je lève les yeux au ciel avant de fourrer mon poing dans son épaule, sérieusement agacée.

— S'il te plaît, arrête de te moquer ! râlé-je. C'est une vraie question. Regarde-toi ! Toutes les filles bavent quand tu passes dans un couloir. C'est normal que je m'interroge !

Il tente de reprendre son sérieux, non sans difficulté, et se racle la gorge avant de me répondre, sa voix tremblant encore sous l'hilarité.

— J'ai eu quelques… passades, dit-il. Rien de sérieux. Et toi ?

— Rien de sérieux non plus, réponds-je immédiatement.

Son sourire en coin me désarçonne, et mon cœur s'envole.

Rien de sérieux. Cool.

— Est-ce que… tu considères qu'on est sérieux ? Toi et moi ?

Sa question me prend de court. Je ne sais pas trop quoi répondre. Je ne veux pas le faire fuir, mais… c'est la première fois que je ressens ça pour quelqu'un. Des sentiments aussi profonds, aussi puissants, couplés à un désir décuplé à chaque fois qu'il me touche… c'est totalement inédit. Je ne pensais pas qu'autant de choses pouvaient se mélanger à l'intérieur de moi. Je n'ai que dix-sept ans, je ne devrais pas savoir ce qu'est l'amour. Ça n'est pas censé se produire comme ça. Je suis censée connaître quelques amourettes de lycéenne, puis aller à l'université, et rencontrer l'homme de ma vie. C'est du moins ce que toutes les séries télé prônent.

Moi, je n'y ai jamais cru une seule seconde. Principalement parce que depuis la mort de ma mère, je ne me pensais pas capable d'aimer quelqu'un aussi fort. Je me croyais vide, fade, sans substance.

Le regard qu'Ezra pose sur moi à chaque seconde, comme maintenant, me fait changer d'avis. Avec lui, j'ai l'impression d'être enfin… quelqu'un. D'appartenir à quelque chose. Mon cœur explose quand il pose une main sur ma nuque, jouant avec mes cheveux lâchés qui tombent en cascade dans mon dos.

— Oui, soufflé-je.

Il capture mes lèvres, avalant mon « oui » à peine murmuré d'un baiser qui ne manque pas de me faire flancher. À nouveau, la tension monte, ses mains entourant mon dos me plaquant contre son torse. Je ne sais pas comment nous faisons pour résister, mais nous tenons bon. Je ne pense pas que les bois soient un endroit idéal pour ce genre d'activité. Puis… je ne sais pas trop pourquoi, mais j'ai envie que ma première fois avec lui soit spéciale. Je nourris secrètement l'envie de vivre cette nuit parfaite, magique, de plaisir intense avec le garçon que j'aime. Je ne le lui ai pas encore dit, mais les mots sont là, sur le bord de mes lèvres, prêts à sortir.

— Tant mieux, murmure-t-il contre mes lèvres. Parce que pour moi, c'est *très* sérieux.

Chapitre 38
La vision

Soft Skeletons – Anberlin

Je suis réveillée en sursaut par un bruit strident. Je mets quelques secondes avant de me rendre compte qu'il s'agit de la sonnette de la porte d'entrée. Je jette un œil à mon téléphone : il est plus de deux heures du matin. Dehors, il fait nuit noire, et l'orage bat son plein depuis plusieurs heures. La pluie et le vent frappent contre ma fenêtre et je me demande comment j'ai fait pour rester profondément endormie avec tout ce vacarme.

On continue de sonner. Je balance ma couette, enfile rapidement mes pantoufles pour ne pas marcher pieds nus sur le parquet, et dévale les escaliers à la hâte.

— J'arrive, j'arrive ! crié-je vers la porte.

J'ouvre en grand, et tombe sur une Luna trempée jusqu'aux os, vêtue de son manteau de pluie qu'elle a passé par-dessus… son pyjama. Une combinaison en fourrure qui la change en lapin rose.

Alors ça, je m'en souviendrai longtemps.

Je n'ai pas le temps de rire, car son regard affolé m'alerte immédiatement.

— Luna ? Mais entre ! dis-je en la tirant par le bras à l'intérieur. Bordel, qu'est-ce que tu fiches ici ?

— Où est Iris ? demande-t-elle en regardant autour d'elle. Il faut que je lui parle.

— Elle fait sa ronde, cette nuit, l'informé-je.

Elle jure dans sa barbe, ce qui ne lui ressemble pas. Elle continue à fuir mon regard, et je suis obligée de l'attraper par les épaules pour qu'elle daigne me regarder. La peur et la confusion ont envahi ses yeux, elle tremble comme une feuille. Je ne sais pas ce qui se passe, mais je ne peux pas la laisser comme ça.

— Viens, lui intimé-je.

Quelques minutes plus tard, nous sommes sur le canapé, le chauffage tourné à fond, Luna à mes côtés sirotant une tasse de thé bien chaud. Elle semble s'être calmée, mais l'effroi déforme toujours autant ses traits. Pendant tout ce temps, elle est restée silencieuse, et je finis par perdre patience.

— Luna, il faut que tu m'expliques, dis-je doucement. Tu peux tout me dire, tu le sais.

Elle me jette un regard incertain, et je commence à paniquer intérieurement. Son comportement ne me dit rien qui vaille. Pourtant, ces derniers jours, tout allait pour le mieux. Elle était souriante, comme à son habitude, elle appréciait la présence d'Ezra pendant nos déjeuners et je commençais enfin à me sentir bien dans ma peau grâce à eux. Depuis notre rendez-vous au bord de la falaise et notre conversation, à Ezra et moi, les choses se passent tellement bien que j'ai encore du mal à y croire. Ce weekend, c'est la pleine lune, je ne le verrai pas, mais qu'importe. C'est aussi pour ça qu'Iris sera absente toute la nuit, jusqu'au petit matin. Elle tenait à être sûre qu'aucun oméga mordu ne profiterait de cette nuit pour dépasser la frontière.

— J'ai… j'ai vu… quelque chose, balbutie-t-elle.

— Comment ça ? demandé-je en fronçant les sourcils.

Elle soupire, pose sa tasse sur la table basse avant de me faire face, une expression embêtée sur le visage.

— Tu te souviens quand je t'ai parlé du fait que les… nymphes pouvaient voir l'avenir, n'est-ce pas ?

J'opine du chef, attendant impatiemment qu'elle poursuive, ce qu'elle ne tarde pas à faire.

— J'ai eu une vision cette nuit, m'avoue-t-elle. Je t'ai vue, toi… défiant le Conseil.

Je la regarde, incrédule. De quoi parle-t-elle ? Je dois fouiller dans ma mémoire pour savoir à quoi elle fait référence. J'ai déjà entendu ça quelque part.

— De quoi tu parles ? l'interrogé-je en plissant des paupières.

— Ce sont eux qui font les lois, précise-t-elle. LeConseil des gardiens décide d'absolument tout, et s'ils savaient que tu existes, ils…

— … me tueraient, terminé-je pour elle. Oui, je m'en souviens, c'est ce que ma mère a écrit dans son journal.

— Je t'ai vue. Je ne sais pas quand ça arrivera, mais… il va y avoir un combat. Tu vas défier le Conseil, Violet. Toi, en tant que gardienne.

Ce qu'elle me dit n'a aucun sens. Je suis tellement ahurie par ce que j'entends que je suis obligée de me lever du canapé pour faire les cent pas. Luna me regarde, un air navré sur son visage. Elle finit par baisser les yeux sur ses mains. Elle a presque l'air d'avoir honte de ce qu'elle a vu. Une seule phrase tourne en boucle dans mon esprit.

— Je ne suis pas une gardienne, Luna, lancé-je. C'est complètement débile.

— Je sais, dit-elle en hochant frénétiquement la tête. Mais quelque chose a changé. Tu n'as rien remarqué d'anormal, chez Iris, ces derniers temps ?

Je m'apprête à lui dire que non, mais en y réfléchissant bien, je m'arrête. Effectivement, ma sœur ne m'a toujours pas confié ce que le médecin lui a révélé. Elle a perdu sa joie de vivre depuis quelque temps. Ça fait trois semaines que ça dure, désormais. J'ai arrêté de l'embêter avec ça parce que je me suis dit qu'elle finirait par m'en parler d'elle-même, quand elle serait prête. Et s'il s'agissait de quelque chose de grave ? Et si elle était… malade ? Je frissonne à l'idée de perdre à nouveau quelqu'un que j'aime.

Ça ne peut pas être vrai.

Quand elle remarque le changement d'expression sur mon visage, les épaules de mon amie s'affaissent. Je n'ai pas besoin de le lui dire pour qu'elle comprenne qu'en effet, Iris a bel et bien changé ces dernières semaines. Quelque chose cloche, mais je ne sais pas de quoi il s'agit.

— Qu'est-ce que ça change ? sifflé-je. Si j'étais une gardienne, je le saurais. Iris sent les Folley venir, elle.

— Et toi ? réplique Luna. Tu vas me dire que tu ne ressens absolument rien quand ils sont à proximité ?

Je la fusille du regard, parce que je sais qu'elle a raison. La première fois que j'ai croisé les quatre frères dans le couloir, j'ai ressenti cette étrange vague de chaleur dans ma poitrine. Désormais, elle m'est si familière que je n'y fais même plus attention. Pourtant, elle est bien là. Plus il y a de loups, plus elle se fait intense. Quand je suis avec Ezra, je parviens aisément à l'occulter. Mais quand je suis allée trouver la maison de Luke, la première fois… c'était indescriptible. Si intense, si puissant… je ne pouvais pas l'ignorer. Je pensais que c'était simplement une réaction physique due à ma colère, mes envies de vengeance…

Et si Luna visait juste ?

— Je ne peux pas en être une, Luna, c'est impossible, répliqué-je.

Je secoue la tête, refusant de croire ce qu'elle me raconte. Je ne peux pas être une gardienne. Je suis censée être libre, ne pas me soucier de tout ça. Les règles ne s'appliquent pas à moi. Je ne suis même pas censée être née. Et Iris, dans tout ça ? Que lui est-il arrivé ? Pourquoi ne me dit-elle rien ? Je pensais sincèrement qu'on avait dépassé ça, qu'on s'était promis de tout se dire. À présent, elle sait absolument tout de moi. Elle connaît toutes mes erreurs, tous mes défauts, mes sentiments pour Ezra, mon avis sur tout ça. Elle m'a convaincue de grandir, d'arrêter mes conneries, de me réconcilier avec mon père. Je suis censée être celle qui partira d'ici, qui laissera Woodhills derrière elle pour construire sa propre vie. Aller à l'université, étudier quelque chose qui me fait envie, bâtir un avenir solide et honnête.

Et Ezra ? Qu'est-ce que tout ça signifie pour lui ? Vais-je commencer à le haïr ? Mes sentiments vont-ils changer ? Je ne peux pas le concevoir… je n'arrive même pas à imaginer comment je pourrais vivre sans qu'il soit à mes côtés. Je suis bien trop accro à ses baisers, à ses regards, ses sourires, ses mots doux qui me redonnent confiance en moi… Il est devenu mon ancre, mon remède contre la souffrance et la solitude, contre des blessures que je ne soupçonnais pas.

Voyant la panique briller dans mon regard, Luna se lève et prend mes mains entre les siennes, plantant ses yeux dans les miens.

— Les visions changent toujours, dit-elle pour me rassurer. Rien n'est jamais certain. Je dois encore en parler à ma grand-mère…

Je n'entends plus ce qu'elle me dit. Mes oreilles bourdonnent, ma vue se trouble et je comprends trop tard que je pleure. Luna me serre contre elle, et je ne sais pas combien de temps se passe durant lequel je ne fais qu'être secouée de sanglots incontrôlables. J'ai l'impression que mes nerfs lâchent. Mon esprit refuse d'assimiler ce qu'elle me raconte, mais mon corps semble déjà avoir compris. Je savais qu'être avec Ezra serait dangereux, pour lui comme pour moi. J'ai décidé d'écouter mon cœur, pour la première fois de ma vie, et voilà où j'en suis. Je continue de tout gâcher.

Luna quitte la maison quelques dizaines de minutes plus tard, me promettant de revenir me voir dès qu'elle aura pu en discuter avec sa grand-mère. Je retourne au lit, mais impossible pour moi de fermer l'œil. Trop d'images tourbillonnent dans mon esprit. Mon cœur a mal. Je n'arrive pas à sécher mes larmes. Je suis épuisée, mais je ne parviens pas à trouver le sommeil.

Au petit matin, j'entends Iris rentrer, mais je n'ai pas le courage de l'affronter. Le soleil se lève à peine, mais il ne perce pas à travers les nuages noirs qui recouvrent le ciel. La pluie est moins intense qu'il y a quelques heures mais le bruit des gouttes sur le carreau ne m'apaise pas du tout.

Que se passera-t-il si je finis par devenir effectivement une gardienne ? Je vais devoir rompre avec Ezra. Cette simple idée me donne le tournis. Pire encore, je vais devoir le punir s'il enfreint la loi. S'il mord un humain… même par mégarde ou par sacrifice, comme ses parents… je vais devoir le tuer.

Un haut-le-cœur m'assaille, et je dois courir jusqu'à la salle de bain. Je me penche par-dessus la cuvette et je vomis toutes mes tripes, écœurée par cette simple pensée. Voir Ezra… inerte… pâle… froid… même dans mon imagination, ça me donne la chair de poule. Je ne peux pas le supporter. Je n'y survivrais pas. Je n'arrive toujours pas à comprendre comment j'ai fait pour développer ces sentiments si profonds pour lui en à peine deux mois… comment j'ai pu si facilement passer de la haine à l'amour, aussi simplement que si j'avais cligné des yeux. Je me dis que c'est trop beau pour être vrai… et que la vision de Luna est là pour me le rappeler.

Vers sept heures, je suis à nouveau roulée en boule dans mon lit quand j'entends la porte de ma chambre grincer. Mon matelas s'affaisse lorsque ma sœur s'y assoit. Elle avise mon visage bouffi et pâle, je suis presque sûre qu'elle m'a entendue vomir dans la salle de bain. Elle pose sa main froide sur mon front, ce qui me fait tressaillir. Je n'aurai aucun mal à lui faire croire que je suis réellement malade, dans l'état où je suis. Je n'ai aucune envie de sortir de mon lit. Je ne me vois pas vraiment afficher une mine sereine après ce que je viens d'apprendre, et encore moins sourire à Ezra avec ce qui me passe par la tête.

— Tu peux rester à la maison aujourd'hui, si tu veux, me souffle-t-elle. Il faut que j'aille travailler.

Je hoche doucement la tête, prétendant être trop fatiguée pour lui répondre. À vrai dire, je n'ose même pas la regarder dans les yeux. Depuis trois semaines, elle me tient dans l'ignorance. Or, je suis de plus en plus persuadée, à mesure que les minutes passent, qu'il lui est arrivé quelque chose.

Quelque chose qui pourrait tout changer.

Chapitre 39
Le secret d'Iris

Kryptonite – 3 Doors Down

Je ne bouge pas de la journée. La fatigue me rattrape d'elle-même et je somnole de temps à autre. À chaque fois que je me réveille, une ou deux heures se sont écoulées. Mon téléphone n'a pas arrêté de sonner, mais à la fin, j'ai cessé de vérifier qui s'évertuait à me joindre. Je sais déjà de qui il s'agit. Ezra n'a pas arrêté de m'envoyer des textos. Il a même essayé de m'appeler plusieurs fois, mais je n'ai pas le cœur à lui parler maintenant. Je me sens mal de l'inquiéter, mais je ne saurais vraiment pas quoi lui dire. Je ne peux pas lui mentir, pas à lui.

Vers quatorze heures, je finis par descendre au rez-de-chaussée et m'effondre dans le canapé. Je rattrape mon retard sur *Gilmore Girls*, pensant que l'accent français hilarant de Michel me remontera le moral, mais rien n'y fait. Je divague. Mon esprit vagabonde vers Luna et sa vision.

Le pire, c'est que la façon dont elle m'a décrite me ressemble bien. Je ne m'étonnerais même pas de savoir qu'elle a vu juste. Je suis parfaitement du genre à défier l'autorité, je l'ai déjà fait des centaines de fois. J'ai souffert des conséquences, mais sur le moment, ça me paraissait la meilleure chose à faire. S'il y a une chose à savoir sur moi, c'est que je n'agis jamais mal dans le but de *faire du mal*. En général, je me bats pour ce que j'estime juste. Je me révolte pour le bien, et peut-être ai-je pu me montrer quelque peu extrême par moments, mais je ne regrette rien. J'aurai fait tout ce que je pouvais. Luna n'a pas précisé ce qui me pousserait à défier le Conseil, mais je suis certaine que j'aurai une bonne raison.

Je comprends que je me suis encore assoupie quand je me rends compte que plusieurs épisodes ont défilé devant mes paupières closes. J'ai soudain chaud, mais je dois me concentrer durant quelques secondes pour analyser ce qui provoque ce feu dans ma poitrine. C'est infime, mais la sensation est bel et bien là. On sonne à la porte. Je ne me précipite pas pour ouvrir et prends soin de vérifier par le judas de qui il s'agit.

Je me fige.

— Violet ?

Je frissonne au son de sa voix et pose mon front contre le bois. Il est juste là. Je l'entends frapper contre la porte, à quelques centimètres à peine de ma tête. Ma gorge se noue quand je l'entends m'appeler encore. Je ne peux pas le voir, même si j'en ai terriblement envie. Mon corps tout entier n'aspire qu'à se retrouver contre le sien. Je n'arrive pas à croire que je suis encore en train de lutter contre ça, contre ce que je ressens. Sauf que cette fois, ce n'est pas ma fierté qui parle, mais mon amour pour lui.

Dire qu'il ne le sait même pas. Je ne le lui ai jamais dit.

Si je suis effectivement une gardienne, je n'ai rien à faire avec lui. Si le gène se développe en moi, je vais bientôt le détester. Ce serait dans ma nature. J'ai envie de m'accrocher encore à ces quelques miettes, ces quelques minutes, ces dernières heures pendant lesquelles je l'aimerai encore de tout mon être.

— Violet, ouvre-moi, je sais que tu es là, dit-il.

À ces mots, de chaudes larmes lacèrent mes joues, et je dois plaquer une main sur ma bouche pour étouffer mes sanglots. Je ne pensais pas avoir un jour autant besoin de quelqu'un, encore moins d'un garçon. Ce vide qu'il a comblé dans mon cœur fait son grand retour, et bordel, ce que ça fait mal.

Mais je dois savoir la vérité avant de le revoir. Je dois savoir dans quelle mesure je pourrais lui faire du mal. Et si c'était la dernière fois que j'entendais sa voix ?

— Violet, je t'en prie… j'ai besoin que tu me dises ce qui se passe.

Mes pleurs redoublent encore, je ne pensais pas que ce serait aussi difficile de lui résister. Je le sens perdu, et je m'en veux tellement de le tenir à l'écart. Je prie silencieusement pour qu'il s'en aille rapidement. Je ne peux pas supporter d'entendre sa voix trembler de la sorte.

Il finit par abandonner quelques minutes plus tard. Je l'entends s'éloigner, et prudemment, je vérifie par le judas qu'il est bien parti, avant de m'effondrer contre la porte, mes genoux ramenés contre moi.

J'aurais dû lui ouvrir. J'aurais dû foncer dans ses bras, le laisser me rassurer, me dire que tout ira bien. J'aurais dû tout lui raconter, car il n'est pas concevable que mes sentiments pour lui changent. J'en suis encore à m'habituer à toutes ces sensations, je ne peux décemment pas en être si rapidement privée. Je l'aime, et pourtant, j'agis déjà comme si l'issue de tout ça était inévitable. Sauf que Luna n'est sûre de rien. Elle me l'a dit elle-même, ses visions peuvent changer à tout moment… Si ça se trouve, tout ça est complètement absurde et faux.

Je ne peux pas tout gâcher parce que j'ai peur.

Je me relève rapidement, sèche au mieux mes larmes, et ouvre la porte en grand.

— Waouh… tu as l'air d'avoir été essorée à la centrifugeuse.

Je soupire en voyant Luna sur le seuil, le poing levé, comme si elle s'apprêtait à frapper. Je pourrais presque rire de sa remarque si je n'étais pas si épuisée par toutes mes réflexions.

— Salut, lancé-je.

Elle me sourit. Dire qu'il y a plusieurs heures, elle était ici même, trempée jusqu'aux os, à me faire une des pires révélations de ma vie. L'autre étant celle du médecin qui m'annonçait que ma mère était partie.

Je fais entrer mon amie et, après lui avoir offert un verre d'eau, je l'invite à s'asseoir à la table de la cuisine. Moi, je reste debout, appuyée contre le plan de travail, les bras croisés sur ma poitrine. Je dois probablement avoir l'air d'une épave vu sa façon de me regarder. Je n'ai pas quitté mon pyjama, mes yeux sont gonflés à force d'avoir pleuré, et mon nez doit être rouge comme une tomate. Si Ezra me voyait comme ça, je suis presque sûre que je pourrais entendre son cœur se briser.

— La prochaine fois, je choisirai mieux mon moment, marmonne-t-elle avant d'avaler une gorgée de sa boisson.

Je ne relève pas. J'attends simplement qu'elle se décide à me parler. Elle n'est certainement pas venue me rapporter ses notes de cours de la journée. Je ne décèle rien dans ses grands yeux, qu'elle garde baissés. Pour ne pas exploser, je me concentre sur sa tenue. Aujourd'hui, elle a attaché ses cheveux roses en un chignon approximatif. Elle porte une robe blanche à pois noirs, sur un gilet violet, et des bottines à lacets assorties. Ses fringues sont toujours le reflet de sa folie intérieure. C'est dingue comme cette fille m'inspire.

Luna soupire, pose son verre sur la table, et se penche en avant, relevant son regard vers moi.

— Tu ne vas pas aimer ce que j'ai à te dire, dit-elle.

— Au point où j'en suis, lancé-je.

Elle m'offre un sourire sans joie, avant de poursuivre.

— J'ai parlé à ma grand-mère. Elle… m'a fait part d'une prophétie. Apparemment, ma vision a quelque chose à voir avec ça.

— Une prophétie ? répété-je, confuse.

— Elle existe depuis des centaines d'années. C'est même ça qui a poussé le Conseil à établir la fameuse règle, disant qu'il ne peut y avoir qu'un seul gardien, ou qu'une seule gardienne, par ville.

— Et… qu'est-ce que ça dit, cette prophétie ?

Luna grimace, et je sens que je ne vais effectivement pas aimer ça. Elle ouvre la bouche à nouveau, prête à tout m'expliquer, quand soudain, j'entends une clé s'insérer dans la serrure.

Iris pénètre dans l'entrée, le visage soucieux, les bras chargés de matériel d'arts plastiques. Elle dépose le tout avant de lever les yeux. Quand elle m'aperçoit, elle me rejoint dans la cuisine.

— Hey, ma belle, ça va mieux ? Oh !

Quand elle remarque la présence de Luna, celles-ci se sourient, distantes. Je connais les raisons de Luna pour son manque d'enthousiasme… mais ma sœur est toujours heureuse de la voir, d'habitude. Je perçois une étincelle de peur dans ses prunelles qui me fait tiquer. Bon sang, que cache-t-elle, enfin ?

— Luna ! s'exclame-t-elle d'une voix affaiblie. Que… qu'est-ce que tu fais là ?

L'intéressée s'apprête à répondre, avant de me lancer un drôle de regard. Je suppose qu'elle se demande ce qu'elle est censée lui dire. Eh bien, si Iris s'obstine à vouloir me cacher des choses… je ne vais certainement pas la suivre sur cette voie. Je vais m'en tenir à cette nouvelle version de moi-même, et emprunter le chemin que ma propre sœur s'est évertuée à me montrer, qu'elle sabote elle-même.

— Luna a eu une vision, déclaré-je d'une voix blanche.

Iris blêmit à vue d'œil, et je fronce les sourcils. Je m'attendais à une réaction, mais pas à celle-là. On dirait qu'elle est sur le point de s'évanouir. Je m'inquiète pour elle, mais la colère prédomine sur mes craintes. J'ai soudain l'impression que nous sommes reparties de zéro, elle et moi. Comme si tous ces efforts n'avaient servi à rien. Je suis… déçue. Blessée qu'elle ne me fasse pas autant confiance que je le croyais. Ma sœur évite mon regard et s'obstine à garder les yeux rivés sur la chaise vide qui fait face à Luna.

— Et que… qu'est-ce… balbutie-t-elle.

— Iris, intervient Luna. Si tu as un truc à nous dire, c'est le moment.

Ma sœur lâche un juron, serrant les poings, avant de cacher son visage dans ses mains. Ses épaules se mettent à trembler, et en un éclair, tout ressentiment envers elle s'envole. Elle s'effondre contre le mur, se laisse glisser au sol. J'ai l'impression qu'un miroir me fait face.

— Je… je suis stérile, murmure-t-elle.

Sa révélation tombe comme une masse entre nous. Le silence se fait lourd, intense, il nous étouffe toutes les trois pendant que nous tentons de comprendre ce qui se passe. Le mot semble résonner dans la pièce, se répercutant sur les murs tout autour de nous. Deux syllabes. Sept lettres. Aussi tranchantes qu'un couteau à travers mon cœur.

À mon tour, je m'écroule, mais pas pour moi. Je me précipite sur ma sœur, qui pleure à chaudes larmes entre ses bras. Je l'entoure des miens, la serre contre moi. Je la berce comme le ferait une mère avec son enfant. Ses larmes coulent sur mon pyjama. Son corps tout entier est secoué de sanglots, je ne l'ai jamais vue comme ça. Mon cœur se brise en mille morceaux pour elle, pour ses rêves d'avenir, ses ambitions…

Stérile. Ma sœur ne pourra jamais avoir d'enfants, et je devine à sa réaction qu'il s'agissait d'un réel projet pour elle. Comment pourrait-il en être autrement ? Elle est faite pour être mère. Elle est si douce, si prévenante, si drôle, si tendre… j'ai du mal à l'imaginer sans un enfant dans ses bras, maintenant que nous nous connaissons mieux. Je n'ai jamais envisagé la possibilité d'avoir des enfants, après tout, je suis encore jeune. Mais je peux parfaitement deviner la douleur qu'elle doit ressentir en cet instant. Apprendre qu'une des choses pour lesquelles son corps est censé être fait est impossible… Elle doit se sentir dépossédée.

— Je suis désolée, Iris, parviens-je à articuler.

Ses pleurs s'intensifient à mes mots. Je comprends, à présent, pourquoi elle a mis tout ce temps à m'avouer son secret. Elle l'a probablement appris lors de son rendez-vous chez le médecin. Qu'est-ce qui lui est passé par la tête, quand la sentence est tombée ? A-t-elle eu peur ? Son cœur s'est-il instantanément brisé en mille morceaux ?

— Je voulais te le dire, dit-elle en reniflant, après s'être calmée. Je te le jure, mais… je ne savais pas comment. Je sais ce que ça signifie, pour toi.

C'est à mon tour d'avoir à nouveau les larmes aux yeux. Ma gorge se serre et je me déteste d'être aussi sensible aujourd'hui. Je suis à fleur de peau, et ça ne me ressemble pas. Néanmoins, je comprends ce qu'elle veut dire. Quand Luna m'a expliqué comment fonctionnait le gène des gardiennes, elle n'a évoqué qu'une seule éventualité : celle de la mort prématurée d'Iris. C'était, à ses yeux, la seule raison qui me projetterait sur le devant de la scène. Sauf que les gardiennes sont censées avoir une descendance. Comme ma mère, et sa mère avant elle. Le gène se transmet de mère en fille, ou de père en fils. C'est ainsi que la tradition se poursuit. Comme une princesse qui hérite du trône, la première née d'Iris est censée lui succéder.

Sauf que si la reine n'a pas d'enfant… c'est sa sœur qui portera la couronne à sa suite.

Je caresse ses cheveux jusqu'à ce qu'elle s'apaise. Quand elle se redresse, je reste assise près d'elle sur le carrelage et reporte mon regard sur Luna, qui s'essuie discrètement le coin des yeux, pensant que je ne la remarquerais sans doute pas.

— Tu as vu que Violet devenait une gardienne, n'est-ce pas ? demande ma sœur à mon amie.

Celle-ci grimace, avant de hocher doucement la tête. Les épaules d'Iris s'affaissent à cette nouvelle. Je sais qu'elle ne voulait pas de cette vie pour moi, et si au début, j'ai regretté de ne pas être comme elle, spéciale et hors du commun, j'ai fini par accepter d'être libre de faire ce que je voulais de ma vie. J'étais même excitée à l'idée de pouvoir m'échapper d'ici, d'explorer le monde sans aucune attache. Et surtout, j'étais enchantée à l'idée de pouvoir aimer Ezra de tout mon être, sans qu'un quelconque morceau de mon A.D.N. m'en empêche.

— Enfin… commence Luna. Quelque chose comme ça.

Chapitre 40
La prophétie

Anymore – After Ivory

— Comme je le disais, poursuit Luna, il s'agit d'une prophétie connue du Conseil et des nymphes, mais elle n'a jamais été divulguée… jusqu'à maintenant. Elle est à l'origine de tout. Une gardienne inconnue, rattachée uniquement à elle-même, renversera les dirigeants en place. Elle signera l'arrêt de mort de l'ordre établi.

— Comment ça, « rattachée uniquement à elle-même » ? demandé-je en fronçant les sourcils.

— Je ne sais pas, souffle-t-elle en secouant tristement la tête. Ma grand-mère n'a rien voulu me dire de plus… elle estime que j'en sais déjà beaucoup trop.

Iris me jette un regard affolé, et je comprends son désarroi. Elle ne s'attendait probablement pas à ça. L'idée que je sois condamnée à perpétuer la tradition après elle paraissait déjà difficile à accepter. Elle doit probablement se sentir coupable. Or, elle ne devrait pas culpabiliser. Ce n'est pas sa faute si son corps a décidé de la trahir. Sans compter le fait que je ne suis même pas censée exister, aux yeux du Conseil.

— Et tu es sûre qu'il s'agit de Violet ? demande ma sœur en se tournant vers la nymphe novice.

— C'est elle que j'ai vue défier le Conseil dans ma vision… Disons que… j'en suis sûre à 75 %. Je ne peux pas être plus précise.

Ma sœur soupire et penche sa tête en arrière, touchant le mur. Je suis tout aussi désespérée qu'elle. Je vais être une gardienne… cette idée me fait plus mal encore maintenant que nous en sommes certaines. Pourtant, une part de moi ne peut pas encore l'accepter. Je ne cesse de me dire que c'est trop facile. On dirait que le karma s'acharne contre moi, que quoi que je fasse et malgré mes nombreuses tentatives de rédemption ces derniers temps, il n'y a rien que je puisse dire ou faire pour être enfin heureuse. Maintenant que j'ai trouvé ma place en ce monde, maintenant que je me sens enfin en paix… on m'arrache tout ça des mains, sans que je ne puisse répliquer, me battre, me défendre…

C'est injuste.

— Merci, Luna, lâche soudain ma sœur en se redressant. Est-ce que… tu peux nous laisser ?

Mon amie hoche rapidement la tête en se levant. Ma sœur et moi l'imitons. Avant de partir, elle me serre brièvement dans ses bras. J'aimerais pouvoir m'accrocher à elle plus longtemps, mais je vois au regard qu'Iris me lance qu'elle a besoin de me parler. Je lâche Luna à regret, et la regarde sortir de la maison d'un pas précipité.

Quand je me tourne à nouveau vers ma sœur, je vois qu'elle a séché ses joues. La lueur dans ses yeux d'or m'indique qu'elle est entrée en mode proactif.

— Il ne faut pas traîner, déclare-t-elle. J'ai mis sept ans à être formée par Maman, si ton gène ne se manifeste que maintenant, tout va se faire en accéléré. On doit agir vite avant que tu ne perdes le contrôle et…

— Hey, une minute ! répliqué-je. Ralentis. De quoi tu parles ?

Elle semble agacée par ma lenteur à comprendre. Compte tenu de ce qu'elle vient de m'apprendre, je ne lui en tiens pas rigueur, mais j'ai peur de ce qu'elle a en tête.

— Tu es une gardienne, Violet, me rappelle-t-elle. Le changement a probablement déjà commencé. Normalement, c'est quelque chose qui prend plusieurs années, mais tu es censée prendre tes fonctions à tes dix-huit ans, comme le veut la tradition. Tes instincts vont rapidement prendre le dessus. Il faut que je t'apprenne à contrôler tes pulsions avant que tu ne fasses une bêtise.

Elle a parlé si vite que je n'ai pas capté grand-chose, si ce n'est l'essentiel : elle veut m'apprendre à être comme elle.

Contrôler mes pulsions ?

Iris me contourne pour se rendre dans son atelier. Je la suis sans tarder, confuse. Elle se met à fouiller dans une armoire, et sous mes yeux ébahis, elle détache un double fond et en sort son contenu.

Bientôt, des arcs, des arbalètes, et une dizaine de flèches aux pointes d'argent jonchent le sol. Je commence à paniquer en voyant tout cet attirail. On pourrait aisément déclarer une guerre avec tout ça.

— De quelles pulsions du parles ?

— Je t'ai dit que les gardiennes étaient programmées pour haïr les loups-garous, qu'ils soient nés ainsi ou non. C'est dans notre nature, c'est ce qui nous permet de ne pas hésiter quand nous devons… faire notre devoir. Tu vas rapidement avoir envie de tous les tuer. On ne peut pas tuer un né-loup sur son territoire, à moins qu'il enfreigne la loi. Je ne laisserai pas le Conseil te…

— Iris, bordel de merde ! Regarde-moi !

Je ne me rends compte qu'en voyant l'expression choquée de ma sœur que j'ai hurlé ces mots. Elle se fige, cessant tout mouvement, et m'observe. Elle va trop vite, trop fort, je ne comprends plus rien. Ses mots s'insinuent en moi comme du poison, et bientôt, une lueur de compréhension s'anime dans mon regard. Je lui retourne l'expression pleine de terreur qu'elle arborait quelques instants plus tôt, quand Luna s'apprêtait à faire ses révélations.

— Tu ne crois quand même pas que je serais capable de *le* tuer, *lui*… si ?

Je la dévisage, attendant impatiemment qu'elle démente cette pensée, mais elle n'en fait rien. À la place, elle me regarde avec une expression embêtée, ne sachant plus où se mettre. Elle pince les lèvres, détourne les yeux… *Non.*

— Tu es ridicule ! sifflé-je. Je ne pourrais jamais faire une chose pareille !

— C'est ce que tu penses, rétorque-t-elle. Mais ton instinct s'en chargera pour toi, tu ne pourras pas t'en empêcher.

— Arrête ! Tais-toi !

Je me bouche les oreilles, incapable d'en entendre davantage. Je ne peux pas croire qu'elle évoque pareille éventualité ! C'est impensable, comment pourrais-je avoir envie de tuer Ezra ? Je l'aime, il est même le premier garçon pour qui je ressens quelque chose d'aussi puissant, d'aussi certain. Je ne peux pas concevoir ça. Si j'en avais réellement peur, un peu plus tôt, alors qu'il me suppliait d'ouvrir la porte, je ne peux désormais pas y croire vraiment. Je me borne à m'enfoncer dans le déni, et fuis à toutes jambes, ignorant les protestations d'Iris dans mon dos.

J'ai besoin de temps. J'ai besoin de réfléchir à tout ça. Mais par-dessus tout, j'ai besoin d'Ezra.

***

Quelques minutes plus tard, j'escalade la branche de lierre qui longe la maison depuis la fenêtre de ma chambre. J'ai troqué mon pyjama contre un jean pris au hasard dans ma garde-robe, et un sweat que j'ai dérobé à mon loup la semaine dernière. Je n'attends pas qu'Iris s'aperçoive de mon départ, et me rue vers les bois. Je sais que c'est probablement une très mauvaise idée, mais je ne peux pas m'en empêcher. Il faut que je le voie, que je lui parle de tout ça. J'ai besoin qu'il me dise que ça n'arrivera pas. Qu'il a confiance en moi pour ne pas basculer.

À mesure que je m'approche de la maison aux briques rouges, je sens la chaleur s'intensifier dans ma poitrine. Je la refoule, refusant toujours de croire en sa présence, et me précipite vers la porte d'entrée sans réfléchir. L'endroit est calme. Pas un seul bruit ne vient troubler les lieux, comme si personne ne vivait là. Mais moi, je le sais. Je les sens. Je tambourine sur le bois, hurlant le prénom d'Ezra à m'en déchirer les cordes vocales. Je pense avoir épuisé mon quota de larmes, et même si ma gorge me serre à nouveau, je sais que je ne pleurerai pas. Je suis trop en colère, trop révoltée pour ça.

La porte s'ouvre enfin, sauf qu'il ne s'agit pas d'Ezra. Ni d'aucun des frères Folley d'ailleurs.

Luke me fait face, sa carrure impressionnante me force à reculer d'un pas. Le voir là me cloue sur place pendant un instant, les mots se bloquent dans ma gorge et la peur étreint mon cœur.

— Qu'est-ce que tu fabriques encore ici ? hurle-t-il d'un ton rageur. Je t'ai dit que je ne voulais pas de toi chez moi !

Il s'avance, je recule, et j'ai comme une sale impression de déjà-vu. Son unique œil valide me toise de la tête aux pieds et j'ai à nouveau cette horrible sensation d'être un parasite, un nuisible qu'on écrase sans aucun regret. Tant de choses se mélangent dans ma tête que je dois probablement être en train de devenir folle, car je me réavance, défiant l'alpha du regard.

— Fermez-la ! crié-je. Je veux voir Ezra !

Je hurle le prénom du garçon que j'aime, mais le mot s'étrangle dans ma gorge quand je sens le bras puissant de Luke me retenir. Il me soulève presque du sol, m'empêchant de pénétrer dans la maison. Je continue à m'époumoner, en vain. Soudain, le patriarche me repousse si fort que je me sens tomber en arrière. J'atterris sur les fesses, deux mètres plus loin, et grimace quand la douleur s'empare de mon dos. Je n'ai jamais été aussi en colère de toute ma vie.

— Dégage, sale petite vermine ! Retourne chez ta meurtrière de sœur !

— Épargnez-moi votre leçon de morale ! craché-je en me relevant difficilement. Vous vous cachez derrière vos airs de gros dur, mais je sais que vous avez peur de moi !

— Peur de toi ? dit-il en riant jaune.

— Exactement. Vous savez très bien qui je suis, et vous refusez de l'admettre ! Vous refusez d'affronter vos erreurs, d'assumer les conséquences de vos actes ! Vous préféreriez même que je meure plutôt que d'admettre que je suis *votre fille* !

Le grognement qui s'échappe de sa gorge me fait trembler de peur, mais je fais de mon mieux pour ne rien montrer. Je continue à le fixer droit dans l'œil, ignorant son corps immense qui se rapproche de moi, ses poings qui se serrent, et la fureur que je lis dans son regard.

— Iris a commis l'impardonnable, mais vous n'êtes pas mieux qu'elle, lâché-je.

Je sais que j'ai merdé à la seconde où les mots finissent de sortir de ma bouche. Mes paroles semblent avoir déclenché l'inévitable. Je me remémore immédiatement les paroles d'Ezra, qui résonnent dans mon crâne, me projetant à mille lieues d'ici.

« La colère, c'est probablement le sentiment le plus puissant pouvant provoquer une transformation. Mais ça peut être n'importe quelle émotion négative. La jalousie, la tristesse, la souffrance… tout y passe. »

Je ne sais pas quelle émotion prend le dessus chez Luke en ce moment même, mais j'ai l'impression de voir un véritable cocktail de sentiments négatifs passer sur son visage. Son échine se courbe violemment, et je recule. Un craquement immonde, qui me fait tressaillir, résonne contre les arbres autour de nous. Ses vêtements se déchirent peu à peu, et un sourire mauvais étire ses lèvres, son œil devient entièrement noir… et mon cœur s'arrête.

L'instant d'après, un loup immense aux poils argentés me fait face. Cela n'a rien à avoir avec ce dont j'ai pu être témoin auparavant. Là où voir Ezra se transformer m'a fendu le cœur, voir Luke se métamorphoser en bête féroce me donne envie de décamper. Pourtant, quelque chose m'empêche de bouger. Mes pieds semblent collés au sol, mes jambes sont complètement figées. Je n'entends plus que les battements frénétiques et désordonnés de mon cœur contre mes tympans, et les grognements effrayants qui proviennent de l'animal. Ses dents acérées se dévoilent, et je suis surprise pendant un instant de voir que les deux yeux du loup, d'une teinte chocolat, m'apparaissent parfaitement intacts. Plus aucune trace de sa blessure. Deux billes sombres, animées par la rage, me fixent.

Il s'avance d'un pas lent, menaçant, et s'élance. C'est à ce moment-là que je sais que je vais mourir.

Contre toute attente, rien ne vient. Mes paupières, que j'avais fermées dans l'attente de l'impact, se rouvrent. Un grand loup noir, qui me tourne le dos, vient de projeter l'alpha quelques mètres plus loin. Quand la bête remue son museau vers moi et que je croise ses deux yeux bleus, je sais immédiatement de qui il s'agit.

Ezra.

Je ne l'ai même pas vu ni entendu arriver, trop tétanisée par la présence menaçante de Luke devant moi. Je suis certaine qu'il m'aurait tuée si mon loup n'était pas intervenu à temps. Une idée saugrenue me traverse : s'il l'avait fait, ç'aurait rendu les choses beaucoup plus faciles. Il se serait débarrassé du problème… mais cette pensée me quitte aussi vite qu'elle est arrivée.

Luke se relève et grogne contre son fils, avant de s'élancer vers lui, toutes griffes dehors. Leurs corps s'entrechoquent dans un fracas assourdissant. Le bruit des mâchoires qui claquent, des griffes qui déchirent, des dents qui mordent la chair, m'arrache plusieurs cris d'effroi. Je fixe la scène, les yeux grands ouverts, fascinée par la violence qui prend place devant moi.

Je crois mourir quand j'entends Ezra gémir de douleur, pendant que Luke lui mord la gorge.

— Non ! hurlé-je.

À cet instant, j'aperçois Finn et Leo sortir de la maison. Ils me remarquent à peine, toute leur attention est tournée vers la bagarre. Aussitôt, dans un mouvement de grâce indescriptible, ils se mettent à courir vers les deux loups, se transformant en plein vol à leur tour. Leo troque sa peau mate contre un pelage café-au-lait, tandis que Finn arbore un manteau chocolat. C'est au tour de Tyler de faire son apparition sous le porche, mais comme moi, il reste figé face aux crocs qui s'entremêlent. Je perçois aisément la peur qui émane de son jeune corps, confirmée par le regard effrayé qu'il me jette.

Les deux mordus parviennent enfin à séparer l'alpha et son fils. Ma respiration se bloque dans ma poitrine à la vue d'Ezra qui boite légèrement. Aussi simplement que s'ils enfilaient un vêtement, les quatre loups reprennent peu à peu forme humaine. Je constate trop tard qu'ils sont tous entièrement nus.

Par réflexe, je détourne les yeux. Eux ne semblent pas se soucier de leur soudaine nudité.

Évidemment, ce n'est pas comme dans Hulk, où il parvient à garder son froc.

Je ne sais pas pourquoi cette pensée débile me traverse en cet instant : probablement le choc. Mais je suis soulagée quand je vois que les garçons, y compris Luke, s'affairent à retrouver leurs fringues déchirées. Enfin couverts aux endroits stratégiques, la tension monte à nouveau d'un cran. Leo et Finn restent en retrait, mais demeurent alertes dans le cas où l'altercation reprendrait de plus belle. La rage que je perçois dans le regard de Luke n'a pas diminué d'un pouce. Ezra me rejoint à reculons, tendant la main vers moi. J'attrape son bras dès qu'il est à ma portée. Il me plaque contre lui, me protégeant de tout son corps.

— Si c'est vraiment elle que tu veux, tu peux oublier cette maison ! hurle l'alpha. On ne trahit pas sa famille, Ezra !

L'intéressé ne répond rien, se contentant de regarder son père adoptif d'un air résigné. Il adresse un signe de tête à ses frères, qui lui répondent en affichant une expression presque solennelle. Pantoise, j'observe Luke trembler. Je ne sais pas si c'est la colère qui laisse ses traces sur son vieux corps, ou si c'est la peur de voir son fils déguerpir avec la chose qu'il hait le plus au monde. Pourtant, ça n'empêche pas Ezra d'effectuer un geste vers moi.

— Allons-y, murmure-t-il à mon intention.

Il recule, j'en fais de même.

— Ezra ! hurle Luke.

Mais nous ne l'écoutons plus.

Ezra a fait son choix, et moi aussi. Main dans la main, nous courons à toutes jambes vers les bois. Blessés, mais ensemble.

Chapitre 41
De l'espoir

I Miss You – blink-182

Il commence à faire nuit quand nous arrivons près de la falaise. Le soleil qui se couche sur l'océan est un spectacle absolument divin, inédit, que je savourerais sans doute davantage si je n'étais pas tant perturbée par tout ce qui vient de se passer. Pourtant, les couleurs rosées du ciel sont magnifiques, on aurait du mal à passer à côté de la beauté de ce paysage, en d'autres circonstances.

Ezra n'a pas pipé mot de tout le chemin, et je commence à croire qu'il m'en veut de l'avoir laissé sur la touche aujourd'hui. Pourtant, sa main ne quitte pas la mienne. Sa température corporelle inhumainement haute réchauffe ma paume et irradie dans tout mon être, ce qui m'empêche de craindre le froid qui s'intensifie à mesure que le soleil disparaît derrière l'horizon. Je le scrute, pendant qu'il garde les yeux fixés sur l'eau qui s'étend à perte de vue.

Finalement, je décide de briser le silence la première.

— Pourquoi as-tu fait ça ? demandé-je d'une petite voix.

Je n'arrive pas à croire qu'il ait défié son alpha. Qu'il ait tenu tête à Luke, risquant de se faire éjecter de la meute… pour moi. Que va-t-il devenir, sans ses frères ? Où va-t-il aller ?

— Je ne te l'ai pas dit, soupire-t-il sans me regarder. Mais ça fait des semaines que Luke me cherche des noises. J'ai fini par lui avouer… lui dire que j'avais des sentiments pour toi. Que si ça lui posait un problème, il n'avait qu'à me virer.

Je retiens mon souffle à ces mots. Je n'arrive pas à détacher mon regard de lui, de son visage tendu par la détermination. Son pantalon déchiré tient à peine sur ses hanches, et son torse nu prend les teintes orangées du soleil couchant. Je suis toujours autant sidérée par sa beauté, par la symétrie parfaite des courbes de son corps, par ses muscles finement soulignés. Je remarque sa poitrine qui se soulève rapidement, signe qu'il est encore sous le choc de ce qui vient de se passer. Soudain, il se tourne vers moi, me dominant de tout son être, et plonge son regard dans le mien. Il semble en proie à mille conflits, mais pas une seule trace de regret ne brille dans ses prunelles.

— Je préférerais encore vivre en oméga et être avec toi, dit-il. Tout ça n'a pas de sens… si tu n'es pas là.

Mon cœur manque un battement alors qu'il prononce ces mots. Les larmes me montent aux yeux tant ce qu'il dit me touche. Qu'ai-je fait pour mériter tout ça ? Pour qu'un garçon comme lui, aussi gentil, aussi tendre et attentionné, jette son dévolu sur moi, la fille à problèmes qui ne trouve sa place nulle part ? C'est totalement insensé, mais je préfère encore ça.

— Tu es fou, murmuré-je. Ils sont ta famille, ta meute…

— S'ils étaient vraiment ma famille, ils seraient heureux pour moi, rétorque-t-il en prenant ma joue en coupe dans sa paume. Je suis enfin épanoui, *à ma place*, ils devraient comprendre ça.

J'ai l'impression d'entendre un écho à mes propres pensées. On se ressemble tellement, lui et moi. Tous les deux, nous avons souffert de la perte d'êtres chers, de la solitude, de l'impression de ne pas appartenir à quoi que ce soit, sans même le savoir. La seule différence, c'est qu'alors que j'essayais de hurler au monde toute ma colère, lui s'enfermait dans une bulle, ne laissant personne percevoir sa douleur. J'ai trouvé ma place auprès de lui, et il a trouvé la sienne dans mon cœur.

Comme pour sceller ces mots, je crochète sa nuque et plaque mes lèvres sur les siennes. Je l'embrasse désespérément, en partie parce que ses aveux me remplissent de bonheur, mais aussi parce que je ne sais pas quand je pourrai encore profiter de sa présence de cette façon. Ses bras viennent machinalement entourer mon corps, me plaquant contre le sien. J'aime tellement notre proximité, sa façon qu'il a de me serrer tout contre lui, comme s'il voulait signifier au monde entier que je lui appartiens.

Contre toute attente et malgré mes protestations, Ezra rompt notre étreinte et me force à le regarder.

— C'est toi qui es venue me chercher, me rappelle-t-il. Dis-moi ce qu'il se passe, pourquoi tu m'as ignoré toute la journée ?

Il n'y a aucun ressentiment dans sa voix, juste de l'inquiétude. Je ne le remercierai jamais assez d'être ce qu'il est.

— Il faut que je te dise quelque chose, avoué-je.

Alors, je lui dis tout. Je lui raconte la visite nocturne de Luna, sa vision et ce qu'elle signifie. Je lui parle du secret d'Iris, de sa stérilité, des conséquences que cette nouvelle aura sur moi, et de tout ce que ma sœur m'a confié. La prophétie, mon avenir bafoué… notre relation mise en danger. Je ne peux toujours pas concevoir l'idée que je pourrais, même malencontreusement, lui faire du mal. À mesure que j'avance dans mon récit, je vois son expression changer. Son visage passe de l'étonnement, à l'inquiétude, pour enfin afficher un air totalement impassible qui me fait un peu peur. J'aimerais pouvoir lire en lui aussi facilement que dans un livre ouvert, mais il a toujours été doué pour dissimuler ses pensées. Parfois, je suis persuadée que nous ne sommes pas dans une position équitable : il me déchiffre si bien, alors que je peine à savoir ce qu'il pense réellement. C'est frustrant, mais je lui pardonne volontiers quand il me couve de ses grands yeux bleus.

— Je ne veux pas être une gardienne, Ezra, lui confié-je d'une voix tremblante. Je ne veux pas me dire que tous mes efforts n'ont servi à rien, que je n'aurais pas dû…

Je m'interromps, consciente de ce que je m'apprêtais à dire. Je ne sais pas pourquoi, mais les mots se bloquent dans ma gorge, et il m'est impossible de terminer ma phrase. Ezra tique un peu, fronçant les sourcils, mais il finit par se détendre en voyant que je ne dirai plus rien. Je pourrais le lui dire, si aisément. Après tout, c'est la vérité. Je suis amoureuse de lui. Pourquoi ne parviens-je pas à le lui dire ?

— Tout ira bien, murmure-t-il enfin. Tu verras.

— Mais, et si…

— Non, réplique-t-il en prenant mon menton entre ses doigts. Je ne veux pas que tu y penses maintenant. Rien n'est encore fait. On est ensemble, là, maintenant. C'est tout ce qui compte pour moi, tu entends ?

Son ton catégorique me laisse sans voix. La détermination dans son regard me cloue sur place, et je me vois hocher doucement la tête. Après tout, il a raison. Je m'inquiète pour quelque chose qui n'est même pas encore arrivé. Et puis, si ça se trouve, Luna peut encore se tromper. Peut-être qu'il ne s'agit pas de moi dans cette vision, peut-être qu'il s'agit d'une tout autre personne, que tout ça n'aura aucune conséquence sur nous. Et si je dois devenir une gardienne, je préfère encore profiter des moments qu'il me reste avec lui, plutôt que de les passer à m'inquiéter de ce qu'il adviendra de nous… une fois que je ne pourrai plus l'aimer.

Voyant mon désarroi, Ezra me serre contre lui. J'accueille cette étreinte dans un soupir, dissimulant mon visage contre son torse brûlant.

— Où vas-tu aller, maintenant ? demandé-je d'une voix enrouée.

— Je peux toujours rester dans la grange, dit-il sans me lâcher. Luke ne vient quasiment jamais fouiner par là, il n'en saurait rien.

Je déteste l'idée qu'il soit traité comme un paria par sa propre famille, simplement parce qu'il m'a choisie, moi. Je ne pensais pas qu'on pourrait se sacrifier pour moi, et pourtant, c'est ce que tout le monde a toujours fait. Ma mère est morte pour me protéger, Iris a bousculé sa vie entière pour m'accueillir, et mon père se mure dans la solitude pour que je puisse guérir en paix. J'ai tenu tant de choses pour acquises, autrefois… je ne ferai pas la même erreur, cette fois.

Quelques dizaines de minutes plus tard, Ezra me propose de me raccompagner chez moi. Nous arrivons à la lisière de la forêt, près de la maison, quand je remarque que le 4x4 de ma sœur a disparu dans l'allée. Est-elle partie à ma recherche ? Je m'arrête, forçant mon loup à faire de même. Je me tourne vers lui et capte son regard interrogateur.

— Tu m'attends ici ? demandé-je. Je dois vérifier quelque chose.

Il hoche la tête, ne posant aucune question, et me laisse m'éloigner vers le porche. Je soulève le pot de fleurs près de la porte et y trouve la clé de secours – dans ma précipitation, j'ai oublié mes clés et mon téléphone. Je suis certaine qu'Iris a tenté de me joindre quand elle s'est aperçue que je n'étais plus dans ma chambre. La maison est plongée dans le noir. Il n'y a effectivement personne.

Je fouille dans toutes les pièces, avant de trouver enfin un mot accroché sur la porte du frigo.

Violet,

Je sais que tout ça est difficile à accepter pour toi. Mais je t'assure que j'agis dans ton intérêt. Je suis partie à Seattle chercher de l'aide. Il faut que tu me fasses confiance sur ce coup. N'hésite surtout pas à m'appeler si tu as besoin de parler, je serai de retour demain.

Je t'embrasse,

Iris.

Je soupire en lisant ces mots. Elle semble déterminée à me former, je n'y couperai pas, mais elle me connaît mal si elle pense que je vais me laisser faire sans rien dire. Je lui fais confiance, mais je sais qu'elle est aveuglée par la peur. Elle craint que je ne finisse par faire une bêtise, que je perde le contrôle, sauf que je me sens parfaitement bien. Rien n'a changé, je suis toujours la même. Je suis certaine qu'elle s'inquiète beaucoup pour pas grand-chose et quand bien même, je ne veux pas penser à ça maintenant. Je veux suivre les conseils d'Ezra, et profiter de l'instant présent. Profiter de lui, ici et maintenant, tant que je le peux encore.

Je grimpe à l'étage et retrouve ma chambre. Si Iris ne rentrera pas avant demain, je tiens à tirer avantage de la situation. Après tout, quel genre d'ado serais-je si je n'invitais pas clandestinement mon petit ami à passer la nuit ici pendant que les adultes sont absents ?

J'ouvre la fenêtre et scrute l'obscurité, jusqu'à trouver la silhouette d'Ezra entre les arbres. Je lui fais signe d'approcher, et il s'exécute d'un pas rapide, m'adressant un signe de tête.

— Monte, lancé-je.

— Où est ta sœur ? demande-t-il.

Je lui offre un sourire malicieux.

— Pas là, dis-je en haussant les épaules.

Son sourire me réchauffe le cœur. C'est comme si tous mes doutes, tous mes problèmes s'évaporaient dès qu'il m'accorde cette expression espiègle. La lueur de malice dans son regard me promet la lune. Elle me donne confiance, l'impression que nous sommes capables de tout, que rien ne pourra jamais nous arrêter.

Si nous pouvions être invincibles, j'abandonnerais volontiers mes tourments pour une vie d'aventures et de rire, avec lui.

Sous mes yeux ébahis, je le regarde grimper la branche de lierre. On pourrait se croire dans un de ces vieux films dégoulinants de romantisme, où le héros défie mille dangers pour retrouver sa belle. Il escalade la façade avec aisance et se glisse par la fenêtre pour pénétrer à l'intérieur. Mon ventre me chatouille quand je me rends compte qu'Ezra se tient dans ma chambre, pour la première fois. Je l'observe pendant qu'il avance dans la pièce avec le charisme qui le caractérise, et qu'il détaille chaque recoin de mon univers. Il s'arrête devant la bibliothèque, remplie de livres et d'albums en vinyles que j'ai ramenés de New York.

— Sacrée collection, me complimente-t-il avec un sourire.

— J'ai passé des heures dans les vieux disquaires du Queens, avoué-je. Mais la plupart étaient à ma mère.

— J'aimerais bien voir New York, un jour, dit-il d'un air rêveur.

Ses doigts caressent les pochettes recouvertes de plastique. Je ne réponds pas à sa remarque. Je ne veux pas m'aventurer sur ce terrain glissant. Je ne lui ai pas encore fait part de mes projets, et puis, maintenant que mon avenir semble de plus en plus incertain, sans doute qu'ils deviendront complètement irréalisables. Moi aussi, j'aimerais pouvoir lui faire découvrir cette ville qui m'a vue grandir. Le bourdonnement de la Grosse Pomme, les rues qui ne se vident jamais, les lumières de Times Square, le mouvement constant, la musique, la culture, la nourriture… New York, c'est chez moi.

Ou en tout cas, ça l'était. Maintenant, je ne peux pas imaginer me sentir chez moi ailleurs que là où il se trouve. Que ce soit ici ou à l'autre bout du monde… tant qu'Ezra sera près de moi, je me sentirai toujours comme à la maison. Et cette pensée, bien que totalement vraie, m'effraie plus que je ne veuille bien l'admettre. Je ne parviens toujours pas à comprendre comment j'ai pu m'attacher aussi vite à lui, et je le soupçonne de penser la même chose. Je le surprends souvent à m'observer d'un drôle d'air, du coin de l'œil, comme s'il tentait lui aussi de mettre des mots sur tout ça, de retracer le chemin de nos âmes avant qu'elles ne se trouvent. Il est tout aussi perdu que moi et quelque part, ça me rassure. Mais quelque chose me dit qu'il a bien plus de facilité que moi à accepter tout ça. Il se contente d'apprécier nos moments, là où je ne cesse de réfléchir à l'après. J'aimerais lui ressembler davantage sur ce point, et ce soir, c'est exactement ce que je compte faire : profiter du moment présent.

Alors que je m'approche, je surprends son regard qui s'arrête sur un album en particulier. C'est une version colorée, inédite, du cinquième album de blink-182. Cet album éponyme qui contient ma chanson préférée de ce groupe. C'est drôle qu'il ait choisi cette pochette plutôt qu'une autre. Je ne suis pas particulièrement superstitieuse, mais d'autres verraient sans doute ça comme un signe. Je ne sais pas. Alors qu'il détaille les titres listés à l'arrière, je me contente d'observer les lignes de sa mâchoire, ses larges épaules, ses bras fins mais forts, ses veines qui me font saliver, ses hanches dignes d'une statue grecque et la courbure de ses fesses…

— Qu'est-ce que tu regardes comme ça ?

Je sursaute, prise sur le fait, et souris pour donner le change.

— Rien du tout, mens-je.

— Tu reluquais mes fesses ou je rêve ? lance-t-il en riant.

— Pff ! Te flatte pas trop, Folley.

J'essaie de garder un air sérieux, mais il ne me facilite pas la tâche avec ce demi-sourire absolument craquant. On dirait un gamin, avec ses cheveux en bataille et son regard joueur, et pourtant, son corps a tout de celui d'un homme.

— On l'écoute ? proposé-je pour changer de sujet.

Je n'attends pas sa réponse et m'avance vers lui pour m'emparer de l'album. Je pose le disque sur la platine, parfaitement consciente de sa présence dans mon dos, et m'attèle à positionner l'aiguille sur la troisième piste. Les premières notes de *I Miss You* résonnent dans la chambre et me transportent vers mille souvenirs. C'est drôle de voir comment tout ça fonctionne. On ne s'en rend jamais vraiment compte, mais chaque minute de notre vie deviendra, un jour, un souvenir. Quelque chose qu'on peut se remémorer avec nostalgie, qu'on racontera un jour à quelqu'un, qui marquera nos esprits. Si la plupart du temps, ça passe inaperçu, je sais à cet instant que je suis en train de m'en créer de nouveaux. Des images, des odeurs, des sons qui resteront à jamais gravés dans ma mémoire. Cette musique, ma chambre à Woodhills, et le délicieux parfum du garçon que j'aime qui chatouille mes narines… je ne l'oublierai jamais. Et quoi qu'il se passe après ce soir, je pourrai toujours y revenir dans quelques années, et me dire que j'aurai vécu les meilleurs mois de ma vie.

Je ferme les yeux et apprécie les paroles qui s'échappent des haut-parleurs, quand je sens Ezra s'approcher derrière moi. Son torse effleure à peine mon dos quand sa main vient soulever mes cheveux, pour les dégager de mon épaule, laissant derrière elle un parcours de frissons dans ma nuque. Ses lèvres viennent délicatement s'y poser, traçant un chemin mouillé sur ma peau. Ma respiration s'accélère d'elle-même quand ses mains viennent se poser sur ma taille, m'attirant tout contre lui en un geste tendre. Ezra enfouit son visage dans mon cou, me serrant contre son corps dans une position qui m'arrache un soupir de bien-être. Je pose mes bras sur les siens.

— Je me demande si Luna avait vu ça venir, murmuré-je.

— Quoi donc ? demande-t-il contre mon oreille.

— Toi et moi.

Je le sens se crisper, aussi je me retourne pour le regarder dans les yeux. Aurait-il quelque chose à me dire ? Quand il perçoit mon regard inquisiteur, il soupire.

— Avant Noël, explique-t-il doucement. Elle m'a dit que… que j'irais bien. Que j'irais mieux, si j'acceptais de laisser entrer le bonheur dans ma vie lorsqu'il frapperait à ma porte. Ce sont ses mots exacts, à vrai dire.

— Cryptique, commenté-je en haussant les sourcils.

— Elle m'a dit que je le saurais, quand ça arriverait. Finalement, elle avait raison.

— Comment ça ?

Je ne me rends pas compte qu'il s'est mis à bouger de droite à gauche et nous fait tanguer doucement sur le rythme lent de la chanson. Nous faisons du surplace plus qu'autre chose, mais la sensation d'être entre ses bras me rassure. Je me sens bien, sous son regard de braise. Je me sens belle. Importante. Heureuse.

— Je pense que je l'ai su le jour où tu m'as adressé la parole pour la première fois, dans ce couloir, me confie-t-il. Tu étais tellement… déterminée. Tu avais cette lueur un peu folle dans le regard, et la première chose que j'ai pensée, même si ça n'a duré qu'un instant, c'est : « Putain de merde, je n'ai jamais vu des yeux pareils ! ». Tu me tenais tête, tu voulais régler tes comptes même si tu ne me connaissais que depuis deux minutes. Tu avais ce… quelque chose, que je ne m'explique pas. J'ai mis un moment avant de l'accepter, mais j'ai su, dès cet instant, que je finirais par tomber amoureux de toi si fort, et j'ai su que je ne pourrais jamais me relever si tu disparaissais de ma vie.

Je ne me rends pas compte que je retiens mon souffle. Dans mon champ de vision, il n'y a plus que cet océan de bleu au fond de ses iris. Sa voix suave est comme une douce mélodie à mes oreilles. Ses mains qui se promènent sur moi, tantôt sur mes hanches, tantôt dans ma nuque, laissent des traces brûlantes sur mon corps. Je ne pensais pas que de simples mots pouvaient provoquer autant de désir. L'envie se manifeste par étincelles entre mes jambes, et alors qu'il me dévore des yeux, il prend une grande inspiration, comme pour se donner du courage.

— Je t'aime, Violet, murmure-t-il. Je t'aime tellement que ça me fait mal, et je ne pensais pas qu'il était possible d'aimer si fort. Je pense que je t'ai attendue toute ma vie et ça me tue de ne pas m'en être rendu compte plus tôt. J'ai l'impression d'avoir perdu tant de temps. Je me rends compte que je n'avais jamais vraiment vécu… avant toi.

Chapitre 42
Rapprochement

Sex On Fire – Kings Of Leon

Ses mots tracent leur chemin jusqu'à moi, s'infiltrant à travers tous les pores de ma peau, pour finir par se loger dans mon cœur. J'ai le souffle coupé, j'ai l'impression de voler et pourtant, je n'ai jamais été aussi consciente de ma présence sur terre, face à ce garçon qui m'apparaît soudain comme le plus grand mystère de ma vie. Comment peut-il être autant fait pour moi ? Comment peut-il cocher toutes les cases, sans que jamais je ne doute de sa sincérité, alors qu'il se met à nu devant moi, qu'il m'ouvre toutes ses portes, qu'il m'offre son cœur et tout ce qui va avec ? Qu'ai-je fait pour mériter pareil cadeau, à part mourir de l'intérieur, à petit feu, souffrir le martyre et tomber plus bas que terre ?

Je pense qu'il n'y a pas vraiment de réponse. Je ne pourrai jamais expliquer ce qui l'a placé sur mon chemin, ni pourquoi l'univers a jugé bon de me faire tomber amoureuse d'un loup-garou. À cet instant, les mots se posent sur le bout de mes lèvres et même si je sais qu'au-dehors, le monde ne s'arrêtera jamais de tourner, j'aimerais imaginer, rien qu'une minute, qu'il s'est effectivement arrêté, pour me permettre de me libérer de ce poids qui pèse sur mon âme depuis trop longtemps.

— Je t'aime, chuchoté-je, comme si j'avais peur qu'on m'entende. Je t'aime, moi aussi.

Les secondes se rallongent, le temps se suspend au-dessus de nos têtes et pendant ce qui me semble une éternité, chaque parcelle de mon visage est passée au crible par son regard enflammé par l'envie, l'amour, et tout un tas d'autres choses encore. Je pose ma main sur sa joue et caresse sa pommette, savourant la flamme qui vacille dans ses yeux bleus. La preuve de son désir se presse contre mon bas-ventre et bientôt, je ne tiens plus. Je sens l'impatience qui le fait trembler, alors qu'il se penche vers moi pour m'embrasser.

Nos lèvres se rejoignent et autour de nous, tout explose. À moins que ce ne soit la collision de nos corps qui me donne cette impression. Nos bouches s'apprivoisent comme si c'était la première fois, nos langues se redécouvrent, entament une valse endiablée, grisante. J'ai l'impression d'être projetée près de trois mois en arrière, alors que nous nous connaissions à peine, quand la colère m'aveuglait encore. Ce soir-là, dans les bois, j'ai senti ce désir insatiable, cette force qui nous poussait l'un vers l'autre sans qu'on s'y attende. La violence de ce premier baiser n'égale cependant en rien la passion qui brûle entre nous à cet instant.

Mon corps n'est plus que sensations. Mes mains tremblent quand elles dévalent son torse, jusqu'à la ceinture de son pantalon de fortune. Les siennes se bornent à caresser ma nuque, mon dos, mes reins. Je rapproche mon bassin du sien et soupire de soulagement lorsqu'il comprend l'invitation. Ses doigts pressent alors mes fesses au moment où mes dents s'enfoncent dans sa lèvre inférieure, ce qui lui arrache un grognement qui me gonfle d'assurance.

Je n'entends même plus la musique. Seul le son de nos vêtements qui s'envolent, de nos bouches qui se dévorent et de nos peaux qui entrent en fusion parvient à mes oreilles. Envoyant valser mes chaussures à l'autre bout de la pièce, je l'aide à se débarrasser de mon pull, mais il s'obstine à ne pas vouloir quitter mes lèvres une seule seconde. Bientôt, ma peau laiteuse se révèle à lui, contraste avec le noir de mon soutien-gorge. Ezra admire ma poitrine comme s'il n'en avait jamais vu de sa vie en se mordant la lèvre inférieure.

J'ai l'impression qu'il va me dévorer toute crue, et je ne pensais pas que j'aimerais autant ça.

Ses lèvres plongent dans mon cou, pendant que sa main droite enveloppe mon sein par-dessus la dentelle. Je penche la tête en arrière, lui laissant libre accès, et gémis de surprise quand sa langue trace un chemin humide jusqu'à mon téton. Il repousse le tissu, titille ma pointe jusqu'à la rendre aussi dure que la pierre, au rythme de mon souffle désordonné. Je sens son autre main experte détacher mon sous-vêtement dans mon dos, et je n'attends pas plus longtemps pour le balancer à travers la pièce. Sa bouche continue son exploration sur mon ventre, il finit à genoux face à moi, ses mains agrippant le bord de mon jean. Ezra s'octroie quelques secondes pour lever la tête et me lancer un regard qui me ferait fondre si je n'étais pas déjà en train de planer.

D'un geste méthodique, il détache mon pantalon et le baisse sur mes chevilles, avant de s'en débarrasser rapidement. Ma culotte subit le même sort. Je devrais me sentir quelque peu gênée d'être ainsi nue devant lui, et pourtant, je ne me suis jamais autant sentie à ma place qu'en cet instant.

Son souffle vient effleurer mon intimité, et tous mes muscles se tendent. Pourtant, il ne s'y attarde pas, préférant se relever pour retrouver mes lèvres. Je finis de le dévêtir, et bientôt, nous sommes tous les deux complètement nus, debout au milieu de ma chambre. La chaleur est étouffante dans la pièce, mes joues sont probablement rouge tomate, à l'instar de celles d'Ezra, mais je m'en fiche. Ce moment est trop parfait. C'est de ça que j'ai rêvé, depuis des lustres, sans même le savoir.

M'arrachant un cri de surprise, mon loup me soulève du sol. Machinalement, j'entoure ses hanches de mes jambes et sens son érection contre mon sexe. Il me dépose sur le matelas, délicatement, avant de s'allonger au-dessus de moi, me dominant de tout son être.

Il ne parle pas, et c'est tant mieux. Nous n'avons pas besoin de mots pour nous comprendre. Ses regards et ses gestes me suffisent. À nouveau, il part explorer mon cou, et je le soupçonne d'aimer particulièrement cette partie de mon anatomie. Ça ne dure pas longtemps. À nouveau, il torture mes seins du bout de sa langue, et m'arrache quelques gémissements, avant de continuer son exploration, embrassant le plat de mon ventre.

Je me cambre quand, sans prévenir, sa langue se pose sur mon clitoris. Mes yeux se ferment automatiquement, je rejette ma tête en arrière et mes doigts se cramponnent à ses cheveux. Ses mains posées à plat sur mon ventre me transmettent encore plus de chaleur, alors qu'il s'applique à tracer des cercles pile au bon endroit. Je gémis de plus en plus fort, je ne réponds plus de rien. Je me transforme en véritable poupée de chiffon sous sa langue experte.

— Ezra… murmuré-je malgré moi.

Le plaisir monte, intense, se nichant au creux de mon ventre. Plusieurs longues et délicieuses minutes plus tard, il explose, fulgurant, m'arrache un son que je suis certaine de n'avoir jamais produit avant. Je me tortille sous l'effet de l'orgasme et décolle sur plusieurs mètres. Je n'ai pas encore atterri que déjà, Ezra retrouve mes lèvres dans un baiser sensuel qui me coupe le souffle.

— Tu es si belle, chuchote-t-il contre mes lèvres.

Je crochète sa nuque, appréciant la tendresse du moment. Comment Iris peut-elle croire que je pourrais, même sans le vouloir, lui faire le moindre mal ? Je l'aime, bordel. Je l'aime tellement que ça me foudroie sur place. Il est mon tout, le seul combat pour lequel je me battrai jamais.

Un bref moment de lucidité, alors que le brouillard de l'orgasme se dissipe quelque peu, me permet de penser clairement. Je me détourne légèrement et fouille dans ma table de chevet, sous le regard interrogateur de mon amant. Quand j'en sors un petit emballage argenté, il laisse échapper un rire qui me fait fondre.

— Tu es parfaite, tu sais ça ? me dit-il.

— Mon petit ami me le dit souvent, ironisé-je.

— Ah oui ? C'est un homme chanceux.

Je fais mine de vomir face à sa mièvrerie, mais il me fait taire en plaquant à nouveau ses lèvres sur les miennes. Je succombe à nouveau quelques instants jusqu'à ce qu'il s'écarte. Je me redresse sur les coudes, et en profite pour jeter un œil pour la première fois de la soirée à son membre gorgé de désir. Je mords ma lèvre inférieure, l'impatience me nouant le ventre, et je n'attends pas plus longtemps pour libérer le préservatif et l'enrouler sur sa virilité. Alors que je l'effleure à peine, je sens Ezra tressaillir. Je décide de prendre l'avantage, et entame de lents mouvements de va-et-vient avec ma main, tout en plongeant mon regard dans le sien.

À New York, j'ai pris plaisir à me jouer de la crédulité des garçons, qu'ils aient mon âge ou soient plus âgés, pour prendre mon pied et m'évader quelques instants, me sentir vivante et surtout, énerver mon monde. Mais jamais je n'ai ressenti pareille attirance pour qui que ce soit avant Ezra. Alors qu'il me regarde comme si j'étais la seule qui compte à ses yeux, ma peau se consume lentement et l'attente devient insupportable. Doucement, il se penche vers moi, encadrant mon visage de ses deux mains, posées de part et d'autre de ma tête sur le matelas. Son corps se rapproche, son souffle saccadé frôle mon visage, et pas une seule fois je ne relâche ma prise. Je vois les muscles de sa mâchoire se contracter quand son gland effleure mon intimité.

J'entoure ses hanches de mes jambes, prête à l'accueillir, mais je ne peux pas détacher mon regard de ses grands yeux. Il m'hypnotise, me fait sienne. Je voudrais n'être nulle part ailleurs en cet instant.

Sans un mot, il capture mes lèvres et retient le gémissement de plaisir qui s'en échappe lorsqu'il entre en moi d'un seul mouvement, lent et langoureux. Lui aussi émet un bruit étouffé, et par réflexe, comme si j'avais peur qu'il disparaisse, je plaque mes mains sur ses omoplates pour le garder contre moi. Il m'emplit tout entière, demeurant immobile pendant quelques secondes afin que je m'habitue à sa présence. Cherchant mon accord des yeux, il se met à bouger lentement. Le désir me lèche les entrailles comme des flammes le long d'un mur à chacun de ses coups de reins. La sensation de nos peaux l'une contre l'autre me fait frémir, et bientôt, une fine couche de sueur se forme sur mon corps. Ezra accélère la cadence alors que je remue des hanches, cherchant à tout prix le contact. Il enfouit son visage dans mon cou, et quand je tire sur la base de ses cheveux, je l'entends grogner et ses dents mordillent ma peau au même moment, ce qui me fait chavirer.

La vague monte, grandit à une vitesse folle, et au moment où j'explose en mille morceaux, un cri de plaisir me déchire la gorge. J'ai vécu pas mal de parties de jambes en l'air, avant… mais je n'avais jamais fait l'amour. Je me suis moquée cent fois des filles qui clamaient haut et fort que les sentiments décuplaient les sensations pendant l'acte. J'avais tort. Elles disaient vrai.

Quelques minutes après moi, c'est au tour de mon loup d'atteindre les sommets de l'orgasme. Il s'écroule au-dessus de moi, veillant tout de même à ne pas m'écraser. Sa tête contre mon épaule, je caresse doucement ses cheveux, appréciant le son de nos respirations haletantes dans le calme de la chambre. Mon disque s'est arrêté et crée un silence bienvenu après toutes ces émotions intenses.

Je ne comprends que je m'endors que lorsqu'Ezra murmure tendrement à mon oreille :

— Bonne nuit, mon amour.

***

J'avance entre les arbres. Le soleil se lève à peine et commence à réchauffer le sol, ce qui fait fondre le gel qui a envahi les sous-bois cette nuit. Mes chaussures sont rapidement mouillées par la rosée du matin, et l'herbe crisse sous mes pas. Je le vois. Ezra est là, juste un peu plus loin, il me fait signe. Un immense sourire fend mon visage. Je m'approche, déterminée à me jeter dans ses bras, quand une voix résonne dans ma tête.

Il a laissé son frère te mordre. Il n'est pas digne de toi.

Je secoue la tête pour chasser cette étrange sensation qui s'empare de mon esprit, et continue à avancer, les yeux rivés sur le garçon que j'aime.

Il t'a forcé la main. Tu ne l'aimes pas. Il a tout fait pour t'attirer dans ses filets. C'est un jeu.

Je ralentis. La voix n'a pas tort. Je ne voulais pas être avec lui, au départ. Il s'est efforcé de toujours être présent, à me pousser dans mes retranchements jusqu'à ce que je craque. Même lorsque je lui ai demandé de me laisser de l'espace, il s'est arrangé pour se retrouver coincé dans la bibliothèque avec moi.

Non. C'est ridicule. Ezra m'aime, je l'aime… pas vrai ?

Ce n'est qu'une illusion. Tu ne peux pas l'aimer. C'est un loup, une bête froide et sanguinaire. Il peut tuer, à tout moment.

Je ne m'explique pas la rage qui s'empare de moi. À nouveau, j'accélère la cadence, et en voyant l'air déterminé sur mon visage, le sourire d'Ezra se fige.

— Violet ? l'entends-je au loin.

Je ne l'écoute pas. Il est bientôt à ma portée. Je pourrai enfin mettre un terme à tout ça. Je lève la main, prête à frapper. Ezra ne bouge pas d'un pouce, l'affolement et l'incompréhension se lisent sur ses traits. Mais je ne cède pas. Pas cette fois.

Tu ne peux pas lui faire confiance.

— Violet !

***

Je me réveille en sursaut. Mes cheveux collent à ma peau, je transpire, les draps sont trempés et j'ai du mal à respirer. Je dois cligner des yeux plusieurs fois avant de reconnaître la pièce où je me trouve. Le couvre-lit doré, mes étagères qui débordent, ma chaîne hi-fi… tout est là. Y compris la mine inquiète d'Ezra, ses mains sur mes joues en feu, et son odeur familière.

— C'était juste un cauchemar, murmure-t-il.

Je détaille son visage intact et je suis immédiatement rassurée par ce que je vois. Pourtant, ça avait l'air si vif, si réel… je n'ai jamais fait un rêve pareil. J'avais vraiment l'impression d'y être. Je sens encore le parfum des pins autour de moi, l'humidité dans mes cheveux et la… colère… qui s'est emparée de moi. Non, c'était pire que ça. J'avais envie de…

— Violet ?

La voix d'Ezra me ramène au présent. Je hoche la tête pour le rassurer, tentant de calmer ma respiration.

C'était juste un cauchemar. Rien de plus qu'un cauchemar.

Chapitre 43
La volonté de l'univers

Before I Die – Papa Roach

Je feins de me rendormir pour ne pas inquiéter Ezra, mais en vérité, les images qui m'assaillent, résidus nuisibles de mon rêve, m'obligent à rester éveillée. Quand sa respiration se fait plus posée, je m'autorise alors à le regarder. Couchée sur le flanc, je lui fais face en admirant son doux visage endormi. Ainsi détendu, on pourrait croire que ce garçon n'a rien de spécial. Qu'il s'agit d'un ado normal. Pourtant, je sais que c'est faux. Pas seulement parce qu'il a le don de se transformer en loup, mais aussi parce qu'il est capable d'aimer plus que n'importe qui. Il m'a regardée comme personne ne l'a jamais fait, ce soir, et j'ai eu peur. Peur de ne pas en être digne, de ne pas savoir lui rendre la pareille. Ce cauchemar m'a chamboulée plus que de raison et je ne cesse de me répéter les paroles de mon loup pour me dissuader d'y penser encore.

On est ensemble, là, maintenant.

Malgré tout, même si je meurs d'envie de profiter pleinement de cet instant, mon esprit divague. Je songe à tout ce que Luna m'a raconté, sur la prophétie, sa vision… et je ne peux pas m'empêcher de m'interroger.

Ezra est entré dans ma vie comme un boulet de canon. Il a tout changé. Il a bousculé mes principes, mes croyances, il a complètement saccagé l'armure derrière laquelle je m'efforçais de me protéger – ou plutôt, de me cacher. Il a forcé le passage, abattant mur après mur, pour atteindre mon cœur, s'en emparer, et jurer de le protéger coûte que coûte. Je n'arrête pas de me demander s'il s'est un jour stoppé dans son élan, pour se poser la question : pourquoi ?

Pourquoi m'a-t-il choisie, moi, parmi toutes celles qui rêvent de se pendre à son cou ? Il y a tout un tas de filles dans cette ville, des filles bien, qui méritent bien plus que moi d'avoir un garçon comme lui dans leur vie. Moi, j'ai une liste longue comme le bras de raisons qui pourraient le pousser à me jeter comme une vieille chaussette. Je ne lui ai pas encore raconté tout ce que j'ai pu faire par le passé, mais quelque chose me dit qu'au fond, il s'en fiche. Il ne m'a jamais posé la question.

Quelque part, moi aussi, je me fiche bien de savoir ce qu'il a pu faire avant de me connaître. S'il a brisé des cœurs, commis des erreurs, des bêtises… Je ne m'intéresse pas à celui qu'il était, mais à celui qu'il est aujourd'hui, et celui qu'il veut être plus tard. Et s'il en est de même pour lui, alors, ça me va.

L'univers fonctionne d'une bien étrange façon. Il est si vaste, mystérieux, il comporte encore bien trop de zones d'ombre pour qu'on puisse se vanter de comprendre comment il marche. Mais parfois, j'ai l'impression qu'il joue un drôle de jeu. Si Ezra et moi étions destinés à être ensemble, pourquoi suis-je en proie à tant de doutes ? Pourquoi ai-je peur que Luna et ma sœur disent vrai ? Je ne devrais pas avoir à y réfléchir. Mais rien n'est aussi simple.

Je soupire et viens me blottir dans ses bras. Dans son sommeil, Ezra bouge, roule sur le dos, et m'accueille tout contre lui comme si c'était la chose la plus naturelle au monde. Je pose ma joue contre son torse, écoutant le doux battement de son cœur. Ce son me rassure. Je me sens bien, en sécurité, et c'est tout ce que je demande. Je voudrais pouvoir arrêter le temps. Je voudrais que le soleil ne se lève jamais, que nous ne soyons jamais fatigués ou repus l'un de l'autre.

Mais le monde continue de tourner. Et si j'avais su, à cet instant, que cette nuit serait la dernière que je passerais à ses côtés, j'aurais cessé de gamberger.

Chapitre 44
Quand tout dérape

Acid Rain – Avenged Sevenfold

Les semaines s'écoulent et je suis d'une humeur de plus en plus massacrante. Le mois de mars m'attend au tournant, et avec lui son lot de contrôles de fin de trimestre. Si je parvenais à dormir une nuit complète, je pourrais sans nul doute aisément obtenir de bonnes notes, mais voilà : je suis prise d'insomnies, de cauchemars à répétition, et ça n'en finit pas.

J'évite Iris autant que possible. Je m'arrange pour partir très tôt le matin, et rentrer tard le soir, prétextant devoir réviser à la bibliothèque, pour ne pas avoir à la croiser. C'est une excuse qui fonctionne bien pour le moment. Néanmoins, je retrouve presque quotidiennement des petits mots sur la porte du frigo, m'incitant à venir lui parler au moindre problème. Elle me dit qu'elle veut m'aider, que je ne devrais pas avoir peur, que tout ira bien.

Sauf que j'ai *vraiment* peur. Je suis terrorisée par les cauchemars qui me réveillent la nuit, pendant lesquels une voix me souffle que je ne peux pas faire confiance aux loups. Que je dois m'en débarrasser, que je dois… les tuer. Et le pire, c'est qu'apparemment, je commence à faire des crises de somnambulisme. Une nuit, je me suis même réveillée au beau milieu de l'atelier de ma sœur, une flèche entre les mains. L'armoire et son double fond étaient grands ouverts. J'ai lâché l'arme comme si elle me brûlait, et je me suis enfermée à double tour dans ma chambre toutes les nuits après ça, cachant la clé sous mon matelas. Évidemment, bornée et fière comme je suis, je n'en ai pas parlé à qui que ce soit. Si Ezra a remarqué mes traits tirés, ces derniers temps, il ne pose pas de questions, misant sans doute sur mes révisions nocturnes. Luna, elle, est bien plus perspicace. Je devine facilement ses regards attristés et inquiets par mon comportement.

Oui, je suis dans le déni le plus total.

Mais je ne peux pas me permettre de lâcher prise. Pas encore.

Je ne peux pas croire que mon idylle avec Ezra ne puisse durer que deux mois. Si je pouvais revenir en arrière, au temps où je lui résistais encore, par principe ou je ne sais quoi, je me mettrais des claques. Je refuse d'admettre que, maintenant que j'ai décidé d'accepter que le bonheur vienne à moi, on me l'enlève à nouveau, comme ça, sans que je ne puisse rien y faire.

Ce n'est pas *juste*. Je ne mérite pas ça.

Je passe le plus clair de mon temps libre avec Ezra, et même si nous n'avons plus passé une nuit complète ensemble depuis la dernière fois, ça ne nous empêche pas de nous amuser. Je le retrouve souvent après les cours, dans la grange à l'arrière de la maison de Luke – où il se cache depuis des semaines, avec le soutien de Leo et Tyler – quand Iris pense que je suis encore à la bibliothèque en train de réviser. Maintenant que nous avons goûté aux plaisirs charnels, il nous est difficile d'arrêter. À chaque fois, comme si c'était encore possible, nos échanges sont de plus en plus explosifs. Je n'ai jamais rien vécu d'aussi intense de toute ma courte existence et je prie pour que ça ne s'arrête jamais.

— Ça suffit, clame Luna en refermant son classeur. J'en ai marre ! Mon cerveau est plein !

— Tant mieux, soufflé-je. Je n'en peux plus !

Nous sommes toutes les deux assises dans la salle d'étude, profitant de notre heure de libre pour réviser nos maths, mais rien n'y fait. Plus aucune information ne veut s'imprégner dans mon cerveau et j'ai besoin d'un break. Parfait timing : mon téléphone se met à vibrer, ce qui m'indique qu'un texto m'a été envoyé. Je souris quand je reconnais le nom de son expéditeur.

— Je dois y aller, de toute façon, lancé-je à mon amie.

— Déjà ? demande-t-elle.

Je ne réponds rien et me contente de ranger mes affaires rapidement. Je croise son regard, et je sais qu'elle n'approuve pas.

— Tu joues avec le feu, Violet, marmonne-t-elle.

— Laisse-moi en profiter tant que je le peux encore, râlé-je. Je n'ai pas besoin que tu t'y mettes, toi aussi.

— Les cauchemars ont commencé, n'est-ce pas ?

Je me fige, arrêtée dans mon mouvement alors que je m'apprêtais à enfiler mon sac à dos sur mon épaule. J'avise le regard désapprobateur de Luna tandis qu'elle croise les bras sur sa poitrine, me prenant presque de haut. Cependant, je la connais assez maintenant pour savoir qu'elle ne se le permettrait jamais. Je suppose qu'elle essaie juste de me mettre le nez dans ma propre merde. Elle me fait penser à ma mère.

— Tu… tu as vu…

— Non, dit-elle en secouant la tête. Mais je vois les poches sous tes yeux à des kilomètres. Je ne suis pas débile, Violet, tu peux peut-être berner ta sœur et Ezra, mais pas moi.

J'ai immédiatement envie de déguerpir d'ici. Son regard ne me dit rien qui vaille. Elle a raison, je le sais, mais je ne l'admettrai pas. C'est comme si j'étais revenue des mois en arrière, quand je pensais que mon père ne savait rien de mes conneries alors qu'en fait, il était loin d'être dupe. Il avait cette même lueur dans le regard que celle qu'arbore mon amie en ce moment.

La déception.

— Je sais ce que je fais, tenté-je de la rassurer.

Voilà que je recycle mes répliques, maintenant !

Un ange passe. Finalement, Luna se lève, et contre toute attente… elle me serre dans ses bras.

— Je l'espère, souffle-t-elle. Je sais que tu as peur de lui faire du mal si tu décides d'accepter ton sort. Mais crois-moi…

Elle s'écarte, garde ses mains sur mes épaules et m'oblige à la confronter, plantant son regard dans le mien.

— … Le meilleur moyen de le protéger de toi-même, c'est d'apprendre à te contrôler avant qu'il ne soit trop tard.

***

Les mots de Luna tournent dans ma tête, se répercutant sur les parois de mon esprit à chaque coup de pédale. Je me rends à vélo directement du lycée vers la grange où se cache Ezra. Je prends soin de ne pas passer par le chemin habituel, afin de ne croiser personne, et emprunte un détour par le sentier qui passe à travers bois. Je dissimule ma bicyclette à l'arrière de la bâtisse, et veille à ce qu'aucun autre Folley ne traîne dans le coin avant de tirer sur la chaîne pour entrer.

Comme d'habitude, Ezra écoute de la musique, allongé sur son lit de fortune en lisant un bouquin. Son casque sur les oreilles, il ne m'entend pas arriver. J'aurais cru que les loups avaient une ouïe surdéveloppée même en étant humain, mais visiblement, ce n'est pas comme dans les livres. Je balance mon sac à dos dans un coin, et sans attendre son autorisation, je lui grimpe dessus. Il me remarque enfin, lâche son bouquin, ôte son casque et se redresse pour venir m'embrasser. Depuis quelques semaines, il ne peut pas s'empêcher de laisser nos baisers se prolonger. Parfois, ils ne s'arrêtent jamais… et c'est absolument divin. Mais aujourd'hui, j'ai besoin qu'on parle. J'ai besoin de me changer les idées. Je l'arrête dans son élan, ris face à sa moue faussement boudeuse en ébouriffant ses cheveux sur son crâne, mais je garde ma place sur ses genoux.

— Tu as passé une bonne journée ? demande-t-il en frottant son nez contre le mien.

— Comme d'hab, dis-je en haussant les épaules. Et toi ?

Pendant l'heure qui suit, nous discutons beaucoup. J'aime ces moments, peut-être même encore plus que lorsque nous ne disons rien. Apprendre à le connaître est la partie que je préfère dans nos instants passés ensemble. Pendant ces discussions, j'ai appris que quand il était petit, il était allergique aux cacahuètes, mais que ce n'était plus le cas depuis sa première transformation. J'ai également appris qu'il aimait vraiment lire, quand je pensais qu'il se contentait des lectures imposées pour le cours de littérature. Nous avons les mêmes goûts musicaux, ce que je savais déjà, mais si j'aime me plonger dans un bon bouquin de temps en temps, je n'en fais pas une addiction, comme lui. Il m'a avoué avoir une véritable bibliothèque dans sa chambre, chez Luke, et que depuis son presque exil, Tyler lui ramène des bouquins en douce quand l'alpha regarde ailleurs.

J'ai appris d'autres choses plus futiles, que j'ai tout de même gravées dans ma mémoire, au cas où. Sa couleur préférée – orange, comme le coucher du soleil ; son plat préféré – les macaronis au fromage ; son film préféré – *The Breakfast Club*, et j'en passe. À chaque fois, il me retourne mes questions, et même si je n'ai pas pour habitude de livrer ce genre d'information sur ma petite personne, je le fais avec plaisir, parce qu'il sourit à chaque fois que je lui fournis un détail de plus sur ma vie.

— Ne me dis pas que tu n'as jamais lu *Catch 22* ?! s'écrie-t-il. C'est la base !

— Non, je ne l'ai jamais lu, avoué-je en observant son livre. Je ne suis pas une geek, contrairement à toi.

— Excusez-moi, Mademoiselle, dit-il en levant les yeux au ciel. Tu ne serais pas un peu snob, toi ?

— Et toi, Monsieur « C'est la base ! » ? le taquiné-je.

Je ris pour me moquer de lui, mais je regrette bien vite. Il pose sur moi un regard menaçant, et tout en affichant un rictus démoniaque, il se met à me chatouiller. Je ris aux éclats sous la torture, je me tortille sous ses assauts jusqu'à me retrouver complètement allongée.

Défends-toi !

Je n'entends presque pas la voix qui résonne dans mon esprit, tant mes rires prennent de la place. Ezra continue de me torturer en riant à son tour, et je ne peux pas imaginer qu'un plus beau son existe en ce monde.

C'est un loup ! Défends-toi !

Cette fois, je l'ai clairement entendue. C'est la même voix que celle qui me parle dans mes cauchemars, qui me hurle de me défendre. Suis-je en train de rêver, encore ?

Ne te laisse pas faire par cette vermine !

Sans que je comprenne réellement comment, je me redresse, et plaque Ezra sur le matelas. Il n'a pas le temps d'avoir l'air surpris que déjà, mes mains sont sur sa gorge.

Je serre.

Mes yeux se voilent de rouge. Je ne vois plus rien d'autre que la rage immense qui me pousse à continuer. L'adrénaline court dans mes veines, décuplant ma force, et je n'ai aucun mal à le maintenir immobile sous moi. Quand il comprend enfin ce qui se passe, il s'accroche à mes poignets, tentant de se libérer. La petite voix me murmure de continuer, donc je continue. Je le vois essayer d'articuler quelque chose alors qu'il est secoué de soubresauts, l'air tentant désespérément d'arriver jusqu'à ses poumons. Son visage devient rouge pivoine, et moi, je garde les yeux rivés sur mes mains. Mes jointures blanchissent sous l'effort.

Je dois le tuer. Je dois le tuer !

Soudain, mes yeux dévient une seconde, rien qu'une seconde, vers les siens. Le bleu de ses yeux me ramène brusquement à la réalité, et comme si je me réveillais, je laisse échapper un cri. Je m'écarte vivement, me lève, titube en reculant de plusieurs pas pendant qu'Ezra se met à tousser violemment. Il se tient la gorge, je regarde mes mains comme si elles étaient couvertes de sang. Les larmes me montent aux yeux instantanément.

Qu'est-ce que j'ai fait ?

Ezra me regarde, abasourdi, choqué… sa gorge porte la marque de mes doigts. *Mes* doigts.

— Violet, articule-t-il d'une voix cassée.

Ses yeux sont injectés de sang, mon prénom sur sa langue n'a plus la même sonorité.

Oh mon Dieu.

Je recule quand il tente de m'approcher. Je le vois dans ses yeux, sur son visage : lui non plus, ne comprend pas. Je porte une main à ma bouche quand un gémissement m'échappe, alors que j'observe sa gorge se colorer doucement, passant du rouge au bleu.

Je n'attends pas une seconde de plus pour détaler. Je m'enfuis à toutes jambes, oubliant mon vélo à l'arrière de la grange, et m'enfonce dans les bois. Je n'entends aucun pas dans mon dos : Ezra ne me suit pas. Tant mieux. Je risque encore de faire une connerie, et cette fois, je pourrais ne pas m'arrêter. Alors que je cours jusqu'à perdre haleine, le vent souffle fort sur mon visage et des larmes brûlent mes joues. Je laisse les branches me fouetter la peau, ne prenant pas la peine de les écarter du chemin : je mérite de souffrir. Je mérite pire que ça.

J'ai failli tuer Ezra, aujourd'hui. De mes propres mains. J'ai failli l'étrangler jusqu'à ce qu'il ne respire plus jamais. J'ai failli mettre fin à sa vie, moi, Violet.

Comment...

Je continue de courir, ne sachant pas vraiment où je vais, mais quand enfin je rejoins la route, je m'arrête. Mes poumons sont en feu, j'ai du mal à respirer, et ce n'est que justice. Je n'arrive pas à calmer mes sanglots. Dans ma tête, un tas d'images se succèdent et me filent un mal de crâne du tonnerre. Je revois encore et encore ce qu'il vient de se passer. J'entends en boucle les paroles de ma sœur, qui m'a pourtant prévenue des centaines de fois que ça pouvait arriver. Je ressens encore la force surhumaine qui a traversé tous mes membres, comme une délicieuse sensation de puissance...

J'ai perdu le contrôle. Mes cauchemars m'ont rattrapée...

Luna aussi a tenté de me mettre en garde, et je ne l'ai pas écoutée. J'ai l'impression de faire du surplace. Bordel ! Je me pensais têtue, mais là, je suis carrément inconsciente. En voulant profiter de cette insouciance que m'insufflait Ezra, je l'ai mis en danger. Quand je réalise à quel point je me suis fourvoyée, mes larmes redoublent d'intensité, et bientôt, je ne ressemble plus à rien. Je renifle, secouée par de violents sanglots. J'ai l'impression que mes pleurs se muent en crise d'angoisse. Je m'assois à même le trottoir et tente de me rappeler les conseils de mon amie pour me calmer.

1... 2... 3... 4...

Je retiens mon souffle, et je recommence à compter. Je réitère l'opération, jusqu'à finalement retrouver un rythme de respiration normal. Mon visage est tout engourdi, je sens une pression sur mes tempes, et une migraine me menace. Je tremble comme une feuille, aussi je replie mes genoux contre moi. Je tente de rassembler mes esprits, d'entrevoir une solution.

Je sors mon téléphone de ma poche. Il est plus de dix-huit heures, le soleil est en train de se coucher, mais je n'ai pas envie de rentrer. J'ai le pressentiment que c'est le premier endroit où il viendra me chercher. Je fais défiler mes contacts, et presse sur le bouton « Appel » sous le prénom de la seule personne qui, à mon sens, pourra m'aider en cet instant.

Chapitre 45
Myrabella
Sleep – My Chemical Romance

Je me retrouve face à une porte jaune. La petite maison, située à l'autre bout de la ville – autrement dit, à quelques dizaines de minutes de marche de l'endroit où je me trouvais – est charmante, accueillante. Elle me fait un peu penser aux maisons qu'on trouve sur Staten Island, avec sa balancelle sous le porche et son jardinet à l'avant. Je sonne, séchant les quelques résidus de larmes sur mes joues.

Luna m'ouvre doucement la porte. À la vue de ses cheveux roses, de son regard vert et de son expression dévastée, je m'effondre à nouveau. Comment ai-je pu être aussi stupide au point de ne pas l'écouter ? Elle qui a toujours su comment me remonter le moral, qui a toujours su quoi dire, quoi faire, au moment opportun… je l'ai balayée comme je l'ai fait avec ma sœur, préférant n'écouter personne d'autre que moi, ignorant même ma raison qui me criait que j'avais tort.

Ça m'apprendra à me mettre des œillères.

Mon amie me rattrape, m'entourant de ses petits bras. Je pleure longuement sur son épaule pendant qu'elle me frotte affectueusement le dos, murmurant des paroles rassurantes dans le creux de mon oreille. Je n'arrive pas à retirer ces images de mon esprit. Dès que je ferme les paupières, je revois le visage rouge d'Ezra qui manque d'air, les marques bleutées qui commençaient déjà à apparaître sur la peau de son cou, mes doigts serrant fort et ne lâchant rien… Et cette rage qui me brouillait la vue, la haine irrationnelle qui me poussait à agir ainsi.

Je n'ai rien compris, je n'ai rien vu venir…

Luna m'entraîne à l'intérieur et me fait grimper à l'étage sans jamais lâcher ma main. Elle me conduit dans un long couloir, jusqu'à une autre volée d'escaliers plus étroite. Je devine que nous grimpons jusqu'au grenier quand j'avise la pièce mansardée dans laquelle nous nous retrouvons ensuite.

Les murs ont été peints en fuchsia. Ils sont recouverts de vieux posters de groupes et de célébrités dont on n'entend même plus parler aujourd'hui, mais ils sont à moitié dissimulés derrière de longues étagères, faites sur mesure, pleines de livres aux couvertures usées. Ça sent comme dans une librairie, ici. Au centre de la pièce trône un immense lit à baldaquin, aux draps assortis à la couleur de cheveux de mon amie. Une guirlande lumineuse surplombe celui-ci, ce qui amène un air féérique à la pièce. Au plafond, une large fenêtre domine le lit, permettant de voir le ciel.

Trop de rose, pour moi… mais j'adore cet endroit.

— Raconte-moi tout, me dit Luna en m'entraînant vers le matelas.

J'ai encore du mal à ne pas parler sans fondre en larmes. J'aimerais m'arracher les cheveux d'avoir été si débile, si bornée, mais je dois me contenter d'insultes mentales et d'une explosion de culpabilité au fond de mon ventre. Je m'assois face à elle. Je n'arrive même pas à la regarder dans les yeux tant j'ai honte de ce que j'ai fait. Je replie mes jambes contre moi, pose mon menton sur mes genoux, et j'attends que les mots viennent. Je ne sais pas combien de temps se passe, mais Luna ne me presse pas. Je suppose que je suis en état de choc. Je reste figée, sans pouvoir articuler clairement ce qui me passe par la tête ni ce que je ressens. Les mots restent bloqués dans ma gorge nouée, les larmes coulent silencieusement sur mes joues, j'ai le regard rivé sur le vide et les mêmes souvenirs qui défilent dans ma tête à toute vitesse.

Je suppose que Luna se doute de ce qu'il s'est passé. Elle ne me demande rien, se contente d'être là, assise près de moi, un bras autour de mes épaules. Nous restons ainsi enlacées pendant près d'une heure. Mon téléphone vibre sans arrêt dans ma poche, mais voyant que je l'ignore à chaque fois, Luna en fait de même.

— Je… j'ai failli…, articulé-je enfin.

— Tu n'es pas obligée de le dire à voix haute, murmure-t-elle en voyant mon hésitation. Je sais.

Un nouveau sanglot me déchire la gorge et j'enfouis mon visage dans mes bras. Me cacher est complètement futile, car je pense n'avoir jamais été aussi vulnérable face à quelqu'un auparavant. Luna est la seule à connaître toutes mes facettes, avec Ezra. Elle a su me percer à jour mieux que quiconque et le pire, c'est que je l'ai laissée faire sans me poser de questions. Est-il possible d'avoir un coup de foudre en amitié ? En tout cas, maintenant, j'y crois dur comme fer. Luna est l'amie que j'ai cherchée toute ma vie sans même le savoir, elle me comprend si bien tout en étant mon total opposé. Elle est optimiste, forte, elle sait qui elle est et elle ne s'en cache pas. Tout ce que je rêve d'être un jour.

— Je suis vraiment stupide, craché-je.

— Tu n'es pas stupide, réplique-t-elle en secouant la tête. Tu es amoureuse, c'est tout.

Ça, pour être amoureuse…

Existe-t-il un mot plus puissant encore ? *Amoureuse.* J'ai parfois l'impression qu'il ne suffit pas à qualifier ce que je ressens pour Ezra. J'aimerais pouvoir apprendre tous les mots de toutes les langues jusqu'à trouver l'expression parfaite pour le nommer.

Luna me réconforte encore quelques instants, jusqu'à ce que la porte de sa chambre s'entrouvre légèrement. Je ne me retourne pas, contrairement à elle, et garde les yeux rivés sur le couvre-lit à froufrous rose bonbon.

— Ma chérie, est-ce que ton amie voudrait une tasse de thé ? entends-je.

— Je ne pense pas que ce soit nécessaire, grand-mère, lui répond-elle.

— Un bon thé bien chaud, ça remet les idées en place, crois-moi, réplique la vieille dame. Descendez au salon, je mets la bouilloire à chauffer.

J'entends la porte se refermer derrière elle et des pas résonner dans l'escalier. Je n'ai pas spécialement envie de bouger, et d'ailleurs, Luna ne me presse pas pour que je le fasse. Comme d'habitude, elle attend que je sois prête, que je décide pour moi-même. Quand je tends lentement les jambes, je remarque que mes muscles se sont endoloris à force d'être restés dans la même position pendant une heure. Je me tourne doucement vers mon amie, et hoche la tête pour lui signifier que nous pouvons y aller.

Je prends le temps de détailler l'endroit où je me trouve quand nous retournons au rez-de-chaussée. Ça sent le vieux, mélangé à un parfum de lavande industriel. Les murs sont recouverts de papier peint, tantôt jaune dans l'entrée, tantôt vert pâle dans le salon. Je repère immédiatement le canapé en cuir deux places, le fauteuil assorti, la table basse en chêne massif et la télévision à écran plat accrochée au mur. Nous sommes bel et bien chez une personne âgée.

Luna m'invite à prendre place à côté d'elle sur le canapé. Je m'exécute, tel un automate. Je sens que mon cerveau fonctionne au minimum, mais c'est déjà plus que je ne peux supporter en cet instant. À vrai dire, j'aimerais pouvoir m'arrêter de penser, ou juste… m'arrêter. M'éteindre. Pendant ne serait-ce qu'une minute. Pour ne plus être confrontée à tout ça. Ne plus avoir à y prêter attention, claquer des doigts et… tout faire disparaître.

Pourtant, est-ce que j'aurais agi différemment si j'avais su ? C'est une question que je me suis posée un million de fois dans ma vie. Après chaque coup d'un soir, chaque délit mineur, chaque acte de vandalisme, chaque devoir rendu bâclé… je me suis demandé ce que j'aurais pu faire pour empêcher que ça arrive. Pourtant, ces derniers mois, j'ai arrêté de me poser la question. Principalement parce que… j'étais heureuse. Comblée, pour la première fois depuis des lustres, je me sentais enfin prête à vivre, à profiter de la vie. Ironique quand je me souviens de ce que j'ai pensé, la première fois que j'ai remis les pieds ici. Je pensais vraiment que cette ville causerait ma perte, que je me laisserais mourir à petit feu, d'ennui ou par simple envie de protester, peu m'importait. Je *détestais* l'idée de vivre ici.

Peu à peu, j'ai appris à aimer cette ville et ce qu'elle représentait, aux yeux d'Iris, de ma mère, d'Ezra… Mes envies de liberté ont changé. Elles n'ont pas disparu, elles ont simplement pris une autre direction. Je n'avais plus besoin de remettre tout en question, puisque j'étais heureuse.

Et maintenant ?

Je suis perdue.

— Attention, c'est très chaud, entends-je près de moi.

Je me ressaisis et reviens à la réalité en attrapant la tasse brûlante de mes doigts tremblants. Je marmonne un « merci » à peine audible, et fixe le liquide fumant qui dégage des arômes d'épices et d'orange. Je m'y accroche comme à une bouée de sauvetage, même si toutes mes forces semblent avoir déserté mon corps.

Quand je lève les yeux, je manque pourtant de la lâcher. Ma bouche s'ouvre en grand, mes yeux s'écarquillent face au visage qui me sourit d'un air bienveillant. Ce chignon strict et gris, ce tailleur jupe nacré, ces yeux avenants…

Miss Haywood.

La directrice de mon lycée est assise devant moi, dans un fauteuil en cuir qui semble avoir déjà vécu mille vies. Elle tient une tasse similaire à la mienne entre ses mains ridées, si ce n'est que le chat sur la sienne est roux au lieu d'être noir. Elle souffle sur sa boisson avant d'en avaler une petite gorgée, ne me quittant pas des yeux un instant. Je me tourne vivement vers Luna, qui affiche son éternel sourire. Mes yeux lancent des éclairs. Comment a-t-elle pu omettre pareille information ! Miss Haywood est sa *grand-mère*, bordel !

Elles, se sourient face à mon air effaré. En temps normal, j'aurais protesté, j'aurais carrément fait une scène, mais mon esprit est fort heureusement trop embrumé. Ceci explique pas mal de choses, en réalité. La confiance que j'ai accordée à Luna, je l'ai ressentie au contact de la vieille dame dès la première minute passée dans son bureau.

— Mi… miss Haywood, je…

— Pas de ça ici, dit-elle en balayant mes mots d'un geste de la main. Nous ne sommes pas au lycée, tu peux m'appeler Myrabella.

Myrabella… où ai-je déjà entendu ce nom ?

— Je suppose que tu as tout un tas de questions, dit-elle. Si j'ai demandé à Luna de ne rien te dire, c'est pour te protéger avant tout. Tu n'étais pas censée être de ce monde, il était de mon devoir de te laisser dans l'ignorance. Mais compte tenu des circonstances…

— Ce monde ? répété-je, hébétée.

— Celui des loups et des gardiennes, évidemment, précise-t-elle en portant la tasse à ses lèvres.

Je n'ai toujours pas touché à la mienne, je suis bien trop sous le choc de cette révélation pour esquisser le moindre mouvement. Dans ma tête, tout s'entremêle, mais par miracle, je parviens à faire le lien entre quelques détails, comprenant, entre autres, que si miss Hay… Myrabella, est la grand-mère de Luna, cela signifie qu'elle aussi est une nymphe, du genre accomplie qui plus est. Brusquement, des pages cornées et jaunies, une écriture cursive et un parfum de renfermé forment des éléments qui me reviennent en même temps que son prénom roule sur ma langue.

— Myrabella… murmuré-je. Vous êtes… vous êtes celle qui a conseillé à ma mère de tenir un journal.

Je me souviens de la première phrase que ma mère a couchée sur le papier, disant qu'une certaine Myrabella lui avait suggéré d'exorciser ses démons en se servant de l'écriture. L'intéressée confirme en hochant doucement la tête, ne se départant jamais de son petit sourire. Elle a presque l'air fière d'elle. Je lui aurais volontiers craché au visage si je n'étais pas si déboussolée. Elle n'a pas le droit de me faire une chose pareille ! Me révéler un truc aussi gros, de façon aussi… désinvolte, alors que… merde ! Comme si ce n'était pas grand-chose ! Mon sang bout sous ma peau mais je m'oblige à me calmer.

— C'est grand-mère qui t'a soignée, lance soudain Luna. Quand tu as été mordue par Tyler.

Mais… hein ? Quoi ?!

Pourquoi me dit-on tout ça *maintenant* ? Alors que j'ai été sur le point d'assassiner mon petit ami ? Que j'ai envie de disparaître sous terre plus encore qu'avant mon arrivée ici ? Va-t-on un jour arrêter de me mentir, de me cacher des choses ? J'en ai assez des secrets, des révélations à répétition, de tout ça, de cette *ville*… de tout ce qu'elle m'a apporté, de bon comme de mauvais. Au final, le résultat est le même : je me retrouve seule, par ma propre faute, et personne ne peut m'aider.

Enfin… ce n'est pas totalement vrai.

Il faut que je parvienne à maîtriser mes émotions et à remettre de l'ordre dans mes pensées. Surmonter le choc, et avancer. C'est la seule solution. Je ne relève pas la remarque de Luna ; après tout, l'eau a coulé sous les ponts depuis l'attaque de cette nuit-là. J'ai surmonté ces cauchemars, et puis je ne me sens pas capable de remercier qui que ce soit en cet instant de m'avoir sauvé la vie. Je ne mérite même pas d'*être en vie*, en cet instant. Aujourd'hui, c'est un tout autre type de rêves qui me prend la tête. Des rêves qui se sont apparemment glissés jusque dans ma réalité.

— Je suppose que vous savez déjà tout, lâché-je sur un ton sec.

— C'est vrai dans la plupart des cas, répond-elle.

Je baisse la tête. C'est peut-être la première fois que je demande réellement de l'aide à un adulte. Avant, je m'efforçais de me suffire à moi-même, de ne pas leur donner la satisfaction d'avoir besoin d'eux. Je ne leur faisais pas confiance, que ce soit à mes professeurs ou même à mon père. Aujourd'hui, je sais que j'ai dépassé ce stade. Je suppose que j'ai mûri.

— Qu'est-ce que je dois faire ? demandé-je d'une voix faible.

Les secondes s'écoulent pendant lesquelles seul le bruit du pendule, situé dans un coin de la pièce, résonne contre les murs. Quand enfin, Myrabella pose une main sur mon genou, je lève des yeux embués vers elle. L'expression sur son visage est grave, intense, m'indiquant que j'ai tout intérêt à l'écouter avec attention.

— Il n'y a qu'une seule chose que tu peux faire, ma chérie, dit-elle d'une voix douce. Tu vas devoir écouter ta tête… et suivre ton cœur.

Chapitre 46
Faire un choix

Wrecking Ball – Our Last Night

J'ai longtemps hésité avant de refuser la proposition de Luna de passer la nuit chez elle. J'ai besoin d'être seule. Je sais qu'Iris rentrera tard dans la nuit de Seattle – elle devait assister à un séminaire ou je ne sais quoi – et je compte bien profiter du silence pour réfléchir. Je marche jusqu'à chez moi sans me presser, savourant l'air frais du soir sur mon visage rougi par les larmes.

Je sais ce que j'ai à faire, mais j'ai terriblement peur. J'ai peur de tout gâcher, de me laisser sombrer à nouveau. Être confronté à ce genre de perte, c'est peut-être pire, parfois, que faire face à la mort. Quand j'ai perdu ma mère, mon seul réconfort était les souvenirs qu'elle avait laissés derrière elle. Son odeur, que je retrouvais sur ses vêtements. Ses livres préférés, ses disques dont j'ai hérité, ses recettes soigneusement transcrites dans un carnet et que mon père garde précieusement dans un tiroir de la cuisine. Une centaine de photos, aussi. Tout ce à quoi je pouvais me raccrocher, si jamais un détail m'échappait, était là, tout proche, accessible. Avec le temps, j'ai appris à les apprécier, à sourire pensivement en évoquant un pan de ma mémoire. Je ne l'ai pas oubliée, parce qu'elle était ma mère. Elle fait toujours partie de moi, de celle que j'ai été et de celle que je suis.

Comment pourrais-je faire subir le même sort aux souvenirs que j'ai créés avec Ezra, en le sachant tout proche ? Il est encore là, lui. Il n'a pas disparu. Je ne le souhaite pas, mais sa présence risque de compliquer les choses. Pourtant, la décision que j'ai prise est dans son intérêt. Je m'apprête à donner raison à Iris et Luna : si je veux pouvoir le protéger, je dois d'abord apprendre à me contrôler. Seulement, j'ai tellement peur que tout ça me change. Que mon nouveau rôle de gardienne altère mes sentiments pour lui, que mes instincts prennent le dessus. C'est bien ma sœur qui m'a avoué que les gardiennes et les loups étaient des ennemis naturels. Comme chien et chat, ils ne se comprennent pas. Ils se haïssent parce qu'ils se sentent menacés l'un par l'autre, et c'est exactement ce que la petite voix dans ma tête cherche à me faire admettre.

Pourtant, une grande partie de moi l'aime encore, avec une force déconcertante. Mais j'ai bien peur que cette part de moi-même ne finisse étouffée par celle que je vais laisser Iris forger. Je vais devoir disparaître, pour le protéger.

Quand j'arrive dans ma rue, je sais déjà qu'il n'est pas loin. Je m'y attendais. Il n'est pas du genre à abandonner facilement. La chaleur dans ma poitrine, signe qu'un loup est à proximité, s'intensifie à mesure que j'approche de la maison. Quand mes yeux se posent sur lui et croisent les siens, mon cœur s'arrête. Il est assis sur les marches du porche, et je remarque tout de suite mon vélo et mon sac à dos posés contre la porte du garage.

Je ralentis le pas. C'est bien la première fois que je n'ai pas vraiment envie de le voir, mais c'est simplement parce que je cherche à retarder l'échéance. Notre temps est compté, nous le savions : je pensais juste qu'il durerait encore un peu.

Mon regard se porte immédiatement sur sa gorge… qui n'a gardé aucune trace de la lutte. Rien. Pas un seul trait bleu ou même rouge. C'est comme si rien ne s'était passé. C'est alors qu'un détail me revient. Iris m'a précisé que les loups avaient la capacité de guérir plus rapidement qu'un simple humain, que seules les pointes de flèche en argent détenaient le pouvoir de les blesser *vraiment*. Plus tard, elle m'a même avoué que Luke devait sa cicatrice à ma mère, mais elle n'a jamais su dans quelles circonstances elle lui aurait infligé sa blessure. Quelque part, je suis soulagée. Je ne sais pas si j'aurais pu avoir cette conversation avec lui s'il avait sur son corps la preuve de mon accès de folie. En fait… je ne pense pas être capable d'avoir cette conversation tout court. Mais je n'ai pas le choix.

— Rentre chez toi, Ezra, lâché-je en passant devant lui.

Comme je l'avais prévu, il se lève, se tourne vers moi pendant que je m'efforce d'éviter son regard et de chercher mes clés dans mes poches. J'ouvre la porte, et comme je m'y attendais, il me suit à l'intérieur. De toute façon, je ne tiens pas à ce que nous ayons cette conversation sous le porche, à la vue de tous les voisins curieux.

— Violet, je veux que tu saches que…

— Non, l'interromps-je. Cette fois, c'est toi qui vas m'écouter.

Surpris par mon aplomb, il se fige, fourre les mains dans ses poches et hoche doucement la tête. Je ne pensais pas que ce serait aussi difficile, et pourtant…

— On était en sursis, toi et moi, asséné-je. On le savait tous les deux.

Chaque mot me fait mal. Chaque syllabe me coupe la langue, me déchire les entrailles. Je ne savais pas que la vérité pouvait s'avérer si difficile à avaler. À voir l'expression du loup devant moi, je me doute que lui non plus, n'en avait aucune idée jusqu'à présent. La douleur que je perçois dans ses yeux est insupportable.

— Il faut qu'on arrête ça, murmuré-je. On ne peut pas jouer avec le feu, continuellement, en attendant que tout dérape, et que je…

Je m'interromps, incapable d'aller plus loin. Il ne me facilite pas la tâche pour autant. Ezra s'approche, je secoue la tête, mais je ne bouge pas. Mon corps a trop besoin de son contact pour reculer quand il pose ses mains sur mes joues et plonge son regard dans le mien. J'ai à nouveau envie de pleurer, mais je me retiens. Je veux rester forte, ne pas le laisser me voir regretter ma décision avant même d'en subir les conséquences inévitables.

— Je t'aime, murmure-t-il. On peut surmonter ça, tu n'es pas obligée de…

— Tu ne comprends pas, le coupé-je. Je ne peux plus me faire confiance quand je suis avec toi, pas après ce que je t'ai infligé.

— Moi, j'ai confiance en toi.

Il est plus têtu que je ne le pensais. J'aurais dû y penser avant. Je n'avais pas imaginé que son regard sur moi me rendrait si faible, me ferait douter autant. Je n'avais pas prévu sa peau sur la mienne, la sensation qu'elle me procurerait, ni l'effet que ses murmures auraient sur mon cœur. Je voulais ne pas céder, coûte que coûte, résister quoi qu'il puisse dire ou faire. Ma volonté n'est plus ce qu'elle était, quand il s'agit de lui. Mais je pense que c'est surtout dû au fait que je n'ai pas vraiment envie de faire ça. Je n'ai pas envie qu'on soit séparés, c'est même la dernière chose que je veux au monde.

Ses yeux plongés dans les miens m'hypnotisent et je me rends compte trop tard que ses lèvres sont déjà en train d'effleurer les miennes. Son baiser est doux, prudent, dans un premier temps. Il tâte le terrain, il me prouve sa confiance, il me montre qu'il n'a pas peur de moi. Je ne peux pas empêcher ma bouche de s'ouvrir ni ma langue de retrouver la sienne. Je soupire, vaincue, et le laisse m'embrasser avec plus de fougue, plus de force. Le désir naît tout au fond de mon ventre quand il me plaque contre lui et toutes ces sensations familières, à chaque fois qu'il me touche, envahissent mon corps tout entier.

Il avance, je recule, mes jambes butent contre le canapé quand ses doigts viennent se faufiler sous mon haut. Je suis en mode pilote automatique. Je ne réfléchis plus, je laisse mon corps prendre les commandes. Après tout, il semble savoir mieux que moi ce dont il a besoin. Peut-être est-ce là le secret… ne plus penser.

Les doigts d'Ezra s'attaquent à mon jean, qui disparaît rapidement, suivi de près par son t-shirt. Nos gestes sont précipités, maladroits, et dans l'obscurité de mon salon, je vois à peine où nous allons et où nos vêtements atterrissent. Je ne peux pas lutter contre ses baisers. Ils m'emmènent ailleurs, dans un monde nouveau, inédit, rassurant, que je voudrais ne jamais quitter. Mon désir pour lui ne fait qu'augmenter de seconde en seconde et je suis très vite submergée. Il me déchire les entrailles, me brûle la peau, j'ai trop besoin d'Ezra pour l'apaiser.

Ce dernier me pousse doucement sur le canapé. Je m'allonge tout en me battant contre la fermeture Éclair de son jean. Il me surplombe, son corps divin au-dessus du mien, mais je ne perds pas de temps à l'admirer. Lui non plus ne semble pas vouloir ralentir. Sa bouche est partout, ses mains explorent avec soin chaque parcelle de ma peau. Nos souffles saccadés se mélangent et mes lèvres cherchent les siennes quand sa main se faufile dans ma culotte. Quand ses doigts atteignent mon clitoris, je gémis. Mes hanches se soulèvent d'instinct, cherchant le contact, et je ferme les yeux, savourant les vagues de plaisir qui montent en moi.

C'est un piège, tu ne peux pas te laisser faire.

Non, non et non ! Je ne la laisserai pas gagner, pas maintenant ! Je m'efforce d'étouffer cette voix dans ma tête, de ranger tout au fond de mon esprit, dans un recoin sombre, la rage qui pointe en moi. J'ouvre les yeux et le regard d'Ezra envahit mon champ de vision. Je le fixe, concentrée sur le bleu de ses iris pour ne pas flancher. Il est là, avec moi, et il m'aime. Il ne me veut aucun mal, je lui fais confiance, je…

Il t'a attirée dans l'ombre, Violet. Tu ne peux pas le laisser gagner.

Je bats des paupières, je me sens tiraillée en deux. Le plaisir intense que ses doigts experts me procurent en cet instant se bat fiévreusement contre la colère inexpliquée qui m'envahit. La bataille qui se livre en moi me fait perdre pied.

Défends-toi !

Le regard de mon loup disparaît quand il enfouit son visage dans mon cou, pour y semer une ligne de baisers qui me font frissonner. Mon corps semble totalement plongé dans l'instant, savourant la moindre de ses caresses. Mais mon esprit ne suit plus.

Ma vision se brouille, mes oreilles bourdonnent et très vite, c'est comme s'il ne me touchait même plus. En un éclair, je lui tords le bras et dans un mouvement dont je ne me savais pas capable, je le plaque au sol et emprisonne son bras dans son dos. Il jure, crie mon nom…

L'instant d'après, je me tiens debout. Ma main se porte à mes lèvres entrouvertes, à nouveau sous le choc de ce que je viens de faire. Où ai-je bien pu trouver une telle force ? Comment ai-je su quoi faire, comment agir ? Ce n'est pas moi, ça ne peut pas être moi…

Ezra se relève en se tenant le bras. Je lui ai vraiment fait mal… Pourtant, il fait deux fois mon poids, il est tout en muscle et en force surhumaine. Moi, la petite Violet, au corps fin et qui déteste fournir tout effort physique, je viens de mettre à terre un loup-garou.

— Ce n'est rien, s'empresse-t-il de me rassurer.

Cette fois, les larmes qui s'échappent de mes yeux sont des larmes de rage. La colère intense que je ressentais pour lui il y quelques secondes s'est muée en fureur totale… contre moi

— Tu ne comprends pas ! hurlé-je. Il faut que tu t'en ailles !

— Je ne te laisserai pas, rétorque-t-il.

— Putain de merde, Ezra ! Comment peux-tu être aussi inconscient ? Regarde-moi !

Ma voix se casse, ma gorge me brûle et mes sanglots se font de plus en plus violents. Je me tire les cheveux, j'ai probablement l'air d'une folle, mais je ne peux pas tolérer qu'il se montre aussi stupide. Ne voit-il pas que ça me bouffe de l'intérieur ? Que la simple idée que je pourrais recommencer, rien qu'une fois, me tue ? Même en cet instant, alors qu'il se tient à un bon mètre de moi, mon esprit chavire, balançant entre l'envie de me ruer vers lui pour l'embrasser et pour le tuer.

Je ne le laisserai pas prendre un tel risque sous prétexte de son amour pour moi.

— Va-t'en ! crié-je en lui lançant son t-shirt à la figure. Dégage !

— Ne fais pas ça, proteste-t-il d'une voix douce.

— Arrête ! Arrête de faire comme si ce n'était rien ! Je ne… je ne peux pas…

Dans un élan de rage, j'enfonce mon poing dans le mur sans réfléchir. Celui-ci se troue d'un seul coup, aussi facilement que s'il avait été fait de plâtre. Ma main saigne, je me la suis probablement entaillée, mais bizarrement, je ne sens rien. La douleur ne m'atteint pas. Je préfère encore cogner mille murs plutôt que de lui faire du mal, à lui. Subjuguée par ma force, mon regard va du mur troué à mon poing toujours fermé qui se teinte progressivement de rouge.

— Violet…

Son ton trahit son choc, et quand mon regard se porte à nouveau sur ses yeux, j'y vois de la peur. C'est tout ce que j'espérais. Tant mieux, s'il a peur. Au moins, il voit exactement ce dont je suis capable, désormais, et ce qu'il risque en restant ici.

— Sors d'ici ! sifflé-je. Ezra, je t'en prie. Je t'aime, et c'est pour ça qu'il faut que tu t'en ailles.

Nous nous affrontons du regard pendant plusieurs minutes. Mon souffle haletant ne veut pas se calmer, je suis encore en proie à quelques soubresauts dus à mes pleurs. Quand il recule d'un pas, je sais qu'il a compris. Il ne lui en faut pas plus pour faire volte-face et avancer lentement vers la porte. Je prie que chaque seconde qui passe s'accélère afin qu'il atteigne la sortie en vie, car je lutte contre moi-même, et le moindre effort me coûte tout mon self-control.

La porte claque. Le silence s'installe. Je suis seule, à un détail près.

La voix dans ma tête est toujours là, elle.

Chapitre 47
Une mort humaine

Eat You Alive – Sum 41

Je ne sais pas combien de temps s'est écoulé depuis le départ d'Ezra. Je n'arrive plus à penser clairement. Assise au milieu du salon, vêtue seulement de mon t-shirt et de ma culotte, je suis repliée sur moi-même, me balançant d'avant en arrière comme si j'étais une timbrée sortie de l'asile. Je me berce, tentant de calmer les battements de mon cœur. Ma tête me fait mal, mes larmes ne cessent de couler, brûlant mes joues déjà calcinées par tout ce qui y a déjà coulé aujourd'hui. Je ne ressens plus la douleur dans ma main, qui a cessé de saigner depuis un moment. Le sang séché tache mes vêtements, mais je n'y prête pas attention. Je garde les yeux fixés sur la porte close.

Je ne sais pas ce que j'espère le plus. Qu'il revienne ou qu'il ne revienne pas. J'ai peur, mais je ne sais pas de quoi. J'ai l'impression qu'on m'observe, mais pas au sens premier du terme. Non, j'ai l'impression que mon propre esprit s'est divisé en deux, qu'une partie me regarde de l'extérieur, cherchant à me contrôler, me manipuler comme une vulgaire marionnette. Elle tire sur mes ficelles, un sourire carnassier étirant ses lèvres, parfaitement consciente du danger auquel elle me confronte. Je n'arrive pas à prendre le dessus.

Mon corps tout entier lutte pour ne pas se lever, sortir et se lancer à sa poursuite. Cette même envie provient de deux besoins bien distincts : le besoin de lui, et le besoin qu'il ne soit plus *rien du tout*. Le désir de l'avoir contre moi, et le désir de le tuer de mes mains. Tous deux se côtoient, se regardent en chiens de faïence, attendant de voir qui cèdera en premier.

Je sombre dans la folie et j'en ai parfaitement conscience. Est-ce ça que ma mère a ressenti, avant de mourir ? Se voyait-elle couler à pic, cherchait-elle au moins à se battre, à se sauver d'elle-même ? Ou était-elle déjà résignée ?

Bientôt, je perçois des bruits de pas. Ils proviennent du porche. Serait-il revenu ? A-t-il changé d'avis ? Est-il venu pour me tuer le premier ? Je n'arrive plus à distinguer ce qui est vrai de ce qui ne l'est pas.

J'entends un cliquetis, des clés qui s'entrechoquent, et lorsque je vois la silhouette familière de ma sœur se dessiner dans l'entrée, je laisse échapper un gémissement incontrôlé. Soudain, je suis éblouie par la lumière. Je dois cligner des yeux pour m'habituer au changement, juste assez pour voir le visage ahuri d'Iris me détailler.

— Oh, Violet…

Elle a murmuré ces mots dans un souffle avant de lâcher ses affaires, laissant tout tomber au sol. Je vois quelques pots de peinture rouler sur le parquet, plusieurs pinceaux disparaître sous la table, quand soudain, ses bras m'entourent. Je m'accroche à elle, à son odeur familière, à sa présence rassurante. Je me remets à pleurer, à trembler, j'ai l'impression d'être à nouveau cette petite fille qui a besoin de sa mère. Je crois n'avoir plus pensé les mots « je veux ma maman » depuis mes quatre ans.

— Je suis désolée, je suis désolée, répété-je comme une prière.

Elle me murmure des paroles rassurantes, me promettant que tout ira bien.

J'ai beau y réfléchir, retourner ça de mille façons dans ma tête, je n'arrive pas à savoir à quel moment précis tout a bien pu déraper. Tout est parti en vrille en un claquement de doigts, et je n'ai rien vu venir. L'histoire se résume à ça. Je suis tombée amoureuse, vite, fort, jusqu'à ne plus pouvoir respirer sans sa présence à mes côtés. J'ai renié celle que j'étais, celle que j'étais en train de devenir, pour être avec lui. Pour me nourrir de son amour, de sa bonté, de sa détermination. J'ai attrapé chaque regard, chaque mot, chaque baiser pour les déposer délicatement sur mon cœur brisé. Il a pris soin de panser mes blessures, d'apaiser mes maux, de me remettre sur pied… Au moment où je pensais que l'univers me faisait une fleur, qu'une quelconque force supérieure m'avait enfin pardonné mes frasques et mes erreurs en me laissant entrevoir la possibilité d'une vie heureuse et épanouie, tout m'a été arraché à nouveau. Toutes mes perspectives d'avenir, tout ce qui tournait autour d'un « nous » a été sali, balayé en une seconde.

Je me souviens alors d'une promesse que je m'étais faite. La nuit où Ezra m'a embrassée pour la première fois. La nuit où j'ai compris que nos chemins étaient intimement liés sans que je ne comprenne comment… je me suis promis qu'une fois que je connaîtrais son secret, je pourrais le détruire.

Je ne me rendais pas compte, à ce moment-là, quelles étaient mes limites. Aujourd'hui, je sais. Je sais que je suis totalement capable d'honorer cette promesse, au sens propre comme au sens figuré, et ça me tue. Ça me brise à l'intérieur.

Et aujourd'hui, je n'ai plus que ça. Plus que les bras de ma sœur, qui me berce comme une enfant qui viendrait de faire le plus affreux des cauchemars, et cette voix dans ma tête qui me hurle que je ne suis plus rien. Que je suis morte.

Morte et enterrée.

À suivre… En juillet 2021 !

Vous avez aimé Les secrets de Woodhills ?

♡

Laissez 5 étoiles et un joli commentaire pour motiver d'autres lecteurs !

Vous n'avez pas aimé ?

♠

Écrivez-nous pour nous proposer le scénario que vous rêveriez de lire !

https://cherry-publishing.com/contact

Pour recevoir une nouvelle gratuite et toutes nos parutions, inscrivez-vous à notre Newsletter !

https://mailchi.mp/cherry-publishing/newsletter

Remerciements

Cette histoire a mis longtemps avant de parvenir jusqu'à vous. Sans que je ne le sache vraiment, elle dormait dans un coin de mon esprit depuis mon adolescence. Et donc, la première personne que je me dois de remercier, c'est cette adolescente emo de 15 ans, un peu perdue et rêveuse, qui n'aspirait qu'à s'échapper de son quotidien compliqué pour vivre parmi les créatures de la nuit qu'elle adorait tant. C'est cette fille un peu à part, un peu différente, un peu trop ci et un peu trop ça, qui se réfugiait dans ses histoires de vampires et de loup-garou quand tout allait mal. Merci à elle d'avoir existé, et d'exister encore en moi.

J'aimerais évidemment remercier mon éditrice, Pauline, qui supporte toutes mes bizarreries orthographiques et grammaticales, et qui m'aide à apporter ce petit quelque chose en plus à toutes ces folles idées dans ma tête. Je remercie également toute l'équipe Cherry Publishing pour leur travail et leur passion.

Je remercie aussi les Cherries, les touffeuses sans qui je ne pourrais pas prendre les plus grosses décisions. Votre solidarité, vos délires et vos GIFs de mecs à poils, je ne pourrais tout simplement pas vivre sans.

Un énorme merci aux Girls de La Night, vous qui avez juré de faire de moi une star, je vous le dis à chaque fois : bonne chance.

Merci à mon homme pour son soutien inébranlable, et pour être toujours celui qui reste éveillé jusqu'à ce que j'achève mes sessions d'écriture nocturnes.

Et enfin, merci à vous, lecteurs, qui me suivez depuis un an dans mes folles aventures. Je n'aurais pas pu y arriver sans vous !

Printed by Amazon Italia Logistica S.r.l.
Torrazza Piemonte (TO), Italy

24312497R00227